문학과지성사

30년

1975~2005

문학과지성사 30년 1975~2005

펴낸날 2005년 12월 9일
엮은이 권오룡·성민엽·정과리·홍정선
펴낸이 채호기
펴낸곳 ㈜문학과지성사
등록번호 제10-918호(1993. 12. 16)
주소 서울 마포구 서교동 395-2(121-840)
편집 338-7224~5   FAX 323-4180
영업 338-7222~3   FAX 338-7221
홈페이지 www.moonji.com

ISBN 89-320-1656-9

문학과 지성사 30년

1975~2005

권오룡 · 성민엽 · 정과리 · 홍정선 엮음

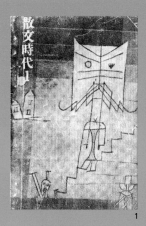

1. 동인지 『산문시대』 창간호(1962, 『산문시대』와 『68문학』의 전통을 이어 『문학과지성』이 창간됨) 2. 동인지 『68문학』 창간호(1969) 3. 계간지 『문학과지성』 창간호(1970, 가을호) 4. 무크지 『우리 세대의 문학』 창간호(1982, 『문학과지성』의 강제 폐간 이후 『문학과사회』가 창간되기 전까지 문학적 발언과 역할을 했던 부정기 간행물) 5. 무크지 『비평의 시대』 창간호(1991) 6. 계간지 『문학과사회』 창간호(1988, 봄호) 7. 계간지 『문학과사회』 혁신호(51호, 2000) 8. 무크지 『이다』 창간호(1996)

1976

1977

1978

1979

1980

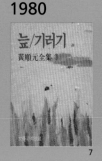

1981

1982   1983

1. 조세희 『난장이가 쏘아올린 작은 공』(1978) 2. 김학준 『러시아 혁명사』(1979) 3. 김병익 『상황과 상상력』(1979) 4. 김주연 『변동 사회와 작가』(1979) 5. 김명인 『동두천』(1979) 6. 김형영 『모기들은 혼자서도 소리를 친다』(1979) 7. 황순원 『늪/기러기』(황순원 전집 1, 1980) 8. 이성복 『뒹구는 돌은 언제 잠 깨는가』(1980) 9. 마종기 『안 보이는 사랑의 나라』(1980) 10. 박이문 『노장사상』(1980) 11. 피터 버거 『이단의 시대』(현대의 지성 1, 1981) 12. 최승자 『이 시대의 사랑』(1981) 13. 김혜순 『또 다른 별에서』(1981) 14. 최인호 『위대한 유산』(1982) 15. 레이몬드 윌리엄즈 『이념과 문학』(현대의 문학이론 1, 1982) 16. 황지우 『새들도 세상을 뜨는구나』(1983)

1   2   3   4

5   6   7   8

9   10   11   12

13   14   15   16

1. 김광규 『아니다 그렇지 않다』(1983) **2.** 이인성 『낯선 시간 속으로』(1983) **3.** 윤후명 『돈황의 사랑』(1983) **4.** 『계급 이론과 계층 이론』(문제와 시각 1, 1984) **5.** 김치수 『문학과 비평의 구조』(1984) **6.** 황순원 등저 『말과 삶과 자유』(황순원 선생 고희 및 전집 완간 기념, 1985) **7.** 최수철 『공중누각』(1985) **8.** 김병익·김주연 편 『해방 40년: 민족 지성의 회고와 전망』(창사 10주년 기념 신작비평집, 1985) **9.** 김치수 외 편 『숨은 손가락』(창사 10주년 기념 신작소설집, 1985) **10.** 정과리 『문학, 존재의 변증법』(1985) **11.** 성민엽 『지성과 실천』(1985) **12.** 한국사회연구회 편 『한국의 근대국가 형성과 민족문제』(한국사회사연구회 논문집 1, 1986) **13.** 홍정선 『역사적 삶과 비평』(1986) **14.** 박상륭 『죽음의 한 연구』(1986) **15.** 최서해 『최서해 전집』(상, 1987) **16.** 이창동 『소지』(1987)

1988

1. 중세의 가을
2. 文學이란 무엇인가
3. 金八峰文學全集
4. 새는 하늘을 자유롭게 풀어놓고

1989

5. 변경
6. 입 속의 검은 잎 기형도 시집
7. 존재의 변명 권오룡 평론집

1990

8. 길이 끝난 곳에서 길은 다시 시작되고 김주연 編

1991

9. 현대시작법 오규원 著
10. 사랑의 감옥
11. 한국 문학의 위상/문학사회학 김현 문학 전집 ❶
12. 바람부는 날이면 압구정동에 가야 한다 유 하 시집

1992

13. 저문 날의 삽화 박완서 소설집
14. 태아의 잠 김기택 시집
15. 지독한 사랑 채호기 시집
16. 탈형이상학과 탈변증법 - 혜체와 탈현대의 가로지르기 김진석 지음

1. 요한 호이징가 『중세의 가을』(현대의 지성 35, 1988, 1996년부터 발간한 '우리 시대의 고전' 첫 책) 2. 김현·김주연 편 『문학이란 무엇인가』(1988) 3. 홍정선 편 『김팔봉 문학 전집』(1988) 4. 황인숙 『새는 하늘을 자유롭게 풀어놓고』(1988) 5. 이문열 『변경』(1, 1989) 6. 기형도 『입 속의 검은 잎』(1989) 7. 권오룡 『존재의 변명』(1989) 8. 김주연 편 『길이 끝난 곳에서 길은 다시 시작되고』(문지시인선 100호 기념 시선집, 1990) 9. 오규원 『현대시작법』(1990) 10. 오규원 『사랑의 감옥』(1991) 11. 김현 『한국 문학의 위상/문학사회학』(김현 전집 1, 1991) 12. 유하 『바람부는 날이면 압구정동에 가야 한다』(1991) 13. 박완서 『저문 날의 삽화』(1991) 14. 김기택 『태아의 잠』(1991) 15. 채호기 『지독한 사랑』(1992) 16. 김진석 『탈형이상학과 탈변증법』(1992)

1993

1994

1995

1996

1. 최윤 『저기 소리없이 한 점 꽃잎이 지고』(1992) **2.** 신경숙 『풍금이 있던 자리』(1993) **3.** 김원일 『늘 푸른 소나무』(1, 1993) **4.** 이승우 『미궁에 대한 추측』(1994) **5.** 차창룡 『해가 지지 않는 쟁기질』(1994) **6.** 백민석 『헤이, 우리 소풍 간다』(1995) **7.** 정문길 외편 『동아시아, 문제와 시각』(서남동양학술총서 1, 1995) **8.** 신용하 외 편 『한국 사회사의 이해』(사회사 연구 총서 1, 1995) **9.** 김병익 외 편 『오늘의 한국 지성, 그 흐름을 읽는다: 1975~1995』(창사 20주년 기념도서, 1995) **10.** 황인철추모문집간행위원회 편 『'무죄다'라는 말 한마디』(황인철 변호사 추모문집, 1995) **11.** 한국기호학회 편 『문화와 기호』(기호학 연구 총서 1, 1995) **12.** 황순원 『별』(문지 스펙트럼 1, 1996) **13.** 오정희 『새』(문지 13/21 소설책, 1996, 이 시리즈의 첫 책은 1995년 출간된 이인성 『미처버리고 싶은, 미쳐지지 않는』) **14.** 최시한 『모두 아름다운 아이들』(1996) **15.** 박성원 『이상, 이상, 이상』(1996) **16.** 박청호 『단 한 편의 연애소설』(1996)

1997

1998

1999

2000

1. 서하진 『책 읽어주는 남자』(1996) **2.** 로버트 단턴 『고양이 대학살』(1996) **3.** 임철우 『아버지의 땅』(1996, 문지 소설명작선으로 출간한 첫번째 책, 이 시리즈 1번은 『광장/구운몽』) **4.** 성민엽 편 『詩야, 너 아니냐』(문지시인선 200호 기념 시선집, 1997) **5.** 서우석 『말과 음악, 그리고 그 숨결』(문지산문선, 1997) **6.** 홍정선 편 『홍성원 깊이 읽기』(우리 문학 깊이 읽기 1, 1997) **7.** 한국사회사학회 편 『사회와 역사』 51집(1997, 『사회와 역사』 창간호, 사회사연구논문집의 연속성을 위해 51집으로 번호 매김) **8.** 황동규 『황동규 시전집』(1, 1998, 시전집 시리즈 첫번째 책) **9.** 복거일 『비명을 찾아서』(상, 문지 소설명작선 1998, 초판본 1987) **10.** 정현종 『정현종 시전집』(1, 1999) **11.** 로베르토 피우미니 『할아버지와 마티아』(문지아이들 1, 1999) **12.** 마종기 『마종기 시전집』(1999) **13.** 김영하 『엘리베이터에 낀 남자는 어떻게 되었나』(1999) **14.** 고종석 『국어의 풍경들』(1999) **15.** 폴 리쾨르 『시간과 이야기』(1, 1999) **16.** 박성원 외 『이상한 가역반응』(『문학과사회』 통권 50호 기념 젊은 소설가 작품집, 2000)

1

2

3

4

2001

5

6

7

8

9

10

11

12

2002

13

14

15

16

1. 이철성 외 『소리 소문 없이 그것은 왔다』(『문학과사회』 통권 50호 기념 젊은 시인 작품집, 2000) **2.** 전용훈 『물구나무 과학』(문지푸른책 1, 2000) **3.** 수지 모건스턴 『조커』(문지아이들, 2000) **4.** 신언준 『현대 중국 관계 논설선』(서남동양학자료총서 1, 2000) **5.** 최하림 『풍경 뒤의 풍경』(2001) **6.** 이원 『야후! 의 강물에 천 개의 달이 뜬다』(2001) **7.** 로렌스 스턴 『트리스트럼 샌디』(1, 대산세계문학총서 1, 2001) **8.** 르네 고시니 『골족의 영웅, 아스테릭스』(아스테릭스 1, 2001) **9.** 홍승우 『비빔툰』3(문지만화 1, 2001) **10.** 최인훈 『광장』(발간 40주년 기념호, 2001) **11.** 카를로 진즈부르그 『치즈와 구더기』(2001) **12.** 파스칼 키냐르 『은밀한 생』(2001) **13.** 김찬호 『사회를 보는 논리』(문지푸른책, 2001) **14.** 은희경 『상속』(2002) **15.** 한강 『그대의 차가운 손』(2002) **16.** 오규원 『오규원 시전집』(1, 2002)

2003

1 2 3 4

5 6 7 8

2004

9 10 11 12

2005

13 14 15 16

1. 조경란 『코끼리를 찾아서』(2002) 2. 메를로-퐁티 『지각의 현상학』(2002) 3. 『네거리의 집』(제재문학선 1_가족, 문지푸른책, 2002) 4. 정이현 『낭만적 사랑과 사회』(제1회 『문학과사회』 신인 문학상 수상작, 2003) 5. 정찬 『베니스에서 죽다』(2003) 6. 성석제 『인간의 힘』(2003) 7. 배수아 『일요일 스키야키 식당』(2003) 8. 오승은 『서유기』(1, 대산세계문학총서, 2003) 9. 이응준 『무정한 짐승의 연애』(2004) 10. 천운영 『명랑』(2004) 11. 김동인 『감자』(한국문학전집 1, 2004) 12. 지오반나 보라도리 『테러 시대의 철학』(2004) 13. 박혜경·이광호 편 『쨍한 사랑 노래』(문지시인선 300호 기념 시선집, 2005) 14. 유영소 『겨울 해바라기』(제1회 마해송문학상 수상도서, 2005) 15. 야샤르 케말 『독사를 죽였어야 했는데』(대산세계문학총서 41, 2005) 16. 김경욱 『장국영이 죽었다고?』(2005)

1. 계간지 『문학과지성』 창간호 발간 기념(1970. 9)
   왼쪽부터 앞줄 김병익·황인철·성민경
   뒷줄 김치수·최재유·김현

2. 문학과지성사 창사 1주년 기념(1976. 12)
왼쪽부터 조선작·김광규·김승옥·최인호·오규원·김화영·김현·김주연·정현종·오생근·권영빈
황동규·김치수·황인철·김원일·홍성원·이기웅·김병익·조해일

3. 공저 『현대 한국문학의 이론』을 간행하고. 청진동에서(1972), 왼쪽부터 김현·김치수·김병익·김주연 4. 황인철 선생 자택 옥상에서 (1971) 5. 문학과지성사 봄 야유회. 금란동산에서(1977), 왼쪽부터 황동규·김주연·김승옥·홍성원·김원일 6. 문학과지성사 창사 10주년 기념(1985. 12), 왼쪽부터 김주연·김현·김병익·황인철 7. 김현 문학비 제막식(1995. 4) 8. 황인철 선생 10주기 성묘(2003)

9. 한일문학 심포지엄(제4차 심포지엄을 기념하여 일본 참가자들과 함께, 경주에서, 1997. 11)
10. 김병익 대표이사 퇴임식(2000. 3)
11. 시 낭송회 '시의 숨결' 공연(2000. 11), 시인 김정환
12. 프랑크푸르트 도서전 참가(2005. 10)

9

10

11

12

13. 최인훈 문학 심포지엄(2001. 4)
왼쪽부터 앞줄 김혜순·우찬제·채호기·김병익·최인훈·김치수·홍정선·김유미
뒷줄 최창학·박기동·이광호·정호웅·정과리·성민엽·권오룡·김인호

14. 제17회 이산문학상 시상식(2005. 11), 수상자 시인 나희덕

15. 제1회 마해송문학상 시상식(2005. 5), 수상자 유영소

文学과 知性
문학과사회
문학과지성사
문지 푸른책
문지들

〈문학과지성사의 옛 사옥들〉

1. 종로구 청진동 3-3(1975. 12)
＊노란 선 부분은 옛 사무실 자리, 이하 같음

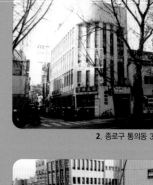

2. 종로구 통의동 35-84(1978. 6)

3. 마포구 아현동 618-21(1980. 9)

5. 마포구 서교동 407-4 현암빌딩 3층(1993. 12)

4. 마포구 신수동 445-5 출판단지(1984. 10)

〈현재 사옥〉

6. 마포구 서교동 363의 12(1989. 4. 당시 한옥)
　마포구 서교동 363-12 무원빌딩 4, 5층(1995. 2)

7. 마포구 서교동 395-2(2004. 5)

문학과지성사
30년

1975~2005

발간사

문학과지성사가 창사 30주년이 되었다. 문학과지성사가 출범한 1975년
은 제3공화국의 관 주도형 경제 정책이 고도 성장을 향해 피치를 올리던
시절이었고, 또한 그 목표를 향한 강압적 국민 총동원 속에서 각종 사회적
모순과 정치적 압제의 충적이 임계점을 향해 일촉즉발로 다가가던 시기이
기도 하였다. 문학과지성사는 그런 사회적 상황에서 계간 『문학과지성』
동인의 한 사람이 언론 탄압에 저항하다가 사회적 추방을 당한 사건이 계
기가 되어 설립되었다. 아니, 그 사건을 지성의 대장정을 위한 신호음으로
기꺼이 받아들이고자 건립되었다. 따라서 문학과지성사의 출항은 정치적
근대화주의자들과 문화적 현대인들 사이에 근본적인 단절을 긋는 행위였
다. 문학과지성사의 현판식은 그 단절이 결코 쉽게 포기할 수 없는 싸움으
로 이어질 것을 선언하는 의식이었다. 그로부터 30년 동안 문학과지성사
의 구성원들은, 기민한 탐색과 엄정한 심사와 신중한 검토를 통해, 한국
사회에 대한 깊은 성찰을 촉발하는 서적들과 참다운 삶의 형상을 그리는
문학 작품들을 지속적으로 발간하기 위해 노력하였다. 항구적 쇄신의 방
식으로. 반석을 놓는 자세로. 그럼으로써 문학과지성사는 한국 사회의 정
신적·물질적 균열을 파헤치고 한국인의 지적 자원을 발굴하여 한국 사회

가 이루어야 할 세계를 가리키는 투시의 이정표가 되고자 했다. 또한 문학과지성사는 한국 사회에 대한 인식을 심화시킬 새로운 사유와 한국 문학을 풍요롭게 할 새로운 문학인들을 발견하고 조력하는 데 정성을 기울여 저의 신실한 사업이 거듭 이월되기를 도모하였다.

그 30년은 치열한 고뇌와 가쁜 싸움의 시절이었다. 그 30년은 싱싱한 의욕과 정신의 광휘가 밤바다의 물결처럼 반짝인 시간이었다. 그 30년은 한국인의 의식을 감금하고 있는 샤머니즘과 패배주의의 장벽을, 온몸을 물집으로 만들며 두드린 기간이었다. 그 30년은 한국 사회의 모순을 들끓는 거품으로 부숴뜨리며 자유와 해방의 푸른 해원을 향해 항진한 자취였다. 롤링과 피칭은 격심했으나 거친 해풍을 안은 깃발은 엽렵히 나부끼고 수평선을 응시하는 정신은 은화처럼 맑았다. 육체의 피로는 허무와 광신의 망령들을 수장시키는 각성의 천둥 아래 서늘히 씻겨내렸다. 그 30년 사이에 세상은 크게 요동하였고 문학과 지성은 부단히 율동하였다. 그 30년 동안 한국 사회의 격변의 요처마다 문학과 지성이 없은 적이 없으려고 하였다.

이제 우연한 수치의 주기를 맞아 그 사람들이 거울 앞에 선다. 매번 뒤돌아보았으나 늘 고단한 노동 같았으니 이번에는 긴 숨을 호흡하듯 뒤돌아보기로 결심한다. 정신의 보건 사업이 필요한 때가 온 것이다. 그 사람들은 제 누님 같은 제 모습을 완상하는 대신 자신의 사연과 자신의 체험과 자신의 역정(歷程)을 가만히 복기하기로 한다. 바둑돌 같았던 이성의 행진을 운산해보려고 한다. 일출 같았던 감성의 무한히 퍼지는 가두리를 더듬어보려고 한다. 그러나 지성의 고삐가 풀리지는 않았는지, 상상의 지평선에 괜한 철책을 세우지는 않았는지 되짚어보기로 한다. 입지전을 쓰지 않기 위하여. 참회록을 쓰지 않기 위하여. 도취를 경계하고 변명을 예방하기 위하여. 다만 나날의 노동이 나날의 각성이 되는, 삶답게 사는 삶의 본원적 자세를 여전히 되풀이하기 위하여.

오늘의 사사(社史)는 그 사람들에 의한 그 사람들의 기록이다. 이 기록은 그러니까 외재적인 것이 아니라 내면적인 것이다. 30년의 기간에는 그것이 불가피하다. 문학과지성사는 이제 겨우 청년기를 지나고 있는 것이다. 여기에는 관찰과 판단이 모자랄지도 모르나 대신, 망각되지 않은 기억과 피부를 저리게 하는 체험들의 두터운 질감이 있다. 이 기록 자체가 훗날 역사의 재료로 쓰이리라.

2005년 12월
권오룡 성민엽 정과리 홍정선

차례

제1장
문학과지성사 역사의 주요 국면들

'문학과지성' 30년, 그 흐름의 대강

홍정선

1. 계간 『문학과지성』에 이르는 길(1962~1970)

'문학과지성사'란 이름의, '과'라는 조사가 성능 좋은 접착제처럼 좌우에 놓인 '문학'과 '지성'을 들러붙게 만들고 있는 출판사가 공식적으로 그 모습을 드러낸 것은 1975년 12월이다. 그렇지만 '문학과지성사'의 실질적 역사는 최소한 5년 이상 더 소급되어야 한다. '문학과지성사'의 역사가 실질적인 측면에서 최소한 5년 이상 더 소급되어야 한다고 말한 이유는, 여느 출판사와는 달리, 이 출판사는 계간지 『문학과지성』이 모태가 되어 태어난, 동인들이 운영 주체가 되는 출판사인 까닭이다. 그렇기 때문에 계간지의 창간에서부터 출판사의 역사를 거론한다면 5년을 더 거슬러 올라가야 하고, 계간지의 동인들이 전사적인 활동을 시작하는 시점에서부터 뿌리를 찾는다면 더 많은 세월을 거슬러 올라가야 하는 것이다.

이렇게 볼 때 계간 『문학과지성』이 만들어지는 것과 밀접한 관련이 있는 동인지로는 1962년에 나온 『산문시대』와, 1966년 6월에 나온 『사계』와, 1969년 1월에 나온 『68문학』이 있다. 이 가운데 앞의 둘이 젊은 문학도들의 열정이 방향을 모색해나가는 과정을 보여준다면, 세번째 『68문학』은 동인지의 성격과 필자의 구성에서 곧이어 창간되는 계간 『문학과지성』과 거의 차이가 없는 점에서 볼 때, 그 문학도들의 열정이 찾아낸 구체적 목표를 보여준다. 이런 점에서 출판사 '문학과지성사'는 정신적인 측면에서 볼 때 『산문시대』로부터 그 역사가 시작되며, 그러한 정신의 흐름이 『사계』를 거치면서 더 넓어지고 깊어져, 마침내 『68문학』에 이르면 앞으로 출판사를 주도할 편집진과 출판사의 이미지를 결정할 주요 작가들에 이르기까지 어느 정도 그 윤곽이 드러났다고 할 수 있다.

『산문시대』는 1962년에 강호무·곽광수·김승옥·김현·염무웅·서정인·최하림 등이 참여하여 만들었으며 1964년 5호까지 나오고 끝났는데 그 중심인물은 김현이었다(김치수는 실제 활동과는 달리 이름은 나중에 들어갔다). 그리고 황동규·박이도·김화영·김주연·정현종 등이 참여해 만든 시 전문 동인지 『사계』와 1969년 1월에 김승옥·김주연·김치수·김현·박태순·염무웅·이청준 등이 참여해 만든 『68문학』에서 중심적 역할을 한 사람도 김현이었다. 학창 시절에 동인지 『산문시대』를 만들며 김치수와의 관계가, 졸업 직후 시 전문지 『사계』를 만들며 김주연과의 관계가, 문단 생활로 접어들어 『68문학』을 만들며 김병익과의 관계가 만들어지고 마침내는 이들과의 관계를 바탕으로 계간 『문학과지성』을 창간하기에 이르는데, 이 과정에서 김현이 한 역할의 크기는 『산문시대』 창간호의 서문과 『68문학』 창간호의 서문을 보면 잘 알 수 있다. 가령 전자의 서문에는 "태초와 같은 어둠 속에 우리는 서 있다. 〔……〕 이 어두움이 신의 인간 창조와 동시에 제거된 것처럼 우리들 주변에서도 새로운 언어의 창조로 제거되어야 함을 우리는 안다"라는 구절이 들어 있고, 후자의 서문에는 "'우리는 태초와도 같은 어둠 속에 서 있다'. 젊음의 이상과 환희가 충만해 있던 시절, 우리는 이렇게 적었다. 그 '태초와도 같은 어둠'이 정당한 의식의 조작을 거친 후에 지적인 표현을 얻을 수 있을 것인가, 없을 것인가?"라는 구절이 들어 있다. 이처럼 두 개의 동인지 서문이 어투와 지적·정신적 맥락에서 동일한 것은 김현의 주도적 역할 때문이다. 이처럼 김현은 이 시기에 열정적으로 '문학'과 '지성'의 길에 동행할 사람들을 끌어들여 계간 『문학과지성』에 이르는 길을 닦아나갔다. 『68문학』에 결집한 김병익·김주연·김치수·김현·김승옥·박태순·염무웅·이청준·박상륭·홍성원·김화영·박이도·이성부·이승훈·정현종·최하림·황동규 등의 면면이 말해주는 것은, 후일 이들 대부분이 '문학과지성사'의 편집자 혹은 간판 작가들이 되는 사실에서 알 수 있듯, 김현이라는 강력한 접착제가 이 시기에는 이미 『문학과지성』의 형태를 거의 만들어놓고 있었다는 사실이다.

2. 『문학과지성』의 창간과 독자적 성격의 확보(1970~1975)

계간 『문학과지성』의 창간은 『68문학』이 단명으로 끝나면서, 그 단명함이 『68문학』에 결집했던 비평가들로 하여금 1966년에 창간된 『창작과비평』에 버금가는, 자신들이 주도하는 계간지에 대한 열망을 더욱 부추긴 결과이다. 잡지 창간에 얽힌 개인적이고 시대적인 전후 맥락에 대해 김병익은 「김현과 '문지'」라는 글에서 다음과 같이 회고하고 있다.

당시의 김현과 나는, 그 이유는 조금 달랐겠지만, 계간지의 필요성을 절실하게 느끼기는 마찬가지였다. 〔……〕 기자들은 휴지통에 던져지는 기사야말로 진짜 기사라고 자조하면서 독립적이고 비판적이며 양심적인 새로운 언론을 깊이 갈망하고 있었다. 〔……〕 1966년에 백낙청씨가 창간한 『창작과비평』은 그런 점에서 매우 바람직한 본보기였다. 김현은 나의 그런 바람을 촉발한 것이다. 다만 계간지에 대한 그의 기대는 문학 쪽으로 더 기울어져 있었다. 이미 대학 시절에 『산문시대』를, 대학원 시절에는 『사계』를 만들어 동인지 운동의 중심에서 활약하고 있었던 그는 68년에 제기된 순수/

참여 논쟁에서 이른바 순수문학론을 옹호하고 있었고 참여론을 주창하는 '창비'에 맞서 문학적 자율성을 견지할 새로운 동인지가 있어야 한다는 생각을 강하게 가지고 있었다. 〔……〕 나를 강제로 '68문학' 동인으로 끌어넣었고 이 강요에서 비로소 나의 문학적 이력이 시작되었다. 이렇게 어울렸고 그 어울림이 개인적 우정과 문학적 동료 의식으로 뒤엉켜 있었기 때문에 계간지 창간의 의도와 작업은 조금도 이의 없는 소망과 협력으로 돋아날 수 있었을 것이다. (『문학과사회』 1990년 겨울호, pp. 1421~1422)

이렇듯 『문학과지성』의 창간은, '한국 문학'의 새로운 풍토 건설에 남다른 의욕을 가졌던 평론가 김현과 비판적이고 양심적인 '지성인'의 역할에 대해 깊은 모색을 해온 문화부 기자 김병익이 적극적으로 움직이면서 가시화되기 시작했다. 그리고 이 작업에 대해 시종 공감했던 평론가 김치수가 함께하고, 당시 권력의 야만적 모습에 공분을 느끼며 인권 변호사의 길을 걷게 될—후일 김주연이 "이 아름다운 법조인과의 만남을 무한히 자랑스럽게 생각한다"고 회상하게 될—황인철 변호사가 재정적 부담을 기꺼이 떠맡음으로써 1970년 9월에 창간이 현실화되었다. 발행은 이미 1966년에 『창작과비평』을 간행한 경험이 있는, 일조각(一潮閣)의 한만년(韓萬年) 사장이 맡아주었으며, 편집인은 시대적 분위기를 고려하여 황인철(黃仁喆) 변호사로 정했다. 또 1년 뒤에는 유학에서 돌아온 평론가 김주연이 가세함으로써 후일 '문지 4K'라고 불리게 될 편집 동인 체제가 완성되었다. 그런데 『문학과지성』의 이와 같은 창간 과정과 동인 구성과 '문학적 자율성'을 옹호하는 편집 방향은 이후 '문학과지성사'라는 출판사의 필자 선정, 출간 도서 결정과 세대 교체 등 출판사의 성격과 운영 방식 전반에 걸쳐 전범이 되거나 결정적인 영향을 미치게 되는데, 그 관계에 대해서는 뒤에 다시 살펴볼 것이다.

1970년 9월의 『문학과지성』 창간은 『68문학』의 연장선상에서 이루어졌다. 자신들이 살고 있는 시대를 '위기'로 파악하고, 그 위기를 극복할 수 있는 방안을 모색하던 일정 그룹의 젊은이들, 특히 언어를 통한 형상화와 논리적 사유를 통해 그러한 작업을 하고자 했던 비평가들에 의해 이루어진 것이다. 그들은 그 같은 입장을 『68문학』의 서문에서 그들이 살고 있는 시대를 "샤머니즘적인 것과 관념적인 유희와 비슷한 것이 되는대로 결합하여 빚어내는 정신의 혼란 상태"로 규정하고, 그 혼란을 극복하는 일은 4·19를 겪으며 "시대의 인각이 찍힌 한 그룹"에 주어진 피할 수 없는 운명이며, 그 방법은 "건전한 논리의 도움을 얻어" 이루어져야 한다는 주장으로 드러냈다. 그리고 "이러한 일이 자유롭게 행해지기 위해서 우리는 정신의 리버럴리즘이 더욱 팽창하기를 희망"하고 있는데, 이 입장은 『문학과지성』 창간호를 통해 세련되고 구체화된 현태로 다시 나타난다.

이 시대의 병폐는 무엇인가? 무엇이 이 시대를 사는 한국인의 의식을 참담하게 만들고 있는가? 우리는 그것이 패배주의와 샤머니즘에서 연유하는 정신적 복합체라고 생각한다. 심리적 패배주의는 한국 현실의 후진성과 분단된 한국 현실의 기이성 때문에 얻어진 허무주의의 한 측면이다. 〔……〕 정신의 샤머니즘은 심리적 패배주의와 밀접한 관련을 맺고 있다. 그것은 현실을 객관적으로 정확히 파악하여 그것의 분석을 토대로 어떠한 결론을 도출해내는 것을 방해하는 모든 것을 말한다. 〔……〕 현재를 살고 있는 한국인으로서 우리는 이러한 병폐를 제거하여 객관적으로 세계 속의 한국을 바라볼 수 있는 여건이 형성되기를 희망한다. 그러기 위해서 우리는 한국 현실의 투철한 인식이 없는 공허한 논리로 점철된 어떠한 움직임에도 동요하지 않을 것이며, 한국 현실의 모순을 은폐하기 위한 어떠한 노력에도 휩쓸려 들어가지 아니할 것이다. 진정한 문화란 이러한 정직한 태도의 소산이라고 우리는 확신하고 있으며, 그런 의미에서 우리는 정신을 안일하게 하는 모든 힘에 대하여 성실하게 저항해나갈 것을 밝힌다.

그리고 계간지『문학과지성』창간호에서 드러낸 이 입장을 4년 후『한국 문학의 이론』이란 공저를 통해 다시 한번 분명히 하고 있다. 김병익·김주연·김치수·김현 네 명의 편집 동인들은 1974년에 함께 펴낸 이 책의 머리에서 자신들의 '문학적 충동'이 "1960년대 초기의 열기와 갈등" "4·19의 거센 흥분"과 관련이 있다는 것을 고백하면서, 4·19를 통해 만난 '역사의 의미'와 '자유의 의미'를 "탐구하고 현실의 괴로움을 극복할 수 있는 힘"을 "지식과 언어에 대한 무한한 사랑"에서 찾겠다고 거듭 분명히 밝히는 것이다.

『문학과지성』은 이러한 입장을 견지하며 1970년 창간 이후 1980년 강제 폐간 때까지 10년 동안『창작과비평』과 함께 계간지 시대를 이끌어가는 동반자이자 서로의 장단점을 되돌아보게 만드는 거울 역할을 하면서 문학과 현실을 대하는 태도에서 고유한 입장을 만들어나가게 된다. 이 사실을 우리는 1973년 봄호『문학과지성』서문에서 짐작해볼 수 있는데, 서문에 나타난, 경직화된 사고를 거부하고, 반성적 사유와 열린 지성을 옹호하는 이러한 태도는 잡지의 정체성을 말해주는 동시에 이후 '문학과지성사'에서 간행하는 도서에도 커다란 영향을 미쳐 출판사의 성격과 이미지를 형성하는 결정적 요인의 하나가 되는 것이다.

인간의 내적 공간을 이루는 가치는 그것의 결과인 인간의 외적 행동과 완전히 단절되어버리고, 진실을 위한 탐구는 헛된 것으로 조롱을 받고 있다. 그 결과 어떻게 행동하지 않으면 안 된다라는 구호주의가 당연히 팽배한다. [……] 그러나 우리는 삶에 있어서 쉬운 해답처럼 위험한 것은 없다고 생각한다. 한번 잘못 깃든 사고는 그것이 길들여졌다는 이유 하나 때문에 그 어떠한 변화에도 굳게 저항을 하여 정신생활 전반을 화석화시킨다.

계간지 『문학과지성』은 이렇게 정체성을 확립해나가면서 『창작과비평』
과 의미 있는 경쟁 관계를 형성함으로써, 의도하지 않은 상호 상승 작용을
일으키며, 우리 문단의 가장 영향력 있는 잡지로 빠르게 자리 잡았다. 그
리고 어떤 것이 좋은 작품이며, 왜 그런 것인가에 대한 심도 있는 논의를
가능하게 만들었다. 또 『문학과지성』은 자유로움과 열린 지성을 지향하는
그 같은 태도로 말미암아 민족과 주체성에 대한 관심이 거세던 시대에 프
랑크푸르트 학파의 비판 이론을 앞장서 수용했고 사르트르 이후의 프랑스
지성에 대해 관심을 가졌으며, 대중 사회에 대한 논의를 가속화시켰다. 일
견 리얼리즘과 민족 담론에 집중하고 있는 『창작과비평』에 비해 중심이 없
는 것처럼 보이는 이런 모습이야말로, 실은 『문학과지성』의 편집자들이
펼친, 지적 폐쇄성과 사고의 경직화를 벗어나고자 한 태도의 소산이며 잡
지의 고유한 정체성이었던 것이다.

그 결과 창간 초기에 별다른 차이가 없는 것처럼 보였던 『문학과지성』
『창작과 비평』 사이에는 건강한 경쟁 관계가 만들어졌고, 이 관계는 다시
작가들이 자신의 취향과 작품 세계를 생각해보는 계기가 되었다. 가령
1966년 무렵 김현·서정인·이청준·김승옥 등은 『창작과비평』을 주요 활
동 무대로 사용하고 있었는데, 『문학과지성』이 창간되면서 활동 무대를
후자로 바꾸는 것이 그 계기라 할 수 있다. 그리하여 70년대 중반 이후에
는 두 잡지를 동시에 발표 무대로 이용하는 사람들이 거의 없어졌고, 신인
작가들 사이에는 자신의 취향에 따라 두 잡지 중 하나를 선택하는 경향이
늘어났으며, 문학인들 사이에는 '창비파'와 '문지파'라는 말이 만들어졌다.
그것은 아마도 당시의 문단 풍토와 절대 권력을 비판하면서 공감대를 가졌
던 두 잡지의 편집자들이 비판과 대응의 방식에서 차이를 드러내기 시작하
면서 의미 있는 경쟁 관계, 다시 말해 에콜화되기 시작한 결과일 것이다.

『문학과지성』은 창간 초기에 최인훈·이청준·윤흥길·최인호 등 뛰어난
작가들의 작품을 수록함으로써 성공적으로 독자들을 확보했을 뿐만 아니

라 한국 근대문학사의 기점을 영·정조 시대로 끌어올린, 김윤식과 김현의 「한국문학사」와 같은 글을 기획 연재함으로써 지식층의 주목을 끌어냈다. 그런데 이런 일보다 네 명의 편집 동인들이 비평가의 안목을 십분 발휘하여 잡지의 성격을 만들어나가는 데 활용한 것은 재수록 제도였다. 창간호부터 시작된 이 재수록은 석 달 동안 발표된 작품들 중 가장 주목할 만한 작품을 뽑아 다시 수록하면서 그 이유를 비평으로 밝히는 방식으로 계속 이어졌는데, 이를테면 창간호에서는 순수/참여 논쟁이 비생산적 논쟁이라는 것을 입증하기 위해 재수록을 이용하고 있다. "참여 문학과 순수 문학의 대립이 얼마나 관념적이고 추상적인 것인가"를 밝히기 위해, "그것에 관해 여러 가지의 면모를 내보여주고 있는 다음의 작품들을 재수록"한다는 식으로 이 제도를 활용한 것이다. 『문학과지성』의 편집 동인들은 이 재수록 제도를 통해 자신들이 좋은 문학이라고 생각하는 것은 어떤 것이고 그 이유는 무엇인지를 밝힘으로써 한편으로는 그 대상이 된 작가들을 잡지의 새로운 필자로 끌어들이면서 다른 한편으로는 잡지의 성격을 만들어나간 셈이다.

계간지 『문학과지성』은 이렇게 확립한 성격을 통해 이후 설립되는 출판사에 영향을 미쳤을 뿐만 아니라 1970년에서 1975년 사이에 관행으로 굳어진 편집 동인의 역할 분담과 원고 처리 방식을 통해서도 많은 영향을 미쳤다. 먼저 편집 동인들은 『문학과지성』이 개인의 잡지가 아니라 모두의 것이라는 생각을 가졌고, 또한 사실이 그러했는데, 이 생각은 출판사를 운영할 때도 그대로 이어져서, 후일 주식회사 '문학과지성사'를 출범시키는 밑거름으로 작용했다. 편집 동인들이 가졌던 『문학과지성』은 특정 개인의 소유가 아니라 모두의 것이라는 공공 의식이 '문학과지성사'를 지배하는 전통으로 확립된 것이다. 다음으로 편집 동인들이 잡지에 대해 주인 의식과 책임 의식을 가지고 매주 만나 편집 계획을 세우고 원고 청탁과 수거를 분담하던 방식은 30년이 지난 지금 관행을 넘어서서 '문학과지성사'를 움직이는 일종의 불문율로 정착되었다. 당시의 모임은 1세대들이 목요일에 모이는 '목요회'와, 2세대들과 3세대들이 금요일에 모이는 '금요회'로 이어지고 있으며, 필자 선정과 원고의 수록 여부를 기분 좋은 전원 합의로 처리하던 방식은 지금까지도 '문학과지성사'의 각종 편집 회의에 그대로 이어지고 있다. 또 시, 소설, 역사, 철학, 정치, 사회 등의 분야를 편집 동인들이 분담하여 원고를 청탁하고 검토하던 관행도 2세대와 3세대들에게 이어져 사용되고 있다.

3. '문학과지성사' 창립과 성장(1975~1980)

1975년 12월에 이루어진 '문학과지성사'의 창립은 편집 동인의 한 사람인 김병익이 동아일보에서 해직되는 사건을 계기로 이루어졌다. 언제 무슨 일이 벌어질지 모르는 시국에 대응해서 동인들의 생계를 마련하기 위한 방편으로 출판사를 만든 것이다. 그러나 동인들의 생계 문제라는 사적 측면이 '문학과지성사' 출현의 전적인 이유는 아니다. 그것은 어디까지나 계기일 따름이고, 계기를 출판사 설립으로 추동해간 필연적 맥락이 5년 동안 잡지를 운영하는 가운데 형성되어 있었기 때문이라고 말하는 게 더 타당하다. 예컨대 『문학과지성』을 만들면서 발간을 '일조각'에 신세지고 있는 사정에 대한 부담감이라든가, 동인들이 다방에서 편집 회의를 하고, 원고를 직접 수거하러 다니는 불편함을 해소할 수 있는 방안에 대한 모색 등이 그런 것들이다. 뿐만 아니라, 『창작과비평』이 1969년에 독립된 잡지사로 전환했다가 1974년에는 출판사를 설립하는 단계로 발전한 모습이, 다른 무엇보다 마찬가지로 성공한 계간지를 운영하던 동인들의 내면에서 출판사를 만들어야 한다는 당위성을 부추겼다고 할 수 있다. 이 사정을 김병익은 최근에 나온 책에서 다음과 같이 회고하고 있다.

그리고 한여름의 아마 어느 고등학교 야구 대회를 구경하고 몇몇이 저녁을 먹는 참이었을 것이다. 김현이 마음먹고 기회를 기다려온 듯, 좌중을 향해 동인들이 출자를 해서 출판사를 내자고 했다. 그러면서 그는 두 가지 필요성을 주장했다. 정치적인 이유 등으로 나와 같은 실업자가 또 나올 수 있는 상황이므로 출판사라도 만들어 거기에 기대야 이 어려운 시절을 감당할 수 있으리라는 것이 첫째 이유였다. 또 하나는『문학과지성』이 지금은 일조각에서 출판을 감당해주고는 있지만 언제고 우리 손으로 발행해야 진짜 우리의 잡지가 될 것이며 그러기 위해서는 우리의 출판사를 가져야 한다는 것이었다. 황인철을 포함한 동인 5명이 200만 원씩만 내면 창업 비용이 될 것이고 주변의 많은 작가, 시인들의 작품을 받아내면 원고도 충분할 것이어서 별 어려움이 없을 것이란 말을 덧붙였다.(김병익,『글 뒤에 숨은 글』, 2004, 문학동네, pp. 248~249)

도서출판 '문학과지성사'의 출범은 "종로구 청진동 3의 3"에 있는 조그만 사무실에서 보잘것없는 형태로 이루어졌다. 당시의 모습을 김병익은 "7평의 좁디좁은 공간 안에 낡은 응접세트와 책을 쌓아둘 약간의 자리, 그리고 책상 세 개로 꽉 차는 사무실, 그것도 사장 둘에 사환 하나라는 우스꽝스럽기 짝이 없는 몰골 속에서 그러나 문학과지성사가 출범했고 열화당이 독립"했다고 쓰고 있다. 이렇게 시작한 '문학과지성사'는 출판에 문외한이었던 비평가들이 만든 출판사임에도 불구하고 초창기의 어려움을 빠르게 극복했다. 출판사의 창립에 공동의 책임 의식을 느끼고 있던 동인들의 의욕과 정성, 출판에 대해 나름의 경험과 재능을 가진 이기웅, 권영빈, 오규원, 김승옥 등의 실질적 도움 등을 바탕으로 창사 초기의 서투름과 어려움을 무난히 극복한 것이다. 그것은『문학과지성』이란 잡지를 둘러싸고 만들어진 공동체적 분위기가 인쇄소와의 관계, 영업 문제 등에 대해서는 열화당의 이기웅이 도와주고, 김승옥은 소설 『겨울여자』의 장정을 해주고, 권영빈은 『역사란 무엇인가』와 『문학이란 무엇인가』의 장정을 해주고, 오규원은 『난장이가 쏘아올린 작은 공』의 표지를 만들어주는 식의 십시일반적 도움 덕분이었다.

'문학과지성사'는 주위 사람들의 도움과 초기 간행물의 상업적 성공을 배경으로 1년이 채 되기 전에 최인훈 전집을 간행할 정도로 빠르게 성장하기 시작했다. 1976년 2월에 처음으로 간행한 책이 홍성원의 『주말여행』과 조해일의 『겨울여자』인데, '이 중 후자가 바로 베스트셀러가 되면서 재정적 어려움을 이겨내는 데 결정적인 도움을 준 것이다. 그리고 이어서 낸 황순원의 『탈 기타』, 이기백과 차하순이 편한 『역사란 무엇인가』, 동인들이 편집한 『문학이란 무엇인가』, 정문길의 『소외론 연구』 등도 예상을 뛰어넘는 수준의 판매고를 기록하면서 출판사의 조기 정착에 기여했다. 이런 결과에 고무되어 1977년 2월에는 『문학과지성』을 일조각에서 인수하여 동명의 잡지가 다른 출판사에서 간행되던 어색함을 바로잡는 한편, 후속 세대가 계간 『문학과지성』을 이어받을 것을 염두에 두고 불문학 전공의 오생근과 영문학 전공의 김종철을 새로운 편집 동인으로 영입해 들인다. 또 1977년부터 간행하기 시작한 신예 시인 대상의 '젊은 시인선'을 1978년에는 황동규·마종기·정현종·오규원 등을 포함시켜 '문지 시인선'으로 확대 개편하여 지속적으로 간행하는 한편 황순원 전집을 출간하기 위한 준비에 들어간다.

'문학과지성사'는 이렇게 출판사의 기틀이 잡혀감에 따라, 출간 종수가 늘어나고 편집과 영업에 종사하는 사람 수가 늘어남에 따라 1978년 6월 "종로구 통의동 35의 84"로 사무실을 옮긴다. 그리고 이때까지 간행한 책이 1백 종에 달하면서 출판의 기준과 운영의 원칙을 만들기 시작한다. 동인들이 평소 가졌던 생각이 출판사를 운영하는 과정에서 자연스럽게 원칙으로 만들어졌다고 보아야 할 '문학과지성사'의 출간 기준은 "수필집·아동

도서·참고서·교과서는 내지 않는다"는 것과, "자비 출판은 사양한다"는 것과, "외국 것은 문학과 인문과학의 이론서 혹은 고전적인 시집으로 한정하고 소설은 출판하지 않는다"는 것이다. 이런 원칙을 만든 이유는 수필집의 경우 팔리기는 하겠지만 대부분이 신변 잡담 수준이기 때문이었고, 아동 도서의 경우 '문학과지성사'는 아동이 아니라 기성 문인과 기성 독자를 상대하는 출판사라는 생각 때문이었으며, 참고서와 교과서의 경우 제한된 틀에 맞춘 책은 피해야 한다는 인식 때문이었다. 번역 소설을 내지 않는다는 원칙은 당시 저작권의 구속이 없어서 거의 모든 출판사들이 외국 소설을 마구 번역하는 현실에 끼어들고 싶지 않았기 때문이며, 자비 출판을 하지 않는다는 원칙은 그렇게 할 경우 출판의 독자성을 잃어버릴 우려가 있기 때문이었다.

이와 함께 적용된 출판사의 운영 방침은 "한국인의 저작은 10퍼센트의 인세로 하고", 번역의 경우도 "원고료 외에 별도로 5퍼센트의 편자 인세를 지급하든가 전체 인세 10퍼센트를 지급한다"는 것이며, 이 같은 원칙과 운영 방침을 '문학과지성사'는 90년대에 이르기까지 변함없이 지켜왔다. 특히 인세를 10퍼센트로 지불하는 방식은, 당시의 출판사 대부분이 번역 원고는 물론이고 저서까지 원고료로 처리하던 풍토, 인세로 줄 경우에도 3~8퍼센트로 중구난방이던 시절에 저자와 출판사의 신뢰 관계를 정상화시키는 선구적 결정이었다.

4. 『문학과지성』의 폐간과 '문지' 2세대의 형성(1980~1987)

계간 『문학과지성』은 1980년 7월 말에 강제 폐간되었다. 신군부 정권이 앞뒤의 이유도 명시하지 않은 채 보낸 "발행 목적 위배"라는 통고서에 의해 『창작과비평』 『뿌리깊은나무』 등의 잡지와 함께 등록을 취소당한 것이다. 이처럼 유신 시대보다 더 엄혹해진 출판 환경에 직면해서 '문학과지성사'는 이에 대응하기 위해 단행본의 경우 검열을 피하기 쉬운 역사서와 외국 저서를 통해 계몽과 비판적 의식의 확대를 추구해나가는 방향으로 출간 전략을 마련했다. 1981년 여름 서광선 교수가 번역한 피터 버거의『이단의 시대』와 김병익이 번역한 휴즈의『현대 프랑스 지성사』로부터 시작되는 '현대의 지성' 시리즈와, 1982년 가을 레이먼드 윌리엄스의『이념과 문학』, 빅토르 어얼리치의『러시아 형식주의』의 번역으로 나타나는 '현대의 문학 이론' 시리즈, 그리고 계급·민중·민족·혁명 등 당대 현실과 밀접하게 관련된 핵심어의 개념을 이론적으로 천착하기 위해 1984년 가을에 시작한 '문제와 시각' 총서 등은 바로 그러한 전략의 소산이었다. 1986년에 신용하의 '사회사연구회'와 제휴하여 '사회사 연구 총서'를 간행하기 시작한 것도 같은 맥락이었다.

그리고 계간지의 경우 10년 동안『문학과지성』을 간행한 것으로 일단 시대적 의미를 다했다고 보면서 새로운 세대가 잡지를 창간하도록 하자는데 동인들이 합의하고, 그 역할을 담당할 후배 세대를 물색하여 도와주기로 했다. 그런데 1980년대 초의 한국 출판 상황은 정부가 일체의 정기 간행물 등록을 받아주지 않는 분위기였기 때문에 '문학과지성사'는 당시에 유행하던 단행본 형태의 잡지 무크mook를 통해 후배 세대의 성장을 지켜보기로 했다. 그 결과 나오게 된 것이 1982년에 창간된『우리 세대의 문학』이었으며, '새로운 만남을 위하여'라는 주제를 걸고 만들어진 이 무크지의 첫 편집 동인은 소설의 이인성, 시의 이성복, 평론의 정과리였다. 이 동인 구성은 6년간 여섯 권이 나오면서 그사이에 몇 차례 변모를 거치는데, 마지막 호인『우리 시대의 문학』이 나올 때에는 권오룡·성민엽·정과리·진형준·홍정선 등 비평가들로만 이루어지게 되며, 각각의 전공은『문학과지성』에 비해 좀 더 다양해진 모습을 보여준다.

'문학과지성사'는 1980년『문학과지성』이 폐간된 해에 사무실을 "마포구 아현동 618의 21"로 옮겼다가 1984년에는 다시 "마포구 신수동 445의 5"의 출판 단지로 옮긴다. 출간된 도서가 늘어난 게 사무실을 옮기게 만든 주원인이다. 그리고 후배 세대들이 동인 활동을 시작함에 따라 1986년에 '신년 간담회'란 이름으로 시작된, 문지 1세대와 2세대가 함께 참여하는 하동 간담회는 전년도의 실적과 신년도의 계획을 논의하는 자리로서, 이 회합은 후배들에게 문지 경영에 참여하게 만드는 자연스러운 방식이 되기도 했다. 이런 기회들을 통해 문지 1세대는 점차 문지 2세대에게 경영의 책임을 분담시키기 시작한 것이다.

5. 『문학과사회』의 창간, 그리고 주식회사로의 전환 (1987~1993)

6·29선언 이후 정기 간행물 등록의 길이 열리면서 『우리 시대의 문학』 동인들이 새로운 계간지를 만들 필요성을 제기하고, 『문학과지성』 세대가 여기에 동의하면서 『문학과사회』의 창간은 가시화되었다. 『문학과지성』을 이어갈, 그러면서도 다른 잡지를 만드는 책임은 권오룡·성민엽·임우기·정과리·진형준·홍정선이 맡았으며, 이인성이 막후에서 창간 진행을 도와주는 형태로 진행되었다. 잡지의 제목에 대해서는 여러 가지 논란이 있었지만 새로운 창간이라는 사실과 『문학과지성』보다 사회와의 관련성을 더 강조할 필요가 있다고 생각하여 '문학과사회'로 정했으며, 이 제목이 정해지는 데에는 김병익의 조언이 상당히 작용했다. 이렇게 탄생한 『문학과사회』의 창간 서문은 다음과 같다.

　　우리가 '문학'과 '사회'를 상호 포괄적인 관계로 파악하는 것도 이러한 인
　　식을 기반으로 하여 궁극적으로는 문학의 입장에서, 문학을 통해 사회 변혁

의 전망을 획득하고자 하기 때문이다. 〔……〕 문학은 사회 속에 존재하며 사회는 또한 문학 속에서 스스로의 존재와 구조를 발견해낸다. 문학은 스스로를 반성하면서 사회를 비판하고, 이러한 반성과 비판을 통해 스스로를 변화시켜나가는 동시에 사회 변혁의 주요한 동인이 된다. 따라서 우리는 문학과 사회의 동시적 포괄 관계를 통해 한국 사회의 진정한 변혁의 전망을 구축하고자 한다.

'문학과지성사'는 1989년 4월, 안정된 자리를 찾아, 사무실을 "마포구 서교동 363의 12"로 옮긴다. 그리고 '문학과지성사'의 편집과 운영에 『문학과사회』 동인들이 본격적으로 참여하기 시작하고, 출판 상황이 창사 시기와는 달라짐에 따라 지금까지 지켜온 출간 원칙들을 90년대 들어 하나씩 깨기 시작한다. 문지 어린이 책을 내고, 산문선이란 이름으로 수필집을 내고, 번역 소설도 간행하기 시작한다. 다만 자비 출판을 하지 않는다는 원칙만은 변함없이 지킨다. 이러한 변화는 대중적인 출판이 출판 시장을 압도하는 와중에서 본격 출판사들이 살아남기 위한 일종의 타협이다. 그 타협을 문지 1세대들이 먼저 시작함으로써 문지 2세대들은 보다 자유로운 환경에서 출판사를 이어받을 수 있게 된다.

1990년 6월에 '문학과지성' 동인 중 김현이 작고하고, 1993년 1월에 황인철이 작고하면서 출판사 '문지'는 '주식회사 문학과지성사'로의 전환을 모색하기 시작한다. 원래 동인들의 합자로 이루어진 출판사였지만 이를 법제화된 형태의 공동적인 출판사로 만들 필요성을 이들의 작고가 제공한 것이다. 그래서 1993년에 주식회사를 만들고 주식을 '문지' 2세대들에게 배분해주기 시작하였으며, 2000년에는 출판사의 경영권까지 『문학과사회』 세대들에게 이양한다. 2000년 3월의 주주 총회에서 김병익이 대표이사직에서 '상임 고문'으로 물러나고 '문지' 2세대를 대표하여 채호기가 사장으로 선임됨으로써, 문지 1세대들이 25년 동안 1165종의 책을 간행하며 만들어낸 '문학과지성사'의 소중한 역사를 후배들에게 물려준 것이다.

6. 세대 교체와 '문지' 3세대의 형성(2000~현재)

『문학과사회』세대들은 1996년경부터 디지털 문화가 지배하는 사회, 각종 영상 매체와 사이버 문화가 문학과 결합하는 사회에 대응할 수 있는 새로운 젊은 세대들을 양성할 필요성을 절감하여 김동식·김태동·김태환·성기완·주일우·윤병무·최성실 등이 무크지『이다』를 만들 수 있는 환경을 조성해준 바 있다. 이들이 『이다』 4호를 간행한 시점인 2000년에 '문지' 2세대들은『문학과사회』편집 동인에 정과리와 박혜경만 남기고 권오룡·성민엽·홍정선이 빠진다. 그 대신 두 세대에 비해 영화, 음악, 대중문화, 사이버 공간 등에 대해 훨씬 적극적 수용의 태도를 지닌 이들이 그 자리를 차지함으로써 잡지의 변모와 세대 교체가 이루어지도록 만들고, 2005년에는 두 사람마저 빠져나옴으로써 『문학과사회』편집권을 '문지' 3세대에 완전히 이양한다.

그 결과 '문지' 1세대인 외국 문학 전공자들이 잡지를 창간함으로써 역사가 시작된 '문학과지성사'는 3세대에 이르러 잡지의 편집자들이 독문학전공인 김태환을 제외하고는 전부 한국문학 전공자들로 바뀌는 변모를 보여주게 된다. 그리고 2004년 5월에는 '문지' 30년만에 마련한 "마포구 서교동 395의 2"의 독자적인 사옥으로 이전함으로써 새로운 역사를 시작하고 있다.

홍정선 문학평론가. 1953년 경북 예천 출생. 『문학의 시대』를 창간하여 비평 활동 시작. 평론집『역사적 삶과 비평』『홍성원 깊이 읽기』(엮음) 등이 있음.

『문학과지성』의 창간

김치수

1. 창간의 배경

1960년대는 우리에게 희망과 절망의 시대였다. 4·19학생혁명과 5·16 군사쿠데타, 한일 수교와 6·3사태, 경제 개발과 산업화 등으로 사회 전체가 변화와 갈등으로 점철되었다. 1970년대는 우리에게 잔혹한 시대였다. 3선 개헌을 강행하여 군사 독재를 연장하고자 하는 박정희 정권은 이를 반대하는 국민들의 저항을 억누르기 위하여 강온 양면 정책을 번갈아 사용하고 있었다. 4·19혁명이 일어난 지 10년의 세월이 흘렀음에도 불구하고 자유로운 사회, 민주적인 국가와는 정반대의 길로 치닫고 있는 암담한 현실에 대해서 우리는 자칫 절망의 나락으로 떨어질 위험을 느끼고 있었다. 김지하가 담시 「오적」을 발표했다가 투옥되었고, 그 시를 수록했다는 이유로 당시 지식인 사회의 여론을 주도하던 월간지 『사상계』가 폐간되었고, 대학에는 휴교령이 내리는 등 우리 사회는 끝없는 불화와 갈등, 억압과 저항의 소용돌이에 휘말리고 있었다. 이러한 상황에서 문학은 무엇을 할 수 있는가, 진정한 문학은 존재할 수 있는가 우리는 질문을 던지며 괴로워했다. 자칫하면 친일 문학이 아니면 절필할 수밖에 없었던 일제 암흑기로 되돌아갈 수 있는 황량한 시대를 살고 있다는 느낌이었다. 다행히도 1966년 창간된『창작과비평』이 문학의 정치적·사회적 역할을 강조하면서 인문사회과학의 저항 이론을 문학에 적용시키고 문학에서 민중의 고통스런 모습을 찾아내어 그것을 통해 저항 정신을 고취시키는 힘든 싸움을 싸우고 있었다. 우리는 당대에『창작과비평』이 벌이고 있는 고군분투에 경의와 지지를 보내고 있었다.

그러나 그 싸움의 격렬함 때문에 문학 작품을 정치와 사회에 종속시킬 수 있다는 우려를 우리는 하지 않을 수 없었다. 정치와 사회 제도가 바뀌어도 존재할 수 있는 문학을 지키고자 하는 노력을 게을리 하게 되면, 변화를 겪게 된 덧없는 체제와 함께 문학도 덧없이 사라지게 되고 또다시 문학의 암흑시대를 맞이할 수 있기 때문이다. 우리는 현실 속에 존재하는 폭력의 정체를 밝히고 한국 문학의 다채롭고 풍요로운 경향을 대변할 수 있는 계간지가 있어야『창작과비평』과 함께 역할을 분담하며 한국 지성사와 문학사에 기여할 수 있다는 신념을 가지고『문학과지성』을 창간하는 데 뜻을 모았다.『창작과비평』이 실천적 지성에 비중을 두고 문학의 현실 참여를 주장한 반면에『문학과지성』은 이론적 지성으로 넓은 의미의 현실에 대한 분석과 해석을 시도하고 문학의 순수성을 지키고자 하였다. 김현이 쓴 '창간호를 내면서'는 우리 시대의 근원적 병원을 '패배주의'와 '샤머니즘'으로 진단하고 이를 극복하기 위하여 "인간 정신의 확대의 여러 징후들을 정확하게" 제시하고 한국을 정확하게 이해하고자 하는 모든 연구 결과에 주목하고자 한다는 창간 정신을 그대로 드러내고 있다. 여기에서 패배주의는 4·19학생혁명이 5·16쿠데타로 인해 실패로 돌아간 다음 우리 사회에 만연하고 있던 자유와 민주 정신의 패배를 의미하는 것으로서, 그 절망감에 사로잡혀 있는 정신의 깨어남을 위해 극복의 대상이라고 보았던 것이다. 샤머니즘은 실천적 참여가 아니면 모든 것이 부인되는 맹목적인 독선과 민족적인 맹신을 의미하는 것으로서 극복의 대상이기 때문에, 어떠한 경우에도 이성적 성찰을 통해서 합리적 출구를 모색해야 한다는 것이다.

2. 그 이전의 동인지

이러한 정신의 주도자는 김현이다. 그와 나는 1960년 4·19혁명과 5·16 군사쿠데타를 겪으면서 한국의 지식인과 문학인이 해야 할 것이 무엇인지 깊이 생각하게 되었다. 우리는 처음으로 거리에 나서 시위에 참가하였고, 독재 정권의 총격에 시위 학생들이 피를 흘리는 것을 목격하였고, 학생 운동의 주도자들이 정치에 깊이 관여하며 정치인이 되어버리는 것을 목격하였고, 군사 쿠데타에 의해 모처럼 맞이한 민주주의의 기회가 짓밟히는 것을 목격하면서 문학 지식인으로서 우리가 해야 할 일을 투철하게 의식하고 있었다. 1962년 봄, 김현은 불문학과 동기생인 나와 김승옥에게 함께 동인지를 만들자는 제안을 했다. 나는 아직 문단에 나오기 전이었기 때문에 문학 청년의 습작기 정도로 생각하고 있었지만 그해 1월 1일 한국일보 신춘문예에 「생명 연습」으로 데뷔한 김승옥이나, 『자유문학』 3월호에 「나르시스 시론」으로 문단에 등장한 김현은 기존 문학지들의 폐쇄적이고 보수적인 운영 때문에 그들의 문학 작품을 자유롭게 발표할 수 없을 뿐만 아니라 그들의 지적인 욕구를 표현할 수 없다고 생각하고 있었다. 우리 셋은 한글 세대 최초의 동인지를 만드는 데 의견의 일치를 보고 김현의 제안에 따라 최하림도 동인으로 참가하게 되었다. 동인지의 제목으로 김현이 '질주'를 제안했고 김승옥이 그건 문학 소년 냄새가 난다고 하면서 '산문시대'를 제안했다. 김현의 제안은 독일의 '질풍노도'와 프랑스의 초현실주의를 연상시키는 자극적 효과는 있겠지만 지속성을 생각하면 '산문시대'라는 평범한 이름이 좋겠다는 데 우리의 의견이 일치되었다. 1962년 『산문시대』 창간호의 서문은 다음과 같이 쓰고 있다.

태초와도 같은 어둠 속에 우리는 서 있다. 그 숱한 언어의 난무 속에서 우리의 전신은 여기 이렇게 초라한 모습으로 서 있다. 이 천년을 갈 것 같은 어두움, 그 속에서 우리는 신이 느낀 권태를 반추하며 여기 이렇게 서 있다. 참 오랜 세월을 끈덕진 인내로 이 어두움을 감내하며 우리 여기 서 있다. 그러나 이제 우리는 안다. 이 어두움이 신의 인간 창조와 동시에 제거된 것처럼 우리들 주변에서도 새로운 언어의 창조로 제거되어야 함을 우리는 안다. 〔……〕 얼어붙은 권위와 구역질나는 모든 화법을 우리는 저주한다. 뼈를 가는 어두움이 없었던 모든 자들의 안이함에서 우리는 기꺼이 탈출한다.

이미, "태초와도 같은 어둠 속에 우리는 서 있다"고 선언한다. 젊음의 이상과 환희가 충만하던 그 시절, 어둠은 3·15부정선거를 저지른 독재 정부를 4·19혁명으로 무너뜨리고 역사상 처음 자유와 민주주의를 쟁취한 한국의 지성이 5·16군사쿠데타로 인해 체험한 절망적 현실을 의미했으며, 그 어둠은 한글 세대의 새로운 정신을 표현하는 문학의 탄생으로 걷힐 수 있다고 우리는 생각했다. 우리는 영국의 앵그리 영맨, 프랑스의 누벨바그, 일본의 신세대와 같은 정신의 모험과 자유를 향한 어둠 속의 질주를 꿈꾸며 『산문시대』를 낼 수 있었다. 강호무·곽광수·김성일·김산초·김승옥· 김현·염무웅·서정인·최하림 등이 참여한 『산문시대』는 4·19의 정신을 문학적으로 구현하고자 하는 젊은 문학도들의 의지의 표현이었다. 그러나 종이 대금 전체를 김현 개인의 부담으로 충당하고 인쇄비를 가림출판사에서 부담한 동인지 『산문시대』는 오래가지 못하고 1964년 5호를 마지막으로 중단되었다. 동인들이 문단에 등장하고 청탁받은 원고를 쓰기에도 어려운 형편이 되자 원고료 없는 동인지를 낸다는 것이 생각만큼 쉽지 않았다.

김현은 이러한 현실에도 불구하고 우리 문학사에서 첫 번째 한글 세대

로서의 자부심을 갖고 4·19세대의 감수성과 정신을 대표할 수 있는 새로
운 동인지를 내고자 하는 꿈을 포기하지 않았다. 그는 60년대 문학의 특성
을 파악하고 자기 세대의 문학을 대변할 수 있는 동인지를 내야 한다는 신
념을 가지고 있었다. 그는 『산문시대』에서 하려고 했던 동인지보다 더 확
대된, 동세대의 문학을 문자 그대로 대변할 수 있는 동인지를 내줄 수 있
는 후원자를 찾고 있었다. 1968년 가을, 그는 『아세아』지의 편집을 맡고
있던 소설가 이청준의 소개로 인쇄소를 가지고 있는 한명문화사의 지원을
받아 『68문학』이라는 동인지를 발간하게 되었다. 1968년을 60년대 문학의
정점으로 생각하여 발간한 이 동인지는 1969년 1월에 그 첫 호를 내놓았
다. 여기에 동인으로 참여한 사람은 김현·김승옥·김주연·김치수·박태
순·염무웅·이청준 등 7명이었고 그 밖에도 작품을 발표한 사람은 소설에
박상륭·홍성원, 시에 김화영·박이도·이성부·이승훈·정현종·최하림·황
동규, 평론에 김병익 등이었다. 이들 필자들의 구성을 보면 60년대에 활
동한 쟁쟁한 문학인들이 폭넓게 모여 있다는 것을 알 수 있다. 가히 60년
대 문학의 화려한 개화라고 할 만하다.

　『68문학』이 『산문시대』의 전통을 이어받았다는 것은 창간호의 다음과
같은 편집자의 말을 보면 분명해진다.

　어느 시대를 불문하고, 그 시대를 진정한 의미에서 체험하고 그 시대의
병폐와 한계를 뛰어넘으려고 애를 쓰는 사람들은 반드시 그 시대를 위기의
시대로 파악한다. 저마다의 세대는 저마다의 위기의식을 가지고 그 시대의
현실, 그 세대의 피부를 핥고 뼈를 갉아낸, 그리하여 의식의 심층 깊숙이
인각을 찍은 그 시대의 현실을 내보이는 것이다. "우리는 태초와도 같은 어
둠 속에 서 있다." 젊음의 이상과 환희가 충만해 있던 시절, 우리는 이렇게
적었다. 그 '태초와도 같은 어둠'이 정당한 의식의 소작을 거친 후에 지적인
표현을 얻을 수 있을 것인가, 없을 것인가? 그것은 우리들이 글을 쓰기 시

작하고 생각을 의무적으로 표현하기 시작한 때부터 항상 염두에 두어왔던 것이다. 그것은 토속적이며 비합리적인 세계에 흡수되어 샤머니즘의 미로를 만들어도 안 되었고 관념적 유희를 즐기게 되어 현실 밖에 우리와는 상관없이 존재하는 어떤 가상의 제국을 만들어도 안 되었다. 우리는 우리 시대의 위기를 샤머니즘적인 것과 관념적인 유희와 비슷한 것이 되는대로 결합하여 빚어내는 정신의 혼란 상태라고 생각한다. 그것을 건전한 논리의 도움을 얻어 극복하는 길만이 우리에게 주어진 사명이라는 것을, 그래서 우리들은 깨닫고 있다. 정말로 우리가 그 일을 맡지 않는다면 그 누가 그 일을 맡을 수 있을 것인가? 저마다 자기의 변명을 내세울 수는 있지만, 한 시대의 인각이 찍힌 한 그룹은 자기의 사명을 내버린 데 대한 변명을 해낼 수 없다. 그것은 자기 세대의 존재 이유를 스스로 박탈한 것이기 때문이다. 이러한 일이 자유롭게 행해지기 위해서 우리는 정신의 리버럴리즘이 더욱 팽창하기를 희망한다.

다소 공격적이면서도 지사적인 사명감을 표명하고 있는 이 '편집자의 말'은 김현이 쓴 것으로서 앞에서 인용한 『산문시대』의 선언문과 비슷한 현실관과 어조를 갖고 있으며 뒤에 나올 『문학과지성』의 '창간호를 내면서'와도 상당히 비슷한 관점과 어조를 갖고 있다. 그것은 "'태초와도 같은 어둠'이 정당한 의식의 조작을 거친 후에 지적인 표현을 얻을 수 있을 것인가, 없을 것인가? 그것은 우리들이 글을 쓰기 시작하고 생각을 의무적으로 표현하기 시작한 때부터 항상 염두에 두어왔던 것이다"라고 한 구절에서 뚜렷하게 드러난다. 여기에서 "태초와도 같은 어둠 속에 우리는 서 있다"는 인용은 『산문시대』의 편집자의 말에서 따온 것이다. 우리 시대의 위기를 "샤머니즘적인 것과 관념적 유희와 비슷한 것이" "결합하여 빚어내는 정신의 혼란 상태라고 생각한다"라고 선언하고 그것을 극복하고자 하는 일이 자유롭게 행해지기 위해서 '정신의 리버럴리즘'이 팽창하기를 희망한다.

합리적 이성주의를 강조하고 자유로운 정신의 표현을 목표로 하고 있는 『68문학』은 동세대의 작가와 시인 그리고 비평가를 거의 망라하고 있다. 특히 경향이 서로 다른 작가 시인들이 한자리에 모인 것은 그것의 이념적 동질성보다는 세대적 동질성이 더 크게 작용하고 있음을 말해준다. 이 세대적 동질성은 당시 50년대 문학과 60년대 문학 사이에 있었던 '신구 세대 논쟁'과 무관하지 않을 것이다. 특히 해방 후 새로운 교육을 받은 한글 세대로서의 자부심은 60년대 문학을 한자리에 묶을 수 있는 계기를 마련해주었고, 그리하여 서로 문학적 입장이 다른 사람들이 별다른 거부감 없이 하나의 동인지에 모일 수 있었다.

이 동인지의 표지는 호안 미로의 그림을 가지고 김승옥이 편집한 것으로서 당시로서는 상당히 세련된 것이었다. 그러나 『68문학』은 창간호가 종간호가 되어버렸다. 동인지가 발간되자 언론에서는 한글 세대의 새로운 도전이라는 평가와 함께 상당한 호응을 보였기 때문에 우리는 여러 가지로 고무되어 제2호를 준비하게 되었다. 그러나 예상했던 것보다 큰 적자가 나서 이를 감당하기 어려웠던지 혹은 외부의 어떤 압력을 받았는지 구체적인 해명을 듣지 못했으나 한명문화사로부터 더 이상 재정적 지원을 하며 발간할 수 없다는 최후통첩을 받고 『68문학』은 창간호가 종간호가 되어버렸다.

3. 계간 『문학과지성』의 탄생

우리는 낙심하여 우리나라의 문화적 풍토의 열악성을 개탄하였지만, 김현은 실망하지 않고 어떻게 하면 동인지를 속간할 수 있을지 여러 가지 아이디어를 내놓았다. 당시 정치적으로는 3선 개헌을 위해서 갈수록 억압구조가 강화되고 있었고 문학적으로는 기존의 보수적인 문학지와 진보적인 계간지가 양극화되고 있었다.

1970년, 김현과 김승옥과 나는 거의 매일 만나다시피 하며 우리 사회가 3선 개헌 문제로 갈등을 빚고 있는 현실에 대해 깊은 우려를 갖고 괴로워했고 그로 인해서 한국 문학이 어느 한편으로 기울어지고 있는 현실을 개탄하며 힘든 나날을 보내고 있었다. 김현은 그런 시대일수록 새로운 동인지가 등장해서 음험한 현실을 날카롭게 분석하고 그럼에도 불구하고 문학이 이념의 단순한 도구가 아니라 인간 존재의 비극적 운명과 그 한계를 극복하고자 하는 정신의 고통스런 표현이어야 한다는 것을 지지하는 계간지의 필요성을 강조하였다. 당시 일간지에 연재만화를 그리며 소설을 발표하고 있던 김승옥은 자신이 사진 식자 회사를 차려 자금을 대겠으니 계간지를 내보자고 김현을 부추겼다. 언제나 소심하고 회의적인 나는 김승옥의 제안이 실현되기 힘들다고 주장하며 계간지의 적자를 감당할 만한 큰 출판사가 아니면 우리의 계간지를 간행하는 것이 불가능하다고 비관적으로 말했다.

그런데 어느 여름날 김현이 내게 와서 동아일보 문화부 기자로 있는 김병익과 함께 동인지 문제를 의논해보자고 제안했다. 나와 김현은 무교동의 연다방에서 김병익을 만났다. 김현은 『창작과비평』보다 고급의 『현대비평』이라는 문학 동인지를 함께 내보자며, 그것이 당대의 한국 문학이 안고 있는 문제점을 밝히고 동시에 한국 문학의 새로운 가능성을 발굴하여 그것을 고무하고 격려하는 역할을 해야 한다고 역설하였다. 김병익은 문학 동인지를 내는 일에는 쉽게 동의했지만 아직 열지도 않은 김승옥의 사진 식자 회사로부터 자금 지원을 받는다는 계획이 무모하다는 것을 지적하고 자신이 원고료를 부담할 만한 친구를 한번 만나보겠다고 약속했다. 며칠 뒤 김현은 내게 환한 미소를 띠고 김병익이 친구로부터 긍정적인 대답을 받았다고 말하며 기뻐했다.

김현과 나는 김병익을 만나 김병익의 친구인 황인철 변호사와 인사를 나누었다. 황인철 변호사는 낮은 목소리로 당시의 정권이 법조계에 영향력을 행사하고자 함으로써 사법부의 독립이 훼손되고 있는 현실을 개탄하면서 그러한 현실을 감시하고 참다운 법조인상을 제시할 수 있는 법조 잡지를 내고 싶었다고 고백하였다. 9남매의 장남으로서 평생을 평교사로 근무하는 부친을 자랑으로 생각하고 있던 황인철 변호사는 박봉 때문에 자신이 법관의 꿈을 완성하지 못한 대신에 다른 사람들이 그 꿈을 실현할 수 있도록 지원하고자 하는 희망을 갖고 있었다. 그 희망을 실현하기 전에 그의 고등학교 동기동창생인 김병익이 문학 계간지의 간행에 지원을 요청하자 그는 매호 필요한 원고료를 묻고 계간지의 원고료를 부담하겠다고 약속했다. 그의 커다란 눈과 온화한 표정과 단호한 어조와 진지한 태도는 첫 만남에서 우리들의 마음을 사로잡았다.

우리는 곧 계간지를 내줄 출판사를 물색하기로 하고, 김병익이 개인적인 안면이 있는 일조각의 한만년 사장을 찾아가는 일을 맡았다. 일조각은 당시 우리나라 제일의 학술 서적 출판사로서 1966년『창작과비평』의 창간부터 그 간행을 맡았었기 때문에 계간지의 출판에 경험이 있는 대출판사이며『창작과비평』이 신구문화사로 발행처를 옮겨간 뒤에 자기 회사에서 내는 계간지를 갖기를 원하는 출판사일지도 모른다는 기대를 하게 되었다. 한만년 사장이 계간지의 출판을 흔쾌하게 받아들인 이후 우리는 '현대비평'이라는 이름으로 계간지 등록을 신청하였다. '현대비평'이라는 제목은 김현이『68문학』이후 줄곧 생각해온 계간지의 제목으로, 프랑스에서 사르트르가 주도해서 발간한『레 탕 모데른 Les temps moderne』과 미뉘 출판사에서 내고 있던『크리티크 Critique』를 합한 것 같은 계간지를 생각해서 내놓은 제목이었다. 한만년 사장을 발행인으로 한 것은 한만년씨가 출판사 사장이기 때문에 당연한 일이지만 황인철 변호사를 편집인으로 한 것은 김지하가 필화 사건으로 구속되고『사상계』가 존립에 위협을 받고 있는 당시 상황으로 비추어 만일의 사태가 발생했을 경우 법을 잘 아는 변호사가 편집인으로 있는 것이 다소나마 법의 보호를 받을 수 있지 않을까 하는 김병익의 제안에 의한 것이었다.

'현대비평'으로 등록을 신청한 우리는 문공부로부터 보기 좋게 거절을 당했다. '비평'이나 '평론'이라는 표현이 들어간 제호는 받아들이지 않는다는 것이었다. 아마도 『창작과비평』이 당시의 군사 정권에 비판적인 입장을 취하고 있기 때문에 당시의 정부는 비평이나 평론이라는 제목에 대해서 근본적인 불신이나 거부감을 가진 것이 아니었을까 추측되었다. 난감해진 김현이 즉석에서 '문학과지성'이라는 제호를 제안했다. 우리는 모두 그 제호에 동의했고 문공부도 우리의 등록 신청을 받아들였다.

4. 편집 동인의 구성과 편집 방향

창간 당시에 편집 동인은 김현·김병익·김치수 등 세 사람이었으나 당시 유학 중이던 김주연이 1년 후 귀국하면 편집 동인에 합류시키기로 우리는 합의했다. 여기에서 애당초 문학 동인지 발간을 함께 의논했던 김승옥이 빠진 것은 계간지의 편집 동인은 비평가들로 구성하는 것이 합당하다고 의견의 일치를 보았기 때문이다. 소설가나 시인은 작품 활동을 보다 자유롭게 해야 하고 그러기 위해서는 특정 계간지의 편집 동인으로 얽매이는 것이 바람직하지 않다는 의견 때문에 비평가 세 사람과 편집인인 황인철 변호사로만 편집 동인을 구성하게 되었다. 우리는 1970년 9월에 창간호를 내기로 결정하고 거의 매 주일 만나서 편집 방향을 정하고 원고 청탁에 들어갔다. 만나는 장소는 대부분 지금 교보문고 자리에 있던 비봉다방이었고 저녁 식사를 함께해야 할 경우에는 청진동에 있는 경주집이었다. 당시 동아일보에 재직하고 있던 김병익과 신구문화사에 근무하던 김치수가 서로 가까이 있었기 때문에 김현이 광화문으로 나오는 것이 쉬웠다. 황인철 변호사의 사무실도 시청 앞에 있어서 황인철 변호사가 합류할 경우에는 그가 합류하기 쉬운 곳으로 장소가 바뀌기도 했다. 일조각의 최재유 주간과는 우리가 원고를 넘기면 그 다음부터 배포와 판매는 일조각에서 맡기로 했고, 동인들은 매호 편집 계획을 짜서 필자를 정하고 각자 분담해 원고를 청탁해서 받아내기로 정했다. 매호 수록될 원고는 편집 기획에 의해 청탁된 원고와 기왕에 발표된 글 가운데 우리가 우리의 독자들에게 읽혀야 한다고 판단된 좋은 글을 선정해서 재수록하는 원고였다. 새로 청탁할 원고는 한국의 정신과 지성을 대표할 만한 주제를 다룰 필자를 선택해서 청탁을 맡은 동인이 청탁 취지를 설명하고 그 주제에 대해서 비교적 독자적이고 자유로운 접근을 부탁하는 형식을 취했다. 그렇기 때문에 동인들은 각자 자신이 선호하는 필자와 분야를 갖게 되었고 따라서 어느 정도 역할 분담이 쉽게 정해졌다. 가령 시와 신학과 지식인 문제에 대해서는 김현이 주로 맡았고 정치사와 지성사 및 소설 분야는 김병익이 주로 맡았으며, 역사와 철학 및 소설 분야는 김치수가 맡았다. 1년 뒤 동인에 합류한 김주연은 비판철학과 시 분야를 주로 맡았다. 외국의 글 가운데 번역하여 수록할 글들은 네 사람이 나누어서 추천하고 번역자도 선정하여 원고를 받기까지 책임지기로 했다. 번역된 글 가운데 대표적인 것으로는 롤랑 바르트의 「작가와 지식인」(김현), 존 서얼의 「촘스키의 언어학 혁명」(김병익), 마르크 블로크의 「역사에 대한 변명」(김치수), 장 리카르두의 「문학은 무엇을 할 수 있는가」(김현), 토도로프의 『구조시학』(곽광수), 아도르노의 「시와 사회에 대한 강의」(김주연), 마틴 제이의 「미학 이론과 대중문화 비판」(김종철) 등이 있다. 매호 신기로 한 재수록 원고는 주로 문학 작품 중심이었지만 인문학과 관련된 글도 있었다. 재수록된 글에 대한 리뷰는 가능하면 네 사람 가운데 한 사람이 맡되 여의치 않으면 다른 필자에게 청탁하기로 했다 가령 창간호에 수록된 글 가운데 김현은 김현승과 노재봉과 김윤식의 글을, 김병익은 김철준과 최창규의 글을, 김치수는 하길종의 글을 맡았고, 재수록된 정현종·윤상규·이성부·조태일 등의 시는 김현이 선택하였고, 홍성원과 박순녀의 소설은 김병익이 추천하였고, 최인훈과 최인호의 소설은 김치수가 추천하였다. 이런 식으로 필자와 주제가 결정되어 매호 호를 거듭할수록 동인 각자가 맡은 필자도 어느 정도 고정되어 직업을 갖고도 동인 활동을 하는 데 큰 어려움이 없었지만, 우리는 거의 모든 글들을 미친 것처럼 읽고 선택하는 작업을 게을리 할 수 없었다. 그리고 동인 상호 간의 취향과 안목을 알고 있었기 때문에 어떤 글, 어떤 필자를 선택하면 대개의 경우 이론이나 반론이 나오지 않을 만큼 신뢰가 쌓였다. 나는 특히 한국사의 필자들에게서 많은 도움을 받았다. 홍이섭 교수로부터 일제 강점기 지식인 문제에 관한 글을 받았고, 이기백 교수로부터 민족주의 사관에 관한 많은 글을 받았고, 이광린 교수로부터 개화기의 지식인 문제를 다룬 글을 받았고, 김용섭 교수로부터 한국사학사에 관한 최초의 정리된 글을 받았고, 김영호 교수로부터 한국사의 시대 구분과 경제 성장에 대한 많은 글을 받았으며, 서광선 교수로부터 한국 기독교의 윤리 문제에 관한 많은 글을 받았다. 그 밖에도 많은 작가와 시인들 그리고 여러 분야에서 활동하는 필자들의 도움은 여기에서 일일이 열거할 수 없을 정도다. 문학 작품 이외의 분야에서 김병익의 경우 김철준·신용하·최창규·이만열·길현모·차하순·최정호·이광주 등의 원고를 받았고, 김현의 경우 곽광수·노재봉·차인석·김여수·이홍구·김윤식·이민호·김정배·김봉구·정명환·박이문·서우석·이인호 등의 원고를 받았으며 김주연의 경우 이구열·오갑환·김봉호·지명렬·최순봉·송동준·정진홍·차봉희 등의 원고를 받았다. 우리는 여기에서 받은 원고가 계간지에 수록할 만한 원고인지 동인들 가운데 한 사람이 읽고 평가를 내리면 다른 동인들은 거기에 동의하는 형식을 거쳤다.

창간 당시의 편집 동인 구성은 1977년 김종철, 오생근 두 평론가가 합류하면서 강화된다. 1975년 봄, 이른바 동아 사태로 인해 동인 가운데 한 사람인 김병익이 신문사에서 해직되자 여름 프랑스 유학에서 돌아온 김현은 계간 『문학과지성』이 독자적인 출판사를 설립하여 김병익에게 운영을 맡기는 아이디어를 제안한다. 그는 계간 『문학과지성』을 언제까지나 일조각에서 낼 것이 아니라 『문학과지성』 자체에서 내는 것이 순리이고, 당시의 정치적·사회적 상황으로 보아 다른 동인도 김병익처럼 해직될지도 모르는 사태에 대비해서 출판사가 생계를 보장하는 일자리를 제공해줄 수도 있다는 확실한 명분을 제시하였다. 그의 예견은 5년 후 내게 현실로 나타났다. 1980년에 등장한 신군부는 민주화를 촉구하는 성명서에 서명을 한 전국의 대학교수 가운데 87명을 대학에서 축출하였다. 그 서명에 가담한 나는 그해 8월 이화여대에서 강제로 해직되자 문학과지성사 기획위원으로 편집실의 책상을 차지하고 4년의 세월을 보냈으니 출판사의 창사는 어쩌면 운명의 예견과 같은 것이었다.

그리하여 그해 12월 12일, 도서출판 문학과지성사를 설립하고 1977년부터 계간 『문학과지성』도 일조각으로부터 인수하여 문학과지성사에서 출간하기 시작한다. 독자적인 출판사의 설립은 『문학과지성』의 재정적 자립을 도왔고 그 결과 황인철 변호사로부터 원고료 지원을 받지 않게 되었으며 출판사의 성공은 『문학과지성』이 외부의 지원 없이 독자적으로 출간되는 기틀을 마련하게 되었다. 우리는 계간 『문학과지성』이 우리 세대만의 표현 기관이 아니라 다음 세대의 문학과 지성을 대변하는 계간지로 성장하기를 바랐고, 이를 위해서 우리는 앞에서 말한 것처럼 탁월한 안목과 참신한 정신과 예리한 필력을 갖춘 오생근과 김종철 두 비평가를 동인으로 영입한 것이다.

5. 『문학과지성』의 창간 정신

1970년 9월에 가을호로 창간한 계간 『문학과지성』은 '창간호를 내면서'
에서 다음과 같이 주장하고 있다.

이 시대의 병폐는 무엇인가? 무엇이 이 시대를 사는 한국인의 의식을 참
담하게 만들고 있는가? 우리는 그것이 패배주의와 샤머니즘에서 연유하는
정신적 복합체라고 생각한다. 심리적 패배주의는 한국 현실의 후진성과 분
단된 한국 현실의 기이성 때문에 얻어진 허무주의의 한 측면이다. 그것은
문화·사회·정치 전반에 걸쳐서 한국인을 억누르고 있는 억압체이다. 정신
의 샤머니즘은 심리적 패배주의와 밀접한 관계를 맺고 있다. 그것은 현실을
객관적으로 정확히 파악하여 그것의 분석을 토대로 어떠한 결론을 도출해
내는 것을 방해하는 모든 것을 말한다. 식민지 인텔리에게서 그 굴욕적인
면모를 노출한 이 정신의 샤머니즘은 그것이 객관적 분석을 거부한다는 점
에서 정신의 파시즘화에 짧은 지름길을 제공한다. 현재를 살고 있는 한국인
으로서 우리는 이러한 병폐를 제거하여 객관적으로 세계 속의 한국을 바라
볼 수 있는 여건이 형성되기를 희망한다. 그러기 위해서 우리는 한국 현실
의 투철한 인식이 없는 공허한 논리로 점철된 어떠한 움직임에도 동요하지
않을 것이며, 한국 현실의 모순을 은폐하기 위한 어떠한 노력에도 휩쓸려
들어가지 아니할 것이다. 진정한 문화란 이러한 정직한 태도의 소산이라고
우리는 확신하고 있으며, 그런 의미에서 우리는 정신을 안일하게 하는 모든
힘에 대하여 성실하게 저항해나갈 것을 밝힌다.
　그러기 위하여 우리는 다음과 같은 두 가지 태도를 취한다. 하나는 폐쇄
된 국수주의를 지양하기 위하여, 한국 외의 여러 나라에서 성실하게 탐구되
고 있는 인간 정신의 확대의 여러 징후들을 정확하게 소개·제시하고, 그것

이 한국의 문화 풍토에 어떠한 자극을 줄 것인가를 탐구하겠다는 것이다. 이 것은, 폐쇄된 상황에서 문학 외적인 압력만을 받았을 때 문학을 지키려고 애를 쓴 노력이 순수 문학이라는 토속적인 문학을 산출한 것을 아는 이상, 한국 문학을 '한국적인 것'이라고 알려져온 것에만 한정시킬 수 없다는 것, 다시 말하자면 한국 문학은, 한국적이라고 알려져온 것에서 벗어나려는 노력, 보편적 인식의 가능성을 추구하는 노력마저도 포함해야 한다는 것을 확신하고 있기 때문에 그런 것이다. 이와 같은 우리의 태도는 한국의 문화 풍토, 혹은 사회·정치 풍토를 정확한 사관의 도움을 받아 이해하려는 노력을 전제로 한다. 그래서 우리가 취할 또 하나의 태도는 한국을 정확히 이해하기 위해서 한국의 제반 분야에 관한 탐구의 결과를 조심스럽게 주시하겠다는 것이다. '조심스럽게'라고 우리는 썼는데, 그것은 우리가 지나치게 그것에 쉽게 빨려들어가 한국우위주의란 패배주의 가면을 쓰지 않기 위해서이다.

여기에서 읽을 수 있는 것처럼 『문학과지성』의 창간 정신은 그 방향이 『산문시대』『68문학』과 동일한 노선에 있음을 말해주고 있다. 김현이 쓴 이 창간사는 『문학과지성』 창간 당시의 한국의 문학적·정신적·사회적·정치적 현실에 대한 진단으로서 『문학과지성』 동인들의 공통된 입장을 대변하고 있고, 그 지향과 목표는 그 후 10년 동안 『문학과지성』의 방향과 성격을 압축적으로 요약해주고 있다. 그것은 우리 사회의 후진성과 분단의 현실이 한국 사회에 정신의 패배주의와 샤머니즘의 만연을 가져왔고, 그것으로 인해 야기된 억압과 폐쇄주의가 투철한 현실 인식을 방해하고 있기 때문에 이를 극복하기 위해 객관적이고 보편적인 인식을 추구하겠다고 선언한다. 그것은 이미 현실로 드러나기 시작한 정치적 폭력과 억압 앞에서 문학적 저항 양식을 탐구하면서 그로 인해 피폐해질 수 있는 문학의 존재 방식에 대한 철저한 반성을 동반하겠다는 상력한 선언이다. 여기에서 패배주의는 4·19学生혁명이 5·16군사쿠데타로 인해 실패로 돌아간 다음 우리 사회가 사로잡혀 있던 절망감을 의미하며, 그것의 극복을 위해서는 객관적이고 보편적인 관점의 확립이 필요하고, 샤머니즘이란 실천적인 참여가 아니면 모두 부인되는 맹목적인 독선과 민족과 통일 제일주의적 폐쇄주의를 의미하며 이를 극복하기 위해서는 이성적 성찰이 필요하다는 것을 창간사는 주장한다. 1970년은 모든 뜻 있는 한국인들에게 잔혹한 해였다. 앞에서 언급한 것처럼 3선 개헌을 강행하여 군사 독재의 연장을 꾀하고자 한 박정희 정권은 이를 반대하는 국민들의 저항을 억누르기 위해 강온 양면 정책을 펼치고 있었다.

우리가 살고 있던 시대가 정신적으로 '태초와도 같은 어둠'에 휩싸인 시대라는 것은 1962년과 1968년 그리고 1970년의 정신적 상황이 별로 변하지 않았다는 인식이다. 그 당시 우리 사회의 병폐는 '정신의 샤머니즘'과 그로 인한 '심리적 패배주의'에 있다고 인식하고 있다. 식민지 체험의 인습 때문에 남아 있는 정신의 샤머니즘은 객관적 분석을 거부하고 관념적으로 받아들이고 있다는 점에서 정신의 파시즘화에 기여할 가능성이 있다. 심리적 패배주의는 한국 사회 현실이 가지고 있는 후진성과 분단된 현실이 가지고 있는 기이성에 토대를 둔 허무주의를 낳고 있다는 진단은 가난과 이산의 고통에 시달리고 있는 당대의 현실에 대한 본질적인 인식이었다. 그러한 병폐로부터 탈출하기 위해서는 세계 도처에서 인간 정신의 확대를 시도하는 여러 징후들을 받아들여 그것이 한국의 문화 풍토에 어떤 자극을 주도록 하는 열린 자세를 취하고, 한국 문학이 '한국적'이라는 폐쇄적인 세계에 안주하는 것이 아니라 보편적 가치를 획득할 수 있는 노력을 기울이게 한다는 것이다. 이를 위해서는 정확한 사관과 객관적 이론의 도움을 받아 값싼 국수주의나 배타적 민족주의가 또 하나의 패배주의에 다름 아니라는 것을 밝혀내야 한다. 열린 정신의 자유를 소중하게 여기며 한국의 문화 전반에 대한 탐구를 내세운 『문학과지성』은 외국의 문화적 탐구를 조심스럽게 수용하겠다는 의지를 표명하고, 나아가서는 한국 사회에서 문학

외적 분야의 성과들을 수용하겠다는 개방주의를 지향하겠다는 전망을 제시하고 있다.

이러한 창간 정신에 입각한『문학과지성』은 정치적 민주주의를 지향한 점에서『창작과비평』과 다를 바 없지만, 자유와 평등 가운데 어디에 더 큰 비중을 두느냐 하는 점에서 차이를 보인다. 특히 문학이 정치나 이데올로기로부터 자유롭고 자율적이어야 인간을 억압하는 모든 것의 정체를 밝힐 수 있고 비판과 견제의 역할을 할 수 있다는 입장을 지킨『문학과지성』은, 정치적·사회적 현실에 대한 문학의 적극적인 참여를 주장한『창작과 비평』과 차별화되었다.

6.『문학과지성』의 폐간

당시 유신 정권은 유신 체제를 유지하기 위해 '긴급조치'라는 특별법을 만들고 그 법 자체를 비판하는 것조차도 금지시키는 초강경 정책을 씀으로써 한국의 모든 언론은 위축되고 얼어붙었다. 그 가운데서도『문학과지성』은 비판적 지성의 대변지로서의 어려운 역할을 힘들게 해왔다. 그러나 1980년 신군부가 등장하면서『문학과지성』은 강제로 폐간되었다. 창간 10주년 기념호를 준비 중이던 우리는 새로 등장한 신군부가 광주민주화운동을 총칼로 짓밟고 지식인들의 저항을 두려워한 나머지『창작과비평』『뿌리깊은나무』『문학과지성』 등의 잡지를 '발행 목적 위배'라는 명목으로 등록을 취소했다는 것을 알았다. 그해 연말의 간담회에서『문학과지성』편집 동인들은 그 암담한 현실 속에서 문학과지성사가 계간지를 대신한 출판물을 통해서 계간지의 역할을 계속해야 한다는 다짐을 했다. 그것은 도서 출판을 통해서 감추어진 현실을 보게 하고 번역을 통해 새로운 전망을 모색하게 하고 새로운 세대의 목소리에 귀를 기울인다는 것이다. 여기에서 우리는 "『문학과지성』이 타의든 아니든 일단 폐간된 이상 그것으로서의 역할은 끝난 것으로 간주한다는 것, 그리고 다시 계간지를 간행할 수 있는 시기가 온다면 그리고 그때 우리의 계간지 간행 작업이 의미를 가질 수 있다고 한다면, 다시 잡지를 내되 그 잡지는 『문학과지성』이 아닌, 새로운 편집 주체에 의한 새로운 잡지여야 한다"는 결론을 내렸다. 이렇게 해서 계간 『문학과지성』 발간의 역사는 10년 만에 끝났다. 그러나 출판사가 새로운 책을 내고 또 『우리 세대의 문학』『문학과사회』 등이 발간됨으로써 초기의 『문학과지성』의 정신은 달라지면서도 계승되고 있다. 달라진다는 것은 그 정신이 생명체처럼 살아 있다는 증거가 될 것이다.

김치수 문학평론가. 1940년 전북 고창 출생. 평론집 『한국 소설의 공간』『문학사회학을 위하여』『박경리와 이청준』『문학과 비평의 구조』『공감의 비평을 위하여』『삶의 허상과 소설의 진실』 등과 역서 『누보로망을 위하여』『새로운 소설을 찾아서』『기원의 소설, 소설의 기원』(공역) 『낭만적 거짓과 소설적 진실』(공역) 등이 있음.

문학과지성사의 출범과 70년대

김주연

1

걷기를 싫어한다는 점을 제외하면 김병익과 나는 별로 닮은 요소가 없을 것 같다. 바둑과 담배를 즐기는(요즈음 그는 담배를 끊었다) 그와 달리 나는 바둑과도, 담배와도 영 거리가 멀 뿐 아니라, 술을 싫어하는 그와 달리 한때 나는 호주가는 못 될지언정, 애주가 축에 들었으니까. 그러나 버스 한 정거장 걷기 싫어하는 모습만은 아주 닮은꼴이었다. 이른바 문지 동인들 가운데에서 김치수를 제외하면(그는 등산, 배구, 테니스 등 못하는 운동이 없다) 스포츠를 특히 즐기거나, 하다못해 그 흔한 헬스라는 것을 하는 사람도 없는데, 걷기조차 싫어한다는 것은 사실 좀 너무하다고 하겠다. 이렇게 걷기 싫어하는 김병익과 내가 벌써 한 시간 넘게 청진동 골목을 빙글빙글 돌고 있었다. 1975년 어느 여름날의 일이었다. 그것도 사흘째—. 김병익은 말했다.

—어디 좀 들어가 쉬자.

물론 좀 쉬었다. 그러나 우리는 곧 다시 일어섰다. 우리들이 찾는 곳은 복덕방. 그 일대에서 작은 사무실을 빌리고자 하는 것이 목적이었다. 『문

학과지성』을 일조각으로부터 독립시켜 아예 문학과지성사를 발족시키기
위함이었다. 우리들 수준에 맞는 사무실은 쉽게 나타나지 않았고, 걷기 싫
어하는 우리 둘은 곧 지쳐버렸다. 피곤함은 금세 회사 설립 자체에 대한
회의로 나타났다.

　—회사 안 하면 안 될까. 솔직히 난 좀 별로인데…….

　물론 김병익의 말이었다. 그는 동아일보 해직 기자였다. 유신 이후 날
로 그 탄압의 도를 더해가는 상황에서 기자협회장을 맡고 있던 그를 소속
사인 동아일보사는 해임하였고, 그는 졸지에 실업자가 되었다. 아직 창창
한 30대 중반이었다. 김병익의 이러한 상황 변화가 문학과지성사 설립의
직접적인 계기였다. 말하자면 그에게 실질적인 일을 주기 위해서도 이제
『문학과지성』은 정식 회사를 통해 자립해야 했던 것이다. 김병익의 해직
은 통분할 일이었으나 한탄과 분노에만 머물고 있을 것이 아니라, 이 일을
아예 '문학과지성'→'문학과지성사'로 이어지는 발전의 축으로 삼고, 그
일을 김병익이 전적으로 맡으면 좋겠다고 동인들은 의견을 모았던 것이다.
회사도 생기고 그에게도 일이 주어지고…… 잘만 되면 김병익의 희생을
발판으로 새로운 국면이 전개될 수도 있는 절묘한 상황이라고 동인들은 이
따금 흥분하기도 했다.

　그러나 막상 김병익은 내키지 않아하였다. 신문사, 그것도 동아일보사
에 무한한 연민과 자부심을 갖고 있는 그로서는 이렇듯 새로운 환경이 느
닷없이 급격하게 펼쳐지는 것을 참기 힘들어했다. 잠시 기다리다가—설
령 그 기간이 꽤 길어진다고 하더라도—회사에 다시 나갈 수 있지 않을까
하는 기대를 그는 갖고 있었으며, 그런 희망을 그는 수차례 피력함으로써
문학과지성사의 책임을 맡는 자리에서 피해가고자 했다. 무엇보다 '경영'
은 생각해본 일도 없고, 체질에도 맞지 않는, 전혀 엉뚱한 일이므로 편집
책임이라면 모를까 발행 전체를 책임지는 일을 사양했던 것이다.

　그러나 천성이 유순한 편인 그가 동인들의 성화같은 요구를 끝까지 물

리칠 수는 없었다. 그가 말없이 가만히 앉아 있기만 하면 우리는 그가 승낙한 것으로 간주하고 사무실부터 얻자고 서둘렀다. 그 결과, 같은 동네에 살던 내가—김병익은 은평구 구산동, 나는 역촌동이 집이었다—그를 도와 사무실 보기에 나섰던 것이다. 마땅한 사무실은 좀처럼 나서지 않았고, 돌아다니는 우리는 다리만 아팠다. 그때마다 김병익은 우리의 회사 설립 계획의 재고를 은근히 떠보았지만, 그 역시 얼마 지나지 않아 자신이 이 일의 책임을 맡지 않을 수 없음에 동의하였고, 동의가 이루어지자 일은 급피치를 타고 진행되었다. 동인들의 분담금 갹출, 열화당 이기웅 사장과의 합거 등이 이루어지면서 청진동 3-3번지 2층에 문학과지성사는 마침내 간판을 걸 수 있게 되었다.

　여기서 열화당과의 합거에 대해서 간략하게 말해두고 가는 것이 좋을 듯싶다. 문학과지성사와 열화당은 20평 안팎의 사무실을 함께 사용하면서 발족하였는데, 이 같은 공동 사무실 운영은 단순히 공간을 함께 쓴다는 의미 이상으로 우리에게는 중요하였다. 무엇보다 김병익이 가장 두려워했고, 따라서 우리 모두 염려하고 있었던 '영업' 문제가 공동 사무실 운영으로 해결될 수 있었다. 열화당 이사장이 데려온 최장석 상무를(당시에는 평사원이었다) 두 회사 공동 근무 형태로 할 수 있었기 때문이었다. 한 번도 생각해본 일조차 없던 영업에 대한 두려움은 이로써 어느 정도 해소될 수 있었다. 사실 열화당과 함께 일을 시작할 수 있었던 것은 우리에게 큰 행운이었다. 열화당 이기웅 사장은 나의 이종 사촌으로 나보다 한 살 위의 형이었다. 그는 원래 일지사에서 편집장으로 근무하던 터였는데, 미술 출판에 일찍이 뜻을 두고 있었다. 일지사에 근무하면서 다른 한편으로 새로운 일을 꾀하던 터였는데(처음엔 나도 몇 가지 일을 도와준 일이 있었다) 『문학과지성』이 회사를 만든다고 하자 함께 일하면 초기에 서로 도움이 될 거라고 하면서 출판 유경험자로서의 소언을 아끼지 않았다. 말하자면 우리는 선배의 지도 아래 출발할 수 있었던 것이다. 이기웅 사장은 제작, 영업, 경리 등 거의 모든 방면에서 매우 짜임새 있는 경영을 하면서, 문학과지성사가 자리를 잡아가는 데에 큰 힘이 되었던바, 김병익은 두고두고 이에 대해 감사하였다. 어찌 사장 김병익만의 고마움이겠는가.

문학과지성사의 개업일은 공식적으로 1975년 12월 12일이다. 여름부터 준비한 것이 몇 달의 시간을 거쳐 마침내 문을 열게 되었는데 당시의 임직원들은 다음과 같았다.

발행인: 정지영
편집인: 김병익
영업: 최장석

새 집에서의 첫 작품은 조해일의 장편소설 『겨울여자』 상·하권이었으며 곧이어 홍성원의 『주말여행』, 그리고 김현과 내가 편(編)한 것으로 되어 있는 『문학이란 무엇인가』라는 이론서가 함께 출간되었다. 『겨울여자』는 소설가 김승옥이 장정을 맡았는데, 그림에 솜씨가 있는 그는 이후로도 문학과지성사에서 발간된 많은 소설집, 시집의 장정을 맡거나 컷을 그려준, 이를테면 '개국 공신'의 한 사람이 되었다. 김승옥과 함께 장정과 컷 부문에서 많은 기여를 해준 사람은 시인 오규원이었다. 그는 특히 문지 시인선의 컷을 맡아 오랫동안 이 시리즈에서 중요한 몫을 담당하였다. 오규원은 다른 한편으로 문장사라는 출판사를 개업하였는데, 그 역시 청진동 3-3 사무실 2층 한구석에 한때 더부살이를 하면서 회사를 운영하였다. 이 사무실은 20평 남짓의 크지 않은 공간이었으나 문학과지성사, 열화당, 문장사가 초기에 동거하였고 김병익과 함께 동아일보사에서 해직된 조학래가 과학과인간사라는 출판사를 만들어 한때 네 출판사가 복작거리는, 그야말로 작은 출판 단지가 되었다. 그들 모두를 포함, 우리는 30대 중반의 아직은 청년들이었는데 공통점이라면 출판이라곤 아무것도 모르는 새내기 출판인들이었다는 점이었다. 그래도 우리 문지 동인들에게는 별 두려움이 없었다. 이미 『문학과지성』이라는 계간지를—비록 출판사는 없었다 하더라도—발간해오던 터이었고 신문과 동인지 등 활자와 관련된 경험들이 있기 때문이었을까. 그러나 가장 중요한 자산은 뭐니 뭐니 해도 동인들의 결속력이었다. 유형 자산은 동인 각자가 출연한 총 1천만 원이었으나 돈보다 소중했던 것은 문학에 대한 정열, 그리고 출판사를 열지 않을 수 없는 상황으로까지 내몰린 정치적 억압과 이에 대한 분노였다.

우리들은 거의 매일 만났다. 그리하여 저녁때만 되면 청진동 사무실은 동인들을 비롯한 가까운 문인들로 앉을 자리조차 제대로 없을 지경이었다. 동인들 이외 자주 나타난 얼굴들로는 소설가 김승옥 홍성원 이청준 조해일 조세희 김원일, 시인 황동규 정현종 오규원 등이었으며 가까운 거리에 있던 세대사의 권영빈(현 중앙일보사 사장) 등이었다. 만나면 문학 이야기 이외에 시국 이야기가 당연히 화제가 되었다. 때는 서슬이 시퍼런 유신 시절이었고 우리들은 혼자 있는 것이 무언가 두려웠다. 게다가 이런 공포 분위기는 사람들로 하여금 끊임없이 정보에 대한 갈증을 느끼도록 만들었다. 마치 전시에 사발통문을 돌리며 정보에 일희일비하는 것과 비슷한 상황이라고 할까. 실제로 이렇게 매일같이 만나다시피 하는 상황 아래에서 주고받는 정보들이란 이른바 유언비어이기 일쑤였지만, 그러나 지나고 보면 그것들이 노상 헛소문만은 아니었다. '유비통신'은 그런대로 위력을 자랑하였고, 다소간 말하는 사람들의 희망이 섞인 그 같은 정보들을 통해 우리들은 작으나마 위로를 받을 수 있었다. 무엇보다 유비통신은 그 나름으로 재미가 있었다.

문학과지성사가 발족하기 2년 전 김병익은 한국기자협회장을 맡고 있었다. 이때부터 사실상 계간 『문학과지성』은 무언가 변화의 예감에 직면하고 있었다고 할 수 있는데, 그것은 우리의 순수한 문학적 열정이 차츰 정치적 시선으로 받아들여지고 있다는 사실을 우리가 감지하였기 때문이다.

뚜렷한 사건은 없었으나 부지불식간에 그 같은 분위기가 느껴졌다. 여기에는 김병익과 황인철의 위치가 자연스럽게 작용되었다. 1973년 어느 날, 김병익 기자협회장은 당시의 중앙정보부에 출두하게 된다. 물론 기자협회, 그리고 동아일보사와 관계된 일이었으나 거기에서 그는 2박 3일을 보내고 나오게 되었다. 당시 그는 갈현동에, 나는 역촌동에 살고 있었으므로 아침저녁 그의 집을 방문하여 부인을 위로하면서 사건의 추이를 지켜보았던 기억이 난다. 김치수는 당시 프랑스 유학 중이었고, 김현 역시 프랑스에 단기 수학차 갔던 때였다. 김병익은 무사히 풀려났으나 침통한 얼굴이었고 매사에 힘들어했다. 김병익보다 더 긴밀하게 정치 상황에 연루되었던 친구는 황인철 변호사였다. 유달리 정의감이 강하고 활달했던 그는 아무도 맡지 않으려고 하는 일련의 정치 사건들을 맡고 있는 변호인이었다. 저 유명한 민청학련 사건, 인혁당 사건의 변호인으로서 그는 요주의 인물 1호였다. 그 밖의 많은 시국 사건들을 홍성우 변호사 등과 도맡아 동분서주하는 그는 우리들에게 늘 자랑이었으며, 또 제일급의 정보원이었다.

우리들은 일주일에 적어도 한 번, 경우에 따라서는 두 번, 세 번 홍은동의 황인철 집에 모였다. 거기서 첫 번째 하는 일은 황인철의 입을 쳐다보는 일이었다.

—나쁜 놈들…….

—아, 이럴 수가 있어…….

그는 이렇게 입을 열었다. 그리고 법정을 중심으로, 그리고 억울한 피해자 가족으로부터 수집된, 믿기지 않는 소식들이 쏟아져나왔다. 하지만 우리가 할 수 있는 일이라곤 분노와 한숨이었다. 그러다가 우리들은 포커라도 쳐서 우리들 스스로를 달래겠다는 듯 둘러앉아 카드놀이를 하다가 헤어지곤 했다. 카드놀이에는 우리 동인들 이외에 홍성원 권영빈 정현종이 단골 멤버였고, 이따금 조해일 오규원이 끼어들기도 했다. 문학과지성사의 창립 문제도 여기서 논의되기 시작했다. 말하자면 홍은동 황인철의 집이 회사의 산실이 되었던 것이다. 김병익이 해직되자 누구라고 할 것 없이 이구동성으로 그를 책임자로 해서 아예 회사를 만들 것을 제안했고, 김병익의 마뜩찮은 표정에도 불구하고 그 제안은 그냥 기정사실로 확정되었다. 김현은 앞으로 어떤 희생자가 나올지 모르는데 회사는 있을 수도 있을 예비 실업자의 호구(糊口) 방편으로서도 불가피하다고 강조했다. 김병익과 내가 청진동 길거리로 나선 것은 이런 배경과 논의의 결과였던 것이다. 뒤돌아보면 손에 잡힐 듯한 그 풍경이 어언 30년 전의 기억이라니 전혀 실감 밖의 일이 아닐 수 없다. 특히 여섯 명 중 두 명이 그사이에 벌써 유명을 달리했다는 사실을 나는 아무래도 믿을 수 없다. 인생을 풀잎의 이슬 같다고 한 것은 전도서 말씀이었던가.

이러는 사이 평론가 오생근(당시 성심여대 불문과 교수·현 서울대 교수)과 김종철(당시 성심여대 영문과 교수·영남대 교수 역임)이 1977년 봄에 영입되어 『문지』는 더욱 젊은 패기로 넘치게 되었다. 나보다 5, 6년 후배인 이들은 새로운 바람을 몰고 왔는데, 오생근은 그의 넉넉한 인품과 더불어 예리함과 원융(圓融)의 조화를 만들어주었다. 김종철의 날카로운 비판의식은 좋은 활력소가 되었는데, 아쉽게도 1979년 가을, 동인에서 물러났다.

2

문학과지성사의 출범은 우리나라 문학사 및 지성사의 새로운 획을 긋는 중대한 사건이었다. 이미 비슷한 회사로 계간 『창작과비평』을 발간하고 있는 창작과비평사가 있었으므로 우리는 후발 주자인 셈이었으므로 그 의미가 전지보다 덜한 것으로 느껴질 수도 있다. 그러나 뒤에 자세히 비교해서 살펴보겠지만 그런 것만은 아니었다. 1971년 늦여름 독일에서 귀국하여 계간『문학과지성』6호부터 뒤늦게 동인에 합류한 나로서는 현장의 분위기를 숨가쁘게 좇아가는 형편이었으며, 1968년의 동인지『68문학』이 어떤 경로를 거쳐『문학과지성』으로 탄탄하게 새로 태어나게 되었는지, 그 사정부터 궁금한 터였다. 그 과정에서 나는 2년 전 외국에 나가기 전까지만 해도 전혀 모르던 한 친구를 알게 되었는데, 그가 바로 황인철 변호사였다. 동아일보 문화부 기자 김병익의 대전고등학교 동기동창이자 절친한 친구인 그는 내가 한국에 없던 2년 사이에 엄청난 일을 이미 꾸며놓았던 것이다. 김병익은 60년대 중반부터, 그리고 김현과 김치수는 대학의 동창들로서, 이들과 함께 황인철은『문학과지성』의 산파역은 물론 재정적 지원을 하고 있었다. 물론 잡지의 출간은 한만년 사장의 도움 아래 일조각(一潮閣)에서 이루어지고 있었지만, 원고료 지출 등 많은 부분을 황인철이 맡고 있었다. 나는 미지의 이 젊은 법조인에 의해, 우리들 20대 청춘의 꿈이었던 계간지가 발행되고 있다는 사실에 솔직히 말해서, 믿기지 않는 작은 충격을 느꼈다. 한두 호도 아니고 할 수 있는 한 끝까지 하겠다는 것이 그의 생각이었으며 그의 강인한 성격과 투지로 미루어볼 때, 그것은 가능한 일로 보였다. 아마도 문학과지성사가 동인 모두의 출자 형태로 출범하지 않았다면 황인철의 이러한 의지는 지속되었을 터였고, 자연히 그의 부담 또한 많아지지 않았을까 생각된다.

그러나 문학과지성사는 동인 전체의 출자로 시작하였고, 이것은 문학의 지향점 이외에도 잡지의 성격을 결정짓는 중요한 요소로 작용하였다. 예컨대 창작과비평사는 문학과 사회의 관계를 직접적으로 연결지어 바라보는 저널리즘적 색채가『문지』보다 훨씬 강한 것 이외에도 운영 구조 면에서 많은 상이점을 갖고 있었다. 태생적 성격이라고 부를 수 있는 그것은『창비』의 경우 1인 지도 체제라고 할까 하는 것이었음에 비해『문지』는 공동 협의체였던 것이다. 이후 오늘에 이르기까지 많은 변화에도 불구하고 이 같은 성격은 변화의 한계를 가질 수밖에 없는 특징이 되었고,『문지』의

한 운명이 되었다. 흔히『문지』를 가리켜 거만하다든지, 폐쇄적이라는 비판을 많이 한다. 오늘날까지 계속되는 이러한 불만은 사실 이때부터 심어진 불가피한 구조적 상황과 깊은 관계가 있다. 비판과 불만은 표면상 사장인 김병익이 항상 바둑만 두고 있어 손님을 홀대하고, 술자리 접대도 잘안 한다는 투(김병익은 술을 못한다)로 나타나지만, 사실은 이 같은 공동협의체 운영 구조의 산물이다. 무엇보다 사안 결정이 늦고, 의견도 다양해서 누구의 말을 믿고 얼마나 기다려야 하는지 알 수 없다는 이야기가 그 불평의 핵심인데, 그 원인이 바로 이 구조인 것이다. 그러나 귀족적이라는 말까지 들어야 했던 이러한 문제가 사실은 가장 민주적인 절차의 결과임을 어쩌랴. 나중에는 대부분의 문단 인사들이 그 사정을 이해하게 되었으나, 이해는 이해고 불만은 불만일 수밖에 없었다. 이러한 형편은『문지』2세대인『문학과사회』를 거쳐 오늘에 이르면서 더욱더 '개선'과는 먼 거리에 이르고 말았다. 의사 결정에 참여하는 식구가 그만큼 많아졌기 때문이다. 지금은 아예 편집위원회가 정기적으로 열려 무려 열 명 안팎의 위원들이 열띤 토론을 벌이니, 대여섯 명이 둘러앉아 심각하게 논의하던 70년대 풍경이 차라리 정겹게 느껴진다. 이처럼 다양성과 민주적 절차는『문학과지성』의 문을 두드리는 이들에게 못마땅한 방법으로 투영되었으나 역설적으로 유신 독재 치하에서 민주주의에 대한 실감 어린 훈련의 측면이 있었다고 이제 와서 자평할 수는 없을까.

  문학과지성사가 문학을 그 질적인 내용 면에서나 등단을 비롯한 여러 가지 체제 면에서 새로운 쇄신을 이루게 했다는 점은 널리 인정되고 있는 사실이지만, 이른바 지성사의 관점, 그리고 아카데미 저널리즘의 활성화라는 관점에서 중요한 역할을 해왔다는 점은 덜 논의되어온 듯하다.『문학과지성』은 창간호부터 문학과 사회, 그리고 사회과학과의 관계를 중시했다. 창간호에 이미「한국의 지성 풍토」「한국 사학의 제 문제」「작가와 지식인」등 사회과학의 기본 테제들을 다루었고「영화 미디엄의 변화」등 문학 인접 분야에도 각별한 관심을 나타내면서 출발했다. 김병익이 처음에 쓴 평론도 「정치와 소설」이었다. 이렇듯 문학'과' 지성에 각별히 유의하면서 시작된 범사회과학 계통의 지성 분야는 『문지』를 통해 그 사회적 접촉을 넓혀갔다고 할 수 있다. 정치 현실 면에서의 꽉 닫힌 입이 저널리즘화된 아카데미즘의 모습으로 돌파구를 찾아 개진되었고, 그 마당이 『문지』였다는 사실은 의미 깊다. 특히 역사학 쪽에 지면을 집중적으로 할애하여 중견·중진 사학자들을 끌어내었는데, 이것은 오늘 현실의 비극성에 절망하지 않겠다는 동인 모두의 비장한 지혜의 소산이었다고 감히 자부하고 싶다. 「한국 현대 정신사의 과제」 「일제 시대 한국사관 비판」 「우리나라 근대 역사학의 발달」 「근대화에 대한 비판적 성찰」 「한국사 연구 방법론의 모색」 「중세 제도의 동태적 고찰」 등 주목할 만한 역사학 논문이 학계의 좁은 우리를 벗어나 지성 상호 간의 활발한 공론의 장소에 진출하였다. 문학과지성사가 설립되기 이전에 이미 발표된 이러한 수확은 그동안 상아탑 속에만 머물던 석학과 중견들, 홍이섭 이기백 김용섭 차하순 하현강 등과 생각을 함께할 수 있었던 덕분에 얻을 수 있는 소득이었다. 그 뒤로도 사학 논문들을 꾸준히 확보하여 길현모 강만길 천관우 김철준 이인호 김정배 김영호 김영모 이만열 한영우 이민호 등이 거의 고정적인 필자가 될 수 있었다.

역사학 분야 이외에, 이른바 '지성'이라고 부를 수 있는, 보다 저널리즘적인 포괄적 아카데미즘과 연계된 분야의 글들은 『문지』가 아니면 발굴할 수 없었던 소중한 수확이었다. 깊이 있는 긴 글로서 현실 문제의 핵심에 도전했던, 오늘날까지 큰 영향을 끼치고 있는 명논문들 가운데 70년대 유신 독재 시대의 산문들을 뽑아보면 다음과 같다.

「강요된 권위와 언론 자유」(리영희, 5호)

「지성과 권력」(김여수, 6호)

「한국 기독교와 반지성」(서광선, 6호)

「지식인과 허위의식」(한완상, 19호)

「소외론의 사회학적 의미」(정문길, 31호)

「투기의 반사회성과 정책의 빈곤」(박승, 32호)

「70년대 한국 경제 발전의 평가」(임종철, 38호)

『문학과지성』이 폐간당하기 이전, 70년대에 발표된 이 글들의 필자들은 오늘의 시각에서 볼 때 모두 같은 자리에 앉아 있지만은 않다. 그러나 이들 필자들을 포함한 대부분의 필자들이 대학은 물론, 현실의 중심부에서 핵심적인 활동을 하는 분들로 성장하였으며, 그중 어떤 분들은 지금도 현직에서 지도자로 활동하고 있는 것을 볼 때, 그리고 그분들 대부분이 당시 40 안팎의 소장학자들이거나 언론인, 저술가들이었음을 고려할 때 당시 30대였던 『문지』 동인들은 편집자로서의 안목도 꽤 괜찮은 편이 아니었나 회고된다.

지금은 사정이 많이 좋아졌으나 사실 아카데믹 저널은 70년대만 해도 우리에게 생소하였다. 학회 회원도 잘 읽지 않는 학회지 아니면 잡문 수준의 월간 잡지로 양극화되어 있는 발표 구조여서 그 중간 성격을 띠는 아카데믹 저널의 필요성이 절실했는데 『문지』가 그 기능을 맡아주었던 것이다. 당시에 『문지』는 모두 학회로부터 학회지와 똑같은 권위를 인정받아, 연구비를 받고도 발표지를 찾지 못하던 필자들에게는 높은 문이 되기도 했다. 이런 관계로 『문지』는 본의 아니게 적잖은 대학교수들로부터 원망을 듣기도 했지만 발표된 논문들의 수준에 동의함으로써 그 객관적 권위를 받았다. 이러한 현실로부터 동인이나 다름없는 친구가 된 분이 고려대 정문길 교수이다. 마르크시즘 연구의 국제적인 학자인 그는 마르크시즘 관계 논문을 꾸준히 발표하면서 『소외론 연구』라는 역저를 내놓았는데, 이 책은 김학준 교수의 『러시아 혁명사』와 더불어 가위 70년대 문학과지성사의 히트작이 되었다. 여기에는 약간의 설명이 필요하다.

『소외론 연구』가 출간된 것은 1978년. 유신 독재가 막바지를 향해 치닫고 있을 즈음이었다. 도처에서 시위와 시국 사건으로 영일이 없었고 대학에는 간단없이 불심 검문이 행해지고 이른바 불온서적이 어떤 경위로든 적발되면 가차 없이 처단되는 상황이었다. 마르크시즘은 물론 '마'자조차 입에 올린다는 것은 생각조차 할 수 없었다. 그 가운데에서 본격적인 마르크시즘 연구서가 출간된 것이다. 물론 순수한 연구서였으므로 검색을 피할 수 있었다 할 수 있겠으나 문제 학생으로 몰렸을 경우, 이 책도 '불온서적'으로 간주될 때도 있었으므로 실로 아슬아슬한 노릇이었다. 비슷한 또 다른 경우가 김학준의 『러시아 혁명사』였다. 이 책은 10·26이 일어난 직후인 1979년 12월에 발간되어 12·12와 광주항쟁 등 혼란기에 날개 돋친 듯 팔려나갔다. 그러나 출판사로서는 좌불안석이었다. 책이 잘 팔리면 팔릴수록 한편으로는 불안감이 커졌는데, 그도 그럴 것이 많은 '문제' 학생들이 이 책을 갖고 있었고, 이 책은 동시에 불온시되었기 때문이다. 그러나 정교수나 김교수의 책 어느 것도 출금이나 판금 등의 조치를 당하지 않았을 뿐 아니라, 어려운 출판사의 재정 상황을 호전시키는 일에 기여해주었으니 참으로 아이로니컬하면서도 감사한 일이 아닐 수 없었다.

　문학 분야 쪽에서 언급될 일이지만 이와 비슷한 사건으로서는 역시 조세희의 연작 장편소설 『난장이가 쏘아올린 작은 공』을 들지 않을 수 없다. 최인훈의 『광장』, 이청준의 『당신들의 천국』과 함께 문학과지성사 3대 스테디셀러이자 명실 공히 명품이 되어버린 이 작품은 1978년 발간 당시부터 각계의 주목 대상이 되었다. 12편의 연작으로 구성된 작품의 내용은 잘 알려진 대로 노동자 일가의 비참한 일상이다. 그러나 이른바 리얼리즘의 전통적인 방법을 따르지 않고 환상적인 수법으로 단문 처리함으로써 그 비극적 효과가 오히려 배가되었다는 평을 들었다. 그렇다 하더라도 독서가 그리 쉽지 않은 이 소설책이 엄청난 속도로 팔려나간 것은 예상 밖의 일이었다. 저자인 조세희도 이상한 일이라는 표정을 지으면서 "내 책이 통속

소설도 아닌데……" 하면서 내심 즐거워하였다. 그러나 이 즐거움은 불안한 즐거움이었다. 생각해보라, 통칭 문학 독자는 아무리 많이 잡아도 1만 명을 넘지 못한다는데 그 이상의 폭발적인 대중은 대체 누구인가. 그들은 모두 노동자였고 학생들이었다. 한국 사회는 일찍이 경험해보지 못했던 노동자 지식인을 양산하고 있었던 것이다. 거의 모든 노동자들이 『난쏘공』을 샀던 것이다. 당시로서는 잘 알려진 사실이지만 70년대는 이른바 근대화·도시화에 따른 농촌의 붕괴가 시작된 시기이며 도시빈민층이 증대하고 노동자들이 양산되던 시기였다. 열악한 근무 환경과 생존 조건은 단순한 노동 문제를 넘어 시국의 가장 민감한 정치 문제로 부각되었다. 전태일의 분신 사건, YH 여공 사건 등은 70년대를 뜨겁게 달구면서 핫이슈가 되었다. 유신 독재에 반대하는 젊은이들은 노동 현장에 위장 취업하는 일이 잦아져서 노동 운동은 독재 정권 퇴진 운동과 동의어가 되었다. 작가 조세희는 그 현장에 뛰어들었던 것이다. 그들 속에서 호흡하고 문제의 현장을 발로 뛰어다녔다. 그러나 소설만큼은 르포 형식이나 직접적인 고발 형식을 택했다. 그 방법은 효과가 있었다. 노동자들로 하여금 고단한 현장, 피폐한 삶을 다시 돌아보게 하는 끔찍함 대신 내일의 꿈을 갖게 했고, 그 꿈 속에서 오늘의 악인과 악한 세상은 무너지는 것을 보게 해주었다. 다른 한편 환상성을 좋아하는 일반 문학 독자들로 하여금 노동 현실의 추악함과 그 현황을 알려줌으로써 경제 발전의 허구성, 유신 독재에 대한 저항심을 불러일으켰다. 문학 계간지로서는 동지적 관계에 있었던 『창작과비평』이 주로 논설을 통해 독재와의 싸움, 민족주의와 통일 의지의 고취 등에 나섰다면, 『문학과지성』은 실제 문학 작품들, 특히 70년대 후반 문학계과 독서계를 강타한 『난쏘공』과 『당신들의 천국』을 통해 공감의 실질적 진폭을 확장시켰다.

다른 한편, 작곡가이자 음악이론가인 서우석(서울대 음대) 교수는 『시와 리듬』(1981)이라는, 이 분야의 독창적인 저서 발간을 전후하여 동인과 다름없이 우리들과 어울리는 사이가 되었고, 해박한 지식과 유머로 언제나 좌중을 즐겁게 하면서, 예술 부문의 독보적인 이론가로 큰 기여를 해주었다.

3

　1978년과 1979년은 문학과지성사의 발전기에 해당한다. 이때에 앞서 말한 명작들이 출판되어 사회적으로도 큰 충격을 주는 한편, 출판사로서도 자리를 굳히는 계기가 되었다. 1978년에 이루어진 또 하나의 발전의 발판은 '문학과지성' 시선의 첫 간행이었다. 황동규의 『나는 바퀴를 보면 굴리고 싶어진다』, 정현종의 『나는 별아저씨』, 오규원의 『왕자가 아닌 한 아이에게』 등 세 권의 시집을 그해 가을 동시에 출간하면서 시작된 문지 시인선 사업은 이 당시에는 일련번호도 없고, 시리즈 제목도 '시인선' 아닌 '시선'이었다. 이 시리즈는 15집까지 계속되다가 16집 최승자의 『이 시대의 사랑』부터 '시인선'으로 바뀌어 현재까지 지속되고 있다. 말하자면 70년대에는 '시선집'으로 나왔던 것이고, 장정도 일정하지 않았으며 컷을 그린 이로는 시인 김영태, 소설가 이제하의 것들도 있었다. 이와 더불어 '문지'가 시인 공화국으로 불릴 만큼 좋은 시인들, 좋은 시집들의 터전으로 평가받게 된 데에는 이 시기에 좋은 신인들을 배출하게 된 것이 큰 재산이 되었다. 1975년의 김광규, 1977년의 이성복, 문충성, 1979년의 박남철, 김혜순, 최승자, 1980년대의 황지우.

　현재 중진으로 발돋움하고 있는, 우리 시단의 대표 시인들이 모두 이 시기 『문지』 출신이라는 점은 자랑스러운 일이 아닐 수 없다. 이 가운데 황지우는 『문지』에 작품 발표를 기다리는 사이 중앙일보에 당선되어 양쪽 모두가 친정이 된 셈이다. 이들 시인들은 각기 독특한 시세계로 우리 시를 개척하였으며, 이제 그 활발한 활동의 성과를 갖고 후배 양성에까지 앞장서고 있는 명실 공히 우리 시단의 주역들이다. 이 모든 이들의 패기 어린 응모작들을 놓고서 읽고 토론하던 일, 특히 시 작품들을 갖고 고인이 된 김현과 진지한 토론을 벌이던 일이 생생히 기억난다.

소설의 경우 이청준 조세희 김원일 등 70년대에 워낙 큰 활동을 벌인 기성 작가들에 눌려서일까. 이렇다 할 신인이 배출되지는 못했다. 홍성원의 『주말여행』, 조해일의 『겨울여자』 이후 앞의 이·조 두 소설가들을 제외하면 윤흥길의 『아홉 켤레의 구두로 남은 사내』 『묵시의 바다』, 김원일의 『오늘 부는 바람』, 서정인의 『토요일과 일요일 사이』, 송영의 『달리는 황제』 등등이 70년대 후반 '문학과지성' 창작선 멤버들이었다. 『문학과지성』 출신의 작가라면 1980년대 「낯선 시간 속으로」라는 작품으로 등단한 이인성이 사실상 최초의 신인이라고 할 수 있을 것 같다. (1975년 김인배가 일찍이 등단하여 『후박나무 밑의 사랑』 등 소설집을 출간하였으나 이후 오랫동안 작품을 쓰지 않고 있다.) 이인성의 등장은 『문학과지성』의 소설들에 이후 상당한 영향을 끼쳤다. 불문학자인 그의 소설은 이른바 '의식의 흐름' 계열의 모더니즘 분위기와 깊이 연관된, 실험성이 강한 작품이었는데, 이것은 80년대 현실 상황과 맞물리면서 상당한 문학적 설득력을 얻어나갔다. 이후 많은 신인들이 이와 가까운 실험성 작품들로 등장하였고, 그 이후 『문학과지성』 소설의 새로운 성격처럼 독자들에게 인식된 면이 없지 않다. 이러한 현상은 한편으로는 전통적인 서사, 혹은 이른바 19세기식 리얼리즘을 추종하는 독자들로부터는 난해성의 이유로 선호되지 않았으나, 다른 한편으로는 복잡다기해가는 기술 정보 사회의 리얼리티를 앞서서 개척한 공로가 없지 않다. 그로부터 20여 년이 지난 오늘날 백민석 박민규와 같은 소설들의 등장을 바라볼 때 그 문학적 선구성이 인정된다. 심지어 인터넷 문학이라는 이름 아래 전개되는 디지털 소설, 판타지 소설을 감안한다면 역사적 선행의 의미는 평가될 만하다.

1975년 문학과지성사가 정식으로 발족하였음에도 불구하고 계간『문학과지성』은 약 1년 반 동안 여전히 일조각에서 발행되었다. 정기적으로 발간되는 잡지를 내어놓기에는 아직 체제가 덜 정비된 탓이었다. 『문학과지성』이 문학과지성사에 의해 처음으로 발간된 것은 1977년 제8권 2호, 통권 28집이었다. 이날의 감격은 서문인 '이번 호를 내면서'에 다음과 같이 씌어진다.

〔……〕 이 같은 고민과 토론의 결과가 계간지 발행으로 낙착되었고 우리의 뜻과 정열을 받아『문학과지성』의 발행을 실현시켜준 분이 일조각 한만년 사장과 황인철씨였다. 〔……〕 본지 편집 동인이 주축이 된 도서출판 문학과지성사가 75년 12월에 출범, 지난 2월 25일자로 발행 겸 편집인을 정지영씨로 문공부의 명의 변경을 마쳤는바, 이제 한-황 양씨에 대한 고마움을 우리는 결코 잊을 수 없을 것이며, 본지를 아끼고 사랑하는 독자들과 더불어 본지의 존재 이유가 존속하는 한, 그분들의 이름이 함께 존경될 수 있으리라 믿는다.

1977년 5월 30일 날짜였다. 그러나 그로부터 3년 뒤인 1980년 5월 20일『문학과지성』은 사라지고 문학과지성사만 남게 되었다. (이해에 8월 20일자로 1980년 가을호 통권 41호가 나왔으나 시중에 배포되지 못하고 지금도 기념본으로만 남아 있다.) 계간지로 계산하면 꼭 10년 만에 우리들의 정신적 생명이 사망 선고를 받은 것이다. 그것도 군부에 의한 타살로 그 침통한 최후를 맞은 것이다. 10·26—12·12—5·18로 이어지는 신군부의 집권 시나리오를 보면 어느 정도 예상하지 못했던 것은 아니었으나 그래도 설마 했던 것이다. 『난쏘공』이나『소외론 연구』『러시아 혁명사』 등이 용인된 듯한 착각 속에서 우리는 살았던 것이다. 신군부는『창작과비평』과『문학과지성』을 묶어 폐간을 발표하면서 그 이유로 '사이비 음란 출판물'이라는 이름 아래 그야말로 음란물들을 정리하면서 계간지 둘을 끼워 넣었다. 우리들은 서로 아무 말도 하지 못한 채 깊은 침묵에 빠져들었다. 그사이에 사무실은 종로구 통의동(35-84)으로 이사하였는데, 청와대에 가까운 엉성한 건물 2층은 매일같이 그곳을 향한 험구의 유비통신 집산지가 되었다.

김주연 문학평론가. 1941년 서울 출생. 평론집『상황과 인간』『문학비평론』『변동 사회와 작가』『새로운 꿈을 위하여』『문학을 넘어서』『문학과 정신의 힘』『문학, 그 영원한 모순과 더불어』『사랑과 권력』『가짜의 진실, 그 환상』『디지털 욕망과 문학의 현혹』『근대 논의 이후의 문학』등이 있음.

『우리 세대의 문학』과 80년대의 새로운 모색

이인성

　　1980년 '광주의 봄'이 시든 후 계간 『문학과지성』이 강제 폐간되었고, 1987년 '서울의 봄'이 피어난 이듬해 『문학과사회』가 새로 창간되었다. 이 두 계간지 사이의 8년은 알다시피, 폭압적인 신군부의 통치 아래서 사회·문화적 활동이 극도로 짓눌려 있던, 한마디로 "인간적인 숨쉬기"가 쉽지 않았던 시기였다. 계간지를 비롯한 각종 정기 간행물에 대한──일반 서적에 대해서도 마찬가지였지만──당시 권력의 엄격한 통제는 특히 문화적인 숨쉬기를 어렵게 했다. 단순히 정보·지식을 공유하고 토론하는 기본적 의사소통의 토대가 위축되었다는 뜻에서만이 아니라, 폐간된 계간지들이 그동안 소중히 키우고 확장시켜왔던, 즉 사유와 상상의 금기 체제들을 조금씩 허물며 새로운 이념적 모델들을 실험하던 집단적 문화 활동의 숨통이 강압적으로 조여왔기 때문에 더욱 그랬을 것이다. 그런 의미에서, 문화적·문학적 '에콜'로서의 '문지파(派)'가 자칫 난파하여 표류해버릴지 모른다는 위기감이 자체 내에도 감지되고 있었다. 그러나 문지 1세대 동인들은 그 위기를 새로운 전환의 기회로 바꾸고자 기민하게 대처했음이 분명하다. 자체적으로는 계간지 중심의 활동을 출판 기획의 차원으로 과감하게 전이·확대시켜 다양한 총서들을 개발하고 새로운 작품들을 발굴하는 한편, 먼 미래를 보는 눈으로 후배 세대가 덧없이 수몰되지 않도록 『우리 세대의 문학』이라는 쪽배를 한 척 마련해주었던 것이다.

……이 글은 그 소중한 쪽배에 탔던 한 사람의 간추린 항해 일지이다. 나뿐 아니라 다른 이들에게도, 그 항해를 함께하며 나눈 세세하고 정감 어린 많은 기억들이 얼마든 존재할 수 있을 것이다. 하지만 나는 여기서, 아주 건조하게, 우선 그 '공적(公的)' 기억의 기본 골격만을 추려 저장해두고 싶다.

『우리 세대의 문학』은 1982년 5월부터 1987년 6월까지 총 6집을 간행한 부정기 연쇄형 문학지였다(5집부터는 제호의 '세대'가 '시대'로 바뀐다). 정기 간행물이 허용되지 않아 일종의 편법을 동원했던 것인데, 당시엔 이런 형태의 간행물을 '매거진'과 '북'의 합성어였던 '무크mook'지라 불렀었다. 그 최초의 본보기는 『실천문학』이었고, 그 다음으로 『우리 세대의 문학』, 뒤이어 『언어의 세계』『문학의 시대』『지평』『전망』『삶의 문학』 등등이 속속 등장했으며, 나중엔 정치적 투쟁 노선을 예각화한 『문학예술운동』 등으로까지 이어졌다. 그리고 문화 전반으로 관심을 확대한 『공동체 문화』라든가 미술·음악 등 여타 영역에서의 유사한 간행물들도 출현하게 되었다. 동시에, 기존의 동인지 형태도 다시금 활기를 띠었다. 『반시』『자유시』『목요시』 등으로부터 『시운동』『5월시』『시와 경제』『열린 시』 등에 이르기까지, 시 동인지들은 단순한 작품집을 넘어 지면의 성격을 다양화하면서 나름의 운동성을 띠기 시작했고, 오래가지는 못했지만 『작가』『작단』 등의 소설 동인지들도 잠시 얼굴을 내밀었었다. 자발적으로 원했든 불가피한 선택이었든, 이 매체들은 '유신 세대' 혹은 '80년대 세대'라고 불리는 우리 세대의 주요 활동 공간일 수밖에 없었다.

70년대가 20대의 나이와 겹치는 우리 세대의 이른바 '의식 있는' 젊은이들은 대부분 『창작과비평』과 『문학과지성』이라는 양대 계간지의 위용과 활약상을 경이롭게 바라보며 성장했었다. 솔직히 이야기하자면, 그 때문에 많은 문학 지망생들은 어쩌면 매우 착잡할 수도 있는 선택의 문제(어느 쪽에 속해야 할 것인가?), 나아가 극복의 문제(제3의 길은 없는가?)를 품고 있었다. 그런데 아이러니하게도 두 계간지의 폐간은 그런 실존적 고민 자체를 무화시키는 사건이기도 했다. 시대적 상황 탓에 진영의 선택 문제 대신 문학적 생존 자체의 문제와 마주치게 되었지만, 젊은 패기 앞에서는 그게 그리 큰 고민거리는 아니었던 것 같고, 어떻게 보자면 매우 역설적인 의미의 자유를 구가하며 새로운 활로를 찾아 나섰다고도 볼 수 있다.

그로 인해 한국의 '문학 사회'에 어떤 변화의 조짐들이 일기 시작한 것도 분명한 사실이었다. 가령 등단 방식의 파격 같은 것이 대표적인 예가 될 것이다. 신춘문예나 잡지 추천 등, 기존 매체의 수직적 공인 절차를 거쳐야 하는 관행이 사라진 것은 아니지만, 그런 등단 방식이 더 이상 절대적인 것도 아니었다. 무크지나 동인지의 주체들은 자신들이 남을 공인해주는 자리에 있다기보다는, 작품이 좋고 뜻에 맞으면 '동인'처럼 함께하는 것이라는 의식을 나누어 가지고 있었던 것이다. 이 무렵에 등장한 문인들의 자기소개 속에서 심심치 않게 "모모 지면에 작품을 발표하며 문학 활동을 시작했다"는 투의 표현을 발견할 수 있는 것도 그런 까닭이다. 『우리 세대의 문학』의 경우엔, 시인 이영유·송찬호, 소설가 최시한·김남일·박인홍, 극작가 김상수, 평론가 진형준 등이 마찬가지 방식으로 문학 활동에 첫발을 디뎠었다. 같은 맥락에서 우리는 등단순이 아니라 이름의 가나다순으로 작품을 게재하기도 했다.

그러나 무엇보다도 중요한 변화는 요지부동으로 고착화되어 있는 것처럼 보이던 창비/문지의 이분법적 대립이 허물어지기 시작한 현상이었다. 사실 이 이분법의 논리적 모순에 대해서는 이미 여러 지적이 있어왔다. 그럼에도 이 이분법적 구도는 여전히 강한 현실적 힘을 행사하고 있었다. 그런데 그 두 줄기의 큰 흐름이 무크지·동인지들로 분화하며 여러 갈래의 가지를 치면서 각각의 문학적 입장들이 다양하게 표명되기 시작했고, 그러자 한편으론 이념적 대립이 첨예화되기도 했지만 다른 한편으론 서로 다른 입장들 사이의 교류와 혼종 또한 이루어지기 시작했던 것이다. 다시 말해, 일률적으로 이원화되어 있던 여러 문학 내적 요소들이 이합집산하며 새로운 조합들을 만들어내면서, 작지만 매우 다원적인 집단들로 구성된 문학 사회로 옮겨가게 된 것이다.

당시에 평론가 정과리는 이 현상을 '소집단 운동'이라고 요령 있게 명명했고, 그 운동의 형태에 대해서는 김정환 시인이 '문화적 게릴라전'이라는 의미를 부여한 바 있다. 비정규적인 여러 문학 매체들이 여기저기서 시도 때도 없이 불쑥불쑥 튀어나왔다 사라지고 또 나타나곤 했으니 가히 그렇게 불릴 만했다. 그렇지만 자신들의 문학적 이념을 일관되게 심화시키고 확산시키기엔 현실적 토대가 너무 빈약했기 때문에, 이 비정규적 활동은 어쩔 수 없는 한계를 안고 있었다. 그래서 이 소집단 운동의 당사자들은 누구나 그런 상황을 일종의 파행적 과도기라 보고 있었다. 당시의 정치적·사회적 상황을 그렇게 파악하고 있었듯이 말이다. 곧 새로운 정규적 문학 활동의 시대가 올 것이다. 나아가 90년대로 접어들며 다양한 스펙트럼의 계간지 시대가 열릴 것인데, 그 기본 동력이 80년대의 활동 경험을 통해 충전된 것이었음은 역사적 맥락으로 기억해둘 필요가 있겠다.

『우리 시대의 문학』의 마지막 편집 동인인 다섯 사람, 권오룡·성민엽·정과리·진형준·홍정선은 그대로 계간 『문학과사회』의 창간 동인이 된다(여기에 임우기가 추가로 참여한다). 그렇게 보자면, 이 무크지 시절은 새로운 정규적 문학 활동의 기반을 다지고 문지 2세대의 틀을 짜는 준비 기간이기도 했다. 어느 시점으로부턴지 기억이 확실치 않지만, 우리는 문지를 창립한 1세대 동인들로부터 미래에 대한 구상을 암시받고 있었다. 그것은 대략, 계간지를 다시 내게 된다면 『문학과지성』을 복간하는 게 아니라 새로 잡지를 창간해 우리 세대에게 맡기겠다는 것, 나아가 우리 세대가 문학과지성사의 다음 활동 주체가 되도록 밑받침하겠다는 내용이었다. 따라서 우리도 그에 대한 나름의 신중한 대비를 하지 않을 수 없었다.

물론 처음부터 그런 상황은 아니었다. 처음엔 우리 세대의 문학적 생존을 보장해줄 매체의 확보가 시급하다는 생각이 우선이었을 뿐 아니라, 막 등단을 시작한 우리 세대의 전체적 윤곽도 아직 확실치 않았다. 요컨대 어떻게 문학 활동의 공동체적 관계를 확보해야 하는지 불분명했었다. 그래서 우리는 너무도 소집단적인 편집 동인 체제로 출발할 수밖에 없었다. 1집의 편집 동인인 시인 이성복, 소설가 이인성, 평론가 정과리(당시 필명은 정다비)는 알다시피 모두 서울대 불문학과 출신들이다. 이 사실은 그들이 『문학과지성』의 창간을 선도한 고(故) 김현 선생의 문학적 영향력 아래 성장했고, 바로 그가 이 무크지를 문지에서 출판하게 만든 매개자였음을 알려준다. 이 무크지를 구상한 것은 우리 자신이었지만, 그 현실화의 길을 터준 사람은 김현 선생이었다.

지나가는 이야기지만, 그 무렵의 불문학과는 김현이라는 존재 덕분에 서울대 안의 문학적 메카와도 같았다. 전 세계적으로 프랑스 문학의 전성기이기도 했거니와, 새로운 비평 이론과 방법론을 소개하면서 한국 문학을 풍요롭게 해석하여 생기를 불어넣고 신인을 발굴하는 그의 뛰어난 비판력·감식력과 따뜻한 인화력으로 인해, 많은 문학 지망생들이 그의 곁에 모여들었던 것이다. 비슷한 시기에 등단한 비평가 권오룡, 소설가 최수철도 불문학과 출신이었다. 그러다 보니 국문과 출신의 평론가 홍정선이나 미학과 출신의 시인 황지우처럼 김현 선생에게 사숙한 제자임을 자처하는 경우도 생겨났고, 영문과 출신의 시인 김정환처럼 문학적 노선을 전혀 달리하면서도 김현 선생을 존경하는 경우 역시 많았다.

아무튼 출발은 그러했고, 그 출발이 지닌 한계도 분명했다. 고작 세 사람의 뜻만을 모아, 1집의 머리글에서 밝힌 바와 같이 "여러 움직임들 간의

'열린' 관계"를 확립하고 "가열한 '만남'의 공간"을 조성할 수는 없는 법이었다. 그래서 그때부터, 우리는 오로지 젊은 열정에 의지해 온몸으로 뛰기 시작했다. 우선 이미 알고 있던 황지우를 끌어들였고(그는 『우리 세대의 문학』의 표지 도안도 맡아주었다), 창비 쪽의 젊은 문인을 대표하는 김정환을 찾아갔다. 『시와 경제』 동인이었던 이 두 사람은 이후 거의 동반자 관계를 유지하며 편집 일이나 다른 민중 문화 그룹들과의 교류를 도왔다. 너무 일찍 타계한 고(故) 채광석 시인과도 많은 이야기를 나눴다. 한편으론 이인성이 소설가 임철우와 통하게 되면서, 광주 쪽의 『5월시』 동인들과도 연결이 가능해졌다. 대구에 있던 이성복과 진해에 해사 교관으로 내려가 있던 정과리는 경상도 쪽의 젊은 문인들과 접속했다. 그리고 순수 상상력주의자들이라 할 수 있던 『시운동』 동인들과도 대화를 텄다.

점차 문학 이외의 영역으로까지 확대되어간 그런 교류는 일일이 헤아리기가 불가능할 정도였다. 자연히 술자리가 잦을 수밖에 없었다. 이와 관련해 꼭 기록해두고 싶은데, 그 무렵의 우리 거점은 '반포치킨'과 '고선'이었다. 애초에 전자는 김현 선생, 후자는 김주연 선생의 단골 아지트였으나, 그분들에게 이끌려 드나들다가 그 한쪽 공간에 아예 우리 둥지를 틀어버리고 말았던 것이다. 특히 『우리 세대의 문학』이 본격적으로 간행되기 시작하면서부터는, '고선'이 거의 우리 사랑방 구실을 했다. 일주일에 한 번씩 고정적인 술판이 벌어진 것 말고도, 문을 닫기까지 최소한 이틀에 한 번은 그곳에 들렀던 게 분명하다(일주일에 5~6일씩 술을 마시던 시절이었으니까, 전혀 과장 없이 하는 말이다). 솔직히, 『우리 세대의 문학』을 키운 건 8할이 '고선'이었다는 느낌이 들곤 한다. 술값에 대해 무한히 너그러웠던 그 집 덕분에, 우리는 찬란한 "고통의 축제"를 한껏 누릴 수 있었던 것이다. 참으로 소중한 추억이 아닐 수 없다.

그렇게 엉기고 개기는 과정에서, 서서히 새로운 편집 동인 체제가 갖춰져갔다. 우리는 1세대 동인 시스템을 모범 삼아, 궁극적으로 비평가들이

팀워크를 이루는 방식을 지향하고 있었다. 마침 권오룡이 프랑스 유학에서 돌아왔고, 김주연 선생이 소개한 성민엽이 문지의 편집장을 맡았다. 그래서 우리는 4집(1985)부터 이성복·이인성이 빠지는 대신 권오룡·성민엽·정과리를 편집 동인으로 내세웠다. 그리고 이들이 기본적으로 문학사회학에 기반을 둔 비평가들이라는 점을 감안하여, 6집(1987)에서, 실증주의에 충실한 홍정선을 영입했고(그는 그때『문학의 시대』편집 동인이었다), 문학 상상력을 연구하는 진형준이 합류했다. 마침내『문학과사회』의 밑그림이 그려진 것이다. 정규 계간지 시대로 접어든 후, 어느 시점에서 진형준이 떠나고 임우기가 문지 편집장으로 왔다가 '솔출판사'를 차려 독립하는 등의 부분적인 변화를 겪긴 했으나, 기본적으로 이들은 문지 2세대 주체로 확고하게 자리 잡게 된다.

『우리 세대의 문학』1집의 개별 제호는 '새로운 만남을 위하여'였다(정기 간행물의 혐의를 피하고자, 4집까지는 개별 제호도 따로 내걸었었다). 앞선 이야기를 통해 이미 짐작할 수 있는 바지만, '만남'은 우리의 최초의 화두였다. 창간의 말에서 엿보이듯, 우리는 "나뉘어져 있는 여러 문학적 탐색들 사이의 길트기, 종합에의 의지"로 충만했다. "지난 세대가 겪은 모순으로서의 뜻 없는 대립을 지양하고, 진정한 나뉨과 묶임의 자장을 형성해" 보고자 원했기 때문이다. 이 의지를 현실화하는 1차적인 작업은 서로 문학적 입장을 달리하는 다양한 진영의 작품들을 한 공간 속에 모아 그 차이와 위상과 전체적 구도를 가늠해보는 것이었다. 예컨대 하종오·홍일선·박영근 등의 시가 청탁되어 최승자·최승호·이문재 등의 시와 나란히 대조 효과를 자아냈다. '세대' 대신 '시대' 개념으로 확장된 5집부터는, 김지하 시인과 정현종 시인이, 신경림 시인과 황동규 시인이 자리를 나란히 했는데, 이는 이전의 문지 간행물에서는—창비 간행물에서도—상상할 수 없었던 '사건'이었다.

이러한 노력은 그동안 소외되어왔던 연극 장르로도 확장되어, 이현석의 희곡을 소개하는가 하면 당시 노동 현장에서 중요한 문화적 몫을 담당하던 집단창작극을 수용하기도 하였다. 더 나아가, 3집부터는 비평 분야도 미술·음악·대중 매체 영역으로 확대를 시도했다. 그러나 이러한 수평적 나열은 말 그대로 '1차적인 작업'에 불과하다. 작업은 당연히 그 충돌과 중첩의 공간으로부터 수직적 전망을 길어올리는 단계로 심화되어야 했던 것이다. 그러한 구상은 2집에서부터 조금씩 구체화된다. 이를 위해 우리는 우선 토론다운 토론의 자리가 필요하다는 판단 아래, 여러 경향을 대표하는 열두 명의 시인·소설가들에게 비교적 상세한 질문 항목들을 전달한 후, '우리에게 문학이란 무엇인가'라는 답변의 글을 부탁했다. 정과리가 권두 발제로 「소집단 운동의 양상과 의미」를 쓴 것도 같은 기획하에서였다. 이는 무엇보다도 공동체적 대화의 '코드'를 마련하기 위한 필수적 과정이라 할 수 있다. 여러 매체들이 분화되어 있던 그만큼이나, 문학을 논하고 주장하는 언어 체계도 제각각이었기 때문이다.

대화의 토대를 다지며 문제의 틀을 구축해나가려는 이 시도는 3집에서 보다 구체적인 주제들로 수렴되어, 문학적 대화에서 작가의 상대 항을 문제 삼는 '독자란 누구인가'와 소설에서 이야기되는 기본 개념들을 우리 상황에서 따져보는 '소설 논의를 위한 몇 가지 검토'가 기획되었다. 다분히 추상적일 수 있는 이 논의는, 문학 토론의 진정한 출발점은 작품이 되어야 한다는 전제 아래, 다음 호에서 열 명의 작가를 통해 한국 소설의 실제적 성과를 검토하는 '80년대 소설이 가고 있는 길' 특집으로 이어진다. 그리고 마침내, 본격적으로 우리의 관점을 제시하는 '한국 사회와 문학적 인식의 문제'라는 주제가 5집에서 권두 특집으로 다루어진다. 미래의 『문학과사회』를 이끌어갈 다섯 비평가가 모두 참여한 이 특집은 우리 활동의 중간 결산이자 새로운 전환의 이정표라 할 만하다.

간략하게 말해, 우리의 입장은 문학 역시 역사적이며 사회적인 제도이자 생산물이지만 그 생산 동력이 상상력임으로 인해 독특한 자율성과 특수한 사회적 기능을 갖는 문화 양식이라는 것으로 수렴된다. 이후 이 명제는 동인 각자마다 미세한 관점의 차이를 나타내고 또 변모해나가기도 하지만, '문사' 1세대이자 '문지' 2세대인 '우리'를 묶고 유지시켜나가는 문학관의 밑바탕이 될 것이다. 이러한 입장은 얼핏 문지 1세대 동인들이 지켜온 인문학적 전통으로부터 이탈해 사회학적 영역으로 옮겨간 듯이 보일 수도 있었다. 아닌 게 아니라 그런 식의 단순 판단에서 비롯된 뜻밖의 오해를 받기도 했는데, 우리의 근본적 태도가 1세대와 동일한 '문학주의'——이 묘한 용어를 여기선 긍정적으로 사용하겠다——임은 변함이 없었다. 우리는 언제나 문학의, 문학에 의한, 문학을 위한 사유를 전개했고, 이를 위해서만 사회학을 흡수했던 것이다. 자평을 하자면, 당시의 전체적 문화 지도를 조감해볼 때, 우리는 당시 한국 사회를 거의 지배하다시피 했던 '사회학적 제국'의 바깥에서 그 제국과 동등하게 지식을 교역하던 문학 독립 국가와도 같았다고나 할까.

'세대'를 '시대'로 확장시킨 것이 『우리 시대의 문학』 5집부터라는 사실은 이미 이야기했었다. 이 전환은, 우리로선 이제 여건만 조성된다면 본격적인 정규 계간지 활동을 할 수 있다는 나름의 의욕을 드러낸 것이기도 했다. 실상 편집 내용도 이때부터 일반 계간지 형태로 정비되었다. 5집과 6집은 특집과 창작란 외에, 주목되는 신작들에 관한 리뷰와 시의적인 논문·비평란을 기본 골격으로 갖추고 있었다. 그러나 『문학과사회』에 이르기 위해서는, 문지 1세대 공동체와의 관계 정립 문제가 선결되어야만 했다. 그때까지 문지 활동의 주류를 형성해온 동반자 집단(범4·19세대)의 입장에서 보자면, 우리는 아직 문지의 한 모퉁이에 괄호 쳐져 있는 존재들이나 다름없었다. 따라서 그 괄호를 풀고 두 세대를 통합하는 새로운 공동체 구도와 위상을 그려내는 과정이 필연적으로 뒤따라야만 했던 것이다.

그러다 보니 약간의 세대 갈등 현상 같은 것이 없을 수 없었다. 정확히 하자면, 그 갈등은 문지 1세대 동인들과 직접적으로 빚어졌다기보다는, 서로 교류가 충분치 않았던 그 동반자 집단과의 관계에서 간접적으로 나타난 것이었다. 조금 전에 우리의 기본 태도에 대한 오해를 받기도 했다는 점을 흘렸었는데, 그분들은 아직 '우리 세대'에게서 어떤 이질감을 느끼고 있었던 게 틀림없었다. 그분들의 우려가 노출된 대표적인 경우가 계간지의 복간 혹은 창간이 본격적으로 거론되던 무렵이 아니었나 싶다. 그분들은 기본적으로 문지 1세대 동인들이 다시 편집을 맡는 『문학과지성』의 복간을 바라고 있었고, 『문학과사회』의 창간 쪽으로 흐름이 잡혔을 때는 그 제호에 대해—'사회'를 내세웠다는 것에 대해—강한 거부감을 표시하기도 했었다.

당연했지만, 그 무렵의 우리에겐 문지 내의 의사 결정 과정에서 행사할 수 있는 어떤 발언권도 없었다. 이 말은, 우리가 문지의 활동 공간 안에 정식으로 자리 잡게 되고 차세대 주체로까지 나서게 된 것은 전적으로 문지 1세대 동인들의 의지에 의한 결과라는 뜻이다. 짐작컨대, 1세대 동인들은 80년대 중반경에 미리 먼 미래까지를 감안한 문지의 큰 틀을 구상해두었던 것 같다. 그래서 일부 동반자들의 우려에도 불구하고, 흔들림 없이 오히려 그분들을 설득해나갔던 것이다. 이를 위해서는 특히, '해직 기자'로서 문학과지성사의 설립과 함께 사장직을 맡았던 김병익 선생과 '해직 교수'로서의 어려운 상황 속에서도 문학과지성사의 내실에 온 힘을 쏟던 김치수 선생이 많은 인간적 노력을 기울였던 것으로 알고 있다. 그러면서 두 세대 간의 교류를 위한 합동 간담회라는 것이 정례적으로 열리기 시작했다. 문지 공동체에 "아름다운 세대 교체"의 전통과 제도적 장치가 마련되는 계기가 바로 그런 과정 속에 있었던 셈이다.

이제 외서 돌이켜보면, 그 당시 1세대 동반자들 중의 어떤 분들이 표명했던 우리 세대에 대한 우려는 정치사회적 상황과 관련되어 나타난 과민 반응처럼 여겨지는 측면이 있다. 예컨대 사회학의 문학적 흡수에 대한 필요성만 하더라도, 이미 1세대 내부에서 요청하기 시작한 사항이었기 때문이다. 김치수 선생이 『문학사회학을 위하여』라는 평론집을 낸 것이 1979년이었고, 1983년에는 김현 선생도 『문학사회학』 입문서를 간행했었다. 그사이에 『마르크시즘 100년』(이홍구 편), 『민중』(유재천 편)과 같은 책도 문지에서 나왔었다. 80년대에 문지에서 간행된 도서 목록을 일별해보면, 1세대의 탐색이 사회학적 영역으로도 깊이 뻗쳐가고 있었음을 금방 확인할 수 있다. 실제로, 문지 1세대의 80년대적 지향과 우리 세대의 지향은 근본적으로 그 궤적을 나란히 하는 것이었다.

아마도 젊은 혈기로 충천했던 당시 '우리 세대'의 활동은 아직 아마추어리즘의 때깔을 벗어버리지 못한, 아직 덜 세련되고 거친 모습으로 내비쳤던 게 아닌가 싶다. 그런 측면에서 우리의 80년대는 문지 1세대로부터 많은 것을 배우는 수업 시대이기도 했다. 현장에서의 어떤 문제의식을 구체적이면서 의미 있는 주제로 형태화시키고 정당하게 비판해나가는 방식, 우리 자신을 역사와 사회의 전체 틀 속에서 객관화시키고 균형 있게 바라보는 지성적 태도, 모든 논의의 근거와 전개와 결과를 문학 그 자체로 수렴시키는 문학인으로서의 자의식 등을 문지 공간에서 습득하며, 우리는 우리 자신의 실존적 초상을 그려나갔다고 할 수 있다. 그러나 동시에, 우리 세대가 문지 1세대의 문화적 감각에 이때까지와는 다른 감수성을 뚫어준 측면도 분명 있었다. 『우리 세대의 문학』이라는 '열림'의 단계를 거치지 않았다면, 한 예로 김현 선생이 김지하 시에 대한 비평을 쓰게 되는 그런 기회가 과연 언제나 올 수 있었을지 헤아리기 힘들었을 것이다.

이 글의 성격상 '우리 세대' 이야기가 주를 이루고 말았으나, 『우리 세대의 문학』 자체는 문학과지성사의 80년대 전체 활동 구도 속에서는 극히 작은 일부에 불과한 것이었다. 『문학과지성』을 잃었음에도 불구하고, 사실 문지 1세대 동인들의 활동은 80년대에 더욱 빛났다. 4K 동인들 각자의 예리하면서도 왕성한 비평 작업이나 번역 작업 등도 그렇고(연배가 조금 아래인 오생근 선생은 80년대의 상당 기간 동안 프랑스 유학 중이었다), 계간지의 공백을 메우는 새로운 도서 기획의 차원에서도 그랬다. 80년대의 가장 중요한 성과들이 거의 집결해 있다고 자타가 공인하는 '문학' 창작 영역에서도 복거일의 『비명을 찾아서』처럼 단행본 출간으로 작가를 등단시키는 실험을 시도하는 등 한국 문학의 구석구석에 촉수를 뻗치고 있었지만, '지성'의 영역에서도 주목할 만한 총서들을 선보였다. 모두 80년대 전반기에 기획된 '현대의 지성' '현대의 문학 이론' '문제와 시각' 총서들은 지금도 여전히 유효한, 시대 앞에서 생생하게 살아 있는 지성과 감각을 느끼게 한다.

그런 기획들의 주요 필자·역자들은 응당 4·19세대와, 그들이 존중하는 선배들이 주축을 이루고 있었다. 가령 당시에 사회적 이슈가 되고 있던 문제들에 대해 다각적인 관점을 교차시키며 검토하는 '문제와 시각' 총서의 경우, 『소외』는 정문길 교수, 『민중』은 유재천 교수, 『혁명론』과 『민족 이론』은 신용하 교수, 『역사 이론』은 이광주 교수가 각각 편집을 맡았다. 그렇지만, 그중 우리 세대의 누군가가 다루는 게 보다 합당해 보였던 『민중문학론』의 편집은 성민엽의 몫이 되었었다. 그런 식으로 점차, '지성' 분야에서도 우리 세대가 문지에 발을 들여놓기 시작했던 것이다. 우리 세대는 처음엔 주로 번역자로서 얼굴을 내밀다가, 차츰 각 학계의 유망한 신진들로 부각하면서 저술 작업으로 활동을 확대해나갔다. 물론 '문학' 분야의 경우는 진입 속도가 훨씬 빨랐다. 시 영역에서는, 1980년에 이성복의 첫 시집이 출간된 후, 최승자·김혜순·정인섭·홍영철·황지우·박남철·최두석 등의 시집들이 속속 이어져나왔다. 소설 영역에서는 이인성·임철우·최수철·이창동·양귀자·이승우 등의 소설집이 줄을 이었고, 평론 분야에서는 『우리 세대의 문학』 동인 다섯 사람을 비롯해 이동하·김태현·구모

롱·남진우 등의 평론집이 80년대를 장식했다.

이러한 저작물들의 축적과 함께 문지 내부에서 '우리 세대'가 실질적으로 차지하는 공간은 점차 확대되어, 90년대부터는 출판 기획 및 편집 활동에까지 본격적으로 참여하게 된다. 그리고 그 과정에서 '우리 세대'의 여러 구성원들에게 문지의 문을 열어주는 역할을 하며『문학과사회』로 틀을 갖출 독자적 자장을 형성해나간 것이『우리 세대의 문학』이었다고 할 수 있다. 이 부정기 간행물은 어찌 보면 추레하기 짝이 없는 여섯 켤레의 구두처럼 남아 있지만, 그럼에도 80년대 문지의 어떤 핵심적 국면을 이해하는 상징적 지표로 여겨지는 바가 있다면, 바로 그런 까닭에서일 것이다.

덧붙이는 말

『우리 세대의 문학』 동인들은 문학과지성사가 주식회사로 전환한 후 대부분 기획위원 역할을 맡고 있다. 문지와 관련된 '우리 세대'의 활동은 여전히 현재진행형인 것이다. 그래서 그런지, 이렇게 기억을 역사화시켜 기록한다는 것이 너무나 어색하고 쑥스럽고 조심스럽게만 여겨진다. 애당초 기억으로 남길 만한 이야깃거리가 거의 없는 것 같은, 그런 느낌마저 든다. 이토록 밋밋하고 재미없는 글을 쓴 데 대한 변명으로 덧붙여두는 말이다.

이인성 소설가. 1953년 서울 출생. 1980년『문학과지성』으로 등단. 소설집『낯선 시간 속으로』『한없이 낮은 숨결』『마지막 연애의 상상』, 장편소설『미쳐버리고 싶은 미쳐지지 않는』 등이 있음.

『문학과사회』의 창간과 후속 세대의 등장

성민엽

1988년 2월 계간『문학과사회』창간호가 나왔다. 출판사 문학과지성사
의 발행인이며 계간『문학과지성』편집 동인의 일원이었던 김병익 선생이
창간사를 썼고,『문학과사회』편집 동인들은 창간호의 서문을 썼다. 그다
지 자연스러워 보이지 않는 이런 구성은『문학과사회』의 창간이 단순한 창
간이 아니라『문학과지성』의 복간을 대신한 것이기도 하다는 맥락에서 비
롯되었다. 김병익 선생의 창간사는 그 맥락을 다음과 같이 밝혔다.

1980년 여름,『문학과지성』창간 10주년 기념호로 한참 바쁘던 즈음에
우리는 느닷없는 폐간 통고를 받았다. 어리둥절하다 못해 참담하기까지 했
던 몇 달을 보내고 난 연말에, 이 계간지 편집 동인들은 앞으로의 우리 작
업을 위해 진지한 논의를 가졌다. 〔……〕 이때 우리가 동의한 모색의 실제
적 방향은, 더욱 심해지는 정치적·정신적 폐쇄성을 타개하기 위하여, 그리
고 현실적·지적 억압에 맞서기 위하여 우리의 출판 행위는 보다 개방적이
며 체계적인 성격을 가져야 하며 새로운 문화 세대들을 키워내야 한다는 것
이었다. 〔……〕 그리고 젊은 세대의 끌어들임은, 앞으로 계간지 발간이 가
능하게 될 때, 복간이 아니라 창간을 하고, 그들이 편집 주체가 되도록 함

으로써 문학적 신진 대사로 나타나도록 했다. 1982년에 첫 호가 나온 이후 매년 한 권씩 간행된 무크지 『우리 세대(시대)의 문학』이 그를 위한 중간 단계였다.

1988년 봄호로 창간되는 계간 『문학과사회』는 이렇게 해서 이루어지는 것이다.

이와 같은 일종의 세대 교체는 한국문학사에서 아마도 전례가 없는 것이지 싶은데, 『문학과지성』이라는 옛 계간지의 이름이 선배 세대에게는 아쉬움으로 남았고 후배 세대에게는 부담감으로 남았다. 따로 살림을 차리는 것이 훨씬 자유로웠을 것임에도 불구하고 후배 세대가 자유로움보다는 부담감을 택한 것은 선배 세대에 대한 존경심과 이러한 세대 교체가 가질 수 있을 문화사적 의의에 대한 기대 때문이었다. 생각하기에 따라서는 '잘해야 본전'이라는 속언에 딱 들어맞는 처지라고도 할 수 있었던 후배 세대는 스스로의 이름을 '문학과사회'라고 지었다. '문지 2세대'라는, 듣기에 따라, 그리고 말하기에 따라 불명예스러운 뜻이 될 수도 있는 세칭은 어차피 감수할 수밖에 없었고, 그렇다면 계간지의 지명도를 위해서는 옛 이름을 그대로 쓰는 편이 유리했을지도 모른다. 하지만 후배 세대로서는 이러한 개명이 꼭 필요했다. 지금 보기에는 지극히 범상하고 멋없는(멋없기야 당시에도 그랬다) 이름이지만 당시로서는 '지성'을 '사회'로 바꾸는 것이 그리 간단한 문제가 아니었다. 선배 세대 중에는 이 새로운 이름에 대해 걱정스러운 반응을 보이는 분들도 있었다. 80년대의 문학판이 워낙 사회학적 상상력에 의해 주도되고 있었고, 심지어는 사회과학이라는 제국의 지배 아래 놓인 식민지 같은 양상까지 보였기 때문에 '사회'라는 말이 자연스럽게 거부 반응을 불러일으켰던 것이다. 물론 그런 걱정은 기우였다. 후배 세대가 생각하는 '문학과 사회'는 어디까지나 긍정적 의미에서의 '문학주의'에 입각한 '문학과 사회'였던 것이다. 새로운 이름에 대한 좋은 이해자였던 김병익 선생은 창간사에서 자신의 이해를 다음과 같이 밝혔다.

그들의 의도는, 문학을 문학만으로 보던 관점은 적어도 우리의 80년대에
는 사라져야 하고, 문학의 자율성을 유지하면서도 우리 생활 세계와의 조망
을 통해 접근되어야 한다는 데 두고 있는 듯하며, 그래서 앞으로의 편집 방
향도 인식과 상상력의 한 뿌리로서 현실과의 유기적 연관성을 중시하겠다
는 태도를 그 제호에서 보여준 듯하다.

『문학과사회』의 창간 멤버는 무크지『우리 시대의 문학』제6집 편집 동
인이었던 권오룡·성민엽·정과리·진형준·홍정선에 임우기가 새로 가세
하여 구성되었다. 학문적 배경으로 보자면 불문학 3인(권오룡·정과리·진
형준), 독문학 1인(임우기), 국문학 1인(홍정선), 중문학 1인(성민엽)이
라는 구성이니 불문학 3인(김치수·김현·오생근), 독문학 1인(김주연), 정
치학 1인(김병익)의『문학과지성』편집 동인 구성과 비슷하면서 다소 다
르다. 불문학이 다수인 것은 여전하지만 종전의 서양 문학 일변도에서 벗
어나 국문학은 물론이고 중문학으로까지 확대되고 있는 것이다. 문학적
성향으로 보자면 홍정선과 성민엽이 각각 한국 프로 문학과 중국 프로 문
학에 대한 공부를 배경으로 마르크스주의 맥락에 개방적이면서 임우기와
더불어 비교적 사회적 실천을 중시했지만 그렇다고 이들이 문학의 상대적
자율성에 대한 믿음을 포기한 것은 아니었고, 이들과 대극에 위치하고 있
다고 해도 될 신화비평과 상상력 이론의 전문가 진형준을 포함한 불문학
출신의 세 사람 역시 문학의 상대적 자율성에 대한 추구를 중시하되 문학
사회학적 관점을 적극 수용하고 있었다. '문학과 사회'라는 지평은 이미
『문학과지성』동인들에게서도 문학사회학에 대한 관심이라는 형태로 나타
났던 바이지만, 『문학과사회』동인들에게서 더욱 확대되고 다양화되면서
전경화되었다고 할 수 있다. 이는 나이로 보아 가장 위인 진형준, 권오룡

에서부터 가장 아래인 정과리에 이르기까지『문학과사회』동인들에게 공유된 세대적 동질성과 관련이 있다. "유신 시절에 지적 성장을 얻었으며 산업 사회화와 더불어 문학과 사회를 익힌"(김병익 선생이 창간사에서 사용한 표현임), 그리고 1980년 봄 광주의 체험과 80년대의 군사 독재 체제를 실존의 조건으로서 직면한 세대적 동질성이 바로 그것이다.『문학과사회』동인들의 '문학과 사회'라는 지평에 대한 공통된 전망은 창간호 서문에 다음과 같이 언어화되었다.

오늘의 우리 사회의 상황은 이중적이다. 변혁에의 열망과 체제 유지적 이데올로기가 오늘날만큼이나 날카롭게 대립한 적도 일찍이 없었다. 오늘날 한국 사회의 변화는 이 대립되는 두 힘에 의해 주로 규정되는 것으로 보이지만, 그것들이 서로 확연하게 구별되는 것이 아니라 어지럽게 얽혀 있다는 것은 현실 인식 자체를 복잡한 것으로 만들 뿐만 아니라, 그것에 기반을 둔 문화적 실천까지를 한층 어려운 것으로 만든다. 체제 이데올로기는 단순히 체제 유지에만 머무는 것이 아니라 스스로의 변주를 통해 사회 변화 자체에 방향성의 한계를 설정하고 있으며, 변혁에의 열망은 자칫 낭만적 열정에만 치우쳐 결과적으로 관념론이나 허무주의에 함몰하여 체제 이데올로기에 변질당할 수 있는 여지를 스스로 마련하고 있는 것이다. 이렇게 볼 때 오늘의 상황에서의 문화 행위가 체제 유지적 논리의 허구성을 직시하고 변혁에의 다양한 열망을 보다 이성적이고 과학적인 논의의 절차를 통해 사회와 문화 발전의 지속적인 힘으로 매개시켜주어야 함을 우선적인 소임으로 갖는다는 것은 지극히 당연한 일이다. 구체적으로 이것은 상황 자체의 변화를 주시하면서 현상의 이면에 도사리고 있는 이데올로기를 폭로하는 한편, 변혁에의 열망에까지 은밀하게 스며들어 있는 체제 논리를 해체하는 일련의 작업의 동시적 수행을 요구한다. 이러한 복합적인 작업의 수행 없이 우리 사회의 진정한 변혁을 기대하기는 불가능한 것으로 보인다. 우리가 '문학과 '사회'를 상호 포괄적인 관계로 파악하는 것도 이러한 인식을 기반으로 하여 궁극적으로는 문학의 입장에서, 문학을 통해 사회 변혁의 전망을 획득하고자 하기 때문이다. 문학은 사회 밖에서 사회를 비판적으로 해석하거나, 또는 다른 방식을 통해 작용하는 것이 아니라, 서로가 서로에게 각인되고 인각을 남기는 관계에 있다. 문학은 사회 속에 존재하며 사회는 또한 문학 속에서 스스로의 존재와 구조를 발견해낸다. 문학은 스스로를 반성하면서 사회를 비판하고, 이러한 반성과 비판을 통해 스스로를 변화시켜나가는 동시에 사회 변혁의 주요한 동인이 된다. 따라서 우리는 문학과 사회의 동시적 포괄 관계를 통해 한국 사회의 진정한 변혁의 전망을 추구하고자 한다.

이 서문의 서술과 무크지 『우리 시대의 문학』을 내면서 계간지를 준비하던 시기의 작업 방향 사이에는 미묘한 차이가 존재한다. 『우리 시대의 문학』 제6집 서문은 "문화의 힘은, 문화가 그 자신에 내재화된 현실로부터의 작용을 반성적으로 성찰하고 그 자신을 인간을 인간답도록 하는 진정한 문화로 향해 끊임없이 변화시켜가면서 동시에 현실에의 작용을 끊임없이 추구해가는 데서 생성된다"고 주장했다. 『문학과사회』 창간호의 서문 역시 '문학과 사회의 동시적 포괄 관계'를 역설하고 있지만, 여기서는 특히 "체제 이데올로기는 단순히 체제 유지에만 머무는 것이 아니라 스스로의 변주를 통해 사회 변화 자체에 방향성의 한계를 설정하고 있"는 것이 문제시되고 또 "변혁에의 열망은 자칫 낭만적 열정에만 치우쳐 결과적으로 관념론이나 허무주의에 함몰하여 체제 이데올로기에 변질당할 수 있는 여지를 스스로 마련하고 있는 것"이 문제시되는 것이다. 이 미묘한 차이는 1987년 6월에 출간된 『우리 시대의 문학』 제6집과 1988년 2월에 나온 『문학과사회』 창간호 사이에 6월 민주항쟁에서부터 6·29선언과 7, 8월의 노동자 투쟁을 거쳐 12월 대통령 선거에서 노태우 후보가 당선되기까지의 일련의 과정이 놓여 있고, 또 민중문학론의 관념적 급진화가 진행된 빠른 행보가 놓여 있는 것과 관계된다. 그리하여 『문학과사회』는 창간 이후 한동안 상기 두 가지 문제에 대한 비판적 대응에 작업의 초점을 맞추었다. 창간호의 권두 주제 '사회 변화와 문학적 인식'(그중에서도 특히 성민엽의 「전환기의 문학과 사회」와 정과리의 「민중문학론의 인식 구조」), 2호의 기획 '마르크스 이해의 세 가지 차원', 3호의 기획 '민족 논의의 의미 공간', 4호의 특집 '문화적 실천의 방법과 지향', 김수행 교수를 초빙 편집위원으로 하여 만들어진 5호의 특집 '정치경제학과 자본주의'와 기획 '북한의 역사학과 문학', 그리고 2호부터 시작된 '오늘의 한국 문학'란의 일부 내용들이 그와 같은 맥락에서 마련되었다. 이러한 작업을 위해 박노영·정운영·홍윤기·임헌영·강정구·윤소영·유중하·김수행 등의 외부 필자들이 초빙되고 있음은 눈여겨볼 만할 것이다.

『문학과사회』가 '문학과 사회'라는 지평에만 관심을 쏟은 것은 물론 아니다. '문학'을 모르면서 어떻게 '문학과 사회'를 알 수 있겠는가. '문학'에 대한 다양하고 깊이 있는 탐색은 언제나 『문학과사회』의 본령이었다. 그 탐색은 주로 '비평·논문'란과 '오늘의 한국 문학'란, 그리고 간혹 특집이나 기획을 통해 이루어졌다. 그리고 말할 것도 없이 시와 소설 작품의 게재가 그 탐색의 진정한 몸통을 이루었다. 창간호에서 5호까지만을 놓고 보더라도, 고은·오규원·이동순·이성복·최명·윤중호(이상 창간호), 황동규·마종기·김정란·최두석·백승포·송찬호(이상 2호), 정현종·김광규·박세현·고재종·고진하(이상 3호), 송기원·김준태·안수환·김정환·이영유·기형도·김갑수(이상 4호), 문충성·이광웅·최승호·고형렬·이재무·황인숙·이창기(이상 5호) 등의 시인이 신작시를 발표하고 있고, 이청준·이인성·김성동(이상 창간호), 김원일·김석희(이상 2호), 임철우·김원일·김남일(이상 3호), 임철우·하창수(이상 4호), 임철우·양귀자·최수철(이상 5호) 등의 소설가가 작품을 발표하고 있다. 또한 신인 발굴도 시의 정남식(창간호), 박인택(3호), 김휘승(4호), 차창룡(5호), 소설의 최윤(2호),

채영주(4호), 평론의 류철균(3호), 김동원(4호) 등으로 진행되었다. 그 밖에 2호부터 마련된 '편집자에게 보내는 글'란도 흥미롭다. 여기에 실린 독자 투고는 종종 어느 비평가 못지않은 정확하고 예리한 비판적 견해의 개진을 보여주었다. 가령 3호에 투고한 두 독자는 나중에 좋은 비평가로 활동하게 되는데 박철화와 권보드래가 그들이다.

창간호 이래의 편집 방향에 뚜렷한 변화가 나타나기 시작한 것은 대략 15호(1991년 가을호)를 전후해서의 일이다. 90년대 들면서 출판되는 책들이 종전과는 비교할 수 없을 정도로 많아졌기 때문에 종래와 같은 방식으로는 도저히 서평을 감당할 수가 없게 되었고, 그리하여 15호부터 '테마 서평'이라는 새로운 서평 형식을 개발 적용하는 한편, 문학 서적의 경우는 16호부터 '오늘의 한국 문학'란에 따로 '총평'을 마련함으로써 엄청나게 증가한 서평의 수요에 부응했다.

그러나 더 중요한 변화는 사회 역사적인 변화의 흐름과 함께 생겨난 편집 내용상의 변화이다. 이 무렵 세계사에는 어떤 일들이 일어났는가. 1989년 11월 베를린 장벽이 붕괴되는 것을 시작으로 하여 1990년 10월 독일 통일이 이루어졌고, 1989년 12월 고르바초프의 동서 냉전 종결 선언 이후 1992년 1월 독립 국가 연합이 구성되기까지 소련, 즉 소비에트 사회주의 공화국 연방의 해체가 가파른 행보로 진행되고 있었다. 사회주의권의 붕괴가 한국 사회에 실감으로 도래한 최종적인 모습은 1992년 8월에 이루어진 한중 수교였지만, 1991년의 한국의 문학과 사회는 한창 진행되고 있는 세계사적 변화의 거대한 흐름 앞에서 크게 동요하고 있었다. 민중문학론의 관념적 급진화가 갑자기 중단되고 '인간으로의 회귀'라는 개념 아래 전향 선언이 속출했다. 그런데 이와 같은 세계사적 변화는 88올림픽 이후 한국 경제의 급속한 성장과 한국 사회의 후기 산업 사회로의 진입이라는 변화와 겹쳐지는 것이었다. 한국 사회의 이러한 변화는 1992년 12월 김영삼 후보의 대통령 당선으로 이른바 문민 정부의 출범이 결정되면서 그 정치적 완성을 이룬 것으로 여겨졌다. 이제 정치적 억압이나 경제적 착취는 더이상 현안이 아니라는 듯 논의의 무대 뒤로 물러나고, 후기 산업 사회, 대중 사회, 소비 사회, 정보화 사회, 세계화(혹은 전 지구화) 등의 각종 현상들이 새로운 문제로 떠오르기 시작했으며, 더 나아가 문학계에는 이른바 신세대 문학의 등장과 문학 자체의 쇠퇴, 시각 테크놀로지 예술 양식을 중심으로 한 대중문화의 대두 등의 문제가 대두되기 시작했다. 바야흐로 지금과 동시대로 여겨지는 하나의 시대가 시작된 것이었다. 종전의 문제가 해결되었기 때문에 이 새로운 시대가 시작되었다거나 새로운 시대의 시작과 더불어 종전의 문제가 해소되었다고 말하기는 어렵다. 단지 종전의 문제 제기 방식이 유효성을 상실하게 된 것일 뿐, 실제로는 문제가 더욱 복잡해지고 난해해진 것이다.

『문학과사회』는 이러한 변화 속에서 비판적 성찰이라는 자신의 기본 원칙을 더욱 활성화하며 더욱 복잡해지고 더욱 난해해지는 '문학과 사회'에 대한 조망을 확대 심화하고자 노력했다. 이를테면 '인간으로의 회귀'라는 모토에서 '인간' 개념이 지닌 무반성적 복고성에 대해 비판적으로 검토하고, 포스트모더니즘을 필두로 한 각종 포스트 담론에의 무비판적 추종에 대해 이의를 제기하며 그 맥락을 꼼꼼히 따지고, 대중문화에 대한 무조건적 긍정이라는 새로운 풍조에 맞서 비평적 읽기를 시도하고, 문학이 더 이상 문화의 중심이 아닌 세계의 각종 현상을 문학의 눈으로 성찰하고, 그리고 무엇보다도 이 모든 새로운 사회 문화 현상의 배후에 숨어 있는 자본과 권력의 작용을 드러내는 식으로 말이다. 14호의 특집 '오늘의 문화와 정보화 사회', 15호의 특집 '욕망·권력 그리고 문학', 16호의 권두 좌담 '사회주의권의 변화와 한국 사회', 16·17호의 연속 기획 '지금, 문학이란 무엇인가' 등은 그러한 노력의 소산이다. 그러한 노력은 20호의 특집 '대중문화, 그 불안한 가능성', 29호의 특집 '문화 산업과 문학상업주의' 등으로 계속 이어졌고, '문학'에 대한 새로운 성찰을 위해 21호의 특집 '문학사를 점검

한다', 23호의 특집 '패러디, 모방에서 창조로', 25호의 특집 '비평문학의 자리 찾기', 26호의 특집 '문체, 세상의 기호, 욕망의 언어', 31호의 특집 '글쓰기, 어디로 가고 있는가' 등을 마련했으며, 새로운 젊은 작가들을 이해하기 위하여 24호의 특집 '젊은 문학은 어떻게 오고 있는가', 30호의 특집 '활공과 잠행: 새로운 세대의 글쓰기' 등을 마련했다.

이러한 변화에 따라 동인 구성에도 변화가 있었다. 17호(1992년 봄호)부터 새로 가세한 철학자 김진석은 니체와 포스트구조주의에 대한 공부를 바탕으로 각종 포스트 담론과 대중문화 현상에 대한 성찰을 선도해주었다. 아쉽게도 개인 사정으로 인해 16호를 마지막으로 진형준이 떠나고 24호를 마지막으로 임우기와 김진석이 떠났지만, 그리하여 25호(1994년 봄호)부터는 권오룡·성민엽·정과리·홍정선 4인이 어렵게 잡지를 만들어야 했지만, 33호(1996년 봄호)부터 국문학을 전공한 두 젊은 후배 박혜경과 김동식이 가세함으로써 문학과 사회의 새로운 현상에 대한 새로운 감수성이 보충되었다. 이러한 보충은 한 차례 더 이루어져 46호(1999년 여름호)부터 역시 국문학을 전공한 우찬제와 이광호가 동참하게 되었다.

후배 비평가들의 영입은 마치 『문학과지성』 동인들이 후배 세대에게 계간지 편집권을 넘겨주었듯이 『문학과사회』의 편집권을 후배 세대에게 다시 넘겨주기 위한 준비 과정이기도 했다. 1996년에 창간된 문화 무크지 『이다』 역시 이런 맥락에서 만들어졌다. 김동식·김태동·김태환·성기완·윤병무·주일우·최성실 등으로 구성된(김재인은 2호부터 참가했다) 『이다』 편집 동인은 창간호 서문을 다음과 같이 쓰고 있다.

우리는 지금이야말로 모든 종류의 전통적인 경계선(매체간·장르간·담론 간의 제도적 경계선들)을 뛰어넘는 통합적이고도 실험적인 상상력이 요구되는 때라고 믿고 있다. 문화 무크지 『이다』는 이러한 인식으로부터 출발한다.
〔……〕

『이다』는 문화를 다루는 모든 글들이 진정한 의미의 비평적 태도를 견지할 것을 원칙으로 한다. 〔……〕 우리가 모델로 삼는 것은 비판적이고 꼼꼼한 책읽기로서의 문학비평이다. 그 모델은 문화 비평의 전 영역에 확장되어야 한다. 대중문화가 문제되는 경우에도 이러한 원칙은 타당하다. 우리는 대중문화의 무조건적인 긍정(엘리트주의의 철저한 부정)을 거부하지만, 대중문화=상투성=상업주의라는 식의 단순한 도식도 거부한다. 우리가 인정하는 것은 대중문화가 비평적으로 세심하게 다루어질 가치가 있는 우리의 문화적 삶의 중요한 부분이라는 점뿐이다.

〔……〕

흔히들 90년대를 두고 거대 담론이 붕괴하고 전망이 사라져버린 시대라고 말한다. 그러나 우리는 전망의 부재라는 상황이 결코 부정적인 것이라고 보지 않는다. 정치적인 거대 담론이 지식인 사회를 지배하고 있을 때, 지성의 활동은 위축되고 수동적으로 된다. 이때 개개인에게 주어진 자유란 특정한 '전망'을 수용하느냐 마느냐 하는 양자택일의 자유일 뿐이다. 우리는 '전망의 부재'라는 90년대적 상황이 참으로 긍정적인 의미에서 자유로운 공간을 만들어냈다고 믿고 있다. 이러한 상황은 스스로 문제 자체를 제기하고, 과업을 만들어내고, 전망을 창출해가는 능동적 지성을 요구한다.

'이질 혼재성과 다양성'의 앞머리 글자를 조합하여 제호를 만들었다는 『이다』 동인의 위와 같은 발언은 그사이에 8년이라는 시차가 있다고는 하지만 『문학과사회』 창간호 서문과 얼마나 다른 것인지! 이 '다름'이야말로, 동시에 그 '다름' 속에 존재하는 '같음'까지 포함하여, 선배가 후배에게 기대하는 바로 그것인 것이다.

50호가 되는 2000년 여름호를 마지막으로 세칭 '문지 2세대'는 김동식·김태환·박혜경·우찬제·이광호·최성실 등 다음 세대의 후배 비평가들에게 『문학과사회』의 편집권을 넘겨주고 출판사 문학과지성사의 기획 및 편집 위원 일만 맡기로 했다(단, 정과리만은 당분간 편집 동인에 잔류하기로 했는데 이는 편집의 최소한의 연속성을 유지하기 위한 한시적 조치였고 실제로 최근에 정과리까지 퇴진함으로써 새로운 편집 동인들은 완전한 독립성을 확보했다). 그러고 보면 50호를 냈다는 건 12년 반이라는 시간이 지났다는 것이고, 이 시간은 『문학과지성』의 창간에서 폐간까지의 시간인 10년보다 더 긴 시간이다. 시간이 더 길 뿐만 아니라 그동안 한국의 사회적 · 문화적 변화가 전보다 한층 더 크고 빨랐기 때문에 이제 그 변화와의 동시대성을 훨씬 더 많이 지닌, 80년대라는 군사 독재와 민중 항쟁의 시대에 지적 성장을 얻었고 90년대라는 탈냉전과 풍요의 시대에 문학과 사회를 익힌 후배들이 작업을 맡는 것은 시급한 일이 되었다고 하지 않을 수 없다. 새로운 편집 동인 역시 『문학과지성』 이래의 전통을 따라 비평가들로만 구성되었는데, 주목할 것은 그들의 학문적 배경이 독문학의 김태환 이외에는 모두 국문학 출신이라는 점이다. 이는 국문학의 발전을 알려주는 하나의 지표로 받아들여질 수 있을 것이다. 이를 두고 서양 문학 전공자가 다수였던 과거의 편향과는 반대되는, 또 하나의 편향이라고 염려할 수도 있겠으나, 과유불급이라는 말을 적용하기에는 아직 때가 이른 듯하다. 이 새로운 편집 동인에게는 다시 또 '문지 3세대'라든지 '문사 2세대'라는 식의 세칭이 따라다니는 모양인데, 이들은 51호에 혁신호라는 타이틀을 달고 표지 디자인도 바꾸면서 다음과 같은 서문을 쓰고 있다.

우리는 "문학의 입장에서, 문학을 통해 사회 변혁의 전망을 획득하고자 하"는 『문학과사회』 창간호의 입장은 여전히 유효하고 어쩌면 더욱 절실해졌다고 생각한다. 다만 우리가 여기서 염두에 두어야 할 것은 1980년대 후반과 2000년대 사이의 사회적 · 문화적 조건의 변화이다. 『문학과사회』가 창간될 당시에는 "변혁에의 열망과 체제 유지적 이데올로기가 날카롭게 대립"하고 있었다고 할 수 있지만, 지금은 그러한 전선은 분명하지 않으며 권력과 억압의 문제는 무정형으로 산포되어 나타나고 있다. 그사이에 문화적인 영역들이 중요한 삶의 상황이 되었다. 때문에 "문학과 사회의 상호 포괄적인 관계"라는 명제는, 문학과 사회 두 가지만을 주요 항목으로 설정하는 태도에서 좀 더 벗어나 보다 유연한 문화적 사고를 통해 그 의미 공간을 넓혀나갈 필요가 있다.

그러나 우리는 시장의 논리에 경도된 대중추수주의, 문학주의의 외피를 입고 있는 문학성 자체의 상품화 경향에 대해 단호한 비판적 입장을 견지한다. 우리가 문화에 대한 관심을 제기하는 것은 새로운 문화적 흐름에 편승하기 위해서가 아니라 문학의 이름으로 그것에 저항하기 위해서이다. 우리는 새로운 문화 현실에 적극적으로 대응하면서 문학을 통해 그것을 비판적으로 성찰하는 자세를 이어갈 것이다. 문화의 다원화와 개방화의 열망 안에 은밀하게 작동하는 시장과 자본의 논리를 비판적으로 바라보는 것도 이러한 이유에서이다. 우리는 문학이 여전히 문화의 중심이라는 고루한 문학지상주의를 배격하지만, 문학의 반성적 힘을 소진하지 않기 위해 엄격한 미적 잣대를 유지할 것이다. 이러한 노력 안에서 우리는 새로운 문학의 존재 방식과 미학의 갱신을 탐색하려 한다.

이러한 주장은 나를 포함한 소위 '구(舊) 문사' 멤버들 역시 전폭적으로 동의하며 나아가서는 적극적으로 주장하고자 하는 바의 것이지만, 그러나 그 실감에 있어서, 그리고 구체적 세목들에 대한 감수성에 있어서 우리는 후배들에게 귀를 기울일 필요가 있다. 이 서문 이후부터는 그야말로 현재진행형이니 이 글의 서술 대상이 아닐 것이다. 후배들의 분투를 기대하며 본격적인 분석도 아니고 본격적인 회고도 아닌 이 어정쩡한 보고의 글을 맺기로 한다.

성민엽 문학평론가. 1956년 경남 거창 출생. 1982년 경향신문 신춘문예에 평론 당선. 평론집 『지성과 실천』 『문학의 빈곤』 『변하는 것과 변하지 않는 것』 등이 있음.

주식회사 문학과지성사로의 전환

채 호 기

1

문학과지성사의 주식회사로의 전환은 창립 주주 총회가 열린 1993년 12월 8일에 이루어졌지만, 그 시작은 훨씬 이전으로 거슬러 올라가야 한다. 정확한 시점을 집어 말하기는 어렵다. 왜냐하면 그것은 외부적인 사건으로 표출된 것이 아니라 문학과지성사 동인들의 마음 속에 들어 있었기 때문이다. 마음속에 들어 있었다고 하지만 각자 개인적인 생각으로 지니고 있었던 것이 아니라 암묵적인 동의하에 하나의 공통된 이념으로 그들 속에 들어 있었다. 그 이념을 김병익은 '동인 체제의 개방성'이라고 말한다. 좀 더 엄밀하게 말하자면, 이 개방성은 횡적인 개방성이라기보다 종적인 개방성이다. 같은 세대끼리의 개방이 아닌 후배 세대들에게의 개방이기 때문이다. 그들은 동인 체제의 유기체적인 성장을 꿈꾸었던 것이다. 이 꿈은 1976년 오생근, 김종철을 동인으로 영입하면서 처음으로 현실화되었

---

* 이 글은 주식회사 문학과지성사로의 전환 당시 필자가 그 사실을 상세하게 알 수 있는 자리에 근무하고 있지 않았던 관계로, 당시의 여러 자료와 김병익씨의 설문 응답 자료에 많은 부분 빚지고 있다는 점을 밝혀둔다.

다. 그러나 이들을 영입할 때까지만 하더라도 문학과지성사 동인들은 '차세대'라는 말을 사용하지 않는다. 이들이 비록 후배이기는 하지만 문지 동인들의 마음 속엔 계승의 의미보다는 횡적인 개방에 가까운 동료로 받아들여졌기 때문일 것이다. '차세대'라는 말은 그 뒤에 온다. 1980년 군부 정권의 강압에 의해 『문학과지성』은 강제 폐간이 된다. 그해 말에 동인들은 간담회에서 앞으로 언젠가 계간지를 다시 간행하게 된다면 그때는 그 편집 동인을 현재의 동인이 아닌 '차세대' 동인으로 하며 그들에게 독자적 편집권을 주어야 한다는 데 합의했다. 이때부터 동인들은 '차세대'라는 말을 쓰기 시작하면서 '계승'이라는 것을 생각하기 시작했던 게 아닌가 짐작된다. 이런 합의를 바탕으로 1982년 5월 이인성·이성복·정과리를 편집 동인으로 하는 무크지 『우리 세대의 문학』이 창간되었고 1987년까지 제6호가 발간되었다. 그리고 뒤이어 이를 모태로 1988년 2월에 권오룡·성민엽·임우기·정과리·진형준·홍정선을 편집 동인으로 하는 계간 『문학과사회』가 창간되었다.

그러나 이 시기의 '차세대'나 '계승'이라는 말의 의미는 『문학과지성』이라는 잡지의 『문학과사회』로의 이행이라는, 잡지 주체의 '차세대'며 잡지 주체의 '계승'이라고 보는 것이 정확할 것이다. 문학과지성사라는 회사 주체의 계승은 주식회사로의 전환으로부터 구체적으로 시작된다.

2

김병익 사장은 80년대 초반부터 문학과지성사를 개인 기업으로부터 주식회사로 전환해야겠다는 생각을 하기 시작했다. 그가 이런 생각을 하게 된 가장 큰 이유는 대체로 두 가지로 요약된다. 첫 번째는 앞서 이야기한 '차세대로의 계승'과 연관된다. 그가 잡지 주체의 계승이라는 문제를 회사 경영 주체의 계승이라는 문제로 확대 연계시킨 것은 문학과지성사의 장래에 대한 여러 생각 때문이었다. 그중 가장 구체적인 동기는 우리나라 출판사들이 거의 전적으로 창업자 개인에 의존하는 이유로 창업자의 건강이나 사정으로 출판사의 운명이 결정되는 현실을 여러 번 봐왔고 문학과지성사가 그러한 전철을 밟아서는 안 되겠다는 생각 때문이었다. 그리고 두 번째로는 회사의 규모가 점점 커지고 사원들도 늘어나면서 개인 능력 위주의 경영보다는 주식회사 체제를 갖춤으로써 경영의 책임과 공영성을 확보하겠다는 생각이었다.

김병익 사장의 이러한 생각은 문학과지성사 동인들의 회의에서 보류되었다. 그것은 주식회사로 전환했을 때 생길 수 있는 여러 가지 부담을 고려할 때 아직은 시기상조인 것 같다는 황인철 변호사의 조심스러운 우려가 있었고 이에 대다수의 동인들이 동조하는 분위기였기 때문이다. 이로 말미암아 주식회사로의 전환은 그 실현이 유예되었고 다만 김병익 사장의 마음 속에 장기적인 숙제로만 남아 있게 된다.

3

1990년 6월 김현이 타계하고 그로부터 3년 후 황인철이 타계하자 김병익 사장은 주식회사로의 개편을 더 이상 미룰 수 없는 현안으로 생각하게 되었다. 두 동인의 때 이른 타계는 문학과지성사의 동인 체제 구성이 불가피하게 달라짐을 말한다. 따라서 회사의 장래에 대한 대비가 임박한 문제로 떠오르게 되었다. 더불어 김병익 사장은 잇따른 친구들의 작고를 경험하면서 창업부터 근 20년을 운영해온 자신의 건강도 결코 확신할 수 없다는 생각을 하게 되었다. 그래서 김병익 사장은 이러한 생각들을 다른 동인들인 김주연·김치수·오생근에게 밝히면서 앞으로의 대비를 위해 주식회사로의 개편 문제를 다시 제기하였다. 이때 김병익 사장이 동인들에게 개편의 필요성을 설명하기 위해 제시한 몇 가지 이유는, 1) 개인적인 상속이 아니라 공적인 승계를 이루는 가장 효과적인 방법이라는 것; 2) 개인 회사로서는 보장받기 힘든 경영의 투명성을 확보할 수 있는 체제라는 것; 3) 동인 체제의 후퇴 또는 와해에 대응할 수 있는 회사의 민주적 운영 체제를 이룰 수 있다는 것; 4) 주주의 구성이 문지의 출판과 운영에 후원자로서의 힘이 될 수 있다는 것 등이었다. 동인들은 김병익 사장의 이러한 의견과 구상에 별 이의 없이 동의하였다.

4

주식회사로 개편하기 위해서는 그 절차와 운영에 유능한 사람이 필요하였다. 그래서 김병익 사장은 1993년 9월에 최장석 상무가 천거한 허영심을 경리차장으로 새로 영입하여 개편을 위한 작업과 절차를 밟는 데 실무적인 일을 맡도록 했다. 곧바로 개편 준비 작업을 시작했는데, 그 첫 작업은 주식 발행안과 주식 지분안을 만드는 것으로 동인들과의 몇 번의 협의 끝에 10월 초에 1차안을 마련하였다.

주식 발행안의 내용을 보면, 1) 설립 당시의 주식 발행 총수는 3만 주로 한다; 2) 주식 1주의 금액은 1만 원으로 한다; 3) 주식은 보통 주식으로서 기명식으로 하며 주권은 10주권, 100주권, 1000주권으로 발행한다; 4) 주식에 대한 배당은 원칙적으로 무배당으로 한다; 5) 주식은 매매, 이전할 수 없으며 주주의 유고시 지명된 1인에게만 상속을 인정한다; 6) 증자가 필요한 경우, 이사회의 결의에 대한 주주 총회의 의결을 받는다, 로 되어 있다.

주식 지분안의 내용을 보면, 주식 지분은 네 부류로 나누어 할당하는 것

으로 되어 있다: 1부류) 문학과지성 동인 6명(김병익·김주연·김치수·오생근·이연희〔김현의 미망인〕·최영희〔황인철의 미망인〕)은 각 3천 주로 기존 개인 문지 자산에 따라 균등 분할하는 것으로 한다. 2부류) 문학과사회 동인 6명(권오룡·김진석·성민엽·이인성·정과리·홍정선)은 각 7백 주로 현금 출자한다. 3부류) 문학과지성사의 창업 정신에 동의하고 그 운영 방식을 지지하는 문인 또는 지식인 등 20명 미만으로 각 3백 주 미만을 현금 출자하는 것으로 한다. 4부류) 문학과지성사 창업 유공 및 운영 유공 7명(권영빈·김승옥·오규원·최인훈·조세희·이청준〔이상은 창업 유공으로 주요 저자〕·최장석〔운영 유공으로 회사 임원〕)으로 각 1백 주(단 현 회사 임원은 3백 주)를 기존 개인 문지 자산 평가에서 분할 할당한다. 이 중 3부류와 겹친 사람은 합산해서 3백 주를 넘지 않도록 한다.

이 1차안은 약간의 수정을 거치는데, 1) 주식 발행의 총수는 3만 주에서 2만 9천 주로 변경된다; 2) 문학과사회 동인 중 김진석은 본인의 의사에 의해 주주로 참여하지 않기로 하고, 나머지 5명이 8백 주를 출자하기로 한다, 3) 창업 유공에 1명(조해일)을 추가한다, 등등이다. 그리하여 결국 문학과지성 동인 6명이 1만 8천 주, 문학과사회 동인 5명이 4천 주, 3백 주가 16명으로 4천8백 주, 2백 주가 4명으로 8백 주, 1백 주가 4명으로 4백 주, 운영 유공이 3백 주 1명으로 3백 주, 창업 유공이 1백 주 7명으로 7백 주 해서, 모두 40명 주주에 주식 발행 총수 2만 9천 주로 하는 최종안이 마련되었다. 이 주식 지분안에서 특기할 점은 문학과지성의 현 주체가 대주주가 되고 문학과사회 동인들이 다음의 주체가 될 것임을 전제하고 있는 것이다.

이러한 주주 구성에는 타 주식회사와는 다른 점이 눈에 띈다. 이는 김병익 사장을 비롯한 문지 동인들이 문학과지성사의 전통을 고려하고 개성을 살려낼 수 있도록 주주 구성에 대해서만은 엄격한 규정을 두도록 했기 때문이다. 문학과지성사는 문학적인 권위를 자부하고 있었고 이 때문에 많은 문인들이 어떤 방식으로든 문지사의 주주라는 이유로 자신의 저작을 출판해줄 것을 요구해올 수 있는 사태에 대한 방비가 필요하다고 그들은 생각했다. 그래서 그들은 주주를 공모하는 것이 아니라 선별하여 주주를 영입하는 방식을 택하였으며, 주주들의 영입에 있어서도 문학인과 문필 지식인으로 한정하고, 이들의 작품과 저서는 어떤 것이라도 믿을 수 있는 수준을 갖춘 분이며 인격적으로 존경받을 수 있는 분으로 한정하였다. 그들은 문지의 주주가 단순한 주주가 아니라 문학적으로든 인간적으로든 존경받는 지식 공동체의 구성원이기를 희망한 것이다.

이런 기본적인 생각은 정관을 기초하는 작업에서도 그대로 반영된다. 정관 기초 작업은 타 주식회사 혹은 단체의 정관을 입수하여 참조하면서 대체로 그 형태를 따랐다. 정관은 대한민국 상법에 기초하여 만들어졌기 때문에 기본적인 형태가 있고 거기서 크게 달라질 수 없는 것이다. 그런데 이런 정관에서도 타 주식회사와 다른 점이 두 곳에서 발견된다. '제11조 주식 이전'과 '제45조 개정'이 그것이다. 제11조는 "1)이 회사의 주식을 이전할 경우 이전할 사람은 이전받을 사람과 그 이전 방법에 대해 이 회사의 이사회에 동의를 받아야 한다. 2)주식의 이전이 이사회의 동의를 얻지 못할 경우 그 주주는 그 주식의 처리에 대한 이사회의 결의에 대항하지 못한다"는 내용으로 되어 있으며, 제45조는 "이 정관의 개정은 주주 총회에서 제20조의 규정에 따른다. 다만 제11조는 개정의 대상이 되지 아니한다"로 되어 있다. 이것은 주식의 이동(매매 또는 상속에 의한)을 이사회의 동의를 받도록 제한함으로써 동의할 수 없는 사람이 주주가 되지 않도록 철저하게 방비한 것이다.

6

김병익 사장은 1993년 10월 11일 "문학과지성사는 미래의 변화에 대응하기 위해 기왕의 개인 기업 형태를 탈피하고 1994년 신년부터 주식회사로 개편 운영하기로 하여, 현재 그 작업을 진행하고 있습니다. 이 개편은 문학과지성 동인, 문학과사회 동인을 주축으로 하면서, 본 문학과지성사의 문학 정신과 창업 의지, 경영 방침에 동의하는 최소한의 주주를 새로 모시도록 개방하여 그 참여의 폭을 넓히도록 했습니다"는 인사를 모두로 주식회사의 대강의 내용을 소개하고 출자를 권유하는 서신을 예비 주주들에게 띄웠다. 그리고 뒤이어 11월 15일 문학과지성사에서는 긍정적인 답변을 해온 주주들에게 주주 명단 40명과 자본금 2억 9천만 원을 확정했다는 것, 12월 8일에 창립 주주 총회를 개최하며 12월 12일에 설립 등기를 마치고 1994년 새해부터 주식회사 체제로 새로운 출발을 할 예정이라는 것 등을 서신으로 알렸다. 11월 26일 '김병익·김주연·김치수·오생근·이인성·정명교(정과리의 본명)·홍정선'을 주식회사 문학과지성사의 발기인으로 정하고 그 대표자 김병익의 이름으로 1994년부터 주식회사로 개편되는 문학과지성사의 창립 주주 총회를 12월 8일에 열 예정이라는 것을 주주들에게 알렸다.

창립 주주 총회의 주요 의안은 '주식회사 문학과지성사의 정관' 제정의 건과 이사 및 감사 선임의 선 등이었다. 그리고 이 총회에는 주식회사 문학과지성사의 정관안과 주주 명부, 문학과지성사 연혁, 주주 출자 확인서 등이 별첨으로 제시되었다. 12월 8일 총회에는 김병익 외 26명이 참석하고 이연희 외 10명이 위임하여, 총 40명 중 38명 주식 수 2만 9천 주 중 2만 8천8백 주가 참석하였다. 임시 의장 김병익의 사회로 주주 소개와 문학과지성사 연혁 보고를 들었으며, 이어 의안 순서에 따라 발기인들이 작성한 안으로 제출한 정관을 통과시키고 이사로 김병익·김치수·오생근·권오룡·전형준(성민엽의 본명)·이청준·김원일·오규원·최장석 등 9명을, 감사로 김주연·복거일 2명을 선출하였다.

주식회사 문학과지성사의 제1차 이사회는 다음날인 9일 이사 9명 전원과 감사 1명(1명은 위임)의 참석으로, 1) 김병익 이사를 대표이사 사장으로, 최장석 이사를 상무이사로 선출하고; 2) 인사 규정, 근무 규정, 보수 규정 등 사내의 제반 규정을 마련하기로 했으며, 3) 편집위원회의 구성에 동의하고, 김병익·김주연·김치수·오생근·정명교·홍정선·정문길 등 7명에게 위촉키로 합의하였다.

7

주식회사 문학과지성사는 12월 13일에 제반 서류를 준비, 황한주 법무사를 대리인으로 하여 상업등기소에 신고, 등기 번호 99280, 고유 등록 번호 110111-0992803으로 등기가 완료되었다. 등기를 마친 회사는 주권을 발부하면서 출판 등록을 새로이 마포구청에 신고하고 출판협회와 잡지협회 및 공보처(잡지 발행)에 등록 사항 변경을 신청하여, 1994년 1월 3일자로 마포세무서에 사업자 등록을 하였다.

기존의 김병익 명의로 된 개인 회사 문학과지성사는 12월 말일자로 휴업 신고를 하고 8개월 정도의 기간 동안에 회사 정리 및 해소 작업을 한 후, 1994년 9월 6일자로 폐업 신고하였다.

이로써 1970년 가을 계간『문학과지성』이 창간되면서 출범한 문학과지성은 1975년 12월 도서출판 문학과지성으로 제2의 출발을 하였으며, 1994년 1월 주식회사 문학과지성으로 제3의 출발을 하게 되었다.

채호기　시인. 1957년 대구 출생. 1988년『창작과비평』으로 등단. 시집『지독한 사랑』『슬픈 게이』『밤의 공중전화』『수련』 등이 있음.

제2장
시대적 배경과 문화적 실천 양상

문학과지성사가 함께한 역사와 사회
─산업화 통치 체제와 민중-민주화의 갈등

1. 머리말: 새로운 사회의식을 찾아서

『문학과지성』의 창간사에서 "이 시대의 병폐는 무엇인가? 무엇이 이 시
대를 사는 한국인의 의식을 참담하게 만들고 있는가? 우리는 그것이 패배
주의와 샤머니즘에서 연유하는 정신적 복합체라고 생각한다"라는 글을 읽
었을 때의 충격은 지금도 잊을 수 없다. 『문학과지성』이 출간된 1970년 가
을만 해도 우리 사회는 사실상 짙은 패배주의에 사로잡혀 있었다. 그것에
맞서기보다는 일탈의 양식으로 등장했던 온갖 샤머니즘이 엄습하고 있었
다. 이것이 시대의 속성이자 한계였는데, 닫힌 방 속에 갇힌 수인과도 같
았다.

그러나 이러한 상황도 세계의 기류에 따라 조금씩은 변화의 조짐을 느
낄 수 있게 되었다. 물론 닉슨의 미국 패권주의가 월남전을 확전으로 몰아
넣었고, 미군의 캄보디아 진격이 시아누크를 위협했지만 그것은 표면적인
흐름일 뿐이었다. 패권주의의 성벽도 허물어지는 모습이 역력했다. 프랑
스만 해도 10년 집권의 샤를 드골의 하야와 그의 별세는 한 시대의 종언을
예고했다. 라틴 아메리카의 칠레에서는 역사상 최초로 공산주의자인 아옌

데가 대통령으로 선출되었고 여기에서 파생된 이념의 지형도가 새롭게 채색되고 있었다.

이러한 기류가 국내 정치에도 스며들었다. '닫힘'의 통치 체제도 부분적으로는 '열림'으로 지향해야 하는 자기 변화를 모색할 수밖에 없었다. 이러한 성격이 박정희의 1970년 8·15 경축사에서도 나타났다. 그는 "북괴가 무력 적화 통일의 기도를 포기한다면 남북 간의 인위적인 장벽을 단계적으로 제거해나갈 방안을 제시하겠다"면서 남북한 체제 중 어느 체제가 더 잘살 수 있는 길인지 선의의 경쟁을 제의했다. 이것은 '섬멸해야 할 적'으로부터 '경쟁의 대상자'로 북한을 인정하는 인식의 전환이었다. 물론 이러한 변화는 박정희 정권의 편제화에서 이루어진 것이지만, 역으로는 그것에 의해 더 강한 편제화로 달려가는 구실이 되기도 했다.

그러한 식의 대응은 세계사의 흐름과도 배치된, 경직된 체제로의 퇴각이었다. 국내 정치의 경직성은 세계사의 흐름을 외면했다. 이것은 박정희 통치 체제의 몰락을 예비하는 자기모순의 심화이기도 했다. 특히 이 시기로 들어서면 사회 세력, 구체적으로 대학생을 비롯해 지식인, 노동 세력에 의한 체제 도전이 나타나고 있었다. 이것의 구체적인 사례로 다음 세 가지를 들 수 있다. 하나는 김지하의 담시 「오적」이었다. 둘째는 노동자 근로 조건의 개선을 외치면서 분신자살했던 전태일 사건이었다. 그리고 그해 3월 한강변에서 일어난 정인숙의 피살 사건을 들 수 있다. 앞의 두 가지가 박정희 체제에 대한 사회 세력의 도전이었다면 뒤의 것은 박정희 체제의 도덕적 한계, '전쟁 문화'가 갖는 비도덕성의 표출이었다. 이 세 가지 사건은 박정희 체제의 정당성은 물론이고 통치 세력의 윤리성을 전면적으로 와해시키는 계기가 되었다.

이러한 변화도 문화나 학문의 영역에서는 이상하게도 외면되고 있었다. 학계, 특히 사회과학 분야에서는 여전히 미국 이론의 수용에 치중했으며, 때로는 박정희 통치 체제에 대한 측면 지원의 논리를 제공하기도 했다. 그것은 마치 얼음장 밑에 가둔 호수와 같았다. 닫힌 상황에서는 새로운 학문이나 사상이 정상적인 통로로 유입될 수 없었다. 이러한 상황에 대한 지적이 『문학과지성』의 창간사에서 적어놓은 '패배주의'의 모습이었다.

이 시기의 전반적인 사회 상황은 뚫고 나갈 곳이 없는 유폐된 공간과도 같았다. 여기에다 덧칠의 작업을 맡은 것이 샤머니즘이기도 했다. 『문학과지성』은 이 문제에 대해서도 이렇게 적어놓았다. "정신의 샤머니즘은 심리적 패배주의와 밀접한 관계를 맺고 있다. 그것은 현실을 객관적으로 정확히 파악하여 그것의 분석을 토대로 어떠한 결론을 도출해내는 것을 방해하는 모든 것을 말한다." 이것이야말로 패배주의를 극복하기 위한 용기를 갈구하는 자기 최면의 주술이기보다는 현존성을 수용하게 하면서 운명적으로 체념하게 하는 유도 인자일 수도 있었다. 객관적인 비교가 이루어질 수 없었고, 비판적인 성찰도 불가능했다. 있었다면 그것은 운명이나 근거 없는 전통의 부활과 같은 값싼 논리에 지나지 않았다.

그 당시 한국인의 사회의식을 지배했던 이 두 가지 흐름이야말로 점점 짙은 그늘을 드리우게 되었으며 마침내 하늘을 가릴 정도에 이르렀다. 이것에 대한 맞섬이 없다면 한국 사회의 미래는 기대할 수 없는 막다른 골목으로 접어들고 있었다. 이 점에서 패배주의와 샤머니즘을 그 시대의 사회의식이라고 규정했던 『문학과지성』은 이것들을 극복하기 위한 모색으로서의 등장이기도 했다. 그것이 70년대를 넘어 80년대로 이어짐으로써 한국 사회의 자기 정체성의 확인과 세계 흐름과 일치될 지적 기반으로 점점 자리 잡게 되었다.

2. 산업화 통치 체제의 등장

『문학과지성』이 자리 잡았던 7, 80년대의 한국 사회를 이해하기 위해서 박정희 통치 체제에 대한 인식이 필요하다. 그 시대야말로 그 체제의 볼모였기 때문이다. 그러므로 여기에서는 박정희 통치 체제의 본질을 박정희 정권의 전개 과정을 통해 살펴보기로 하자. 먼저 밝혀둘 것은, 박정희의 통치는 산업화 통치 체제라는 점이다. 그것은 정치·경제·사회·문화의 전 영역에서 '위로부터 동원된 통치 체제'로 산업화를 명분으로 삼아 자행되는 억압적 통제 체제였다. 보다 더 정확한 인식을 위해서 산업화 통치 체제의 개념을 다음과 같이 설정하기로 하자. "산업화 통치 체제는 저개발 국가에서 산업화의 경제 성장을 통치 이데올로기로 삼아 군부-관료-기업인 등 3자 연대의 통치 세력을 형성해서는 위로부터 강압적인 통치의 동원 체제를 의미한다." 박정희 정권의 산업화 통치 체제는 비서구 사회에서 1960, 70년대에 행해졌던 개발 전략과 유사했는데, 이는 마르크시즘의 경제발전론에 대응했던 근대화발전론의 한 변형으로 이해할 수 있다.

산업화 통치 체제는 그것을 추구했던 통치 세력의 성격에서도 읽을 수 있다. 산업화 통치 체제의 초기 권력 구조는 박정희를 비롯한 김종필·정일권·이후락·길재호·김형욱 등 군부 출신과, 이승만 정권 시대의 고위 관직자였던 백두진·윤치영 등과, 5·16쿠데타 이후 박정희 정권에 합류했던 김성곤·이효상·윤천주·엄민영·백남억·박준규·김진만 등, 그리고 관료 출신으로 여기에 참여한 최규하·태완선·김영선 등이었다. 또한 이들 통치 세력과 연계된 주요 기업인으로는 이병철·정주영 등 뒷날 한국 사회에서 재벌급이나 그 비슷한 수준의 경제계 인사들이 망라되고 있었다.

이들 지배 세력에 의해 행해졌던 산업화 통치 체제는 다음의 성격을 보여주게 되었다.
1. 국가 주도의 산업화에 의한 경제 발전을 통치의 기본으로 삼았다.
2. '조국 근대화'를 통치 이념으로 한 국가주의적 성격을 갖고 있었다.
3. '위로부터의 발전'을 정책의 실현 방식으로 활용함으로써 동원 체제

로 달려갔다.

4. 배분적 정당성보다는 성장 발전의 급속한 효율성을 더한층 강조했다.
5. 사회적으로 균형적인 발전보다는 선택-집중의 선도적 개발 전략이
   활용되었다.
6. 사회를 획일적인 편제로 구축했으며, 국민적인 일상에서의 억압이
   가중되었다.

이러한 성격은 민주주의나 다원적 가치 관념과도 대립적이었다. 경제
발전 위주의 통치 양식은 사회의 균형 발전을 저지시켰으며, 사회 구조를
왜곡시켰다. 경제 발전과 직접 연관되지 않은 분야는 낙후되었다. 따라서
사회는 전반적으로 경제 위주의 발전된 중심부와 저발전의 주변부로 양분
되었다. 이는 곧 일종의 내적 식민화로 달려가게 되었다.

또한 산업화 통치 체제는 민주 시민 사회로의 지향이라는 시대적인 흐
름에서 벗어나는, 결과적으로는 전 시대로의 퇴각을 보여주기도 했다.
'국가로부터 사회로의 전이'라는 시대의 흐름에서 벗어나 여전히 국가권위
주의를 강화하고 있었다. 동원 체제는 국민의 자발적인 참여 에너지를 위
축시켰으며 소극적인 수용을 애국심으로 강조했다. 여기에다 경제적으로
는 배분적 정당성이 경시되었기 때문에 사회의 불평등 구조가 심화되었다.
이러한 성격은 자연히 사회를 획일적으로 편제화했으며, 자유 시민 사회
로의 발전을 가로막는 한계적인 고착성에서 벗어날 수 없게 되었다.

산업화 통치 체제는 그 전개에서 단계적인 변화를 살펴볼 수 있는데, 전
후의 2단계로 나눌 수 있다. 전반기는 산업화 통치 체제의 형성 단계로,
외관적으로는 권위주의적인 성격을 보여주고 있었다. 그러나 후기로 접어
들면서부터 산업화 통치 체제는 유신 체제라는 이름의 전형적인 군부 파
시즘으로 변모되었다.

1) 산업화 통치 체제의 형성과 억압 양식

산업화 통치 체제의 초기 단계는 1961년부터 1971년까지다. 군사 쿠데타로 정권을 장악했던 박정희 등 군부는 집권 초기부터 그들 내부에 갈등이 일어나기도 했다. 쿠데타의 주역인 육사 5기와 8기 사이의 대립과 만군계와 군사영어학교계 등 군부 내 계파의 대립 때문에 빚어진 현상이었다.[1] 이를 극복하면서 박정희의 군부 통치 집단이 자리 잡을 수 있었지만, 그 뒤에도 갈등은 지속되고 있었다. 이들 계파를 제거하면서 박정희를 정점으로 한 통치 구조가 자리 잡게 된 것은 1963년의 대통령 선거 이후였다.

산업화 통치 체제의 초기 단계에서는 비록 내면적으로는 부정과 불법적으로 선거를 치르면서도 외관적으로는 그 선거를 통해 박정희의 집권을 지속하려 했다. 구체적으로, 박정희는 5·16쿠데타의 '혁명 공약'에서 군부는 "즉각 군으로 다시 복귀할 것임"을 약속했지만, 번의에 번의를 거듭하면서 결국 '민정 참여'라는 이름으로 집권을 강행하고 있었다. 이것의 구체적인 표현이 1963년 10월 15일 대통령 선거였다. 이 선거는 사전 조직된 민주공화당의 박정희와 여기에 맞선 민정당의 윤보선 사이에 치열하게 전개되었다. 선거 결과는 15만 표의 차이로 박정희가 당선되었지만, 사전에 불법적으로 조직된 공화당과 김종필 등이 개입한 '4대 의혹 사건' 등으로 국민의 반감이 높아졌으며 부정 선거의 시비가 끊이지 않았다.

그로부터 다시 4년이 지난 1967년 5월 3일의 제6대 대통령 선거에서도

---

1) 그 과정에서 박정희는 육사 8기를 활용해서 육사 5기의 김재춘·문재준·박치옥 등을 제거했다. 육사 8기의 김종필·김형욱·길재호 등은 '국가재건최고회의'에서 강경파로서 5기의 제압에 앞장섰다. 국가재건최고회의에서는 이른바 '김홍길'을 내세워 8기의 영향력을 강화할 수 있었다. 여기서 말하는 '김홍길'은 당시 육사 8기 출신으로 최고회의에 참여한 김형욱·홍종철·길재호의 성을 따서 만든 조어였다. 결국 '김홍길'의 활동으로 육사 5기로 쿠데타에 참여했던 다수는 '반혁명 분자'로 규정되어 통치 체제로부터 제거되었다. 육사 5기를 제압한 육사 8기는 김종필의 정치적 영향력의 강화로 이어졌지만 박정희는 '국민복지회' 사건을 빌미로 김종필계의 김용태를 제거하는 등 사실상 김종필의 영향력을 약화시켰다.

박정희와 윤보선의 경쟁으로 이어졌다. 야당은 이 선거를 "역사상 유례없는 부정 선거"라고 비난했는데, 그만큼 선거 분위기는 혼탁했다. 이 선거에서 박정희의 승리로 박정희 정권은 10여 년의 통치기를 지속할 수 있었다. 이 기간 동안 박정희 정권은 산업화 통치 체제의 기본 골격을 마련했으며, 그것은 전형적인 개발 독재였다. 경제개발제일주의, 국력의 조직화, 국가 체제의 강화가 그 기본으로 되어 있었다. 경제 개발은 박정희 정권의 존재 이유였으며 이를 위해 외자 도입, 수출 주도의 경제 발전, 노동 집약적 산업화로 달려갔다.

자본, 기술, 원료가 부족한 당시의 한국 사회에서 급속한 산업화는 대외 의존적일 수밖에 없었다. 고율의 외자를 정부의 지불 보증으로, 또는 외국 차관으로 확보했다. 이렇게 확보된 외자는 산업화의 투자로 활용되었는데 이 과정에서 친정부적인 기업 세력과 정치권 사이에 깊은 유착 관계가 이루어졌다. 즉 특정 기업체에 특혜로 배부되었으며 이 과정에는 부정과 부패의 강고한 연결 고리가 맺어졌다. 어느 면에서 한국 정치 사회의 부정부패의 기반은 이 시기에 이루어졌다 해도 틀린 말이 아니다.

급속한 경제 발전을 이룩하기 위해서는 수출 주도의 경제 발전 전략이 선택되었다. 이를 위해 기업체는 '손해 보는 수출'도 감행했으며, 여기에서 발생한 손실을 정부가 보충해주었는데, 이는 해당 기업체에 각종 특혜의 제공으로 나타났다. 특정 산업화의 이권은 물론이고 국내 시장에서 온갖 특혜를 부여받았다. 사실 이 시기 경제계 인사들은 냉엄한 경제 법칙에 의해 경제 활동을 전개하기보다는 정치와의 부정한 연결 고리를 통해 치부의 길로 달려가는 경우가 허다했다.

노동 집약적 산업화는 노동자에 대한 약탈을 의미했다. 노동자와 자본가의 관계에서 노동자는 철저히 무시되었으며 저임금 구조에 의한 노동력의 집중적인 약탈이 일방적으로 자행되었다. 오직 기업체와 자본가의 이익 확보만이 우선적으로 전제되었기 때문이었다. 그 결과 성장의 외적 수치는 높았지만 그것의 역작용이나 피해는 고스란히 노동자나 일반 국민의 몫으로 되돌아오는 상황을 연출하게 되었다.

국력의 조직화도 집권 세력을 위해 이루어졌는데, 통치의 효율성을 극대화하기 위한 시책으로 활용되었으며 국민적인 차원에서는 또 다른 구속일 수밖에 없었다. 이 시책으로 사회 세력은 물론이고 전체 국민을 준전시적인 편제 속으로 몰아넣었다. 새마을운동을 비롯한 각종 관변 단체도 이러한 관점에서 조직되었다. 각급 학교에서는 학생회가 조직되었으며 청장년에게는 향토예비군 제도에 의한 군사 훈련이 실시되었다. 주민등록증이 발급됨으로써 국민 전체에 대한 일사불란한 체제화로 달려가고 있었다. 이러한 조치는 결국 젊은이들의 복장과 머리 모양까지도 강제로 규제하는 상황을 빚게 되었다.

특히 국력의 조직화를 위해 언론 문화에 대한 통제도 가중되었는데 이 시기의 방송은 정부의 선전 매체 그 이상도 이하도 아니었다. 신문이나 잡지도 정부에 비판적인 기사나 논설에 대해서는 철저히 규제받았으며, 오직 정부 정책을 알리고 그 지지를 강화하는 친정부적 선전 기능만이 강요되었다.

국가 통제권의 강화도 박정희 정권의 중요한 특징이었다. 박정희 정권은 국가의 통제권을 강화하는 것이 북한과의 대결에서 승리하기 위한 필연적인 조치라고 합리화했다. 여기에서 활용된 가장 중요한 이념이 반공이었다. 이승만 정권의 반공은 구호의 측면이 강했다면, 박정희 정권의 반공은 실천성을 전제로 하는 일상적인 규제로 활용되었다. 북한 체제와의 경쟁을 내걸었기 때문에 여기에서 승리하기 위해 북한 체제에 대한 한계점을 폭로하고 그들을 반민족적인 집단으로 매도하는 구호로서의 반공이 주장되었다.

2) 유신 체제의 전제적 통치 양식

산업화 통치 체제는 1969년 3선 개헌과 1972년의 유신 체제로 심화되었다. 유신 체제의 등장으로 박정희는 제왕적 군주로 탈바꿈했다. 그 이전의 박정희는 의회와 야당 등 사회 세력으로부터 어느 정도 '견제받는 통치권'의 행사자였다. 그러나 유신 체제로 박정희는 전제적 통치권을 확보하자 전형적인 전제 군주로 군림하게 되었다.

박정희의 '견제받지 않는 통치권'의 행사는 시기적으로 1969년의 3선 개헌 때부터였다. 그 뒤 '유신 체제'의 선포로 그러한 성격은 더한층 강화되었다. 박정희의 통치 세력은 유신의 필요성을 시대 상황에 대한 대응으로 설명했다. 즉 닉슨 독트린과 같은 대외 여건의 변화와 국내 경제적 위기를 극복하기 위한 불가피한 조치라고 주장했다. 그러나 그 본질은 박정희의 '정치적인 의도를 관철'시키기 위한 것으로 그 자신의 영구 집권이었다.

이러한 성격은 박정희의 대통령 3선 출마를 가능하게 한 제6차 개헌에서도 충분히 이해할 수 있다. 박정희의 대통령 3선 출마를 위한 제6차 개헌의 주요 내용은 대통령 3선 금지 규정의 개정이었다. 그렇게 해야만 그가 모색했던 '선거 없는 종신 대통령'의 길을 예비할 수 있었기 때문이다.

그러나 당시 헌법 개정에 대한 야당의 적극적인 반대와 대학가의 시위 때문에 민주공화당 소속의 국회의원들만이 1969년 9월 14일 일요일 새벽 2시, 국회 본 회의장을 점거 농성 중인 신민회 소속 의원들 몰래 국회 제3별관에서 이효상 국회의장의 사회로 헌법 개정안을 변칙 통과시켰다. 그후 10월 17일 이 개헌안에 대한 국민투표로 총 유권자의 77.1%가 참여, 이들 중 65.1%의 찬성으로 개헌을 확정시켰다. 이 헌법에 따라 1971년의 대통령 선거가 치러졌다. 당시 야당은 1970년 9월 29일 '40대 기수론'의 한 사람인 김대중을 대통령 후보자로 선출했다. 김대중은 새로운 변혁적 정치를 수장하면서 1970년 10월 16일의 기자 회견에서 당면 정책으로 1) 국민 총화, 2) 대중 경제, 3) 사회 개혁, 4) 민족 외교, 5) 정예 국방 등을 내걸었으며 '희망에 찬 대중 시대의 구현'을 선거 구호로 제시하는 등 국민적인 관심을 고조시키기 위해 노력했다.

박정희는 자신의 3선 대통령 당선을 위한 사전 조치로 중앙정보부장 김형욱을 물러나게 했으며, 민주공화당의 윤치영 당의장 서리 대신에 백남억을, 사무총장에는 길재호를 임명하는 등 전반적인 개편을 단행했다. 그리고 반김종필계인 백남억·길재호·김진만·김성곤의 4인 체제를 강화시켰다. 대통령 선거에 대비해서 공화당의 조직도 정비했으며, 선전 강화, 당원 훈련도 실시했다. 1971년 대통령 선거에서 박정희는 김대중보다 94만 표를 더 얻었지만 그것은 '신산의 승리'였다. 이 선거에서 여촌야도(與村野都)의 현상이 굳어졌으며, 새롭게 등장한 도시 신중산층의 반정부적인 성향이 나타났다. 이것에 대한 대응 조치로 박정희 정권은 1972년 10월 17일의 계엄령 선언과 국회 해산, 같은 해 11월 21일 국민투표에 의한 유신 헌법을 확정, 통일주체국민회의의 선출과 여기에서 박정희를 제8대 대통령으로 선출했으며, 같은 해 12월 27일 대통령에 취임하는 준쿠데타적 대응으로 치달렸다.

유신 체제에 맞선 야당과 재야 세력의 반체제적 저항도 높아졌다. 그 과정에서 1973년 8월의 김대중 납치 사건, 1973년 유신 철폐를 위한 대학가의 시위, 1974년 문인·종교인 등 재야 세력의 개헌 청원 서명 운동 등 민주화의 투쟁이 전개되었다. 박정희 정권은 이를 진압하기 위해 이른바 대통령 긴급조치를 1호부터 4호까지 발동했지만 민주화의 저항은 더 강화되었다. 이 시기 민주화의 투쟁은 야당 정치인들과 함께 대학생, 종교인, 지식인, 노동 세력 들의 연대를 이루었다.

또한 야당인 신민당에서는 온건 노선의 유진산 당수가 사망하고 그 뒤를 김영삼이 잇게 됨으로써 민주화 투쟁의 강경 노선이 등장하게 되었다. 대학가에서도 반유신 체제의 거센 시위가 계속되었다. 여기에 맞서서 박정희 정권은 1975년 2월 12일 유신 헌법에 대한 찬반의 국민투표를 실시했으며, 국민적 지지를 내세워 그 정당성을 강조했지만 실제적인 효과는 제한적이었다. 이 과정에서도 유신 체제의 근간인 통일주체국민회의에서는 6년의 1차 임기를 마친 대의원 선거가 1978년 5월 18일에 실시되었고 여기에서 다시 박정희를 제9대 대통령으로 선출했다.

그러나 1978년의 제10대 국회의원 선거에서는 야당인 신민당이 총 득표율에서 여당에 비해 1.1%를 더 득표함으로써 국민들의 반유신 체제적인 성향을 표출시켰다. 여기에 힘입어 김영삼 신민당 총재는 강경 투쟁으로 달려갔다. 1979년에도 유신 체제와 민주화 투쟁 사이에는 한 치의 양보 없는 힘겨루기가 시작되었다. 당시 유신 체제의 강경 기류는 강압으로만 대응했는데, 이는 청와대 경호실장 차지철-중앙정보부장 김재규 등 박정희의 최측근에 의한 폭압 통치로 나타났다. 그 과정에서 1979년 8월의 YH 여성 근로자에 대한 강압이 서슴없이 자행되었고, 김영삼을 야당의 총재직에서 물러나게 했으며, 국회에서도 제명하는 등 고압적인 조치가 단행되기도 했다. 여기에 맞서서 10월 17일 부산-마산에서 대학생과 시민들의 연대 투쟁으로 '부마사태'가 일어났다. 이것에 대한 대응책을 중심으로 한 통치 세력 내의 대립으로 김재규의 박정희 피격이 일어났으며 이로써 유신 체제도 종언을 맞게 되었다. 박정희의 통치 18년은 권위주의 통치에서 유신 체제로 전개되었지만 궁극적으로는 산업화 통치 체제라는 기본 속성을 지속했으며, 이러한 성격은 전두환 정권에도 그대로 이어졌다.

3. 민주-민중 세력의 민주화 투쟁

산업화 통치 체제는 근대 국가의 초기 단계에서 찾아볼 수 있는 일종의 '예외적인 체제'라 해도 좋다. 국가는 국민의 참여와 무관한 통치 세력의 소유물이며 '그들의 것'으로만 자리 잡게 된다. '그들'에 의한 국민 동원은 급속한 경제 성장을 이룩하기 위한 수단으로 여겨졌다. 이는 산업화 통치 체제에서 이룩될 수 있는 기능적인 측면임과 동시에 이것으로 인해서 그 체제는 상당 기간 지속될 수 있게 된다. 물론 이 체제에 의해 이루어진 경제 성장은 그 체제만의 유일적인 것일 수는 없다. 어느 면에서 1960년대라는 시대성이 한국의 산업화를 성공으로 이끌어낸 상황적 조건을 제공해 주었기 때문이다. 이를 다음과 같이 정리할 수 있다.

1. 한국 사회의 높은 교육열과 문자해득률 그리고 고등 학력 이수자의 수적 증대가 산업화의 지적 기반으로 활용될 수 있는 자원으로 기능했다.
2. 한국전쟁은 대다수 국민들에게 새로운 삶을 성취하려는 의지와 성취 지향으로 몰아갔다. 다수 국민들에게도 '하면 된다!'는 전투적 의지가 여기에서 생길 수 있었다.
3. 베트남 전쟁은 한국을 군수품 공급 시장으로도 자리 잡을 수 있게 했다. 한국의 경제 성장에서 월남전의 군수품 공급은 중요한 영향력으로 기능하게 되었다.
4. 6, 70년대의 냉전 체제와 미소(美蘇)의 긴장이 미국의 극동 방위의 전초 기지로 한국을 우선적으로 고려했으며 따라서 미국은 한국의 경제 발전에 적극적으로 지원하게 되었다.

이러한 성격은 산업화 통치 체제에는 기여적이었지만 동시에 그것을 붕괴시킬 요인으로도 작용하게 되었다. 가령 높은 교육 수준도 산업화에 양질의 노동력을 제공할 수 있었다. 그러나 그것은 자기 성취가 차단된 상황이라면 산업화 통치 체제에 적대적인 세력으로 변할 수도 있었다. 또한 한국전쟁이 가져다준 '하면 된다!'라는 사회의식도 산업화에 그 나름으로 기여하게 된 것도 사실이었다. 그러나 그것의 비합리성으로서의 충동성은 새로운 도전으로도 표출될 수도 있었다. 그 밖에 베트남 전쟁의 종전, 동서 화해에 의한 공존 체제로의 변모 등으로 미국의 대한 경제 지원도 점점 감소되고 있었다. 이러한 성격들이 산업화 통치 체제에 역기능적인 요인으로 전환될 수 있는 여지를 갖게 되었다.

1) 산업화와 노동 세력의 등장

박정희 정권의 산업화는 '한강의 기적'으로 표현될 정도로 고도 성장을 이룩했다. 수치로만 보아도 1차 5개년 계획 기간인 1962년부터 1966년까지의 평균 성장률은 8.3%였으며, 1967년은 흉작 때문에 8.9%에 머물렀지만 1968년에 13.3%, 1969년의 15.9%를 이룩했다. 1970년의 GNP는 $223로 역사상 처음으로 $200를 넘어설 수 있었다. 수출 목표 10억 달러도 달성했다. 이 기간에 경부고속도로가 완공되었고 호남고속도로의 일부도 개통되었다. 1970년대도 연평균 9.7%의 경제 성장을 기록했다. 1970년에는 2조 6750억 원의 국민 총생산액이 1979년에는 18조 1450억 원으로 급증했다. 산업별로는 농림수산업만이 70년대의 10년간 연평균 2.8%의 성장을 보여주었지만 광공업은 17.5%, 그중에도 제조업 부분은 연평균 18%에 이르렀다. 이러한 성격은 60년대만 해도 경공업 중심의 가공무역형 구조였지만 70년대에서는 중화학 공업으로 변모되었으며, 그중에도 철강 공업을 비롯하여 기계·조선·전자·석유 화학·비철 금속 공업이 크게 발전했다.

수치상으로 보여준 이러한 경제 성장은 기적이라 해도 좋았다. 비서구 사회만이 아니라 세계사에서도 그 전례를 찾아보기 어려운, 말 그대로 '한강변의 기적'과도 같았다. 그러나 이러한 산업화의 성공은 내면적으로 그 체제의 붕괴를 예비하고 있었다. 그것은 급속한 산업화가 사회 계급을 이분화했으며 전체 사회 구성원에게 계급의식을 급속하게 조성시켰기 때문이었다. 가진 자와 갖지 않은 자의 구분이 생산 수단의 소유만이 아닌 시장과의 근접성, 즉 삶의 양식에 의해 표출됨으로써 '한 세상 두 세계'의 상황이 조성되었다. 산업화 통치 체제가 추구했던 경제 성장은 대다수 국민들을 상대적인 가치 박탈감으로 떨어지게 했다.

이러한 성격은 노동 세력에게서 찾아볼 수 있다. 산업화는 노동 인구의 급증을 가져왔다. 노동 인구는 1969년도의 통계에 따르면 총 취업자의 수가 1천만 명을 넘었으며 산업별 구성비를 살펴보면 총 취업자를 100으로 산정할 경우 농수산업에 62.5%, 광공업 10.8% 서비스업에 26.7%로 되어 있다. 이것이 1970년으로 옮아가면 각각 61.2%, 10.7%, 28.1%로 변했다. 1979년의 자료에 따르면 38.6%, 22.4%, 39.0%로 달라졌다. 이러한 사실은 농업 종사자가 대거 공업 부분으로 전이했음을 의미했다. 곧 노동 세력의 본격적인 등장과 동시에 조직적인 사회 세력의 가능성을 의미했다.

이들은 노동 집약적 산업화로 가장 큰 희생의 대상자로 전락되었다. "저임금, 장시간 노동의 열악한 노동 조건"은 이들에게 절박한 삶의 상황만을 안겨주었다. 제조업 분야에서 견습공의 경우, 이들은 생계를 유지할 수 없을 정도로 저임금을 받았다. 이처럼 열악한 노동 조건에 대해서 노동자들은 거칠게 항의했는데, 그 구체적인 사례로 다음 두 가지를 적을 수 있다. 하나는 전태일 분신 사건이었다. 1970년 11월 초 서울 청계천 5가의 평화·통일·동화 상가 등에 취업한 피복 제조공 8천여 명의 노동 조건 개선을 요구하는 10여 명의 노동자들에 의한 시위 농성이 있었는데 그 과정에서 전태일의 분신 자살 사건이 발생했다. 전태일은 당시 23세의 청년으로 지방에서 고교를 졸업한 뒤 서울의 평화시장 재단사로 일하고 있었다. 그는 이 시장의 종업원에 대한 사업주들의 나쁜 대우 개선에 앞장서서 그 시정을 요구했다. 전태일은 친목 단체인 삼동회 회원들과 함께 시위 농성 등의 방식으로 개선을 요구했지만 그들의 요구는 기업주는 물론이고 정부도 외면했다. 결국 전태일은 이 문제를 해결하기 위해 휘발유를 자신의 몸에다 끼얹고 분신하는 처절한 투쟁으로 그의 삶을 마감하게 되었다. 전태일의 분신은 한국 사회에 거대한 충격파를 던져주었다. 노동자들의 가혹한 삶의 조건에 침묵으로 일관했던 양식 있는 시민들에게도 말할 수 없을 정도의 참담함 속으로 떨어지게 했다.

또 다른 하나는, 전태일 분신 자살 사건의 충격과 함께 긴 여운을 남긴 YH 여공 농성 사건이다. 이 사건 역시 노동 세력의 긴박한 현장성을 입증했다. 1979년 8월 9일 봉제 합섬 업체인 YH무역주식회사 여공 2백여 명이 서울 마포의 신민당사 4층 강당으로 몰려와 "회사를 계속 경영하여 작업하게 해달라!"면서 농성을 벌였다. 그들은 "배고파 못 살겠다. 먹을 것을 달라!"면서 호소했다. 그러나 정부는 합리적인 해결책을 제시하지 못했으며 강제 해산으로만 치달렸다. 농성 이틀째인 11월 10일, 정부의 강압적인 진압 소문이 나돌자 여공들은 4층 강당에서 뛰어내려 집단 자살하겠다고 결의했다. 그 다음날 새벽 2시, 철제 방패와 방망이로 무장한 기동 경찰이 신민당사에 진입, 강압적으로 신민당원과 농성 여공을 구타했으며 다수의 중·경상자가 속출했다. 이 과정에서 여공 김경숙(21)은 스스로 왼쪽 팔목의 동맥을 절단한 뒤 창문을 통해 투신자살했다. 그러나 강압적으로 이들을 해산했던 경찰은 YH무역 노조 지부장 최순영(25)을 비롯한 3명과 고은, 문동환 등을 배후 조종 혐의로 구속하는 등 강경 억압으로만 대응했다.

위의 두 사건은 산업화 통치 체제의 경제 성장이 한국 사회를 구조적인 변혁으로 몰아넣게 되었음을 의미한다. 이러한 변혁은 노동 세력의 성장으로 '아래로부터의 변혁'으로 달려가고 있음도 드러내었다. 노동 세력은 더 이상 기존 체제 내에 안주하기를 거부했다. 그들은 산업화를 위한 최대의 희생자였지만 그것에 대한 보상이 이루어지지 않는 사회를 원천적으로 배격했다. 그 대신 공정한 배분은 물론이고 자본가에 의한 독점적 생산 체제를 거부했다. 이들의 이러한 욕구는 그 당시 자본가들의 노동 약탈적인 경영과 정부의 자본가 중심의 정책이 노동자들을 극도로 소외시킨 결과이기도 했다. 물론 그 당시의 노동조합도 국가조합주의적 성격에서 벗어나지 못했으며, 여기에다 사회 복지 제도의 미비는 노동자들의 삶을 극단적으로 소외시킬 수밖에 없었다. 이러한 상황에서 노동자들이 선택할 수 있는 길은 투쟁에 의한 사회 변혁, 즉 '아래로부터의 변혁' 이외에는 다른 길이 없었다.

2) 재야 세력의 민주화 운동

한국의 민주화는 대학생을 비롯한 지식인과 종교인 등 이른바 재야 세력이 견인했으며 그 방향도 설정했다. 4·19혁명에서 스스로의 영향력을 확인했던 대학생의 정치 참여는 민족주의와 민주주의의 두 가지를 그 지향으로 설정하고 있었다. 전자가 주로 통일 문제와 반일 문제라면 후자는 군부 파시즘에 대한 투쟁이었다. 4·19의 이념적 지향에 충실했던 대학생 등 지식인들은 박정희의 산업화 통치 체제와는 기본적으로 대립적일 수밖에 없었다.

박정희 정권과 대학생 사이의 극단적인 대결은 1964년 3월 24일(3·24 투쟁)부터 시작된 한일 회담 반대 및 한일 협정 비준 반대 투쟁에서 극적으로 전개되고 있었다. 박정희 정권은 산업화에 필요한 외자 확보와 동아시아 반공 연대를 위해 일본과 급속한 국교 정상화를 추진했다. 박정희 정권에서의 한일 회담의 시발은 1961년 11월 22일 박정희-이케다의 회담에서 "조속한 시일 안에 국교 정상을 이룩할 것"의 합의에서 구체화되고 있었다. 이어 1962년 10월 20일 '김종필-오히라 메모'로 양측의 합의가 이루어졌으며, 여기에서 무상 3억 달러, 유상 2억 달러, 상업 차관 1억 달러 이상으로 한일 회담의 기본 내용이 비밀리에 타결되었다. 이 사실이 알려지자 1964년 3월 24일, 서울대 문리대 학생들에 의해 최초로 '제국주의자 및 민족 반역자 화형 집행식'이 행해졌으며 가두시위도 일어났다. 이 투쟁은 곧장 전국적으로 확산되었다. "매국적인 한일 회담을 즉각 중단하라!"

"제2의 이완용을 화형에 처하라!"라는 구호를 내세우면서 거센 반대 투쟁을 전개했다. 3·24투쟁은 전국 62개 대학과 173개의 고등학교 학생, 시민 등 30여 만 명의 참여로 70여 일간 지속적으로 전개되었다.

그 뒤 대학가에 대한 박정희 정권의 감시는 철저했지만 대학생들의 민주화를 위한 투쟁 의지도 종식되지 않았다. 70년대로 들어오면서 대학생들의 민주화 투쟁은 보다 조직화되었으며 특히 유신 체제에 맞서는 강고한 투쟁 의지를 표출했는데 그 과정에는 재야 지식인과 종교인들의 연대적인 지지 투쟁이 대학생들과 함께하게 되었다. 구체적으로 1973년 말의 '개헌 청원 1백만인 서명 운동'은 지식인 사회의 박정희 정권에 대한 조직적인 투쟁이었다. 유신 체제를 정면으로 부정했던 이 투쟁은 장준하·함석헌·법정·김동길·계훈제·김재준·유진오·김수환·안병무·천관우 등이 주도했다. 이들은 "오늘의 현실에서 일어나는 경제의 파탄, 민심 혼란, 남북 긴장의 재현이라는 상황에서 학원과 교회, 언론계와 가두에서 일고 있는 자유화의 요구"라면서 그 투쟁의 의미를 강조했다. 이어서 이른바 1974년 4월 전국민주청년학생총연맹(민청학련) 사건이 일어났는데, 이는 전국 각 대학의 학생 운동 세력들이 전국적인 조직을 갖고 동시에 궐기해서 유신 체제를 타도하려는 의도에서 이루어진 것이었다. 민청학련은 이전 대학생의 민주화 투쟁의 수준을 넘어섰으며 본격적인 국민 투쟁의 성격을 전면에 내세우게 되었다.

박정희 정권은 민청학련을 계기로 민주화 투쟁에 앞장섰던 다수 학생들을 투옥했으며 그들을 학원에서 강제 추방했는데, 이것에 의해 이들 학생들은 사회의 다른 영역으로 진출해서 민주화의 기지와 토대를 구축하는 새로운 양상을 보여주었다.[2] 다시 말하면 본격적인 유신 체제의 타도로 달려

---

2) 이것에 대한 논의에서는 다음 글을 인용할 수 있다. "이처럼 학원으로부터 추방된 학생 운동 세력은 상당 부분은 여타 사회 분야로 진출하여 70년대 민주화 투쟁의 기반을 확충하고 70년대 민주화 운동에서의 각 부분 운동을 유기적으로 결합하는 중간 활동가 그룹으

갔으며 이념적으로는 보다 진보적인 성격을 수용하였다. 이전의 전통적인 민족주의나 의회민주주의에서 벗어나 박정희의 산업화 통치 체제가 정립될 수 있는 사회 구조와 국내외적 상황을 총체적으로 파악하려는 시도가 일어났으며 이는 자연히 민주화 운동의 지향을 보다 복합적인 정치 체제로의 변혁을 추구하는 논리로 등장하게 되었다.

박정희 정권의 강압적인 탄압이 몰고 온 역작용은 결과적으로 1970년대 후반기부터 민주화 세력의 총체적인 연대를 가능하게 했는데, 이는 곧 대학생과 지식인의 민주화 세력과 평등 지향적인 노동 세력, 여기에다 인간화를 추구하는 종교 세력 등이 연대함으로써 사실상 산업화 통치 체제는 그 기반부터 동요하는 지각 변동을 일으키게 되었다.

4. 민주화와 사회 변혁의 귀착점

1970년대 후반기로 들어서자 박정희 정권은 절벽으로 내달리는 기관차와도 같았다. 합법적이거나 합리적인 것은 실종되었으며 강압으로만 일관하는 파쇼적인 만행이 자행되었다. 통치권에서도 이성적인 모습은 실종되었다. 그러나 이제 사회나 시대는 그것에 의해 묵종될 수 있는 상황이 아니었다. 이미 자유와 평등의 의지가 논의나 희망의 단계를 지나서 실현의 확신감으로 광범하게 자리 잡게 되었으며, 젊은 대학생과 재야 세력을 비롯한 사회의 전 영역에서 이러한 인식은 확고하게 퍼져나갔다.

마치 예정된 수순처럼 1970년대의 후반기가 다가왔다. 그 시대를 마감하기 위해 치러야 할 대가를 지불하면서 민주화의 길을 열어야 하는 상황에 부딪히게 되었다. 구체적으로, 1970년대의 종언은 1979년 10·26의 박

로 기능하게 된다." 조희연, 「한국사회운동사」, 김진균 등 『한국사회론』, 한울, 1990, p. 101.

정희 피격으로 시작되었다. 김재규에 의한 박정희의 피격은 한 시대의 종언이었으며 체제의 종식이었다. 그것은 '아래로부터의 혁명'이나 '위로부터의 변혁'이 아닌 통치 세력 내부의 대립에서 빚어진 현상이었음은 한국 현대 정치사의 또 다른 특이성일 수밖에 없었다. 이를 계기로 최규하 국무총리가 대통령권한대행을 거쳐 통일주체국민회의에서 대통령으로 선출되었다. 그로부터 시작된 정국은 '안개 정국'으로 혼돈의 연속이었다. 그것은 12·12사태로 권력의 핵심부를 점유한 전두환, 노태우 등 신군부 통치의 제도화를 가져오는 과도기에 해당되었다.

유신 체제를 종식시키려는 국민적 열망이 1980년 4월부터 대학가를 비롯하여 사회의 전 영역에서 시위의 형태로 일어났다. 그러나 당시 최규하 대통령의 이름으로 전두환 등 군부 세력은 1980년 5월 17일을 기해 계엄령을 전국적으로 확대 실시했으며 이로써 정치 활동을 전면 중지시켰고 김종필, 김대중 등 정치인 26명을 계엄사령부에 연행했으며 김영삼은 자택에 연금되었다. 이것은 또 다른 군부 독재로의 재편이기도 했다. 여기에 맞서서 폭발했던 광주민중항쟁은 그 시대 국민적인 분노감의 생생한 표출이었다.

신군부가 1980년 5월 17일, 이른바 '5·17조치'를 취한 다음날 광주에서는 전남대생을 비롯한 다수 학생들에 의한 반대 시위가 일어났다. 이 과정에서 공수 부대에 의한 군부의 무차별 진압으로 '비극의 10일'이 연출되는 참혹한 상황이 빚어졌다. 그러나 신군부는 5월 31일 '국가보위비상대책위원회'를 발족시켰으며 이어 8월 27일 '통일주체국민회의'에서 제11대 대통령으로 전두환을 선출했다. 전두환의 등장은 시대나 국민적 욕구에 맞서는 반시대적인 도전이었다. 전두환 정권의 폭압이 가중될수록 그것에 대응하는 민중 민주화 세력의 도전도 치열하게 전개되었다. 이 과정에서 민중 민주화 세력은 저항적 투쟁 세력으로 공고하게 연대되었다. 이는 이전 정치인들 중심의 민주화 투쟁이 온건한 의회주의로 나아갔다면, 민중 민주화 세력은 대학생, 노동 세력, 그리고 재야 지식인과 종교인들 사이의 연대로 사회 변혁적인 지향성을 구체화하게 되었다. 이는 '위로부터의 변화'가 갖는 개혁적인 성격에서 벗어나 본질적인 변혁을 요구하는 '아래로부터의 변혁'으로 치달리게 되었다.

이 두 가지의 흐름은 한 편이 온건타협론으로 다른 한 편이 강경론으로 지향했지만 민주화의 실현이라는 공통 목표에서는 일치될 수 있었다. 민주화의 투쟁이 80년대 전 기간을 관통했는데 그중 중요한 것만 골라서 정리하면 다음과 같이 적을 수 있다.

· 1985년 5월 23일의 미 문화원 점거 농성
· 1985년 4월 16일의 대우자동차 파업 사태와 연이어 6월 24일 구로 공단 6개 업체 동조 농성
· 1986년 4월 28일의 서울대생 김세진·이재호의 분신자살 사건
· 1987년 1월 14일의 박종철 고문 치사 사건
· 1987년 5월 2일의 목사·신부 등 189명에 의한 전두환 호헌의 철폐 요구 성명
· 1987년 6월 9일의 연세대 이한열군 시위 도중 최루탄에 맞아 7월 5일 사망
· 1987년 6월 26일의 전국적인 평화 대행진에 1백여 만 명 참가와 직선제 개헌 요구

이러한 투쟁에는 다음 몇 가지 사실이 담겨 있었다. 하나는 민주화를 위한 투쟁이 정치권의 한정된 논의가 아닌 전 국민적인 성격으로 부상되었다는 사실이다. 이는 의회나 밀실 정치로써는 더 이상 사회로 침투될 수 없다는 한계점을 보여주었다. 이러한 사실은 이전까지 통치 과정의 일반적인 형태였던 위로부터의 강제가 그 효력을 상실했음을 의미했다. 둘째

로, 정치 사회의 변혁을 위한 민주화 세력의 연대에 의한 공동 투쟁이었다. 비록 활동 영역은 달랐지만 노동 세력, 대학생, 지식인, 종교인 등 사회의 전 영역에 걸쳐서 민주화 투쟁은 점점 결집된 연대 세력으로 자리 잡게 되었으며 기존 체제의 극복을 당면 과제로 여겼다. 셋째로, 이들 연대 세력은 당면 목표로 군사권위주의를 종식시킬 대통령 직선제로 의견을 모으게 되었다. 80년대 민주화의 욕구는 마침내 1987년 '6·29선언'으로 이어졌다. 전두환·노태우의 신군부 통치 세력이 더 이상 민주화의 국민적 욕구를 억압할 수 없는 현실 상황을 고려해서 대통령 직선제 개헌을 수용함으로써 그 해결의 돌파구를 마련할 수 있었다. 이로써 1961년의 5·16군사 쿠데타로부터 시작된 산업화 통치 체제는 1988년까지 지속되는 한정성을 보여줄 수 있었다.

5. 마침말: 또 다른 여정

『문학과지성』이 걸어온 그 시대와 사회는 패배주의와 샤머니즘의 극복이 당면의 과제였던 긴 기간이었다. 군부 파쇼 체제에다 경제 성장을 국가 목표로 내걸었던 산업화 통치 체제가 국민들에게는 민주주의에 대한 짙은 패배주의적 정서만을 심화시켜주었던 시대에 『문학과지성』은 여기에 맞섬으로써 시대적 지성으로 대응하게 되었다. 물론 통치 세력은 당시의 국민들 속에 짙게 드리워진 패배주의적 정서를 강화해서 그 체제를 유지하려 했지만. 그러나 『문학과지성』의 패배주의의 극복 의지는 정치·경제·군사·사회·문화의 전 영역을 장악했던 군부 세력으로부터 민주주의와 민족주의 정통성을 되찾는 이념적, 정신적 계기가 되었으며, 그 일은 그만큼 힘겨운 일일 수밖에 없었다. 이 점에서 통치 세력에 의한 지배 이데올로기는 민족과 민주주의조차도 왜곡시켰으며, 심한 경우 그것의 정상성을 회복하려 했던 지식 사회에 강압적인 통제로만 시종했다. 그들은 때로는 민족과 민주주의의 현실적인 실천성에서 벗어나서 지적 도피를 감행하도록 유도하는, 즉 지적 샤머니즘으로 달려가도록 유도하기도 했다.

이것에서 벗어나는 합리적인 가능성은 문제의 본질을 정확히 읽고 그것을 극복할 수 있는 구체적인 대응책의 설정이어야 했다. 그리고 여기에 기반을 둔 체계적인 실천도 다짐되어야 했다. 그러나 지난 30여 년은 이를 실현하기에는 지식 사회가 져야 할 상황이 너무나 급박했을 만큼 그 무게는 무거웠다. 당장 군부 파쇼 체제에 저항하는 것 자체가 급선무였던 시기였기 때문이다. 결과나 과정의 전개에서 합리성이나 가치로운 지향의 의미 같은 것은 뒤로 밀릴 수밖에 없었으며, 그만큼 현실적인 모순에 대한 도전만이 의미를 갖게 되었다. 그것은 산업화 통치 체제의 붕괴가 당장의 과제로 한정되었으며, 그 뒤의 일은 현실적으로 고려될 여유조차 없기 때문이다. 물론 몇몇 이론가에 의해 미래 지향을 위한 논의가 제기되기도 했지만 그것은 제기되었다는 그 자체만으로 한정될 수밖에 없었다. 그만큼 현실 상황이 보다 극단적인 대결로만 치달리고 있었다.

이러한 상황은 결과적으로 어느 순간부터 패배주의를 극복하기 위한 논의가 편의주의적이거나 도피적인 인식으로 여겨졌으며, 그때그때의 상황에 따라 대응해야 하는 전술적 의미만이 강한 설득력을 갖는 상황을 맞아야 했다. 그러다 보니 어느 순간부터 지적 합리주의나 이성적인 성찰의 자리에는 낙관적인 민중주의가 앉았으며, 샤머니즘은 곧장 민족적 쇼비니즘으로 그 옷을 갈아입게 되었다. 물론 편의주의나 쇼비니즘이 그 뒤 한국 사회의 전체적인 사회의식이라고 장담할 수는 없다. 어느 면에서 그것은 수많은 대응적인 흐름의 하나일 뿐이며 단지 외관적으로 드러날 정도로 그 모습이 특이했던 것만은 분명했다.

이 점에서 시대 상황과 문제를 극복하기 위한 정상적인 대응 양식은 먼저 패배주의의 본질을 밝히는 일에서 시작되어야 했고, 그것의 극복을 위한 실천의 당위와 전략이 설정될 수 있어야 했다. 그러나 그러한 과정이 사상된 채 단지 참여와 행동만이 가치롭게 여겨지는 상황은 낙관적인 민중주의만을 점점 더 높은 자리에다 올려놓게 되었다.

산업화 통치 체제의 극복은 그 비슷한 또 다른 아류적인 것의 등장이나 대치를 전제했던 것은 아니었다. 보다 절실하게 필요로 했던 것은 그것의 완전한 극복이었으며 시민민주주의로의 다가섬이었다. 글로벌 시대에 합당한 자기 확인을 설정해줄 온당한 열린 민족주의의 자리매김이기도 했다. 시민민주주의와 열린 민족주의의 가치 체계를 현실 속에 실천하는 길은 분명히 낙관적인 민중주의로는 이룩할 수 없다. 더더구나 쇼비니즘은 단지 상황만을 퇴락시킬 뿐이다. 그러므로 낙관적 민중주의를 합리적인 시민 사회로 자리 잡게 해야 한다. 낙관적 민중주의에 의한 군중적인 참여가 아니라 성찰적인 시민을 근간으로 하는 시민 사회적 참여가 그만큼 중요하기 때문이다. 쇼비니즘이 민족주의로 여겨지는, 자기 역사에 대한 심각한 성찰이 배격되는 지적 상황에서 이성은 결코 숨쉴 곳을 찾을 수 없기 때문이다. 이러한 상황에서는 아무리 민주주의를 해도 그것은 결국 민중주의가 내뿜는 또 다른 민중 파시즘의 한 체제에 불과하게 된다.

이러한 사실을 전제할 때 『문학과지성』은 지난 30여 년간 추구해왔던 이념적 기반 위에 이제는 화려한 꽃과 열매를 맺어야 하는 당위적인 요구를 받게 되었다. 그 요구에 대한 부응이야말로 『문학과지성』의 오랜 경험에서 얻어진 경륜만으로만 충족될 수 있기 때문에 패배주의와 샤머니즘을 극복해왔던 그 실천이 이제는 또 다른 긴 여정으로 달려가야 할 것임은 분명해진다.

참고 문헌

김영명, 『고쳐 쓴 한국 현대 정치사』, 을유문화사, 1999.

김일영, 『건국과 부국: 현대 한국 정치사 강의』, 생각의나무, 2004.

김진균·조희연 등, 『한국사회론』, 한울, 1990.

손호철, 『해방 50년의 한국 정치』, 새길, 1995.

손호철, 『현대 한국 정치: 이론과 역사』, 사회평론, 2002.

심지연, 『한국 정당정치사: 위기와 통합의 정치』, 백산서당, 2004.

이갑윤·손학규 등, 『한국 사회의 인식 논쟁』, 법문사, 1990.

임혁백, 『시장, 국가, 민주주의: 한국 민주화와 정치 경제 이론』, 나남, 1994.

정장연·문경수, 『현대 한국의 선택』, 새날, 1991.

진덕규, 『한국 현대 정치사 서설』, 지식산업사, 2000 .

진덕규, 「한국 현대 정치 구조 연구 서설」, 한국기독교사회문제연구원 편,
　　　『한국 사회 변동 연구』, 민중사, 1985.

학술단체협의회 편, 『1980년대 한국 사회와 지배 구조』, 풀빛, 1989.

한국사회학회 편, 『70년대 한국 사회: 변동과 전망』, 평민사, 1980.

진덕규 한림대 한림과학원 특임교수, 이화여대 명예교수. 1938년 경남 울산 출생. 저서 『한국의 민족주의』 『현대 민족주의의 이론 구조』 『현대 정치사회학 이론』 『현대 정치학』 『글로벌리제이션, 그리고 선택』 『한국 현대 정치사 서설』 『한국 정치의 역사적 기원』 『민주주의 황혼』 등이 있음.

자유와 성찰
―'문학과지성'의 지적 지향

김병익

돌이켜보면서

내가 문학과지성사 30년의 역사를 정리하는 이 책에 기고하기를 끝내 사양하지 못한 것은 회고체로 써도 좋겠다, 아니 그것이 더 필요하겠다는 편집자의 권고를 받아들인 때문이었다. 도서출판 문학과지성사가 창사된 지 어느덧 한 세대가 되었다는 것, 계간『문학과지성』이 창간된 지 벌써 35년이 되었다는 것은 그 출발부터 참여해온 나로서는 한없는 감회를 느끼지 않을 수 없는 것이었고 그 창간부터 현재에 이르기까지의 이력과 성과, 역사와 의미를 사사(社史)로 정리해두는 것이 그동안의 다난하면서도 역동적이었던 우리 문학사와 지성사를 위해서, 적어도 한 시대의 정신사적 정화(精華)인 지성과 문학의 한 흐름을 주도해왔던 문학과지성사를 위해 반드시 필요한 작업이라고 생각해왔기에, 나는 힘들지만 반드시 해야 할 그 작업을 문학과지성사 측에 간곡하게 당부했었다. 그럼에도, 아니 그렇기 때문에, 내 자신이 문학과지성사의 자기 증명 역사에 내가 글을 쓴다는 것은 마땅치 않게 생각했다. 내 사회생활의 40년 중 35년을 함께한 '문학과지성'을 내 입으로 말한다는 것은, 설령 그것이 반성이라 하더라도 객관성을 잃은 자기중심적인 것이 되고 말 것이며 거기서 얻은 보람을 아무리 자부한다 하더라도 제 그림을 스스로 자랑하는 일일 수밖에 없을 것이었다. 무엇보다 내가 참여한 일에 대한 사후(事後)적 분석과 그것의 시대적 평가는 내 몫이 아니고 또 아니어야 했다. 나의 이러한 집필 사양은 그러나 편집자들이 '창사 50주년 기념 사사의 자료'가 될 것이라는 설명으로 꺾이고야 말았다. '문학과지성사 30년사'는 나의 세대가 아주 물러난 다음의 '문학과지성사 50년사'를 위한 자료가 될 것이라는 것이었고 그렇기에 그 역사의 참여자로서의 증언만으로 충분하다는 것이었다. '증언', 그렇다, 나는 끊임없이 이어질 역사를 위해 내가 내 한 생애를 들인 하나의 '사건'에 증언할 의무가 있을 것이다. 그것이 자랑할 만한 것이든 못마땅한 것이든, 만족스러운 것이든 미흡한 것이든, 크든 작든, 어떻든 '문학과지성'은 분명 하나의 역사였고 어쩌면 관심 있는 사람들에게 중요한 역사일 것이고 나는 그 역사의 해명을 위해 증언하지 않으면 안 될 것이었다.

이런 탓으로 나의 이 글은 증언으로서의 회고체라는 편한 형식을 취하게 된다. 그것은 돌이켜보는 것이고 옛일을 되살리는 일이다. 회고라는 것이 무책임할 수도 있는 것은 회상이 분명치 않을 수도 있고 기억이 잘못될 수도 있으며 선후와 경중이 뒤바뀔 수도 있기 때문이다. 그럼에도 그 오류와 혼란까지 포함하여, 그 회고의 형식은 한때의 역사에 대한 관점과 사유, 의지와 지향을 드러내면서 그 역사에 대한 논의와 그 역사의 진술자에 대한 자기 분석까지 가능하도록 문을 열어놓는다. 그래서 자신이 한 일, 자기가 참여한 사건의 일들에 대한 자부와 회한까지도 개인적 회상이란 이유로 허용해주고 사적인 반성과 분석도 주관적 성찰이란 형식으로 용납해준다. 이 회고문이란 이 매혹적인 형식을 나는 이미 여러 차례 이용한 바 있었다. 김현이 작고하자 나는 「김현과 '문지'」(1990)를 써서 그를 추모하며 그에 얽힌 '문지'를 위한 그의 참여와 활약을 회고했고 황인철이 타계하자 「회상: 황인철과의 40년」(1993)으로 그의 생전의 뜻과 문지와의 끈을 회상했다. 또 나는 책과의 연분을 중심으로 하는 자전적인 글을 연재 (2000)할 기회를 얻으면서 그를 통해 문지와의 30년을 돌아보고 그 당초부터 지금까지의 관계를 회고했고 그것이 『글 뒤에 숨은 글』(2004)로 간행되었다. 당연하게도, 그 회고의 글들은 모두 '문학과지성'과의 끈질긴 인연을 가장 큰 뼈대로 세우고 있다. 문지의 정신사적 양태를 기술할 이 글 역시 물론 '문지 그룹'과 계간 『문학과지성』, 그리고 도서출판 '문학과지성사'의, 그것도, '지성사적' 자기 면모를 '회고'할 것이어서 나의 앞선 회고의 글들과 달라야 하기도 할 것이고 그럼에도 또 비슷해야 할 것이기도 하며 많은 이야기들은 중복을 피하면서도 다시 말해져야 할 것이다. 이야기는 하나이지만 그 서술은 플롯에 따라 얼마든지 달라질 수 있다는 것을, 그래서 그 플롯이 갖는 의미가 달리 채취될 수 있다는 것을 나는 말하고 있는 듯하다. 이럼으로써 나는 일련의 '문지 관련 회고문들'에서 이미 기술한 것들을 중언부언하는 실례를 독자들에게 변명하면서 되풀이되는 진술을 통해 그 사실의 중요성을 강조하고 있는지 모른다.

4·19세대

문학과지성의 지적 원천이 '4·19 체험'에 있다는 것은 자타가 공인하고 있을 것이다. 동인들은 스스로 4·19세대로 자처했고 그것의 문화적 의미 세우기에 가장 적극적이었으며 자신들의 문학과 학문, 지식과 사유가 바로 여기서 출발하고 있음을 기회가 있을 때마다 서슴없이 고백하고 있다. 돌이켜보면, 모든 세대가 자신의 시대가 치른 불행과 비극을 토로하는 우리 세대의 역사에서, 자기 세대에 대한 행운을 확인하고 그에 대한 감사를 표명하고 있는 유일한 세내가 바로 이들 4·19세대 그리고 그와 겹쳐 쓰이고 있는 '한글 세대'일 것이다. 4·19는 얼마든지 그래도 좋을, 역사적 사건임이 분명하며 그것이 준 지적 자산은 우리의 짐작보다 훨씬 크고 무겁고 중요하며 말 그대로 우리의 정신사에서 '혁명적'인 것이었고 문학과지성은 바로 그 '4·19의 아들'임을 자부하며 선언하고 있는 듯하다.

자주 말해온 것을 되풀이하여 정리하자면 4·19는 두 가지 역사적 의미를 그 세대에 제고시킨다. 하나는 그 정치사적 의미로 우리 민족사에서 최초로 밑으로부터의 혁명을 성취했다는 사실이 우리에게도 민주주의가 가능하다는 것, 역사의 주인은 바로 우리 자신이며 그것은 우리 스스로 만들어가는 것이라는 것, 이제 전쟁의 후유를 극복하고 우리 사회의 근대화를 추구해야 한다는 것, 분단을 극복하고 하나의 민족사를 열어가야 한다는 것 등 숱하게 많은 거대한 역사적 인식을 깨우쳐주었다. 그것은 곧 우리 자신이 이제껏 거의 가져보지 못한 민족적 자신감을 비로소 가져보는 것이었고 이제 패배주의를 벗어나 우리의 미래에 대한 낙관적인 전망을 얻어들인 것이었으며 그럼으로써 정치적 민주화와 사회적 근대화에 희망감을 전시할 수 있는 것이었다. 또 다른 하나는 문화사적 의미로서, 한글 세대의 성인식이 치러지면서 국문자인 한글이 우리의 공용적인 문화어로 선언되었다는 점이다. 나의 학년은 해방되던 해 초등학교에 입학했고 이로부터 한글로 교육받고 모국어로 책을 읽고 글을 쓰며 조국의 언어로 사유를 하게 된 최초의 세대가 되었다. 그것은 우리 문화의 역사에서 처음으로 기표와 기의가 일치하는 언어 생활을 하게 되며 그럼으로써 사유와 표현, 내용과 형식이 일치하는 주체적 문화가 비로소 실질적으로 가능하게 되었다는 사실을 가리킨다. 이 일이야말로 우리 문화사에서 한글 창제 이후 가장 혁명적인 사건일 것이며, 4·19 이후의 정치적 좌절에도 불구하고 4·19가 여전히 찬양되는 것은 그것과 함께 실현된 한글 세대에의 축복 때문일 것이다. 문지 동인들은 자기 세대의 이러한 역사적 특권을 확실하게 인식하고 있었고 그 사유와 감수성 속에 '4·19세대이자 한글 세대'임을 가장 핵심적인 자산으로 각인하고 있었다. 1960년 이후의 역사는 영광과 오욕,

슬픔과 환희가 점철하고 있었고 그에 대한 평가는 얼마든지 다양할 수 있겠지만, 오늘의 우리가 있기까지의 역사는 4·19 없이는 기술될 수 없을 것이며 우리가 현대의 것으로 호명할 수 있는 모든 것이 4·19의 진전 속에서 그 존재를 드러낼 수 있는 것들이고 우리 스스로를 긍정하고 혹은 비판할 수 있는 어떤 것들도 4·19와 연관지을 때 분명한 해명과 적절한 의미를 얻게 될 것임을 문지 동인들은 깊이 자각하고 있었고 스스로를 '4·19의 아들'로 자부하는 것도 바로 이 자각에서 가능한 것이었다.

나는 여기서 개인적인 소견으로 『사상계』와 실존주의, 그리고 기독교를 이 4·19의 역사에 덧붙여주고 싶다. 『사상계』는 식민지 상태로부터 겨우 해방된, 그러나 전쟁과 가난으로 찌든 50년대의 지식 사회에 보편적인 인간 가치와 현대적 문화 소양을 제공해주었고 거기서 자라난 민주주의와 근대성에 대한 욕구가 4·19의 지적 원천의 하나로 작용했을 것이라고 나는 추측한다. 50년대 중반부터 우리에게 유행처럼 뛰어든 실존주의는 한편으로 전후의 패배주의적 허무주의를 유포시켰겠지만 보다 젊은 세대에게는 선택과 책임이란 휴머니즘적 윤리를 깨우쳐줌으로써 4·19의 열망을 촉구했을 것이다. 기독교는 전후의 우리들에게 부분적으로 왜곡된 형태로 수용되기는 했지만 서구 역사가 발전시켜온 민주적 가치와 체계를 도입하면서 청소년들에게 근대적 문화 체험을 열어주었을 것이다. 문학과지성 동인들은 그 시대의 다른 젊은이들과 마찬가지로 어떤 형태로든 이 세 가지의 지적 원천을 경험하고 있었고 그것을 자신들의 사유와 정서, 지식과 문학 속에서 확인하고 있었다.

4·19가 발발했을 때 김현과 김치수, 김주연은 대학에 갓 입학한 신입생이었고 황인철과 나는 4학년으로 졸업을 앞두고 있었다. 이후 이들은 대학의 선생으로, 신문사의 기자로 혹은 법조계의 판사로 갈려나가고 그들 선후배 간의 첫 사귐도 60년대 중반 이후에 시작되고 있지만 4·19의 역사적 의미에 대한 탐구는 이즈음부터 오히려 본격화되고 있었다. 이들은

4·19의 적자(嫡子)로 자처했고 4·19가 정치적으로는 좌절당하고 있는 가운데 오히려 한글 세대의 문학과 정신이 새로이 그 혁명의 의미를 더욱 아름답고 힘있게 피워내고 있음을 자신하고 있었다. 『문학과지성』은 그 탐구와 확인의 자리였고 그것들을 꽃피우는 마당이었다. 『문학과지성』이 자신의 작업으로 지성의 사유법을 제창하면서 역사와 인문학의 방법론을 천착하고 자유로운 문학적 상상력을 중시하는 것은 4·19의 체험에서 비롯된 것이고 한글 세대로서의 주체적 정신에서 자라난 것이다.

'지성'이라는 것

당초 '현대비평'이란 멋진 말을 제호로 사용하려던 것이 문공부로부터 거부당해 새 제호를 상의해야 하는 자리에서, 이런저런 어휘들이 툭툭 튀어나오다가 김현이 문득 던진 '문학과지성'에 "그게 좋겠군" 하며 모두가 동의하는 것으로 결정되었다고 나는 회상한 바 있다. 문학비평 하는 친구들이 동인으로 모인 잡지이기에 '문학'이 앞자리를 차지하게 되는 것은 자연스러운 일이지만 '지성'이란 현학적인 어휘가, 그것도 이의 없이 채용된 것은 다소 의외였을지도 모른다. 당시 '지성'이란 어휘가 인문적 종합지의 제호에 사용될 만큼 많이 사용되고는 있었지만 짐작만큼 친숙하거나 대중적인 어휘는 아니었다. 이제 사전을 찾아보니 그것은 "지각을 바탕으로 하여 인식을 형성하는 정신적 기능"이라 했는데 당시의 지식 사회의 경향이나 수준은 아직 '인식을 형성하는 정신적 기능'에 대한 관심으로까지 성숙하지는 못했던 것 같다. '지성'은 지식과 다른 무엇이고 학문과도 또 다른 그 어떤 것이었지만 그에 대한 인식이 뚜렷했던 것은 아니었을 것이다. 어떻든 지성은 지식보다 역동적인 것이고 학문보다 근원적인 것이었다. 60년대 이후 '지성'이란 말로 자각했든 다른 무엇으로 생각했든 이미 '지성적인 사유'에 대한 열망은 지식 사회 전반에 확산되고 있었을 것이다. 문화적 성찰을 위해서나 권력과의 대응 전략을 위해서나 지적, 반성적 사유의 필요성은 폭넓게 공감되고 있었고 그것이 제호에 '지성'을 사용하자는 데 이의 없는 합의를 이끌어냈을 것이다. 나의 경우 후에 「지성과 반지성」에서 지성의 개념과 성격에 대해 내 나름으로 적극적인 의미 부여를 하게 되지만 우리의 계간지를 착수할 때부터 그것을 성찰적인 사유 방식과 태도, 지적 인식의 밑자리로 생각하고 있었을 것이다. 우리는 사고의 자유로움, 열려 있음, 부드러움, 다양성, 객관성, 합리성을 지성적 태도로 받아들이고 있었고 우리 지식 사회에 가장 미흡한 것이 바로 이런 사유 방식이라고 판단하고 있었다. 김현도 바로 이런 생각을 가지고 있었기에 '지성'을 제의했을 것이고 그 공감 때문에 우리도 즉각 동의했을 것이다.

김현이 1970년 7월 초, 나를 찾아와 계간지를 내자고 제의했을 때가 그랬다. 나는 점점 졸아드는 당시의 언론계 분위기에 불만을 가진 젊은 기자였고 그래서 자유롭고 독자적인 고급한 현실적 문화적 논설과 보도를 게재하는 잡지를 편집하고 싶다는 꿈을 가지고 있었다. 언론계는 천관우가 지적하는 바의 '연탄가스로 중독'되어 언론이 마땅히 지녀야 할 독립적인 비판적 정신과 지식인으로서의 지성을 잃어가고 있는 중이었다. 그러니까 내게 희망되는 것은 신문을 대신하는 현실 비판의 독립적 미디어였다. 그런데 김현은 문학지를 말하고 있었고 그것은 내가 바라는 바의 매체와는 성격이 다른 것이었다. 그러나 나는 김현의 제의에 즉각 찬성했다. 내가 꿈꾸는 매체란 말 그대로 그냥 혼자서 꾸는 꿈이어서 현실성이 없는 것이기도 했지만, 문학지를 통해서 현실 비판의 언론 활동이 가능할 것으로 생각되기도 했기 때문이다. 나는 신문의 문화면 기사를 통해 권력의 횡포와 부정한 현실에 대한 비판을 나름의 방식으로 가해오기도 한 참이어서 문학지로도 나의 기도는 가능할 수 있겠다 싶었던 것이고 어쩌면 문학지이기에 권력 기관의 감시의 눈으로부터 오히려 비켜나며 지식인들을 상대로 한 지적인 문체로 보다 진지하고 심각하게 현실 비판을 가할 수 있을 것이기도 했다. 나는 그러니까 언론의 입장에서 계간지를 생각한 것이지만 김현은 당시 한창 토론되던 참여문학론이 문제였다. 그는 참여문학파는 『창작과비평』이란 매체를 가지고 왕성하게 자신들의 주장을 펼 수 있지만 순수문학파는 그런 잡지가 없기 때문에 논쟁에서 여간 불리하지 않다는 것이었다. 나 역시 김현의 생각에 동의할 수 있었다. 나는 참여 문학이 강조하고 있는 문학의 현실 비판과 그 정신에 공감하고 있었지만 그럼에도 참여문학파들이 보여주는 도식적인 사고와 소박한 행동주의, 회의 없는 자신감에 대해서는 동조할 수 없었기 때문이었다. 김현이 참여 문학에 반대한 것은 그 나름의 다른 논리도 작용했겠지만 내가 이해한 그의 순수문학론에의 의지는 참여문학파가 지닌 반지성적 태도에 대한 거부에서 나오는 것이기도 했다. 진단은 이렇게 달랐지만 몰지성의 시대란 판단은 비슷하게 내려지고 있었고 그것이 '계간지 발행'의 즉각적인 합의로 반영되고 있었다. 문학과 현실이란 방향은 다르면서도 '지성의 부재'에 대한 인식은 비슷해서 결국 김현은 '리얼리즘론 별견'이란 부제를 가진 「한국 소설의 가능성」(1970년 가을 창간호)으로, 나는 「지성과 반지성」(1971년 여름호)으로 문학과 현실에서의 지적 인식에 대한 소감을 토로하게 된다.

『문학과지성』의 '지성주의'는 마침내 이 계간지를 통해 적극적으로 표현되기 시작했다. 초기의 에세이들, 가령 노재봉의 「한국의 지성 풍토」(1970년 가을호), 리영희의 「강요된 권위와 언론 자유」(1971년 가을호), 이홍구의 「지성의 불연속성을 넘어」(1971년 겨울호), 서광선의 「한국 기독교와 반지성」(1971년 겨울호), 김여수의 「지성과 권력」(1971년 겨울호), 김경원의 「자유에 대하여」(1972년 가을호) 등 당대 가장 정력적인 사회과학자, 철학자들의 진지한 에세이들이 바로 '지성'의 문제를 제기하고 있었다. 이런 본격적인 지성론만이 아니라 정치학, 경제학 등의 사회과학이나 역사학·철학의 글들도, 가령 정명환의 「이광수의 계몽 사상」(1972년 겨울호)

의 문학적인 시선이나 이기백의 「일제 시대 한국사관 비판」(1971년 봄호)
의 사학자의 관점에서나 자신들의 주제 속에서 비이성적이고 반지성적인
현상들을 비판하고 그 극복을 제창하면서 지적 인식 태도를 뜨겁게 환기
하고 있었다. 아마 당시의 많은 필자들이 '문학과지성'의 표제를 가진 잡지
에서 '지성'의 문제를 함께 고민하며 유신으로 치닫는 이 엄혹한 현실의 변
화를 꿈꾸고 있었으리라. 우리의 지성에의 열망은 계간지 간행의 '이번 호
를 내면서'에서부터 강하게 드러나고 있는데 편집 동인이 대체로 돌아가며
쓰게 되는 이 '머리글'에서 우리는 당시의 우리 앞에 전개되고 있는 갖가지
현상들에 대한 메타비평적 관점을 제시하고 거기서 우리는 어떻게 바라보
고 분석하며 지적 대응을 해야 할 것인가의 고뇌 어린 사유법을 제시하고
있었다. 『문학과지성』을 언급할 때마다 인용되는 김현의 창간호 머리글이
우리의 그런 내면을 명쾌하게 드러내고 있다. 그 글은 "한국인의 의식을
참담하게 만드는" 원인으로 "패배주의와 샤머니즘에서 연유하는 정신적 복
합체"를 들면서 우리에게 왜 지성적 사유가 부재하게 되었는지를 통렬하게
반성하고 있는 것이다. 김현은 지적 사유의 미숙 혹은 반지성적 태도는 한
국 현실의 후진성에서 빚어진 심리적 허무주의에서 비롯된 것이고 그것이
문화·사회·정치 전반에 걸쳐 한국인을 억누르고 있는 억압체가 되고 있
기 때문이며, 또 다른 반지성적인 사유의 원천인 샤머니즘은 현실을 객관
적으로 파악하고 분석하며 결론을 도출하는 과정을 방해하는 모든 것들로
서 식민 지배와 분단의 현실이 정신의 파시즘화를 초래하고 있다는 것이
었다.

　창간호부터 제기하고 초기의 『문학과지성』에서 되풀이 강조하며 제시되
고 있는 지성의 문제는 1975년 말에 창사한 도서출판 '문학과지성사'의 출
판 목록에서도 지속되고 있으며 계간 『문학과지성』이 신군부에 의해 강제
폐간된 이후에는 '현대의 지성' 총서와 '문제와 시각' 총서로 오히려 더 강
화되고 있다. 그러니까 유신과 제5공화국 체제로 지식 사회와 비판적 여

론에 대한 억압과 감독이 더욱 삼엄해지면서 '한국인의 의식을 참담하게 만드는' 반지성적인 태도도 더욱 강화되는데 이즈음에는 그 같은 '반지성적' 억압이 양면으로 이루어지고 있었다. 하나는 물론 자유에 대한 권력의 공포스런 억압이었고, 다른 하나는 그것의 반대편에서 그것에 저항하고 있는 운동권에서 울려오는 양심상의 압박이었다. 앞의 것은 기관의 벌거벗은 힘으로부터 협박을 받는 것이었고, 뒤의 것은 평등의 윤리와 행동의 도덕성으로 무장한 심리적 몽매주의로부터 억압을 당하는 것이었다. 우리의 '지성적인 태도와 사유'는 이처럼 양면으로부터의 반지성주의적 세력에 둘러싸이고 있었다. 어느 선택도, 어떤 판단도, 어떤 행동도 위협이나 비난을 받을 것이었고 우리의 그 좁고 까다로운 입지에서 권력과 저항 세력이 함께 가지고 있는 반지성적 태도에 대해 자유롭게 분석 비판할 여지는 좁아들고 있었다. 이런 딜레마 속에서 우리는 총서 '현대의 지성'을 기획함으로써 외국 지성의 정신과 태도를 끌어들였고 그것으로 우리 자신의 입장을 대변토록 했으며 또 다른 총서 '문제와 시각'을 통해 지적 쟁점에 대한 분석과 비판의 길을 열었다. 우리의 이 같은 '틈새 길'은 물론 충분하지 않았다. 그러나 어느 쪽을 향해서든, 권력에 굴복하지 않고 행동주의의 다급함에 휩쓸리지도 않으면서 비판적 자세와 성찰적 태도를 유지하려고 노력했다는 점만은 부끄러움 없이 회고할 수 있을 것이다.

역사에 대한 방법론적 사유

지성이란 탐구의 주제이기보다는 탐구의 방식을 가리킬 것이다. 그럼에도 우리가 지성의 문제를 이처럼 되풀이 제기하고 논의한 것은 우리 지식 사회의 연구와 사유가 방법론적 성찰이 없는 주장, 객관성이 미흡한 논리의 수준에서 맴돌고 있는 것에 대한 반성적 사유 때문일 것이다. 이런 반성적 사유는 문학 못지않게 빈번하게 『문학과지성』의 지면에 할애된 역사학 분야의 글에서도 마찬가지로 적용된다.

60년대 학계의 가장 중요한 이슈는 근대화론과 한국학이었다. 근대화 문제는 한편으로는 쿠데타로 집권한 박정희 정권이 통치의 명분으로 제시한 한국 경제 개발의 목표로 설정한 것이기도 하지만 4·19 이후 사회과학자들에게 현실학의 과제로서 다급하게 다가온 것이 근대화 논의였다. 무엇이 근대화인가, 우리의 역사에서 근대사란 어떤 것인가, 우리의 근대화를 향한 노력은 무엇이어야 하며 그 목표는 어떤 것인가 등등이 당시 대학과 학계의 가장 중요한 제목이었다. 이 근대화와 연결되면서 사학계에 제시된 과제가 한국학의 설정과 한국사관의 수정 문제였다. 당시만 하더라도 인문과학이나 사회과학의 주제나 역사는 한국의 것이 아니라 서구의 것(가령 대학 커리큘럼에 나오는 정치사는 서구의 정치사였고 철학사 역시 서구의 철학사였으며 우리 자신의 것을 다룰 때 '한국'이란 수식어가 붙을 정도였다)이었기에 대폭적인 수정 작업이 필요했으며 이 작업이 폭넓게 '한국학'이란 이름으로 통괄되었다. 한국사관의 문제는 우리의 역사학이 전근대적인 역사학 수준이거나 아니면 특히 일제 관제 사학의 체제에서 공부한 사학자들과 일본의 조선 사학자들이 편성한 한국사여서 그것은 식민사관의 틀 안에 갇혀 있었다. 이에 대한 반성이 이기백의 『한국사 신론』과 한국사학회에서 편찬한 『한국사의 반성』에서 적극 제기되면서 주체적 민족사관의 수립이 힘있게 제창되고 있었다. 이 민족사관은 일본 사학자들이 주장한 한국사의 정체성론을 비판, 극복하고 주체적 관점으로 한국사를 재구성해야 한다는 것이었다. 이 관점에서 한국의 역사를 다시 들여다보면 지정학적 성격에서 나오는 약소국가숙명론을 벗어날 뿐 아니라 가령 당쟁과 같은 우리 역사의 부정적 사태도 충분히 긍정적인 재해석을 가할 수 있다. 근대화론을 제기하는 사회과학자들도 그렇지만 특히 한국사의 주체성을 주장하는 국사학자들은 대부분 해방 후에 한국사를 공부하면서 일반사, 정치사, 경제사의 각 분야에 서술을 우리의 시각으로, 우리 민족 주체성의 강경한 인식 위에서 새로이 하게 된다. 60년대야말로 근대화와 주체적 한국사관의 설정이란 두 줄기 큰 학술적 움직임으로 우리의 현실과 역사에 대한 거대한 재창조의 열기로 가득한 시절이었다.

『문학과지성』은 김철준의「한국사학의 제 문제」를 게재한 그 첫 호부터 한국사에 대한 깊은 관심을 드러내면서 당시 최고의 한국사와 서양사 학자들의 기고를 싣고 있었다. 그러나 그 역사학의 논문은 천관우의「복원 가야사」(1977 여름, 가을, 겨울)처럼 사실에 대한 연구도 있지만 대체로 정신사와 사학사로 집중되고 있었다. 홍이섭은 한국 근대 정신사를, 이기백은 한국사학의 연구 경향을, 김용섭은 한국사학사를 다루는 논문들을 발표했고 서양사의 차하순과 양병우는 서양사의 방법론에 의거한 한국사 서술의 문제를 다루었으며 경제학의 김영호와 정치학의 최창규는 개화사를, 경제학의 임종철은 근대화론을, 정치학의 진덕규는 민족주의론을, 경제학의 신용하는 정체성론의 극복을 주제로 기고하고 있다. 한국사에 대한 이 같은 메타비평적 접근은 섬세하게 관찰해야 한다. 우리는 근대화론이든 한국사론이든 그것이 근대화와 주체적 사관의 명분으로 자유가 억압되고 비판의 힘이 무력화되며 무엇보다 그 학문적 순수성이 쇼비니즘으로 전락하고 권력에 부화하거나 왜곡되어서는 안 된다는 생각을 심각하게 했고 그 노력이 역사학과 사회과학의 메타비평과 비판적 에세이로 표출되는 것이었다. 이러한 우리의 작업은 모순적이었다. 한국학과 한국사의 진전을 촉구해야 한다는 것, 근대성의 본의를 확인하고 우리 사회의 근대화를 도모해야 한다는 것, 그럼에도 불구하고 여기에 잠재해 있어 우리 자신을 옥죌 파시즘적 구조와 그 권력에의 봉사에 물들지 않아야 한다는 것이 그렇다. 거의 모든 일들이 어둠 속에서 음험하게 만들어지고 조작되는 현실 속에서 어떻게 그들에게 이용당하지 않으면서 올바른 학문적 진의를 추구해나갈 것인가. 가령 당시의 박정희 정권은 유신을 선포하면서 '한국적' 민주주의와 민족적 주체성을 강조했다. 이때의 '한국적' '민족적'을 어떻게 이해해야 할 것인가. 이 민감한 문제를 다룬 서양사학자 길현모의 「민족과 문화」를 재수록하면서 『문학과지성』의 '이번 호를 내면서'는 이렇게 그 재수록 이유를 밝히고 있다: "그는 '민족문화의 확립'이란 미명으로 강요되고 있는 오늘의 문화 현상과 그 바닥에 깔린 음험한 손길을 근본적으로 해부하면서 '맹목적인 복고주의'의 허구를 지적하고 '한국적' 사고방식의 위험성을 예리하게 경고하고 있다. 그의 논문은 문화를 어떻게 이해하며 그것의 정당한 발상법이란 무엇인가에 대해 고민하는 자들에게 깊은 통찰법을 제시해줄 것이다."(1974년 겨울호) 현실에 대한 지적 반성을 끊임없이 제기하며 권력의 유혹에 빠지지 않으려는 이 노력은, 민족·민족 문화·민족 문학이란 누구라도 거부할 수 없는 명제로 파시즘적 사유를 내면화하고 있는 또 다른 세력들과도 대면하면서, 보기보다 결코 쉬운 일일 수가 없었고 예상보다도 훨씬 고뇌스러운 일이었다. 그럼에도 우리는 한국의 역사학 진작을 도모하면서 그 편집에 지적 성찰과 윤리적 결벽성을 유지하는 데 최선을 다했다고 말해도 좋을 것이다.

우리가 한국 역사학에 대해 이처럼 예민했던 것은 우선 4·19에서 얻은 역사 주체성에 대한 진지한 고민에서 시작되는 것이겠지만, 구체적으로는 김치수의 공이 컸다. 그는 대학에서 불문학을 공부하고서도 출판사에 근무하면서 한국사학을 깊이 공부하고 많은 국사학자들과 교류하며 이 방면의 지식을 키웠던 것이고 『문학과지성』에 실릴 많은 역사학 논문들을 얻어온 것이다. 나 역시 신문사의 문화부에서 학술을 담당한 덕분으로 역사학자들을 『문학과지성』에 소개할 수 있었고 신문 기사를 통해 보고해온 한국학의 움직임을 우리 잡지에 반영할 수 있었던 것도 다행한 일이었다. 김현이 김윤식과 공동 집필한 『한국문학사』에서 우리 근대 문학의 기점을 영·정조 시대로 한 세기 이상 소급하는 작업을 한 것도 근대사와 역사학 재편성을 위한 『문학과지성』 편집 동인의 집요한 노력의 성과에 힘입은 결과였을 것이다.

진보적 사유의 수용

문지 동인들의 성향이 당시의 일반 지식 사회보다 개방적이고 진보적이었지만 그 근본이 서구적 자유주의적이며 고전적 민주주의라고 그래서 그것이 내포하고 있는 이념적 한계를 벗어나지 않고/못하고 있었다는 점을 인정해야 할 것이다. 문지 동인들은 그 자신들이 엘리트임을 자인하고 있었고 적어도 문화와 지식 사회는 엘리트주의에 기반해야 한다고 생각하고 있었으며 민중과 민중주의에 그것의 역사적 현실적 의미를 수긍하면서도 그 유행적 주장에 유혹당하지 않았음도 고백해야 할 것이다. 마르크시즘에 대해서는 처음에는 그리 깊이 알지도 못했으며 그것이 제기하고 있는 무산자계급론이며 혁명의 이론들에 동의하지 않았고 평등의 이념에 대해서도 그 도덕성을 존중하면서도 그것이 가진 도식성에 회의했고 자유주의의 논리 선상에서 사유 재산의 인정을 고집했다. 요컨대 진보는 희망했지만 진보주의에 기대하지는 않았다는 것이 정확한 진단일지 모른다. 문지의 사유가 이렇다는 것을 나는 약점이나 잘못의 부정적인 자책으로 말하는 것이 아니라 그러한 지적 성향이 어려운 시대에 대응하는 전략적 사유의 분명한 한 가지임을 나는 스스럼없이 확인하고 있는 것이다.

가령, 70년대부터 80년대에 이르기까지 '민중'이란 캐치프레이즈가 우리 사회 전반을 휩쓸고 있었고 그 민중주의는 문학만이 아니라 학문의 분야들과 예술의 장르들에 유행으로 번지고 있었지만 『문학과지성』 잡지와 그 도서들에는 예외적으로 그 용어들이 출현할 뿐이다. 가령 「민중사회학 서설」(1978년 가을호)은 민중론을 사회과학에 본격적으로 적용한 첫 논문으로 이후 이 방면에 대한 선구적 작업으로 평가받고 있지만 정작 이 글을 실은 『문학과지성』의 편집진은 이 야심적인 논문에 대해 그리 호의적이지 않았다. 필자 스스로 기고해온 이 글을 게재하면서도 '이번 호를 내면서'는 이 글이 "인간을 지배자와 피지배자로 거리낌없이 양분하고 그 각각이 선과 악을 표현한다는 식의 주장을 하고 있는데 그것은 〔……〕 지나치게 단순하고 도식적이라는 우리의 회의를 피할 수 없다"고 비판적인 평가를 내리고 있는 것이다. '문제와 시각' 총서의 4집으로 나온 『민중』은 사회학자 유재천이 편집한 것으로 민중에 대한 다양한 글들을 정리하며 그것의 실체를 밝히는 방향으로 목차를 이루고 있어 그것이 현실 변혁의 절대적인 힘으로 신화화할 대상이 아님을 간접적으로 시사하고 있었다. 문학과지성이 오히려 더 애용한 것은 '민중'보다 대중, 민중 문화 대신 대중문화였고 혹은 적극적인 개념으로 수용하기를 바란 것은 시민과 시민 문화였는데 그것은 사회과학적 내포를 분명히 가지고 있을 뿐 아니라 우리 사회의 발전이 귀착할 자리가 대중과 시민의 것이지 그 정체가 모호한 민중일 수 없음을 예상한 때문이다. 그렇기에 '민중'에 대한 글이 『문학과지성』에 실리거나 문학과지성사에서 그것을 주제로 한 책이 나오는 일은 '예외적'인 일이었다. 이렇다는 것은 당시의 유행적인 어사나 사상이라 하더라도 그것을 그냥 수용한 것이 아니라 음미하고 검토하며 과연 우리의 지적 사유 체계 속에 편입될 수 있는 것인가를 신중하게 고려해왔음을 보여주는 예가 될 것이다.

80년대 후반이었지 싶은 때, 나는 한 글에서 내가 마르크시즘에 무지했었음을 고백한 적이 있었다. 그것은 사실이었다. 4·19세대의 대학 교육과 사회 교육에서는 마르크시즘이 금기였고 그 영향 아래 그 이념 체계에 대해서는 무식하면서도 거의 공포스런 반인간주의적 체제의 구성으로 생각하고 있었다. 이런 선입견을 벗어나기 시작한 것은 70년대 중반부터였는데, 그것도 마르크스부터가 아니리 네오-마르크시즘의 이해부터였다. 그리고 마르크스 자신의 이해도 그의 정치경제학에 대한 것이 아니라 김학준이 소개한 「마르크스의 경제·정치 수고 논쟁」(『문학과지성』 1976년 봄호)과 정문길의 『소외론 연구』(1977)에서 분석되고 있는 그의 '소외론'을 통한 휴머니스트로서의 청년 마르크스였다. 네오-마르크시즘에 대한 접근은 이보다 빠른 1972년부터 시작되어 미국과 독일에 유학하며 자유롭게 진보적 이념도 소화해낼 수 있었던 김주연에 의해 아도르노의 글이 번역(1972년 가을호; 1978년 가을호)되고 김종호의 글(1974년 겨울호)이 프랑크푸르트 학파의 비판 이론을 소개하며 차봉희의 글(1979년 여름호)이 벤야민의 예술 이론을 분석함으로써 자본주의 체제의 비판 이론으로서 마르크스의 사상을 받아들이게 된다. 1980년대로 들어서면서 마르크시즘은 우리 사상계에 또 하나의 유행이 되었고 그 사상은 우리 지식 사회의 어느 분야의 어느 자리에서나 대화와 주장의 중심축을 이루고 있었다. 그러나 이에 대해서 '문지'는 '민중론'에서와 마찬가지로 여전히 '문지'적이었다. 『자본론』 발간 한 세기를 맞으면서 정치학자 이홍구가 편집한 『마르크시즘 100년』(1984)을 간행했고 2년 후 내가 번역한 유진 런의 『마르크시즘과 모더니즘』(1986), 그리고 90년대로 넘어와 정치학자 진석용의 『칼 마르크스의 사상』(1992)을 출판했을 뿐이었다. 문학과지성사가 다루고 있는 마르크스와 마르크시즘은 우리의 현재적 현실에 적용되어야 할 혁명적 사상과 이념 체계가 아니라 자본주의 체제의 타락을 분석하고 극복할 지적 탐구에 참조될 수 있는 비판적 사상가로서의 마르크스와 마르크시즘이었다. 그러니까 지성적 사유의 바깥에서 타도 자본주의를 절규하고 있는 마르크스가 아니라 우리의 사유의 진폭 안에서 자본주의의 비인간화를 냉철하게 진단하고 있는 휴머니스트적 지성으로서의 마르크스에 문지 동인들은 매혹되고 있었다.

진보주의에 대한 이 같은 조건적 수용 태도가 문지 동인들의 이념적 한계이지만 동시에 지적인 신중성이 될 것이고 태도에서는 보수주의이지만 정신에서는 개방적 진보주의를 이루고 있었으며 과격주의의 이념을 회피

하면서 실제적 진보를 추구하고 있었다고 생각된다. 문학과지성은 아지·
프로의 조직이 아니라 지식인들의 사유 서클이었으며 그것도 문학과지성
을 통해 꿈과 실재의 삶을 탐구하기를 바라는 글쓰기 동인들이었다. 나는
'문지'의 이런 입장과 태도, 지향과 선택이 일방적인 호오와 찬반의 평점
으로 마무리되기를 바라지 않는다. 굳이 말하자면, '창비'가 평등을 주조로
하고 문지가 자유를 중심으로 했다는 것, 창비가 경제와 사회과학에 큰 비
중을 두었다면 문지가 역사와 인문학에 더 많은 무게를 주었다는 것, 창비
가 현실 참여를 주도했다면 문지는 문학과 지성의 순수성을 옹호했다는
것, 마침내 김현이 말하듯이 창비가 실천적 이론에 기여했다면 문지는 이
론적 실천에 노력했다는 것이고 그러한 대비는 나로서는 어둡고 억압적인
시대를 이겨내야 하는 두 가지 상보의 전략으로 생각된다. 나는 그것의 상
보적 관계라는 것으로 굳이 균등한 평가가 내려지기를 기대하는 것은 아
니지만, 반성하고 회의적이고 혹은 성찰하는 지성적 삶의 형태가 경시당
하는 시절은 이제 지나갔고 적어도 지내버려야 한다고 믿고 있다.

제자리로 돌아오면서

『문학과지성』을 창간할 때의 내 나이가 곱으로 셈하고도 남게 지난 이
제, 30대 초부터 시작된 나의 '문지적 삶'의 회고는, 회고하는 노년의 특권
으로 놓치기도 하고 되풀이하기도 하며 맥락을 잃기도 하고 딴 길로 빠지
기도 하면서, 대충 마무리를 짓는다. 나의 마무리는 '문학과지성'이란 이름
으로 가리키는 그 모든 것들—그것이 잡지든 책이든 혹은 그것들을 만든
동인 그룹이든 그것들이 풍기는 어떤 분위기든—이 독재에서 민주주의
로, 후진국에서 중진국으로, 그리고 억압에서 자유로, 빈곤에서 풍요로,
콤플렉스로부터 자부심으로 옮겨가던 지난 30년의 치열한 역사 속에서 아

주 좁을 수도 있지만 그럴수록 더욱 진지하게 평가할 수 있는 나름대로의 역사를 만들어왔다고 말하는 것으로 맺어두기로 한다. 그 문지적 역사가 가능했던 것은 우리의 삶과 그것을 싸안은 우리의 당대적 현실을 투철하게 응시하고 관찰하며, 그 의미를 정직하게 성찰하여 찾아내고 혹은 자리매김하며 우리가 정말 생각하고 반성하며 늘이고 줄일 것은 무엇인지를 지적으로 집요하게 반성해온 데서 찾을 수 있을 것이다. 그리고 이런 일을 위해 더 이상 달리 적절할 수 없는, 황인철·김현·김치수·김주연, 그리고 오생근 등 동인들의 우정 어린 사유 공동체가 있다. 이 동인들의 지적인 원천은 분명 4·19에 있지만 그들의 30여 년에 걸친 동참과 공동의 탐색과 노력이 가능했던 것은 그것만으로는 설명될 수 없는 또 다른 요인이 있었을 것이다. 그 요인 자체를 나는 이 시대가 요구하는 정신적 개성들을 잇는 지성적 열정으로 보고 싶다. 그 열정은 시대와 더불어 만들어가는 것이고 사태와 부딪치며 창의적으로 발전하는 것이며 삶과 이 세계에 대한 반성적 태도를 통해 그 가치를 고양시키는 것이다. '문지' 동인들은 그 과정을 거듭하면서 자신의 지적 역량을 키워왔고 동인들과의 연대를 통해 그 의미를 개발해왔다. 그렇다는 것은, 70년대와 80년대 혹은 90년대의 앞선 세기의 고통스런 시절에 역동적인 지성의 발휘가 요구되어온 것처럼, 21세기의 새로운 세기에도 여전히 그것은 절실하게 요구되고 있다는 것을 뜻하는 것이기도 하다. 아마 지적 성찰의 주제와 사유의 방법은 달라지겠지만 '지성'이란 이름으로 수행해야 할 우리의 지적·반성적 사유와 추구는 여전히 계속되어야 할 것이다. 나의 '노파심'은 '영구 지성론'을 향하며 '문학과지성' 주변을 맴돌고 있는 것이다.

김병익 문학평론가. 1938년 경북 상주 출생. 평론집『상황과 상상력』『전망을 위한 성찰』『열림과 일굼』『숨은 진실과 문학』『새로운 글쓰기와 문학의 진정성』『21세기를 받아들이기 위하여』『그래도 문학이 있어야 할 이유』등이 있음.

주체성과 언어 의식

——『문학과지성』의 인식론

권오룡

　『문학과지성』(앞으로『문지』로 약칭함)의 창간 과정은 김병익에 의해 소상히 밝혀져 있다. 1970년 7월 초 김현이 자기를 찾아와 잡지 창간의 필요성을 피력한 일에서부터 마침내 1970년 가을호를 창간호로 낼 수 있게 될 때까지의 우여곡절을 김병익은 매우 현장감 있게 묘사해놓은 바 있다.[1]『문지』라는 잡지를 김현에게만 초점을 맞춰 살펴보는 것은 적절하지 못하다. 그러나 이러한 점을 충분히 경계한다 하더라도『문지』창간에 있어 김현의 주도적인 역할을 부정할 수는 없다. 김현이『문지』의 전체는 아니지만 그것의 관건일 수는 있다. 그렇다면 1960년대의 김현의 발자취를 따라가보는 것을 통해『문지』로 들어가는 입구를 찾아낼 수 있지 않을까?

　「나르시스 시론」이라는 평론이『자유문학』의 신인 평론에 당선작으로 뽑힌 것은 김현의 나이 약관 20세인 1962년 3월이었다. 이해에 김현은 김승옥, 최하림 등과 함께 동인지『산문시대』를 발간한다. 이렇게 시작된 김현의 잡지 발간 작업은 그 후『사계』와『68문학』으로 이어진다. 이 과정에서 주목해두어야 할 사항은 1966년『창작과비평』이 간행되었다는 것과, 애당

---

1) 김병익, 「김현과 '문지'」, 『문학과사회』 1990년 겨울호.

초 『자유문학』에는 평론으로 데뷔했으나 『산문시대』에는 소설로, 『사계』에는 시로 참여했던 김현이 『68문학』의 간행에 즈음해서는 "자신이 호감을 가지고 어울린 동시대 작가들을 옹호하고 지원하는 평론을 활발히 쓰기 시작"[2]했다는 사실이다. 1968년 단 한 호로 마감된 『68문학』을 끝으로 김현의 60년대 잡지 편력은 일단 막을 내린다. 이제 그의 앞에 준비된 마지막 잡지는 1970년대와 더불어 시작되고 또 이와 더불어 끝나게 될 『문학과지성』이었다.

이리하여 『문지』는 활활 타오르는 태양의 모습으로 세상에 나타나게 된다. 또 이와 더불어 이른바 『문지』 4K의 신화가 펼쳐지게 된다. 기왕에 김현이 주도했던 잡지들에 비해 확연한 차이가 드러나 보이는 것은 이 부분이다. 굳이 부연해 말하면 『산문시대』『사계』『68문학』 등의 동인 구성은 시인, 소설가, 평론가 들을 망라하는 것이었고, 또 김현 자신도 『산문시대』와 『사계』에는 소설과 시로 참여했었다. 이에 비해 『문지』의 동인 구성이 평론가들로만 이루어져 있다는 사실은 이미 이 대목에서부터 『문지』의 에콜화의 의지를 선명히 드러내고 있는 것으로 보인다. 이러한 동인 구성 방식은 공통의 문학관을 공유하면서 이를 기반으로 자신들의 문학적 주장을 좀 더 직접적인 방식으로 개진하는 데에 적합한 방식일 수 있기 때문이다. 그렇다면 이러한 동인 구성을 바탕으로 『문지』는 어떤 문학관을 공유했으며, 어떤 활동을 펼쳤는가?

창간사에서 『문지』는 샤머니즘의 청산과 패배주의의 극복을 기치로 내걸었다. 일견 간명해 보이는 이러한 의지의 천명에는 그러나 작게는 60년대의 문학적 풍토에 대한, 크게는 한국 근대 문학 전체에 대한 깊은 반성적 성찰이 내포되어 있는 것으로 보인다. 샤머니즘은 무엇이고 패배주의

---

2) 홍정선, 「연보: '뜨거운 상징'의 생애」, 김현 문학 전집 16권, 『자료집』.

는 또 무엇인가? 그리고 이것들이 일차적으로 60년대 문학에 대한 반성적 의식의 소산으로 얻어진 것이라 할 때 샤머니즘과 패배주의라는 용어로 타자화되어 있는 60년대 문학 의식은 어떤 것인가?

의식이라 할 때 이것은 무엇인가로부터 생성되어 어딘가를 향해 가는 것이다. 의식의 이 같은 존재 구속성과 지향성을 염두에 둘 때 60년대 문학 의식이라는 것이 60년대만의 것으로 응고된 상태로 전유되는 것은 아니라는 점이 분명해질 것이다. 그렇다면 60년대 문학 의식이 어떤 것인가를 묻는 물음에는 대략 세 가지 답이 가능할 것이다. 첫째, 그 이전, 즉 50년대부터 60년대로 이월되어 문학적 이슈로 제기된 문제들을 통해 구조화된 어떤 것; 둘째, 60년대 세대의 문인들에 의해 부상하게 된 어떤 것; 셋째, 정치적·사회적 변화에 대한 당위적 요청과 연관된 60년대 한국 사회의 현실적 문제들이 요구하는 성찰적인 어떤 것. 이 세 가지 가능한 답변의 방식은 실제 60년대 문학의 흐름을 이룬 세 가지 쟁점적 사안들, 즉 순수·참여 논쟁과 세대 논쟁, 리얼리즘 논쟁에 대응한다. 샤머니즘의 청산과 패배주의의 극복이라는 명제가 대타화하고 있는 것이 이런 사항들이라는 점을 파악할 때 『문지』의 메타적 위상이 선명히 부각되어온다. 이러한 쟁점적 사항들로 점철된 과정이 『문지』가 직면해야 했고 딛고 서야 했던 60년대 문학의 현실이었다. 그 속에 있되 함몰되지 않고 딛고 섬으로써 조감할 수 있는 시각과 거리를 확보하는 것, 이것이 『문지』의 문학적 입장으로 떠오른 첫 번째 사항이었다. 이를 이론적 거리 두기라 이름지을 수 있으리라.

1950년대 말에 발단된 순수·참여 논쟁은 그 후 4·19혁명과 5·16군사 쿠데타 및 이후의 군사 정부 시대를 거치는 과정에서 그 양상과 내용의 굴절을 겪으면서도 60년대 말까지 줄곧 이어져왔다. 그러나 이 당시의 순수·참여 논쟁의 고질적 병폐는 그 논의의 장이 넓지도 않고 자유롭지도 않다는 데 있었다. 그리하여 흔히 그것은 인신공격의 양상으로 치달아가곤 했고, 이런 소모적인 분위기에서 생산적인 결과를 기대하기는 어려운 것이었다. 아마도 60년대의 순수·참여 논쟁이 보다 생산적인 것이 될 수 있었던 대안적 방법은 문학과 언어의 존재론적 연관 위에서 문학과 현실의 관계를 고찰하는 방식이었을 것이다. 그러나 문학과 언어, 혹은 언어를 매개로 한 문학과 현실의 존재론적 연관 대신에 60년대의 순수·참여 논쟁이 의존하려 했고 또 실제로 의존했던 철학적 바탕은 인간 중심의 존재론이고 윤리학이었다. 한쪽에서 인간이 존재한다는 것은 어떤 구체적인 현실 속에 존재하는 것이므로 현실을 도외시한다는 것은 인간 존재에 대한 부정에 다름 아니라고 말하면 다른 쪽에서는 인간은 사회적 자아와 창조적 자아로 구성되는데, 문학에 있어 중요한 것은 창조적 자아라고 응수한다. 또 한쪽에서 열악한 현실에 관심을 갖고 그것의 개선을 위해 힘쓰는 것을 문학과 문학인의 윤리적 사명과 책임감으로 강조하여 내세우면 다른 쪽에서는 그것이 고귀한 것이기는 하나 그것은 모든 사회 구성원들이 똑같이 지녀야 할 것이지 문학만의 독점적 전유물은 아니라고 답한다. 다양한 편차에도 불구하고 이러한 주장들은 문학의 바깥에서 행해진 사유의 결과물이라는 공통점을 갖는다. 이를 르네 웰렉과 오스틴 워런 공저인 『문학의 이론 *Theory of Literature*』에 기대어 달리 말하면 이 문학 이론서가 제시하는 문학 연구 방법론 중 외재적 방법을 통해 문학에 접근하는 방식을 택하고 있다는 것이다.

왜 여기서 『문학의 이론』을 언급하는가? 『문학의 이론』은 어떤 책인가? 5, 60년대 문학도들의 바이블과도 같았던 이 문학 이론서가 제시하는 문학 연구 방법론은 외재적 방법 extrinsic method과 내재적 방법intrinsic method으로 구분된 이원적 방법론이다. 외재적 방법을 통해 문학은 생물학·심리학·사회·사상, 다른 예술들과의 연관 위에서 이해되고, 내재적 방법을 통해서는 문학이 유포니·리듬·스타일·이미지·메타포·상징·신화·장르·문학사의 구성물임을 이해해야 한다는 것이다. 외재적 방법이 언어의 비순수성과 현실 지시성, 그리고 삶의 존재론적 연관 때문에 연결

되지 않을 수 없는 다른 영역들과 문학의 관련성을 탐구하는 것이라면, 이 비순수한 언어를 사용하는 문학이 문학이기 위하여, 다시 말해 그 비순수성을 털어내고 궁극적으로 문학성을 확보하기 위해 창안해내야 하는 문학적 장치들을 대상으로 삼는 것이 내재적 방법이다. 이렇게 웰렉과 워런은 문학과 현실의 연결 방식, 비유적으로 말하면 밀면서 끌어당기는 짝힘의 모순적인 긴장 위에서만 존재하는 그 독특한 방식에 대한 탁월한 인식 위에 자신들의 문학론을 펼쳐놓았다. 그럼에도 불구하고 60년대의 순수·참여 논쟁에 있어 내재적 접근 방법의 가능성이 모색되지 않았던 것은 어떤 이유에서일까? 결코 이해력의 모자람 탓은 아닐 것이다. 아마도 이것이 가리키는 바는 60년대 상황의 고뇌의 무게가 아닐까? 인식은 관심으로부터 비롯되고 관심은 상황 속에서 형성되는 것이라 할 때, 60년대의 한국 사회가 직면하고 있었던 상황에서 언어의 문제, 다시 말해 문학의 문학성을 탐구한다는 것은 관심의 우선순위에서 한참 밀려나 있을 수밖에 없었던 것이었으리라. 그러나 이러한 사정을 십분 감안한다 하더라도 상황적 이유로 말미암아 문학 자체를 조명할 수 있는 내적 이론이 배제된 현실, 『문지』가 샤머니즘이라 명명한 것은 바로 이런 사태가 아니었을까?

샤머니즘이란 것을 간단하게 미신에 근거한 주술적 정신이 만들어내는 세계관의 이념형적 표현이라 한다면 그것은 동서양을 막론하고 전근대적 사고방식이 뿌리내리고 있었던 정신 상태를 일컫는 것으로 이해할 수 있다. 다시 말해 근대와의 대립적 시각에 포착된 전근대적인 모든 것을 압축하여 담고 있는 정신의 그릇이 샤머니즘인 것이고, 이런 의미에서 그것은 모더니즘과 대립된다. 예컨대 서구의 경우 근대는 과학의 이름으로 종교를 미신으로 격하시키는 방식으로 '종교와의 투쟁'이라는 근대의 프로젝트를 수행해나갔다. 잘 알려진 바와 같이 막스 베버는 근대화의 의미를 종교까지를 포함하는 일체의 미신과 주술적 세계관으로부터의 이탈 과정으로 규정한다. 이렇게 근대주의자들의 시각에 따라 서구의 전근대를 샤머니즘의 세계로 이해할 수 있다면 우리의 전근대를 샤머니즘의 세계로 규정하는 것은 훨씬 쉬운 일일 것이다.

그렇다면 샤머니즘과 대립되면서 전근대와 근대를 구분짓는 근대성의 내용은 어떤 것인가? 『문지』가 이것의 판별 기준으로 내세운 것은 '개인의식'이었다. 이 '개인의식'은 세대 논쟁의 도화선인 동시에 이 논쟁을 통해 『문지』 동인들이 거둘 수 있었던 수확물이기도 했다. 세대 논쟁의 발단은 1969년 김주연이 발표한 「새 시대 문학의 성립」이라는 글로부터 비롯한다. "허위의 타파를 외치다가 자기에 대한 정당한 인식을 못하고 마침내 허세의 포즈로 떨어져버린 50년대의 문학은 60년대에 들어와 '극기'와 '자기 세계'를 작가의 관심으로 들고 나온 김승옥의 「생명 연습」을 계기로 문학에서의 현실의 의미부터 전면적으로 새로 검토되는 국면으로 들어간다"[3]고 당당하게 주장하면서 김주연은 60년대 문학이 50년대적 '현실'의 공통분모로 약분되기를 정면으로 거부하고 나섰다. 문학에 있어 현실이란 무엇인가? 그것은 결코 수동적으로 체험되는 주어진 현실을 의미하는 것일 수 없다. 그것은 적극적으로 체험되고 의식에 의해 걸러져 언어로 형상화된 현실이 아니면 안 된다. 수동적으로 체험되기만 할 뿐인 주어진 현실 속에서 주체는 어디에, 어떻게 존재하는가? 이러한 물음에 김주연은 이어령의 표현을 빌려 그것을 '무중력의 상황'이라고 못 박는다. 그리고 김주연은 "'무중력의 상황'에 놓인 50년대 작가들은 눈앞의 현실을 지나치게 위기로 받아들이는 우를 저지른다. 그들에게 있어 중요한 것은 문학이 언어로 된 하나의 질서라는 사실보다 그들 생애의 충격을 담는 그릇으로 보였다는 점이다"[4]라고 날카롭게 질타한다. 그리고 이 체험적 현실에서 언어로 된 질서로의 굴절 작용의 중심에 개인의식을 위치시킨다. 현실에 대해 주체(개인)를, 체험에 대해 의식과 언어를 내세우는 김주연의 주장은 이미

---

3) 김주연, 「새 시대 문학의 성립」, 『상황과 인간』, 박우사, 1969, p. 217.
4) 같은 글, p. 216.

이것만으로도 충분한 변별성을 확보하는 데 성공하고 있지만, 그러나 변별성만으로 충분한 것은 아니다. 만일 이러한 변별성만으로 세대를 가르는 구획선이 선명히 그어질 수 있다면 세대 논쟁의 발단은 김승옥의 「생명연습」이 발표된 60년대 초로 거슬러 올라갔어야 할 것이다. 그러나 아직 김승옥만으로는 새로움의 징후일 뿐 새로움 자체, 혹은 새로움의 전부일 수는 없었다. 그것이 새로움이 되기 위해서는 마치 50년대 작가들에게 '현실'이라는 것이 그랬던 것처럼 많은 단위 분모들을 수렴해낼 수 있는 공통분모로 확산되어야 했다. 그러므로 김주연이 「새 시대 문학의 성립」에서 김승옥을 필두로 박태순·서정인·이청준·박상륭을 끌어들여 '개인의식'이라는 주제에 용해시켜 논하는 것이나 시에서 김춘수·마종기·정현종·황동규를 논하고 비평에서 김현·염무웅·김우창의 가능성을 강조함에 있어 이러한 나열식 논의가 의도했던 것은 무엇보다도 60년대적 문학 의식의 확산에 대한 확인이었고 또 이에 대한 자신감의 표출이었던 것이리라. 이렇게 주체성에 대한 강한 자각과 견고한 의식의 자신감 쪽에서 볼 때, 다만 주어진 현실 속에서 당한 '생애의 충격'에 혼미해 있는 50년대적 문학 의식이 패배주의의 소산으로 비칠 수 있었으리라는 것은 무척 자연스럽다.

그러나 문제는 이렇게 현실에 패배하는 개인이 유독 50년대만의 산물이 아니라는 점이다. 『문지』 동인들의 시각에서 볼 때 유감스럽게도 한국의 근대 문학은 그 초기에서부터 이러한 미성숙한 개인들에 의해 형성되어온 것이다. 그 대표적인 예가 이광수나 최남선 같은 인물이거니와, 이들은 '타인에의 의존'[5]을 절대로 필요로 했던 피상적 인텔리로 시종일관함으로써 친일로의 변절이라는 그들 자신의 비극을 초래했을 뿐 아니라 주체적 개인의식의 형성을 가로막은 인물로 평가된다. 작중 인물들의 의식과 작

---

5) 김현, 「한국 개화기의 문학인」, 『현대 한국 문학의 이론』, 민음사, 1972, p. 203.

가의 의식을 같은 범주에 넣어 이해하는 방식에 문제를 제기할 수 있을 것이고, 또 50년대적 상황과 식민지 상황의 역사적·사회적 맥락이 다르다는 점을 지적할 수도 있겠으나, 아무튼 근대 문학의 초기부터 60년대까지 이어지는 개인의식의 미성숙이라는 현상은 사고의 미분화(未分化)를 초래하고, 또 사고의 미분화는 대상에 대한 맹목적 신앙[6]을 부름으로써 샤머니즘과 패배주의라는 곰팡이가 서식하기 좋은 음습한 환경을 조성한다는 것이다.[7]

『문지』가 샤머니즘에 맞세워 근대성의 요체로 제시하는 것은 개인의식이다. 이러한 관점에서 볼 때 한국 근대 문학에서 성숙한 개인의식을 보여주는 대표적인 작가는 염상섭과 채만식이다. 이들로 하여금 성숙한 개인의식을 지닐 수 있도록 해준 것은 주체성에 대한 확고한 인식이었다. 그들은 "자기가 서 있는 위치를 냉정하게 확인"[8]함으로써 현실의 주체로 발돋움했고, 또 문학이 "자기 표현의 방법"[9]이라는 사실을 투철히 자각함으로써 문학의 주체로 자리 잡았다는 것이다. 이것은 가령 자신이 쓴 소설을 여기(餘技)의 산물로 폄하하면서 자신은 문사가 아니라고 우겼던 이광수의 태도와 선명한 대조를 이룬다. 이렇게 개인의식을 근대의 대표적인 이념형으로 삼는 『문지』의 인식론적 틀은 한국 근대 문학 전체에까지 확대 적용된다. 이는 『문지』 동인들이 개별적인 방식으로 발표한 여러 글들을 통해서도 확인되는 바이지만, 이를 입증하는 단적인 예는 다름 아닌 김윤식과 김현 두 사람이 공동 집필하여 『문지』에 연재한 『한국문학사』이다. 이 『한국문학사』는 아마 『문지』가 거둔 최고의 성과로 평가되어 손색이 없을 훌륭한 업적이거니와, 이것이 우리나라의 자주적 근대성을 주장할 수

---

6) 춘원과 육당의 경우, 이 맹목적 신앙의 대상은 서구(西歐)였다.
7) 김현, 「한국 문학의 양식화에 대한 고찰」, 같은 책, p. 38.
8) 김현, 「식민지 시대의 문학·1」, 같은 책, p. 216.
9) 같은 글, p. 217.

있는 근거로 찾아낸 것이 조선 시대 영·정조 간의 가족 제도의 혼란과 이로부터 파생되는 개인의식이었다는 사실은 근대성의 요체를 개인의식으로 파악하는 『문지』의 인식이 문학사 서술에까지 반영되었음을 극명히 입증한다.

그러나 『문지』의 인식론적 태도에 있어 주목할 만한 사항이 선명하게 부각되는 것도 바로 이 지점에서이다. 개인의식이라는 것이 시민 사회의 이념형으로 더 적합한 것임을 떠올릴 때 정치적·사회적 민주화의 숙원을 시대의 과제로 떠안고 있었던 60년대의 문학 의식으로 개인의식을 부각시키는 것은 문학과 현실을 동시에 아우를 수 있는 탁월한 선택일 수 있었다. 그러나 이것을 식민지 시대의 문학, 더 나아가 한국 근대 문학 전체의 이념형으로까지 확대시키는 것은 얼마나 적절하고 타당할 수 있을까? 예컨대 염상섭과 채만식에게서 찾아볼 수 있는 성숙한 개인의식이라는 것이 얼마나 1930년대 한국 사회의 보편적인 이념형으로 확대될 수 있는 것일까? 김현이 말하는 것처럼 개인의식이 '타인과의 거리'[10]에서 생겨나는 것이고, 개인의식 위에서 성립하는 사고 또한 '타인과의 거리'를 전제로 하는 것이라면, 염상섭과 채만식의 개인의식이란 1930년대의 한국 사회가 처해 있었던 식민지 상황과의 거리 두기를 통해, 혹은 식민지 상황을 타자화함으로써 그들만이 지닐 수 있었던 소외된 의식이었다고 할 수는 없을까? 그러나 지금 이 자리에서 이것은 하나의 가설적인 의문일 뿐이고, 염상섭과 채만식에 대한 개별적이고 심층적인 연구를 필요로 하는 문제이다. 지금 이 자리에서 긴요한 것은 『문지』가 이렇게 개인의식을 확대시켜 강조하는 데에는 예컨대 식민지 상황이나 군사 독재와 같은 열악한 현실일수록 그 현실에 무반성적으로 몰입해 들어가는 태도가 패배주의로 귀결될 공산이 더 크다는 우려가 작동하고 있는 것이라는 점을 이해해두는 일이다. 현실

---

10) 김현, 「한국 문학의 양식화에 대한 고찰」, 같은 책, p. 38.

은 실천적 투쟁의 장이기에 앞서 인식론적 대결의 장이지 않으면 안 된다. 달리 말하면 현실은 즉자적이 아니라 대자적인 방식으로 이해되고 파악되어야 하는 것이다. 이러한 대자적 현실 인식에 필수적인 전제가 거리라 한다면, 이 거리 두기란 현재의 즉자적 현실에 대한 거리 두기임과 동시에/반면에 미래의 대자적 현실로의 투기라는, 일견 상호 모순적이고 이율배반적인 역설을 한 몸으로 수행하는 자세를 일컬음에 다름 아니다. 가령 조선 후기 사회의 사회적 모순은 당대 지식인들에게 어떻게 포착될 수 있었는가? 그리고 이렇게 포착된 모순에 대한 인식은 어떻게 한국 근대사와 근대 문학의 원동력이자 시발점으로 자리매김할 수 있게 되었는가? 과연 냉철하고 객관적인 인식론적 자세와 이로부터 열리는 미래로의 실천적 지향성이 없었다면 이것이 가능할 수 있었을까? 이렇듯 『문지』의 인식론은 대상에 대해 우위성, 메타성을 지니는 주체에 대한 강조 위에 수립된 인식론이었다. 그리고 이 주체의 우위성, 메타성이 필요로 하는 거리를 확보할 수 있도록 해주는 것이 문학이고 언어였다. 이런 점에서 『문지』의 사유와 실천은 철저히 문학을 통해, 문학의 이름으로 행해지는 사유였고 실천이었다. 그러나 이러한 주체의 우위성에 대한 강조, 그리고 문학의 이름으로 행해지는 실천의 제한된 영역으로 말미암아 『문지』에 항상 엘리트주의니 순수니 하는 꼬리표가 붙어 다녔던 것은, 합당하지 않지만 어쩔 수 없는 일이었다.

『문지』의 언어 의식은 매우 각별한 것이었다. 한글 첫 세대로서의 자각과 강한 자부심은 『문지』 동인들로 하여금 예리한 언어 의식을 가다듬게 만들어주는 특별한 요인이었다. 『문지』 동인들의 언어 의식은 그들의 개별 평론들을 통해 잘 드러나지만, 이들의 언어 의식이 『문지』 간행에 관여한 다른 측면은 구조주의의 수용 양상에서 찾아볼 수 있다. 그러나 『문지』의 구조주의 수용에는 언어 의식만이 아니라 주체를 강조하는 인식론 또

한 함께 작용하고 있다. 『문지』의 언어 의식과 주체성은 서로 원근법적 구도에 자리 잡으면서 구조주의 수용 방식의 지침 역할을 하고 있다. 『문지』 창간호에는 시의적인 면에서 주목해야 할 두 편의 글이 실려 있는데, 하나는 김현의 「한국 소설의 가능성」이고 다른 하나는 롤랑 바르트의 글을 번역한 「작가와 지식인」이라는 글이다. 이 중 '리얼리즘론 별견'이라는 부제가 붙어 있는 김현의 글은 『문지』가 창간되던 그해 4월 『사상계』를 통해 열렸던 '4월 혁명과 한국 문학'이라는 제목의 좌담회에서 제기된 문제의 연장선상에 놓이는 글이다. 그 상세한 경과를 여기에 소개할 필요는 없겠으나, 구중서·김윤식·김현이 참석했던 이 좌담의 논의를 발전시켜 구중서가 『창작과비평』 여름호에 「한국 리얼리즘 문학의 형성」이라는 글을 발표하자 김현 또한 『문지』 창간호인 가을호에서 이 글을 통해 리얼리즘에 대한 자신의 견해를 상세히 개진하고 있는 것이다. 리얼리즘 논쟁은 순수·참여 논쟁의 연장선 위에 놓이는 것이라 할 수 있지만, 순수·참여 논쟁이 개인의 윤리적·실천적 선택에 대한 추궁이 지나쳐 작가의 사상성까지를 문제 삼는 저열한 단계로까지 파급될 위험성을 지니고 있었던 것임에 비해 리얼리즘 논쟁은, 여기에도 이와 비슷한 문제가 아주 없는 것은 아니지만, 그래도 문학 이론의 영역으로 논의를 수렴시킬 수 있다는 안전판을 지닐 수 있는 것이었다. 김현의 글 또한 리얼리즘에 대한 넓고 탄탄한 이론적 기반 위에서 자기의 주장을 펼치고 있는 글이다. 이에 비해 번역된 글이기에 그 비중에 있어 덜 중요하게 여겨질 수도 있겠으나 그 잠재적 파장에 있어 보기보다 의미심장한 글이 롤랑 바르트의 글이다. 작가에게 있어 행위의 의미, 실천의 의미를 글쓰기에 대한 것으로 분명하게 한정하고 있는 이 글은 순수와 참여의 문제, 리얼리즘의 문제 등에 대한 『문지』의 입장을 간접적으로 드러내는 동시에 그 입장이 기대고 있는 이론적 지주가 구조주의임을 우회적으로 밝히고 있는 것으로 해석할 수 있는 글이다.

『문지』의 입장에서 구조주의는 대략 세 가지 커다란 전략적 목표에 기여할 수 있는 유용한 도구였다. 구조주의는 첫째, 비평 방법의 다양화를 기하면서도 그것들을 하나의 공통분모로 수렴할 수 있게 해주는 울타리였고, 둘째는 한국 문학의 주변성과 종속성의 극복이라는 과제를 수행하는 데 매우 적합한 이론적 지주가 될 수 있었고, 셋째로는 『문지』의 문학관을 지탱하고 발전시키는 데에 있어 든든한 동반자가 될 수 있었다. 첫 번째 사항이 서로 개성과 전공과 특장(特長)을 달리하는 네 명의 비평가를 결속시킬 수 있게 해주었던 것임과 동시에 『문지』가 열려 있는 잡지로서의 성격을 유지할 수 있게 해주었던 것이라면, 두 번째 사항은 문학사에 대한 새로운 관점의 수립에 지대한 공헌을 한 것이었다. 김윤식·김현의 『한국문학사』가 문학사 기술의 방법론적·이론적 전제로 내걸었던 '한국 문학은 주변 문학을 벗어나야 한다'는 명제, '한국 문학은 개별 문학'이라는 명제 등은 구조주의적 시각의 확보에 힘입어 표방할 수 있었던 것이다. 마지막으로 세 번째 사항은 특유의 날카로운 언어 의식을 자신들의 변별적 특질로 내세웠던 『문지』 동인들의 문학관이 구조주의에 대해 지닐 수 있었던 친근성을 일컬음이다. 창간호에 실린 바르트의 글도 언어 사용 방식의 기준에 입각하여 문학의 영역을 다른 지적 활동 영역과 구분하는 방식에 있어, 문학을 '언어의 질서'로 파악하는 『문지』의 태도와 일맥상통하는 것이었다. 그러나 구조주의가 이렇게 다양한 용도로 수용됨으로써 그것의 외연이 무척 확대될 수밖에 없었던 것도 사실이다. 그러나 보다 중요한 사실로서, 이 같은 구조주의 외연의 확대에는 주체성의 강조에 그 역점이 놓이는 『문지』의 인식론이 이러저러한 필요의 충족을 위한 것보다 한층 더 필연적인 이유로 작용하고 있는 것으로 보인다. 이제 이 점을 살펴보도록 하자.

창간호에 바르트의 글을 번역, 게재함으로써 간접적으로 드러난 구조주의에 대한 『문지』의 경사는 창간호에 이은 제2호에 이규호의 「구조주의와 문학」이라는 글이 게재되는 것을 통해 한층 더 명확해진다. 그러나 여기까지일 뿐, 그 중요한 의미에도 불구하고 구조주의에 대한 관심은 이어지지 않는다.[11] 여기서 구조주의 자체를 다루고 있거나 구조주의에 대한 관심의 자장 안에 포함되는 글들의 수록 양상을 간단히 살펴보도록 하자. 창간호와 제2호에 이어 21호에 가서 장 리카르두의 「문학은 무엇을 할 수 있는가」라는 글이 번역되어 실린 것과 동시에 이 글과 관련된 김현의 「시의 언어는 과연 사물인가」가 실려 있고, 이에 이어 25호에서 27호까지 3회에 걸쳐 츠베탕 토도로프의 「구조시학」이 곽광수의 번역으로 실려 있다. 프랑스 유학을 마치고 돌아온 김치수가 26호에 「분석비평 서론」, 30호에 「문학과 문학사회학」, 37호에 「산업 사회에 있어서 소설의 변화」라는 글을 발표했고, 34호에는 김현의 「문학적 구조주의」가 실려 있다. 구조주의의 발상지가 프랑스인 만큼 구조주의와 관련된 글들의 필자가 김현과 김치수 두 불문학자에게 편중되어 있는 것은 불가피한 일일 것이다. 이에 덧붙여 특기할 것은 곽광수의 「바슐라르와 상상력의 미학」이 그 내용상의 이질성에도 불구하고 구조주의에 대한 관심과 병행하는 관심의 맥락 속에서 15호, 18호, 21호, 23호에 연재되었다는 사실이다.

구조주의라 할 때 그것의 본령은 아무래도 언어학적 구조주의다. 구조에서 중심과 주체의 개념을 제거하고 구조라는 것을 그것을 이루는 구성 요소들 사이의 기능적 관계망으로 엄밀하게 파악할 수 있도록 해주는 것은 소쉬르의 구조주의 언어학에 직접 그 발상의 뿌리를 두고 있는 언어학적 구조주의이기 때문이다. 그러나 앞서 살펴본 바를 놓고 볼 때 이 언어학적 구조주의에 속하는 글은 창간호에 실린 바르트의 글 외에 25~27호에 실린 토도로프의 「구조시학」 한 편뿐이다. 그 밖의 글들은 문학사회학이나 바슐라르의 상상력 이론에 관한 것인데, 이것들을 구조주의로 수렴

---

11) 아마 이런 점에서 『문지』에 구조주의가 중요한 기여를 했다는 필자의 주장이 자의적이라는 비판을 받을 소지도 있어 보이지만, 지금으로서는 이 자리에서 미진할 수밖에 없는 부분의 논의를 보완할 수 있는 기회를 기약할 수밖에 없다.

시키려 할 때 우리는 그것을 확산된 구조주의라 불러야 할 것이다. 그러나 여기서 조금 더 생각해보아야 할 점은 이것들이 모두 다 구조주의로 이해되었었다는 사실이다. 프랑스의 구조주의 비평을 우리나라에 소개하고 있는 선구적인 글인 J. P. 리샤르의 「불란서 문학비평의 새로운 양상」이라는 글을 보자. 『창작과비평』 17호에 게재된 이 글에서 리샤르는 "현대 비평은 모두 구조적"이라고 단언하면서 이 구조적이라는 공통분모가 "풀레, 바르트, 또는 뤼시엥 골드만 같은 서로 그렇게 다른 비평가들을 접근시키고 있는 것"[12]이라고 설명한다. 이들만이 아니라 구조적 비평가의 범주 속에는 리샤르 자신은 물론 모리스 블랑쇼, 장 스타로벵스키, 장 루세, 가에탕 피콩 등의 비평가와 함께 심지어는──부분적인 이유에서이기는 하나──사르트르까지도 포함된다. 그러나 이렇게 됨으로써 구조 개념의 규정에 소홀히 보아넘길 수 없는 혼란이 빚어진다는 것은 길게 말할 필요도 없는 일이다. 가령 리샤르가 풀레, 바르트, 골드만 같은 이름들을 언급하며 이들을 구조적이라는 동일 항목에 포함시켰을 때, 이때 리샤르가 생각하는 주된 구조 개념의 의미는 부분과 전체의 관계 정도의 의미에 지나지 않는다. 또 리샤르의 글에서는 언어학적 구조주의가 제거하려 하는 기원에 대한 탐색까지를 구조적이라고 설명하고 있기도 하다. 어쩌면 구조 개념에 대한 이 같은 다른 규정은 리샤르 자신이 이 글을 쓰면서 염두에 두고 있었던 것인지도 모른다. 이 글에서는 정작 구조주의의 본령이라 할 수 있는 언어학적 구조주의에 대해서는, 그것의 용어를 다수 차용하고 있음에도 불구하고, 일언반구의 언급도 없기 때문이다.

그런데 우리의 입장에서 주목해야 할 또 다른 사실은 우리나라에 있어 구조주의에 대한 소개가 거의 전부 다 이런 방식으로 이루어졌다는 사실이다. 한 예로 1973년 9, 10, 11월호 『세대』지에 연재되었던 곽광수의 「현

---

12) J. P. 리샤르, 이휘영 역, 「불란서 문학비평의 새로운 양상」, 『창작과비평』 1970년 봄호 (통권 17호), p. 88.

금의 프랑스 문학비평」에서도 "우리는 신비평이 전반적으로 구조적인 발상에 의해 지배되어 있다고 말할 수 있다"고 전제하고 "모든 신비평의 경향에 있어 문제되어 있는 것은 작품의 본질적인 구조가 무엇인가라는 점"[13]이라고 부연 설명한 뒤, 샤를르 모롱의 정신분석적 비평, 뤼시엥 골드만의 사회학적 비평, 롤랑 바르트의 구조주의적(형식적) 비평, 세르주 두브로브스키의 실존주의적 비평, 가스통 바슐라르로부터 기원하는 테마 비평 등을 모두 구조주의적 비평에 통합시키고 있는 것이다. 『문지』 34호에 실린 김현의 「문학적 구조주의」도 약간의 뉘앙스의 차이는 있으나 이러한 틀을 답습하고 있기는 마찬가지다. 여기서 김현이 이해하고 있는 문학적 구조주의의 영역이 어디까지 닿아 있는 것인지 직접 보도록 하자.

문학적 구조주의는 구조언어학과 형태주의[14]에서 그 이론적 근거를 빌려 오고 있다. 엄격한 의미에서 문학적 구조주의자는 롤랑 바르트, 츠베탕 토도로프, 제라르 주네트 등으로 압축될 수 있겠으나, 이미지의 유형학을 세운 바실라르, 정신분석학의 도움을 받고 있는 모롱·베베르, 사회학적 지식의 도움을 받고 있는 골드만 등도 넓은 의미의 문학적 구조주의자라 할 수 있다.[15]

여기서 눈에 띄는 것은 김현이 엄밀한 구조주의와 확산된 구조주의를 구분하고 있다는 점이다. 이 구분에 입각해볼 때 『문지』가 보다 넓게 수용하고 소개한 것은 확산된 구조주의다. 엄격한 의미의 구조주의 대신 넓은 의미의 구조주의를 선택해야 했던 특별한 이유가 있는 것일까? 『문지』가 예리하게 지니고 있었고, 또 변별성으로 내세웠던 언어 의식에 비추어서라

---

13) 곽광수, 「현금의 프랑스 문학비평」, 『문학·사랑·가난』, 민음사, 1978, p. 67.
14) 러시아 형식주의를 가리킴.
15) 김현, 「문학적 구조주의」, 『문학과지성』 1978년 겨울호(통권 34호), p. 1211.

면 엄격한 구조주의의 수용이 더 적절한 선택이 아니었을까? 그렇다면 엄격한 구조주의와 확산된 구조주의를 갈라놓는 차별성의 내용은 어떤 것인가? 가장 중요한 차이는 무엇보다도 주체 개념의 유무의 차이일 것이다. 언어학적 구조주의, 즉 엄격한 구조주의에 있어 주체의 절대성은 인정되지 않는다. 주체란 의사소통 구조에 참여하는 여러 다른 구성 요소들과 동등한 상대적 지위를 지닐 뿐이고, 또 대화성의 구조 속에서 주체는 객체의 지위와 수시로 호환되는 임시적 지위에 지나지 않는다. 문학에 있어 기원과 중심으로서의 작가의 지위가 부정되는 것도 이 때문이다. 그러나 확산된 구조주의에 있어 주체는 여전히 절대적 중심으로서의 지위를 굳건히 유지한다. 언어학적 구조주의가 적어도 그 이론적 목표와 시도에 있어서는 데카르트적 코기토에 대한 도전과 부정이었음에 비해[16] 다른 구조주의에 있어 주체는 그 성격을 거의 변함없이 유지하고 있다. 다시 리샤르의 글에 의거하여 말하면 실존적 정신분석 비평이 파헤치려 하는 존재의 기획 projet d'être, 바슐라르의 상상력의 정신분석이 수립하는 현상학적 자아, 또는 이러한 종류의 무의식을 거부하고 심리적 현상을 의식의 움직임의 산물로 파악하는 조르주 풀레가 포착하고자 하는 "'나 je'의 부동하고 내적인 초월",[17] 그리고 문학을 한 개인의 표현물이 아니라 작가가 속한 계급의 세계관의 표현으로 이해하고자 했던 골드만에게 있어서도 결국 인정될 수밖에 없는 '예외적 존재'로서의 작가의 지위 등.

『문지』는 구조주의를 수용하고 구조 개념을 이용하면서도 주체의 개념을 버릴 수는 없었다. 여기에는 다시 『문지』가 60년대 문학의 이념형으로 추출하여 한국 근대 문학 전체를 관통하는 이념형으로까지 발전시키고자 했던 '개인의식'의 필요조건이 개입되어 있는 것으로 보인다. 이 '개인의식'이 현실을 이해의 차원에서 장악하고 이에 입각한 유효한 실천을 수행

16) 물론 그 결과에 있어서는 이에 이르지 못했다는 데리다의 비판이 있다.
17) J. P. 리샤르, 앞의 글, p. 94.

해나갈 수 있는 주체성을 의미하는 것이라 한다면, 『문지』에 필요했던 것은 사회와 역사라는 구체적 구조물의 주체로 정립될 수 있는 개인이었던 것이다. 김치수가 개인의식의 중요성을 강조하면서 "지식인은 상황이나 역사에 대해서 의식하면서 한편으로는 자기의 삶과 자기의 태도가 어디에 자리 잡는 것이 정당한가라는 질문에 대한 괴로운 성찰을 하지 않으면 안된다"[18]고 역설할 때 우리는 『문지』가 가다듬어내는 구조가 언어만의 질서, 언어만의 구조라는 추상적인 것이 아니라 사회와 역사를 공시태와 통시태로 삼아 짜여지는 삶의 세계의 구조로 구체화되리라는 사실을 충분히 예견할 수 있다. 김치수의 정언적 명제는 그러므로 70년대 한국 사회 구성원들 개개인들에 대한 호소인 동시에 그 시대를 살았던 『문지』 자신을 비추는 거울이기도 했던 것이다. 『문지』의 시각에서 볼 때 70년대는 군사 독재 정부의 강압적인 이데올로기와 일정한 경제 발전의 성과에 따른 대중 사회화의 경향 속에서 의식의 마비라는 우려하지 않을 수 없는 현상의 조짐들이 다양한 양태로 표출되기 시작하는 시대였다. 문학은 이것을 일깨워야 했고 또 이 각성의 힘을 바탕으로 역사의 전환을 도모해야 했다. 이러한 소명에 따라 『문지』는 문학의 이름으로 현실을 부정하면서 그 부정의 변증법을 역사의 진행 동력으로 삼고자 한 프랑크푸르트 학파의 이론적 도움을 받아. 그리고 김현 개인으로는 토머스 쿤의 패러다임 이론이나 바슐라르의 인식론적 단절 같은 개념의 차용을 통해 새로운 구조가 낡은 구조를 감싸면서 전진해나가는 것이라는 '감싸기 이론'을 고안하여 구조주의의 약점인 역사성의 결여를 보완하고자 했다. 구조주의뿐만 아니라 프랑크푸르트 학파의 수용 방식에 있어서도 『문지』는 그것이 놓여 있는 현실적 상황에 대한 정밀한 참조에 입각한 주체적이고 창조적인 수용의 한 범례를 보여주고 있다. 그러나 이러한 과정에서 『문지』의 언어 의식에 있어 언어

---

18) 김치수, 「식민지 시대의 문학·2」, 『현대 한국 문학의 이론』, p. 232.

개념이 문학의 문학성을 규명할 수 있게 해주는 질료로서가 아니라 작가의 개별성을 돋보이게 하는 사적 자산으로서의 의미에 머무를 수밖에 없었던 것은, 이 또한 안타깝지만 어쩔 수 없는 일이었다. 그전 시대와 마찬가지로 70년대 한국 사회의 상황과 역사도 아직 문학을 언어의 질서, 언어의 구조로 이해하는 것을 한가한 짓이라 생각하지 않을 수 없도록 만들었던 것일까?

그 암울한 시대가 끝나고 새로운 밝은 역사가 시작되는 것처럼 보였던 짧은 시기에 김현은 그때까지의 비평을 반성하며 이렇게 토로하고 있다.

나는 이제야말로 문학비평가가 정말 해야 하는 것은 무엇인가를 명확하게 생각해야 할 시기라고 생각한다. 반체제가 상당수의 지식인들의 목표이었을 때, 문학비평이 무엇이냐는 질문은 사치스럽기 짝이 없는 질문처럼 생각되었다. 그러나 이제는? 문학은 그 어느 예술보다도 비체제적이다. 나는 그것을 문학은 꿈이다는 명제로 표현한 바 있다. 문학이 있다는 것만으로도 사회는 꿈을 꿀 수가 있다. 문학이 다만 실천의 도구일 때 사회는 꿈을 꿀 자리를 잃어버린다. 꿈이 없을 때 사회 개조는 있을 수가 없다. 문학비평은 문학비평이 문학비평으로 남을 수 있게 싸워야 한다. 그 싸움과 동시에 문학비평은 문학비평이 정말 할 수 있는 것은 무엇인가, 문학비평이란 무엇인가라는 자신에 대한 질문과도 싸워야 한다. 80년대에 문학비평은 무엇일 수 있을까, 80년대의 앞자리에 나는 그 질문을 나에게 되풀이하여 던진다.[19]

비평이 비평다워야 한다는 김현의 역설은 문학이 문학다워야 한다는 사실의 강조와 조금도 다르지 않다. 문학다운 문학에 대한 비평다운 비평!

---

19) 김현, 「비평의 방법」, 『문학과지성』 1980년 봄호(통권 39호), p. 171.

혹은 비평다운 비평으로 문학을 문학답게 만들기! 김현이 꿈꾸었던 것은 이것이었고, 이것을 가능하게 하는 시대와 사회였다. 그러나 그 일을 할 수 있는 시대는 『문지』의 생전에도, 김현의 생전에도 오지 않았다.

권오룡 문학평론가. 1952년 경북 경주 출생. 1979년 『문학과지성』으로 등단. 평론집 『존재의 변명』 『애매성의 옹호』 등이 있음.

『문학과지성』에서 『문학과사회』까지

─계간지 활동의 이념과 지향

정과리

계간『문학과지성』이 창간된 것은 1970년 가을이다. 『문학과지성』은 처음 '일조각'에서 간행되었다. 그로부터 5년 후 1975년 12월 12일 '도서출판 문학과지성사'가 출범하였다. 그러나 계간『문학과지성』은 여전히 '일조각'에서 발행되었다. '문학과지성사' 발행으로 바뀐 것은 '1977년 여름호'(통권 28호)부터이다. 그리고 계간『문학과지성』은 1980년 여름호(통권 40호)를 끝으로 같은 해 가을에 '신군부'에 의해 강제 폐간당한다. 잡지 등록은 '신고제'에서 '허가제'로 바뀐다. 그로부터 2년 후인 1982년 5월에 '문학과지성' 동인들의 제자들을 주축으로 한 20대의 젊은 문학인들이 '부정기 간행물'(일명 Mook)『우리 세대의 문학』을 창간하고 '문학과지성사'에서 발행하였다. 『우리 세대의 문학』은 1년 단위로 간행되었으며 '제5집'(1986년 5월)부터 『우리 시대의 문학』으로 개명하였다. 『우리 시대의 문학』은 다음해인 1987년 6월 '제6집'을 끝으로 마감되었는데, 그것은 같은 해 '6월 혁명'(세칭 '6월항쟁')의 승리의 결과로 잡지 등록이 다시 '신고제'로 환원되었기 때문이다. '문학과지성' 동인들은 두 가지 선택 앞에 놓여 있었다. 계간『문학과지성』을 복간할 것인가 아니면 젊은 문인들이 주도할 새 계간지를 창간할 것인가? 솔로몬은 후자의 손을 들어주었고, 그래서 '우리 시대의 문학' 동인들이 주축이 된 계간 『문학과사회』를 창간하기로 결정된다. 『문학과사회』가 잡지 등록을 마친 것은 공교롭게도 1987년 12월 12일이다. 그리고 1988년 봄에 '창간호'가 발행된다. 『문학과사회』는 현재까지 지속적으로 발행되고 있는데, 도중에 동인 교체가 여러 차례 있었다.

이 글은 『문학과지성』 창간에서부터 『문학과사회』 창간에 이르기까지의 과정을 일별하는 것을 목적으로 한다. 그 과정은 그러나 순탄치 않았고 복잡한 굴곡과 급격한 단절들을 포함하고 있다. 그 모든 면들을 섬세하게 되짚어가면서 과정을 복원해낸다는 것은 쉽지 않은 일이다. 이 글에서는 우선 그 외형의 변천에 근거해 『문학과지성』 그리고 『문학과사회』의 '이념과 지향'을 기술해보려고 한다. 내적 역동성 혹은 내면의 추이에 대해서는 10년 후 혹은 20년 후 다시 '사사(社史)'가 씌어질 때에 검토될 수 있기를 바란다.

1. 공공 영역의 구성: 문예지/동인지/계간지

1970년 창간된 『문학과지성』은 종합 문예지이고 동인지이며 계간지로 출발했다. '종합 문예지'적 성격은 그 이전의 다른 잡지들과 공유하고 있는 것이지만, '동인지'와 '계간지'는 새로운 것이었다. 그리고 마지막 두 가지 특성에 의해 첫 번째 특성에도 예전과 다른 새로운 의미가 스며들게 되었다. 1980년 『문학과지성』이 강제 폐간당한 이후 8년 만에 그 후속 잡지로 창간된 『문학과사회』 역시 그 세 가지 특성을 고스란히 이어받았다. 그러나 시대 분위기는 사뭇 달라서 똑같은 형식도 썩 다른 질적 의미를 함유하게 되었다.

그 이전의 다른 문학 잡지들의 일반적 체제인 종합 문예지를 『문학과지성』이 다시 채택했다는 것은 『문학과지성』 동인들이 스스로를 '문인'으로 인식하고 있었다는 것을 우선 가리킨다. 그들은 문학연구자가 아니라 비평가였다. 그들의 이론적 글쓰기는 창작에 바투 붙어서 개진되었을 뿐 아니라 그들 스스로 자신들의 비평을 특별한 문학적 실천으로 이해했던 것이다. 이러한 종합 문예지적 체제는 개항 이후 오늘날까지 거의 모든 문학 잡지들이 공통적으로 취해온 관행이다. 그러나 『문학과지성』 그리고 그보다 3년 전에 출발한 『창작과비평』이, 그들이 극복하려 한 전 시대의 잡지들의 체제를 따랐다는 것은 특별한 의미를 가진다. 이전의 잡지들에서 문학과 사상은 별개로 나뉘어 있었다. 세상을 상상하는 행위와 세상을 이해하는 행위는 매우 무관했던 것이다. 상상은 이해를 참조하지 않았고 이해는 상상 세계를 오직 이해의 대상으로서만 바라보려 하였다. 그것이 그 이전의 문학적 실천과 학술적 작업(국문학 연구)이 각각 취한 태도였다(백철과 조연현의 조악한 이론이 문학계를 활보할 수 있었던 것도, 정병욱을 비롯한 감수성 없는 학자들의 엉뚱하기 짝이 없는 '오직 음보'론이 튀어나온 것도 그러한 정황 덕택이다). 다만 상상과 이해가 하나로 집약된 곳이 있긴 있었는데 그 자리는 바로 『사상계』이다. 그러나 『사상계』는 문학만을 다룬 것이 아니라 한국의 온갖 현실을 사상의 층위에서 재구성하는 데 힘을 기울인 잡지였다(그 비슷한 것으로 『씨올의 소리』가 있었는데, 그것은 한국의 사상을 현실의 층위에서 창출하는 데 힘을 기울인 잡지이다). 따라서 『사상계』는 문학과 사상의 '차이'를 따질 위치에 있지도 않았고 그럴 필요를 느낄 수도 없었다(역설적이게도 이러한 배경 덕택에 『사상계』는 1950, 60년대 한국 문학에 적지 않은 기여를 하였다).

그런데 『문학과지성』과 『창작과비평』은 그들이 가지고 있는 또 다른 성격, 즉 '동인지' 혹은 '계간지'의 성격이 가리키듯 문학과 사상 사이의 끊어진 고리를 다시 잇는 데서 그들의 출발점을 삼았다. 그것은 그 잡지의 편집인들이 문학적 실천의 장인 잡지가 동시에 현실에 대한 성찰의 장이자 현실 변혁의 모색의 장임을, 더 나아가 그런 성찰과 모색이 한국인 일반의 잠재적 참여하에 토론되는 곳이라는 입장을 가지고 있었다는 것을 의미한다. 다시 말해 이 잡지들은 이글턴적 의미에서의 '공공 영역 public sphere'(이 용어가 본래 하버마스의 것이었다는 것을 새삼 지적할 필요가 있을까?)이었던 것이다. 그리고 당시 학술지들과 사회평론지들이 초년적 상태에 머물러 있었기 때문에 문학 잡지의 그런 성격은 실질적인 효과를 발휘하였다. 적어도 70년대 말까지 문학은 모든 사회적 담론들이 수렴하는 장소였다. 그런 이유로 해서, 두 잡지의 '종합 문예지적 체제'는 그전 잡지들의 그것과 근본적인 성격을 달리하게 된다. 그것은 비평과 창작을 두루 문학적 활동으로 귀일시키는 태도를 보여주기보다는 반성과 상상, 이론과 실천, 문학과 정치, 성찰과 갱신이 한데 어울려나가는 것으로 파악하는 태도를 보여준다. 비평의 역사를 찬찬히 따진 이글턴의 『비평의 기능』[1]과 델포·로슈의 『비평의 역사와 역사적 비평』[2]을 따라가다 보면 이런 태도는 유럽에서도 초기의 근대 비평이 공히 취한 태도였음을 알 수 있다. 그리고 그러한 비평을 끌고 간 사람들은, 어떤 보편적 가치에 기대어, 세계에 대한 이해와 다른 세계에 대한 상상을 하나로 맞물린 톱니바퀴로 이해한 교양인들이었다. 그 '어떤 보편적 가치'란 무엇이었을까? 그것은 천부 인권과 그로부터 분만된 자유, 평등, 박애라는 근대 초기의 인간적 가치들이었다. 그것이 '인간적' 가치라는 것은, 신에게는 필요가 없고, 오직 인간만이, 다시 말해 신에 가까이 가기 위해 아득바득거리는 '생각하는 유한자 짐승'만이 얻으려고 애쓰는 가치임을 뜻한다. 모두가 획득할 수 있다는 전제하에. 왜 '모두'가 획득할 수 있어야 하냐면, 그 '모두'가 인간의 인간됨

1) Terry Eagleton, *The Function of Criticism–From the Spectator to Post-Structuralism*, New York, London: Verso, 1984.

2) Gérard Delfau · Anne Roche, *Histoire/Littérature Histoire et Interprétation du fait littéraire*, Paris: Seuil, 1977; 제라르 델포·안 로슈, 심민화 옮김, 『비평의 역사와 역사적 비평』, 서울: 문학과지성사, 1993.

을 심판하는 최종 심급이기 때문이다. 역사가 보여주듯 이 근대 초기의 이상은 곧 배반당한다. 정확히 말하면, 여전히 상징적 위력을 발휘하면서도 실제적으로는 거듭 훼손된다. 당연히 실제의 현상을 용납하지 못하고 사라진 본래의 이상에 집착하는 사람들이 있었다. 그들은, 그러니까, 원-근대에, 아니 용어상의 혼란을 피하기 위해 원어를 그대로 쓰자면, '원archi-모더니티'에 붙박인 사람들이다. 바로 그들이 이상의 한 점을 설정하고 그 중심 둘레에 사람들을 끌어모아 모더니티의 실제를 비판하는 일을 벌인다.

근대 초기의 비평은, 이글턴에 의하면, 스스로의 정당성을 과학적으로 해명할 수 없다는 궁지에 몰려 대학의 연구에 자리를 내주게 된다. 그러나 이글턴이 착각하고 있는 것은 반성과 상상을, 다시 말해 현실 인식과 미래 전망을 동시에 끌고 나가려고 하는 사람에게 남김없는 과학적 해명은 애초부터 불가능한 것이 된다는 것이다. 그것은 '불확정성의 원리' 속에서 움직이기 때문이다. 오히려 그들에게 중요한 것은 그 확정 불가능이라는 모순의 긴장 속에 얼마나 자신을 투신하느냐의 문제가 아니었을까? 그리고 그런 불확정성을 짐작조차 못하고 남김없는 과학적 해명으로 몸을 돌리는 순간 그 사람은 더 이상 실존의 질감을 포기하고 과거와 현재의 불변의 기록보관소에 유폐되는 것이 아닌가? 다시 말해 그는 시체공시장의 인부가 되는 것이 아닐까? 델포·로슈의 책이 증거하는 것은, 새로운 비평의 활력을 가져온 것은 언제나 비평의 자기모순적인 상황에 집중하는 원초적 자세를 되살릴 때였다는 사실이다. 그게 자신이 배출한 실증주의자들에게 대항하고자 한 랑송 G. Lanson의 최후의 노력이건, '직접적 포착'에 의해 이른바 과학주의자들의 '환상'을 공격한 페기 Ch. Péguy이건 혹은 1960년에 문학비평의 대전환을 촉발한 '2차 신구 논쟁'을 주도했던 바르트 R. Barthes이건.

'문학과지성' 동인들은 원-모더니티에 붙박인 사람들이라기보다 그것에 '눈뜬' 사람들이다. 왜냐하면 모더니티는 그들이 혹은 그들의 선배 한국인들이 만든 게 아니기 때문이다. 모더니티가 바깥에서 들어왔다는 것은 부인할 수 없는 사실이다. 그리고 그것은 우리 삶을 장악했다. 좀 더 정확하게 말하면 모더니티가 한국인의 삶-구성체의 중앙을 차지하게 되었으며 재래적인 것, 혹은 비-모던한 것들은 주변부에 위치하게 되었다. 그런데 모더니티가 진주할 때 거기에는 당연히 실제와 이상이 마구 뒤섞여 있었다. 한국인들은 모더니티를 혼란의 덩어리째로 받아들였으며, 그것에 대해 덩어리째로 열광하거나 혹은 덩어리째로 혐오하였다. 그러나 그런 혼돈스런 수입을 자각적 수용으로 바꾸고, 이상과 실제를 분별하여, 모더니티의 원형에 눈뜬 사람들이 이미 오래전부터 생겨나기 시작했다. 이상(李箱)에서부터 채만식, 손창섭을 거쳐 김수영에 이르는 선을 따라가다 보면 원-모더니티에 대한 한국적 모색의 맥락을 찾아볼 수 있을 것이다. 그러나 그것을 실감의 차원에서 제기하기 위해서는, 다시 말해 그것의 실현 가능성을 육체적 충만으로 느끼기 위해서는 1960년대를 기다려야 했다. 독재 정권을 무너뜨린 경험을 직접 겪은 4·19세대가 그 시대의 주역이었다. 그들의 충만한 경험은 1년 뒤 5·16군사쿠데타와 더불어 한 점의 순간으로 환원되었으니, 그들은 원-모더니티에 붙박인 사람이라기보다 원-모더니티에 눈뜬 경험에 붙박인 사람들이었다. 그 경험이 그들에게 군사 정권의 공적 지배에 대해 적대적인 또 하나의 공공 영역을 창출케 하였다. 그것이 '동인지'의 근본적인 의미이다.

『문학과지성』이 동인지였다는 것은 그 이전의 문학 잡지에 대하여 결정적인 단절을 긋는 행위였다. 우선, 동인지는 문학에 대한 견해를 같이하는 사람들이 모여 만든 잡지이다. 이것을 그들이 처음 한 것은 아니다. 한국 최초의 동인지인 『창조』의 주도자인 김동인에서부터 또렷이 인식되어 있었던 것이다. 『창조』를 "민족 4천 년대의 신문학 운동의 봉화"[3]라고 자부

---

3) 김동인, 「문단 30년의 발자취」, 『신천지』 1948년 3월호~1949년 2월호, 『한국문단사』(영인본), 도서출판 청운, pp. 5~103.

했던 김동인은 염상섭과의 논전을 거치는 가운데 "염상섭, 오상순, 황석우 등이 '동인제'로 『폐허』라는 잡지를 창간"함으로써 "조선에 『창조』에 대하여 『폐허』가 생기고 '창조파'에 대한 '폐허파'가 생기게 되었"음을 특별히 강조하고 있다. 그리고 그 이후에 생긴 『백조』가 『창조』나 『폐허』와 달리 "일정한 주견이나 주장 색채가 없었"으며, "『백조』의 동인들은 모두 갓 중학 출신의 소년들로서 그다지 관심치 않"았으니 "『백조』가 언제 창간되었다가 언제 폐간되었는지는 전혀 기억이 없다"고 쓰고 있다.

그러니까 '동인' 체제의 구성은 동지를 모으는 행위이다. 그것은 반세기 후의 『문학과지성』 동인들에게도 똑같은 의미를 가진다. 그러나 무언가 다르다. 그 점을 이해하기 위해서는, 『산문시대』에서 『문학과지성』에 이르기까지 '동인' 체제의 형성에 가장 힘을 쏟았던 김현의 발언을 검토할 필요가 있다. 그가 보기에 '동인지'는 공동체 의식의 온상이었고 그때의 '공동체 의식'은 '같이 모여 대화하는 의식'이다.

내가 하고 있는 말은, 논쟁은 자료 이해 과정에서 생겨나는 어려움에 대한 토론이어야지, 신념의 확인이어서는 안 된다는 말이다. 대화의 결핍은, 진정한 의미에서의 공동체 의식의 쇠퇴를 가져온다. 공동체 의식이란, 대화에서 싹터 나오는 공감대의 확산이 발휘하는, 같이 있다, 같이 느낀다, 같이 판단한다라는 의식이다. 비평가, 잡지 편집자가 만들어내려고 노력해야 하는 것은 그런 공동체 의식이며, 그런 공동체 의식이 생겨나야, 작가 작품 독자의 관계는 힘있는 문화적 사실이 될 수 있다. 동인지나 계간지의 중요성은 그것들이 그런 공동체 의식을 만들기 쉬운 자리라는 데 있다. 이 글을 쓰면 반드시 누구누구는 읽어줄 것이고, 누구누구가 읽어준다는 것은 그와 같은 생각을 하고 있는 독자들이 읽어준다는 것을 뜻한다라는 의식이 글쓰는 사람에게 생겨날 수 있는 자리가 바로 동인지·계간지들이다. 그 의식을 만들어내지 못하는 동인지나 계간지는 말의 엄정한 의미에서 동인지나 계

간지라 할 수 없다. 그것들은 단지 발표 기관일 따름이다.[4]

그러니까 김현이 말하는 '공동체 의식'은 그에 대한 상식적인 정의를 벗어나고 있다. 그것은 '우리는 하나다, 혹은 형제다'라는 의식이 아니다. 그런 의식 속에서 공동체의 통일성과 공동체 안의 다수성은 신념의 확인에 대한 강력한 지지대가 될 것이다. 반면, 김현이 말하는 공동체 의식은

(1) 우리는 같은 상황 속에 놓여 있다("같이 있다")
(2) 우리는 이 상황을 함께 해결할 공동 운명체다("같이 느낀다")
(3) 우리는 상황을 해결할 최상의 대답을 끌어내기 위해 서로 싸워야 한다("같이 판단한다")

라는 의미에서의 공동체 의식이다. '동인지' '계간지'는 그런 공동체 의식을 만드는 곳이다. 이 공동체 의식의 세부 요소들은 모두 '일치'의 형식으로 표현되었지만 제3요소는 그 일치를 미래로 밀어내는 한편 현재에 불일치를 끌어 넣고 있다. 아니 차라리 '미래'로 밀어낸다기보다 '가두리'로 밀어낸다고 해야 할 것이다. 왜냐하면 "같이 판단"하는 한 그들은 영원히 "논쟁"할 것이기 때문이고, 그때 '같이 판단한다'는 가두리의 성격은 내부의 논쟁을 뜨겁게 달구기 위해 더욱 단단해질 것이기 때문이다. 최상의 금속을 제련해내기 위해 최고의 고열을 견디어낼 수 있도록 고안되는 용광로처럼 말이다.

4·19세대가 성장해 결성한 1970년대의 동인지가 1920년대의 동인지와 결정적으로 다른 점이 여기에 있다. 김현의 위 진술이 김동인의 의식과 다른 점은 두 가지이다. 하나는 방금 말한 '공동체 의식'과 관련되어 있다.

4) 「문학은 소비 상품일 수 없다」, 『두꺼운 삶과 얇은 삶』, 김현 문학 전집 제14권, 『우리 시대의 문학/두꺼운 삶과 얇은 삶』, 문학과지성사, 1993, p. 292.

김동인의 진술에는 『창조』와 『폐허』 그리고 『백조』를 변별하는 의지가 두드러진다. 그 공동체 의식은 배타적 의식, 하나의 형용사가 붙어야 한다면, '좁은' 배타적 의식이다. 우리만이 새로운 문학예술의 본질을 쥐고 있다는 의식이다. 반면 김현의 진술은 공동체 의식을 대화 공간의 창출과 동일시하고 있다. 대화 공간의 창출은 공동체 내부의 의견 불일치를 전제로 한다. 그러면서 동시에 의견의 최종적 일치를 가정한다. 그 불일치에 의해서 대화 공간은 논쟁으로 들끓고 일치의 가정에 의해서 공동체의 가두리는 자꾸 미래를 향해 멀어진다. 그 미래를 공간으로 바꾸면 대화 공간의 창출이 곧 '공공 영역'의 구성이라는 점을 금세 짐작할 수 있다. "이 글을 쓰면 반드시 누구누구는 읽어줄 것이고, 누구누구가 읽어준다는 것은 그와 같은 생각을 하고 있는 독자들이 읽어준다는 것을 뜻한다"라는 의식이 글쓰는 사람에게 생겨날 수 있는 자리가 바로 동인지·계간지들이다"라는 진술이 정확히 가리키는 것이 그것이다. 그리고 이로부터 자연스럽게 두 번째의 다른 점이 나온다. 그것은 1970년대의 동인지들은 새로운 이념의 형성을 꿈꾸었다는 것이다. 그 공공 영역에서의 일치는 미래로 연기된 일치이기 때문이다.

김동인은 그의 회고록에서 『창조』 동인이 한 일을 되풀이해서 강조하고 있는데, 그것은 (1) 순 구어체의 실행과 '과거사(過去詞)'를 채택한 것; (2) '그'라는 인칭대명사의 창안; (3) 재래의 우리말을 전연 다른 문맥에 사용하여 "특수한 기분을 표현"; (4) 통속소설에 반대하고 순문학을 지켰다는 것이다. 그것들이 "4천 년 민족 역사 생긴 이래 신문학을 창간한다는 포부와 자긍" 위에서 한 일이었다. (1)~(3)은 다시 "소설 용어 스타일"을 발명해 "소설의 표준"으로 만들었다는 주장으로 요약된다. 김동인이 한 일은 그 공과를 떠나서 아주 힘겨운 일이었을 것이다. 또한 그러한 노력의 결과는 실제로 소설의 표준으로 자리 잡았으니, 그것이 꼭 『창조』 동인만이 한 일이라고 할 수는 없더라도 어쨌든 그들이 한 일이 역사의 구성에 참여하는 영광을 누렸다고 해야 할 것이다. 그런데 이러한 작업은 하나의 전범을 전제로 했을 때 구상하고 실천할 수 있는 일이다. 그가 '신문학'이라는 이름으로 지칭했던, 일본 소설을 통해서 그 실제적인 표현을 보인 서양의 '소설 novel'이 그 전범이었다. "구상은 일본말로 하고 쓰기를 조선말로 쓰자니"[5]라는 말로 그 작업의 어려움을 토로했던 것은 그가 그 전범에 자발적으로 그리고 실제적으로 포박되어 있었음을 여실히 보여준다. (4)는 그러한 전범의 정수를 지키려고 한 김동인의 의식이 매우 예민했음을 가리키는 현상에 지나지 않는다.

그러니까 김동인 혹은 『창조』 동인은 새로운 이념의 창설자이기를 꿈꾸지 않았다. 엄격하게 말하면, 그 혹은 그들은 수입된 이념의 집행자, 실무 관료였다. 바로 그 때문에 그는 '동인'에는 "뚜렷한 주견과 주장 색채"가 있어야 한다는 것을 거듭 강조했음에도 불구하고 독특한 '색깔' 이상의 구체적인 입장 및 프로그램을 보이지 못했던 것이다. 박영희가 동인지 시대를 가리켜 "[창조파 폐허파 백조파 등으로] 구분해서 부르게 된 것은 그 내면에 무슨 정당파 모양으로 대립되는 것은 별로 없었으며, 또 같은 동인이 똑같은 주의와 경향을 가진 것도 아니었으나 얼른 말하면 친분 관계로 자연히 그리 된 것"[6]이라고 일축했던 것은 한때 '프로 문학'의 맹장이었던 사람의 눈으로는 거기에서 어떤 '주의'를 발견할 수 없었기 때문이었을 것이다. 김팔봉이 『창조』의 문학사적 의의를 문학의 '전문화'라는 관점에서 접근한 것[7]도 마찬가지 맥락에서 이해할 수 있을 것이다.

반면 '문학과지성' 동인들은 주어진 일을 완벽하게 처리하는 관료가 아니었다. 그들이 가장 중요하게 생각한 것은 바로 한국인의 현실에 걸맞은

---

5) 김동인, 앞의 책, p. 16.
6) 박영희, 『초창기의 문단측면사』 제2회, 『현대문학』 제58호, 1959. 10: 앞의 책 『한국문단사』, p. 125.
7) 김팔봉, 『한국 문단측면사』 제2회, 『사상계』 38호, 1956. 9: 앞의 책 『한국문단사』, pp. 220~225.

"진정한 문화"를 수립하는 것이었다. 『문학과지성』 창간호(1970년 가을)의 '창간호를 내면서'는 이렇게 쓰고 있다.

이 시대의 병폐는 무엇인가? 무엇이 이 시대를 사는 한국인의 의식을 참담하게 만들고 있는가? 우리는 그것이 패배주의와 샤머니즘에서 연유하는 정신적 복합체라고 생각한다. 〔……〕 현재를 살고 있는 한국인으로서 우리는 이러한 병폐를 제거하여 객관적으로 세계 속의 한국을 바라볼 수 있는 여건이 형성되기를 희망한다. 그러기 위해서 우리는 한국 현실의 투철한 인식이 없는 공허한 논리로 점철된 어떠한 움직임에도 동요하지 않을 것이며, 한국 현실의 모순을 은폐하기 위한 어떠한 노력에도 휩쓸려 들어가지 아니할 것이다. 진정한 문화란 이러한 정직한 태도의 소산이라고 우리는 확신하고 있으며, 그런 의미에서 우리는 정신을 안일하게 하는 모든 힘에 대하여 성실하게 저항해나갈 것을 밝힌다.

"한국인의 의식" "한국인으로서" "세계 속의 한국" "한국 현실의 모순"에서 되풀이되는 '한국'이라는 어사는 각별히 주목할 필요가 있다. 그것은 '문학과지성' 동인들이 서양 학문과 서양 문학의 세례를 받았으면서도 한국인 나름의 주체적 문화 혹은 이념을 찾으려고 했음을 보여준다. 실제로 그것은 김현 초기의 비평들에서 한국 문화의 이념형을 찾으려는 의지와 자세를 통해 지속적으로 강조된다. 그는 이동주의 「완당 바람」을 비판적으로 검토하는 것으로 시작한 「한국 문학의 가능성」에서 "이념형은 본래 한 사회의 내부의 모순에서 자연 발생적으로 추출되는 것이지 외부에서 주어지는 것이 아니다. 이념형이 외부에서 주어지는 경우는 이 이념형을 육화시킬 계층의 부재 때문에, 그것은 탁상공론에 불과하게 된다"[8]고 주장한

---

8) 김현, 「한국 문학의 가능성」, 『현대 문학의 이론』, 김현 문학 전집 제2권 『현대 한국 문학의 이론/사회와 윤리』, 문학과지성사, 1991, p. 58.

다. 그 주장은 서양의 근대화를 그대로 좇으려 하는 당시의 주도적인 경향에 대한 강력한 반론이었다. 바로 그러한 태도로 인해 한국적 전통으로 회귀하려는 국수주의적 경향과 일방적으로 서양의 모더니티에 압도당하는 패배주의를 하나의 "정신적 복합체"로 파악하면서 "한국인의 의식을 참담하게 만드는" "병폐"라고 비판할 수 있었던 것이다. 그리고 '한국'이라는 어휘의 선택 역시 그러한 태도의 결과였다. '문학과지성' 동인들은 '민족'이라는 용어를 거의 사용하지 않았다. 대부분의 4·19세대가 그랬던 것과 마찬가지로 그들도 한국인의 상실된 주체성을 회복하는 일에 뛰어들었다. 그들 역시 한국인이 개항 이래 거의 한 세기 동안 외세에 휘둘려 살아왔다고 생각하고 있었다. 그것은 김병익으로 하여금, 홍성원·이청준·김승옥 등 4·19세대 소설가들에 대해 "(수난의) 내면화"라는 해석을 제출케 하였고, 또한 '문학과지성' 동인들 전체로 하여금 1970년대 후반에 쏟아진 김원일·유재용·전상국 등의 '분단 소설'들을 외부 이데올로기에 대한 비판이라는 이름으로 부각시키게 했던 것이다. 그들 역시 한국인의 집단적 수난에 민감하였고 그 수난의 극복의 주체로 한국인 집단을 놓았다. 그러나 그럼에도 불구하고 그 한국인 집단을 '민족'이라는 용어로 지칭하지 않았다. 단지 '한국인'이라고 했을 뿐이다. 왜냐하면 '민족'은 고립적으로 제기되는 용어이기 때문이다. 그것은 타자를 고려하지 않는다. 오직, '아'와 '비아'의 관계만 있을 뿐이고 '비아'는 언제나 적대적인 대상이거나 배제되어야 할 대상이 된다. 그들이 '한국'이라는 어휘를 택한 것은 그것이 다른 국가들, 가령 '미국' '중국' '소련' '일본'과의 관련하에서만 고려되는 상대적 개념이기 때문이다. 한국인의 주체성은 그 상관성을 통해서만 수립되는 것이다. '한국'이라는 어휘는 한편으로 한국을 '대상화'하며, 또 한편으로 다른 국가들과는 변별되는 고유한 삶의 구성 단위로 '주체화'한다.

이렇게 정리할 수 있겠다. '원-모더니티'에 '눈뜬' 한국인이었던 '문학과지성' 동인들이 하고자 했던 일은 한국인의 모더니티를 만들어내는 것이었

다. 그 한국의 모더니티는 서양의 모더니티를 통해 배태된 것이긴 하나 그
것과 동일하기는커녕 완벽히 고유한 것으로서 가정된 것이다. 여기에서
'동인'은 한국인의 모더니티가 한국인 전체의 참여 아래 이루어질 수 있다
는 전제하에 설정된 공공 영역의 모형을 이루게 된다. 그렇다면 '동인'은
한국의 모더니티를 형성하기 위한 방법의 실마리를 이룬다. 일을 벌이려
면 멍석부터 깔아야 하는 것이다. 그런데 이 방법은 그들이 발명한 것이
아니다. 그것은 원-모더니티에 붙박인 서양의 문학인들에게서 빌려온 것
이다. 가령, 위고 Hugo의 '세나클', 말라르메 Mallarmé의 '화요회', 브르통
Breton 등의 '초현실주의자들' 또는 솔레르스 Sollers 등의 '텔켈 Tel Quel'
이 그 모델이 되었다. 그들에겐 독자적으로 마련한 멍석이 없었다. 다시
말해 그들은 방법 구성의 첫 단추부터 서양에서 빌려와야 했던 것이다. 이
때문에 이들의 작업이 궁극적으로 모더니티의 형성이 아니라 그것에의 포
박이라는 비판이 있을 수 있다. 그러나 자원과 토양이 다른 곳에서 방법은
변형되고 재구성된다. 실제로 중요한 것은 방법을 빌려왔다는 사실이 아
니라 어떻게 변용하고 재구성했는가이다. 방금 이 글은 방법의 첫 단추에
대해서만 말했을 뿐 그 나머지에 대해서는 아직 일별조차 하지 않았다. 당
연히 방법의 변용과 재구성에 대해서도 하나의 관찰도 없었다. 그것은 '문
학과지성'의 내면의 역동성을 들여다볼 때에 살필 수 있는 문제들이다. 이
글은 거기까지 가지 못한다.

　다만 이 점을 새기기로 하자. 어쨌든 이런 비판은 그동안 산발적으로 자
주 제기되어왔으며, 또한 같은 방향의 비판적 견해들이 점증하고 있는 게
오늘의 추세이다. '문학과지성' 동인들의 입장을 '모더니즘'이라는 한마디
로 요약해서 배제하는 국수주의적 관점을 '나 역시' 배제한다면, 경청할 수
있는 비판적 견해의 핵심은 크게 두 가지로 압축된다. 하나는 모더니티(근
대)를 목표로 하는 이상 4·19세대가 생각한 모더니티는 서양으로부터 유
입된 것과 다를 수 없으며, 따라서 모더니티의 자생성은 불가능하다는 것

이다. 다른 하나는 한국인의 주체성 회복이라는 목표에서 그들은 제3공화
국의 주체들과 다르지 않았으니, 제3공화국의 주도자들이 정치·경제에서
한 작업과 4·19세대가 문학에서 한 작업은 사실상 동일하다는 비판이다.
이 두 가지 비판은『문학과지성』동인들뿐만 아니라 4·19세대 전반, 더 나
아가 1970년대의 한국의 지식계 전체를 겨냥하는 비판들이다. 특히 후자
의 비판은 1970년대에 뿌리를 내리고 오늘날까지도 한국인의 지배적인 사
유로 확산되어 있는 민족주의에 대한 근본적인 부정을 포함하는 비판이다.
따라서 이 비판들에 대한 대답은 별도의 자리에서 긴 시간을 내서 할 수밖
에 없을 것이다. 다만 이 자리에서는 '문학과지성' 동인들이 스스로 그렇게
공언하고 바깥에서도 그 이름으로 묶고 싶어하듯이 4·19세대의 문화적 활
동의 한 핵심을 대표했다는 전제하에, 간단히 나의 생각을 밝히고자 한다.
우선, 첫 번째 비판은 과거에 대해서는 적실하지만 미래에 대해서는 그렇
지 않다는 것이 내 생각이다. 이에 대해서 나는 '인공 선택'과 '장기 생성'
의 개념을 제시한 바 있다. 다음, 두 번째 비판에 대해서는, 사안이 꽤 복
잡해서, 복수의 명제로 대답할 수밖에 없다. 첫째, '주체성'에 대한 욕망은,
인간이라면 누구나 벗어날 수 없다는 것이다. 둘째, 주체성의 욕망과 주체
성의 환상을 혼동할 수는 없다는 것이다. 셋째, 모더니티는 본질적으로
'모순'의 시대이고 그 모순이 모더니티의 동력이라는 것이다. 그 모순을
간과할 때 마담 보바리와 플로베르를 혼동하는 것과 같은 오류가 발생한
다는 것이다. 넷째, 제3공화국의 주도 세력과 문화로 망명한 4·19세대 사
이에는 목표는 같았지만 방법이 달랐거나 아니면 같은 목표와 전혀 다른
목표를 동시에 가지고 있었다고 보아야 한다는 것이다. 그리고 그 차이는
결정적이라는 것이다. 또한 그 차이 안에는 다양한 스펙트럼이 존재하고
있어서, 문화로 망명한 4·19세대 내부에도 결정적인 차이들이 존재하며
서로 길항했다는 것이다.
　또 다른 반론이 있을 수 있다. 세간에 '문학과지성'의 '폐쇄성'이라고 알

려져 있는 그들의 태도 때문이다. 그 폐쇄성은 『문학과지성』이 공공 영역의 시범적 모형이라는 판단을 부정하는 강력한 증거가 아닐까? 이에 대해서는 다음 절에서 다루기로 하자.

'계간지'라는 형식에 대해서 마저 물어보기로 하자. 계간지는 계절마다 발행되는 잡지이다. 그것은 월간지와 반년간지 사이에 위치한다. 당시의 대부분의 문학 잡지가 월간지로 발행되었는데, 『창작과비평』과 『문학과지성』은 계간지로 출발하였다. 꼭 그래야만 할 이유가 있었던 것일까?

우선, 『문학과지성』이 『산문시대』『사계』『68문학』으로 이어지는 동인지 활동의 연장선상에 놓여 있다는 점에서, 계간지는 동인 체제가 하나의 공공적 지반을 확보했다는 것을 가리킨다. 새로운 문학을 만드는 활동의 성격이 불연속성과 우연성으로부터 지속성과 주기성으로 바뀌었다는 것을 뜻하기 때문이다. 그런데 그것이 계절의 주기를 가져야 할 이유는 확실치 않다. 다만 추정컨대 월간지와 비교해 발생하는 두 달의 공백이 어떤 기능을 한다는 것을 짐작할 수 있다. 그 기능은 그 시간이 글쓰는 시간의 길이에 해당한다는 점을 감안하면 숙고의 기능이라고 보아야 할 것이다. 김현은 1970년대에 소설의 길이가 길어지고 있는 현상을 언급하면서 그것은 소설가들이 "세계를 좀 더 폭넓게 이해하고 분석하고 판단하기 시작했다는 한 증거"라고 보고 그것은 작가의 "체험의 폭과 깊이가 넓어지고 깊어졌"다는 것을 뜻한다고 진단한 후에, 그 정황을 가능케 하는 데 계간지가 결정적인 역할을 했음을 지적한다.

그 정황이 바뀌는 데에 결정적인 구실을 한 것이 계간지이다. 특히 계간지 시대의 막을 연 『창작과비평』은 그 초기의 엄정한 작품 선정에 의해 그 경향에 박차를 가했는데, 그것을 더욱더 확실하게 해준 것이 『문학과지성』이었다. 칠십년대에 이르르면 오십년대에 씌어지던 삼사십 장짜리 단편은 거의 볼 수 없게 된다. 장르로 보자면 단편소설은 이제 대개 백 장 안팎을

가리키는 것이 되었고 이백 장이 넘는 것은 중편으로, 그리고 이삼십 장의 것은 콩트로 분류되고 있다.[9]

체험[10]의 폭이 깊어지고 넓어진 소설을 만들어내는 데 계간지가 결정적인 기여를 했다는 것을 단순히 계간지가 판매 부수나 독자들의 호응도에 개의치 않고 좋은 소설을 내려고 했다는 뜻으로만 읽을 수는 없다. 그 역할이라면 월간지도 충분히 감당할 수 있는 것이며, 어쨌든 표면적으로는 『현대문학』이 표방한 것도 같은 입장이기 때문이다. 더 깊은 이유들이 있다. 그중 하나가 김현의 진술에 암시되어 있는데 "엄정한 작품 선정"이 그것이다. 그것은 물론 직접적으로는 계간지 편집자들의 염결성을 가리키는 것이지만 그 염결성이 발휘되기 위해 필요한 시간, 다시 말해 검토와 숙고의 시간 역시 가리키고 있다. 그리고 이 암시된 이유에 근거해, 계간지가 특집의 기획에서부터 장르의 구성과 작품 선정에 이르기까지의 작업을 적절한 숙고의 시간을 통해서 해냈을 것이고 그것이 최소한 계간지의 주기를 필요로 했다고 유추할 수 있을 것이다.

다른 한편으로, 계간지는 반년간지보다 주기가 짧다. 반년간지는 계간지보다 숙고의 시간을 더 늘려줄 수 있다. 그런데 왜 계간지일까? 이 역시 추정컨대 숙고의 시간과 행동의 시간이 긴밀히 맞물리려면 계간지가 가장 적당하다고 판단했을 것이다. 김현의 다음 진술은 그런 추정을 뒷받침한다.

계간지에서 문제가 제기되고, 월간지에서 그것이 활발하게 토론된 뒤에

---

9) 김현, 「소설의 길이」, 『우리 시대의 문학』, 김현 문학 전집 제14권, 『우리 시대의 문학/
두꺼운 삶과 얇은 삶』, 문학과지성사, 1993, pp. 177~178.
10) 여기에서 김현이 '체험'을 특별한 의미로 사용하고 있다는 것을 지적해두는 게 좋을 것
같다. 그가 보기에, "체험은 난순한 경험의 집적 이상의 것이다. 단순한 경험들을 그것
들이 따로 존재하게 하면서 동시에 좀 더 큰 형태 속에서 논리적으로 떨어질 수 없게 구
성하는 것이 작자의 체험이다".

일간 문화면에서 그것이 소개되는 회로가 정상적으로 움직여지지 않는 한, 문화의 진정한 발전이란 거의 불가능할 것이고, 오랜 시간 문화계가 제 자리 걸음을 할 수밖에 없으리라는 것이 이 글을 쓰는 자의 서글픈 결론이다.[11)]

잡지들 사이의 유기적 회로가 문제였던 것이다. 그 점에서도 계간지 체제가 공공 영역의 모형이라는 가설이 입증된다고 할 수 있다. 동인지-계간지는 단순히 사적인 취향의 모임도, 공적 광장에 진출하기 위한 수련의 장소도, 공적 세계를 전복하기 위한 결사의 세계도 아니다. 그것은 그 자체가 이미 공공장소인 곳, 그러나 지배적인 공적 세계에 대항하여, 그 내부의 주변에 설립된 '다른 세계를 향한' 공공 영역이었던 것이다. 그것이 가능했던 것은 그 시대가 모더니티, 다시 말해 '인간'의 시대였고 인간의 시대이기 때문에 모순의 시대, 원본과 실제 사이의 근본적인 찢김의 시대였기 때문이다.

2. 전위의 입지(立地) : 동인 구성

『문학과지성』 동인들은 처음 김병익·김주연·김치수·김현으로 출발하였다. 그리고 1977년 봄호(통권 27호)부터 오생근·김종철이 가담한다. 이 동인 구성은 훗날 김종철의 탈퇴를 제외하면 변함없이 지속되었다.

이 구성이 의미하는 바는 대략 네 가지로 정리할 수 있다. 첫째, 초기 동인들이 모두 4·19세대라는 것이다. 이에 대해서는 앞에서 충분히 논의하였다. 둘째, 모두 평론가였다는 것이다. 셋째, 정치학 전공이고 대기자

---

11) 「1976년의 문화계」, 김현 문학 전집 제15권, 『행복한 책읽기/문학단평모음』, 서울: 문학과지성사, 1993, pp. 304~305.

출신이었던 김병익을 제외하면 모두 외국 문학자들이었다. 그중 세 사람이 불문학자였는데 그것은 20세기에 세계의 철학과 문학을 프랑스가 주도했다는 점에 비추어보면 자연스런 일이다. 또한 1950년대부터 외국 문학의 정확한 수용을 위해 가장 힘을 기울이면서 그것을 한국 문학의 현장에 적용하려고 한 정명환이 불문학자였다는 점을 주목해야 할 것이다. 김치수·김현·오생근은 정명환의 제자들이다. 이 점이 강조되어야 하는 이유는 정확한 이해만이 비판적 극복을 가능케 한다는 데에 있다. 외국 문학을 준거점으로 삼는 것은 정명환의 세대에는 어쩔 수 없는 한계였다. 그런데 그 한계는 통상 또 다른 한계를 동반하는데 그것은 준거점에 대한 믿음이 그에 대한 객관적 이해를 불가능하게 하기 일쑤라는 것이다. '큰 타자'에 대한 환상은 수용의 축적이 완숙해지지 않은 상태에서 발생하는 것이기 때문이고 또한 그 환상이 완숙한 수용을 방해하기 때문이기도 하다. 1950, 60년대의 정명환은 준거점에 대한 믿음에 사로잡혀 있었지만 놀라운 지적 이해와 분석력을 통해 외국 문학을 포괄적이면서도 적확하게 이해한 교양인이었다(그만이 가진 지식의 폭과 깊이가 1990년대 이후 외국의 대사상가들에 대한 가차 없는 비판적 분석으로 그를 이끌고 간다). 그리고 그러한 자신의 지식과 이해를 바탕으로 한국 문학의 현장에서 잘못된 수용이 있을 때마다 낱낱이 지적한 현장평론가였다. 그의 지적 능력이 제자들에게 '전이'되었을 때 제자들은 '큰 타자'에 대한 반역을 기도한다. 그것이 한국의 모더니티를 만들겠다는 4·19세대의 야심의 또 다른 원천이다.

네 번째 특성은 이해하기가 까다로운 것이다. 앞에서 언급하고 지나간 '폐쇄성'의 문제가 그것이다. '문학과지성'의 폐쇄성은 자주 언급되어온 비판 중의 하나이다. 그 비판의 세목을 다음과 같이 간추릴 수 있을 것이다.

(1) '문학과지성'은 자신의 세대를 옹호하기 위해 50년대 문학을 평가절하했다;

(2) '문학과지성'의 문학성의 기준이 협소하다;

(3) '문학과지성'은 엘리트주의에 사로잡혀 있다.

세 가지 비판이 다 일리가 없는 것이 아니다. 그리고 그에 대한 실제적인 증거들도 있다. 다만 여기에서 문제가 되는 것은 이러한 폐쇄성이 '공공 영역'의 구성을 방해하는가이다.

'문학과지성' 동인의 야심이 한국의 모더니티를 형성하는 것이었다면, 그리고 그것에 대한 자각과 의지가 또렷했다면, 그것은 그들이 자신들의 목표의 새로움과 그것이 실천되어야 할 긴박한 필요를 절실히 느꼈으며 스스로 그 실천의 전위로서 자임했다는 것을 뜻한다. 때문에 그들은 비판적이며 운동적일 수밖에 없었는데, 그것은 그들의 목표가 당대의 사회적·문화적·문학적 모순을 극복하고 새로운 사회적·문화적·문학적 환경을 산출하는 것이었고 그러한 의식적인 작업이 '순조롭게' 이루어질 수 없기 때문에 열정적인 기획과 실행과 싸움을 동반한다는 것을 가리킨다. 그러한 비판적 운동은 필연적으로 구성원들의 차별성과 배타성을 한편으로 다지고 다른 한편으로 표내기 마련이다.

김병익은, 김현이 그에게 계간지 간행을 제의했을 때 "그 편집 동인은 두어 명으로 한정해서 결속력을 높여야 한다"[12]고 주장한 것을 기억하고 있다. 또한 '문학과지성' 동인이 출판사 문학과지성사를 설립하고 기획물로 '문지 시인선'을 내게 되었을 때 그들은 "그 상한선을 대학 동기인 황동규로 설정"[13]했다. 전자의 '기억'은 '문학과지성'의 차별성을, 후자의 '결정'은 그들의 배타성을 각각 가리킨다. 그 차별성은 위 비판 항목의 (2) (3)과 관련되어 있고, 그 배타성은 (1) (3)과 관련되어 있다. 그러나 그 차별성은 새로운 문학의 문제를 새로운 세계의 형성에 직결시킨 사람들에게는

---

12) 김병익, 『글 뒤에 숨은 글』, 문학동네, 2004, p. 217.
13) 김병익, 「김현과 '문지'」, 『문학과사회』 1990년 겨울호, p. 1434.

불가피한 일이다. 그것은 바로 전위의 운명이다. 그런데 전위는 존재하는 일체의 것에 대한 최대한의 부정을 통해서 움직인다. 그리고 존재하는 일체의 것 안에는 그들이 종국적인 대화 상대자로서 설정한 한국인, 다시 말해 대중도 포함되어 있다. 전위는 대중을 끌어올리기 위해 대중을 부정해야 한다. 대중은 잠재적으로 그들의 벗이지만 현실적으로는 적이 된다. 그것이 전위에게 내리는 저주이다. "이데올로기는 대중을 장악할 때 권력이 된다"고 마르크스가 말한 것을 기억하는 사람은 전위의 방향이 정확히 그 '장악'의 반대 방향임을 알아차릴 수 있을 것이다. 그러나 대중이 이데올로기에 들려 권력을 꿈꿀 때 그들도 이미 존재하지 않는 일체의 것을 소망한다. 그들은 단순히 물질적 권력의 쟁취만을 노리지 않는다. 그들은 이미 대중의 문화가 아닌 지배자의 문화에 걸맞은 새로운 문화, 새로운 예법을 꿈꾼다. 부르디외 Bourdieu가 비판적으로 조망한 부르주아의 '형식주의'는 부르주아의 지배가 실현된 다음이 아니라 부르주아가 세계 지배를 꿈꾸는 순간부터 작동한다(몰리에르 Molière의『신사 상놈Bourgeois gentilhomme』과 '연암'의「양반전」을 다시 읽어보라). 현재의 지배-피지배의 대립 구도를 넘어서는 존재하는 모든 것에 대한 부정의 실천, 즉 전위의 활동은 그때 영원한 결여로서의 상징이 된다. 다시 말해, 세상을 바꾸는 데 참여하는 모든 사람들과 각종의 방법들과 행위들에 대하여, '구성적 결여manque constitutif'로서 기능한다. 전위는 대중에게 저주받음으로써 대중을 돕는다. 말의 바른 의미에서.

'문학과지성'이 순수한 '전위'의 태도를 고집했던 것은 아니다. 그들은 그것보다 훨씬 다채로운 태도를 보여주었다. 그러나 이 글에서는 거기까지는 살피지 못한다.[14]

---

14) 다만 다음 사항들을 지적해둔다. 김병익의 대중에 대한 입장은, 성과리,「깊어져 열리기」(『존재의 변증법 2』, 청하, 1986)에서 살핀 바 있다. 그 점에 관한 한 그의 입장은 김주연의 그것과 가장 먼 거리에 있다. 그리고 김치수가 '산업 사회'에서의 문학의 존재

다음, 배타성 역시 그들의 전위적 입장에서 불가피하게 배태되는 것이다. 그들의 엘리티즘은 고학력자나 명문 대학 출신을 위한 엘리티즘이 아니었다. 그것은 '새로운' 문학을 위한 엘리티즘이었다. 또한 그들의 '세대의식'은 1950년대의 지적 풍토에 대한 자연스런 반응이었다. 1960년대에도 김종길·정명환·송욱·김붕구 등 그리고 '문학과지성' 동인들과 거의 동년배인 유종호·김윤식의 주변부적 실천을 제외하고는 인상비평이 문학의 중심부를 장악하고 있었다. 게다가 지식인들은 전통적인 것의 몰락과 모더니티의 압도적인 위세 앞에서 망연자실하거나 전통을 급조해 세상에 배포하고 있었다. 정신적으로는 '수난'의 감정에 휩싸여 자기 변혁의 의지를 살리지 못하고 있었다. 적어도 그들은 그렇게 생각하였다. 물론 50년대 문학을 다시 들여다보면 손창섭 같은 예외적인 작가에게는 허무 의식만이 있었던 게 아님을 발견할 수가 있다. 그러나 그런 구체적인 고찰 없이 '문학과지성'의 세대 의식에서 악의적인 승리의 전략만을 찾아내려는 시도는 그 방법부터가 바람직하지 않은 것이다. 다만 그들의 선택과 평가에 대한 비판적 고찰이 가능할 수 있을 것이다. 방금 손창섭의 예를 들었듯이 그들은 새로운 문학에 대한 구상에서 무언가를 결핍시키고 무언가를 과잉시키지 않았는가? 그들은 지적 풍토와 문학적 실천을 혼동하지 않았는가? 그것은 그들의 실천적 공과를 따지는 일이 될 것이다. 이 역시 내면의 역동성을 추적할 때 밝혀질 수 있을 것이다.

양상에 대해 지속적인 관심을 보였다는 것을, 그리고 오생근이 비평 활동 초기부터 대중문화와 도시적인 것의 의미에 대해 천착했음도 상기하기로 하자.

3. 달라진 지평선: 『문학과사회』의 문제틀

『문학과사회』의 구체적인 전개 과정에 대해서는 아마 다른 글이 다룰 것이다. 다만 『문학과지성』과의 비동일적 연속성에 대해서는 이 글에서도 언급할 필요가 있어 보인다. 『문학과사회』는 『문학과지성』의 잡지적 특성을 고스란히 물려받았다. 종합 문예지, 동인지, 계간지라는 점에 대해서는 다를 게 없었다. 그런데 『문학과사회』의 편집 동인은 자주 변했다. 1988년 창간 당시에는 권오룡·성민엽·임우기·정과리·진형준·홍정선이 동인으로 참가하였다. 모두 평론가들이다. 홍정선이 국문학 전공자이고 성민엽이 중문학, 권오룡·진형준·정과리는 불문학, 임우기가 독문학 전공자였다. '1992년 봄호'(통권 17호)부터 진형준이 "개인적 사정으로 물러나고" 철학자 김진석이 참가하였다. 그리고 '1994년 봄호'(통권 25호)에 임우기·김진석이 동반 탈퇴한다. 2년간 『문학과사회』는 네 사람만에 의해 편집되다가, '1996년 봄호'(통권 33호)부터 "젊음의 새로운 충전"을 위해 박혜경·김동식이 영입된다. 그리고 같은 해 7월 흔히 '문지 제4세대'라 불리는 김동식·김태동·김태환·성기완·윤병무·주일우·최성실에 의해 문화무크지 『이다』 창간호가 나왔다. 『이다』는 1998년 9월, '2003년 가을호'로 위장한 '제3호'를 낸 이후 현재까지 휴면 중이다. 박혜경·김동식의 가담으로 "젊은 피"를 맛본 『문학과사회』는, "좀 더 많은 생피를 갈망"하더니, '1999년 여름호'(통권 46호)에서부터 세칭 '문지 제3세대'라 불리는 우찬제·이광호를 영입한다. 같은 호 서문에서 "이 충원은 궁극적으로 교체로 나아갈 것"임을 예고한다. 실질적인 교체는 '2000년 가을호'(통권 51호)에 와서 이루어진다. 정과리만 남고 창간 세대 전부가 빠져나간다. 대신 『이다』 동인 중 문학평론가인 김대환·최성실이 『문학과사회』에 합류한다. 이때부터 '구 문사 동인'과 '현 문사 동인'이라는 호칭이 사적으로 유통된다.

『문학과사회』의 편집 동인은 불문학의 정과리, 독문학의 김태환을 제외하고 모두 국문학자로 채워진다. 그리고 '2004년 겨울호'(통권 68호)를 끝으로 정과리가 물러남으로써 세대 교체가 완성된다. '2005년 봄호' 이후의 『문학과사회』 편집 동인은 김동식·김태환·박혜경·우찬제·이광호·최성실이다.

이상의 파노라마가 의미하는 바는 다음과 같다.

첫째, 계간 『문학과사회』는 계간 『문학과지성』과 마찬가지로 장기간의 동인지 실험을 거친 후에 형성되었다. 둘째, 그러나 『문학과사회』가 계간지로 출발했을 때의 문화사회적 환경은 『문학과지성』의 그것과 많이 달랐고 따라서 문제틀도 다를 수밖에 없었다. 『문학과지성』의 동인지-계간지 체제가 기본적으로 세 가지 사항으로 이루어져 있음을 앞에서 말했다. 그것의 주체는 '원-모더니티'에 눈뜬 사람들이고, 그것의 목표는 한국의 모더니티 정립이었으며, 그것의 방법은 공공 영역 모형의 창출이었다. 반면, 『문학과사회』의 주체들은 원-모더니티보다는 모더니티 '이후'에 대한 다양한 지식들의 세례를 받은 사람들이었다. 특히 당시의 젊은 지식인들과 마찬가지로 마르크스주의는 거의 절대적인 참조 대상이었다. 그러나 이들은 6년간의 무크지 실험 기간을 통해 원-모더니티에서부터 탈-모더니티 사이의 매우 넓은 자장 속에 위치하게 된다. 다시 말하면 한쪽 극단에서 그들은 원-모더니티의 가설적 존재 이유에 눈을 떴으며('반성'에 대한 되풀이되는 강조) 다른 극단에서 모든 인문주의적 가치를 해체하고자 하였다(전위적 문학에 대한 고독한 옹호). 이러한 입장의 파열은 당연히 『문학과사회』의 정확한 이념적 위치에 대한 의혹을 불러일으킬 수 있는데, 거기에는 그럴 만한 이유가 있었다.

우선 『문학과사회』의 계간지적 체제는, 공공 영역의 모형을 창출하는 것과는 다른 성격을 가질 수밖에 없었다. 왜냐하면 공공 영역은 이미 열려 있었고 그것도 아주 넓게 열려 있었다. 1982년 봄부터 1987년 6월 혁명에 이르기까지 문화적 차원에서 젊은 지식인들이 한 일이 그것이었다. 봇물처럼 쏟아져나온 '부정기 간행물' 무크는 문학지뿐만 아니라 사회과학지로까지 다양하게 확산되어나갔는데, 그것은 대자보, 벽시, 걸개그림, 야학, 생활 공동체 운동 등과 더불어 지배적 공적 담론에 맞서 싸울 저항적 담론의 영역을 확장하는 작업을 했던 것이다. 『우리 세대(시대)의 문학』 역시 그 작업에 동참했는데, 그에게는 또 하나의 고민이 있었다. 그것은 저 저항적 공공 담론들이 불가피하게 내포하고 있는 자기모순을 어떻게 견뎌내는가를 주시하고 관찰하는 일이었다. 담론의 욕망 혹은 자기기만에 스스로 포박당하지 않는 공공 담론은 가능한가, 라는 문제였다. 물론 1988년 『문학과사회』가 출발할 때에 그 의문은 백가쟁명에 대한 기대로 억제되고 있었다. 그러나 그러한 기대는 곧 이어서 닥친 세계사적 정황의 변화와 더불어 무너지게 된다. 현실사회주의의 몰락, 정보화 사회의 대두, 세계화라는 세 가지 핵자로 요약할 수 있는 세계사적 정황의 변모는 한국 사회에서 담론의 팽창, 정치적 전망의 불투명화, 순수 개인의 등장, 문화 산업의 팽창 그리고 사적 욕망의 공공 담론화라는 형태들로 변용되어 나타났다. 이 핵자들은 현실적 관여성의 측면에서는 계기적으로 강조되었으나 사실상 동시에 그리고 상호 추동적으로 출현한 것이었다. 담론의 팽창과 정치적 전망의 불투명화와 담론의 산업화 사이에는 그것들을 통째로 몰아가는 태풍이 불고 있었다. 그 와중에서 『문학과사회』는 대화 상대자를 상실했고 전선은 이념들의 경계선이 아니라 담론의 산업화라는 현상 일반과 문학적 실천 사이의 경계선으로 대체되었다. '공공 영역은 가능한가'라는 물음은 '공공 영역은 어떻게 존재하는가'라는 물음으로 바뀌었다. 따라서 『문학과사회』의 계간지 체제는 공공 영역의 모형이 아니라 그것이 실행되면서 동시에 해체되는 자리일 수밖에 없었다. 그 실행과 해체의 동시적 개진을 초기의 『문학과사회』가 제대로 헤냈는가는 훗날의 평가로 미룰 수밖에 없으나 어쨌든 '구 문사 동인'들이 그 점을 명료하게 의식하고 있었던 것은 사실이다. 그리고 그것이 그들로 하여금 자신들의 문학적 이념의 폭을 그렇게 폭넓게 설정할 수밖에 없게 한 까닭이 되었다.

또한 그리고 그것이 『문학과지성』의 경우와 달리 『문학과사회』 동인의 잦은 탈퇴를 유발한 요인이 된 것도 사실이다. 『문학과지성』의 동인들에게는 공동의 목표와 공동의 싸움터가 있었다. 반면 『문학과사회』 동인들에게는 공동의 싸움터가 있었지만 공동의 목표가 하나로 집중될 수 없었다. 사실 그 싸움터 역시 여간 넓은 것이 아니었다. 그것이 동인들 각각의 이질화를 부추겼다. 그 이질성들을 견디게 해준 것은 저 폭넓고도 동시에 중층적인(실행과 해체) 목표를 '문학'이 가능케 해주리라는 믿음 하나였다. 그 점에서 '구 문사 동인'들은 마지막까지 '문학주의자'였다. 그들이 문학주의자로 남은 것은 '문학'이 탯줄을 대고 있는 원-모더니티에 대한 신앙으로 회귀했기 때문이 아니었다. '문학'은, 점차로 팽창하고 있는 담론의 산업화와 그에 반비례해 점차로 고립되어가고 있던 상황 속에서(그 자발적 고립 때문에 그들이 또한 '문학 권력'으로 지목되었다는 것은 아이로니컬한 일이 아닐 수 없다) 자신들을 지키기 위해 가정한 마지막 '실재 le réel'였다. 가정된 실재에 대한 믿음은 우연한 신앙, 즉 파스칼적 '내기 pari'에 해당하는 것이다. 그것은 선택의 문제였기 때문에 깨지기 쉬운 가볍기 짝이 없는 것이었고, 그 선택에 책임을 부여하자면 무한대의 무게를 가진 심연으로 변해버리는 것이었다.

셋째, 계간 『문학과지성』은 타의에 의해 10년의 수명을 가졌다. 그 잡지는 훗날 '문학과지성' 동인들의 노력도 포함된 1987년 6월 혁명의 결과로 부활할 수도 있었다. 그러나 '문학과지성' 동인들은 그렇게 하지 않고, 계간지 편집권을 제자이자 후배들인 『우리 시대의 문학』 동인들에게 넘겨주었다. 문학사적인 차원에서 보자면 그것은 계간 『문학과지성』이 그 역사적 사명을 다한 것으로 그들이 판단했다는 것을 뜻한다. 그런데 『문학과사회』의 소명은 증발해버렸다. 완전히 사라진 것은 아니지만 미련과 욕망의 미립자들로 변해 문화 산업의 에테르 속을 중음신처럼 떠돌아다니게 되었다. 세대 교체를 통한 『문학과사회』의 연속성이라는 명제는 그래서 발생했다. 물론 계간지의 이름을 변경하지 않기로 한 것은 '현 문사 동인'들의 결정에 의한 것이었다. 다만 내가 강조하는 것은, 결정의 순간, '구 문사 동인'의 지연된 소명은 '현 문사 동인'의 원료로 편입되었다는 것이다.

또 하나의 원인이 있다. 문학과지성사는 1995년 주식회사로 회사 형태를 바꾸었다. 그때 『문학과사회』 동인들도 대주주로 문학과지성사에 참여하게 되었다. 그것은 사소한 일이 아니었다. 그전까지 『문학과사회』는, '문학과지성' 동인들과의 인간적인 인연과는 별도로, 형식상으로는 자율적이고 독립적인 기구였다. 그러나 『문학과사회』 동인들이 주식회사에 참여함으로써 '문학과지성 복합체'라고 부를 만한 더 큰 단위의 집합체가 출현했으며, 각각의 그룹의 작업은 저 복합체의 장기 프로젝트 안에서 재편되게 되었다. 제1기 대표이사인 김병익의 구상에 의해 기획되고 '문학과지성' 동인, 『문학과사회』 동인들의 호응에 의해 실행된 이 프로젝트 역시 미래의 독자들에 의해 평가될 사항 중의 하나이다.

넷째, 『문학과사회』 동인들의 구성이 점차 한국 문학 전공자들로 대체되었다는 것은 무시할 수 없는 중요한 현상이다. 그것은 우선 한국에서의 문학 연구가 마침내 한국의 현실 안에 뿌리를 내리고 고유한 원리와 고유한 형식 및 자원을 가지게 되었다는 것을 가리킨다. 그러나 강력한 반론 역시 가능하다(그 반론의 가장 유력한 증거는, 1970년대의 외국 문학자 연구자들인 '문학과지성' 동인들이 거듭 경고했던 '새것 콤플렉스'가 오늘날에도 조금도 줄어들지 않았다는 사실이다. 변화가 있다면, 새것 콤플렉스가 '강한 담론 콤플렉스'로 바뀌어 새것들 중에서 취사선택을 하게 되었다는 정도이다). 이 현상은 동시에 대학 사회의 변화와 깊은 관련이 있다. 즉 인간 활동에 대한 그레마스 Greimas적 구분을 따라 말하자면, 문학 생산production의 회로와 문학 유통 communication의 회로가 뚜렷이 구별되기 시작했고,

전자의 작업을 창작가들이 후자의 작업을 대학이 담당하게 되었으며, 대학의 문학과 중에서 국문과만이(아니, 2000년 즈음해서 급증한 문예창작과도 함께) 생산과 유통의 교량 역할도 겸하게 되었다는 것이다. 이 분화의 과정은 또한 대학이 체제에 대한 저항의 장소로부터 체제 내적인 공적 기구로 변화해간 사정과 연관되어 있다. 학생들의 주도한 6월 혁명의 승리로 생겨난 1988년 이후의 체제는 앞에서 언급한 세계사적 변동과 더불어 모더니티의 재생산 제도의 개편으로 귀착된 것이다. 그렇게 해서 평론 활동 인구가 점차적으로 연구 활동 인구로 변화해갔으며, 그 추세에 의해 최신의 현대 문학까지 이른바 '학술지'에서 다루는 현상이 나타나게 되었다. 『문학과사회』의 동인들이 대부분 국문학자로 채워졌지만, 『문학과사회』 자체는 체제 바깥에 놓인 부정의 장소이다. 따라서 『문학과사회』의 동인들은 이제 자신과도 싸우거나 자신과 경쟁해야 하는(이 이중성은 현재의 학술 인구의 이중성과 상응하지만, 여기에서 자세히 풀이할 수는 없다) 숙제를 떠맡게 되었다.

4. 남는 말

이상의 기록은 『문학과지성』, 그리고 『문학과사회』의 외형적 특성에 기대어 씌어진 것이다. 앞에서 말했듯, 차후에 씌어질 새로운 '사사'는 내적 역동성, 혹은 내면의 추이에 대한 정밀한 추적의 보고서가 되어야 할 것이다. 그리고 그것을 위해서는 무엇보다도 다음 두 가지 사항이 고려되어야 할 것이다.

첫째, 동인들 내부의 차이와 균열 그리고 대화의 형식과 과정이 추적되어야 할 것이다. 앞에서, 동인지-계간지가 공공 영역의 모형인 한, 그것은 내부의 '불일치'를 전제로 한다는 점을 살폈다. 그 불일치가 동인지-계간지를 공적 광장 내부에서 움직이는 부정과 저항의 운동체로 만드는 활력의 원천이다.

둘째, 같은 시대의 동인지−계간지들과의 경쟁과 길항 관계를 살펴야 한다. 불일치는 내부적으로도 inter−, 상호적으로도 intra− 작용한다. 『문학과지성』의 경우, 가장 강력한 대화 상대자는 『창작과비평』이었다. 이 둘 사이의 길항 관계는 1970년대의 비판적 문화의 활력의 원천이었다. 때문에 1980년대 후반에 김병익·백낙청·김명인·홍정선·정과리 등에 의해 진행된 토론도 중요하지만, 1970년대 당시에 그들이 어떤 논쟁을 조용히 치렀는가를 살피는 것이 중요하다. 『창작과비평』 쪽에서 제출된 가장 강력한 비판은 백낙청의 「역사적 인간과 시적 인간」(『창작과비평』 1977년 여름호)이고, 『문학과지성』 쪽에서 제출된 비판은 김주연의 「민족문학론의 당위와 한계」(『문학과지성』 1979년 봄호)인데, 이 비판들에 대해서 상대방은 모두 즉각적인 반론을 피했다(그것이 이 세대의 또 다른 특징이기도 하다). '조용한' 논쟁이라는 표현은 그래서 나온 것인데, 그렇기 때문에 두 계간지의 대화를 심층적인 차원에서 재구성하는 것이 필요하다. 거기에는 선호한 작가·시인들, 동반한 인문·사회과학자들, 문제를 제기하는 방법, 문체 등, 기획과 편집과 글쓰기에 관련된 일체의 활동이 재료로 다루어져야 할 것이다.

정과리 문학평론가. 1958년 대전 출생. 1979년 동아일보 신춘문예에 평론 당선. 평론집 『문학, 존재의 변증법』『존재의 변증법 2』『스밈과 짜임』『영원한 시작』 등이 있음.

한국 시의 현대성을 둘러싼 연대기
—'문지 시선'의 역사

이광호

1. 어떤 현대성의 시작——4·19세대의 시적 자리

1978년 황동규의 『나는 바퀴를 보면 굴리고 싶어진다』를 시작으로 '문지 시선'이 출발했을 때, 한국 현대시는 새로운 시의 시대로 진입하고 있었다. 토속적인 미학과 관념적 모더니즘을 넘어서 새로운 현대성을 탐구하려는 한 세대의 문학적 도전은 이렇게 신호탄을 쏘아올렸다. 자기 세대의 문학적 정체성을 분명히 함으로써 한국 문학의 과거적인 유산과 결별하려는 의지와 전략은, 4·19세대를 하나의 문학적 기원으로 삼는 문학적 진지를 구축한다. 4·19세대가 기원이 되는 현대적인 시학의 출발, 그것은 '문지 시선'의 일차적인 추동력이었다. 그 후 '문지 시선'은 몇 번의 세대적인 변화와 축적이 이루어지면서, 한국 문학의 강력한 고유 명사 가운데 하나가 되었다.

'문지 시선'의 출발은 현대시에서의 모더니티에 대한 보다 적극적인 문학적 실천과 관련되었다. 그러나 오해할 필요는 없다. 이 말은 문지 시집이 이른바 유파로서의 '모더니즘'을 지향했다는 편협한 의미가 아니다. 가장 모던한 것이 가장 현실적인 것이고 그 역도 가능한 것이라면, 이러한 모더니티의 내적 명제를 가장 현대적인 한국어의 육체로 드러내는 작업을 '문지 시선'은 밀고 나간다. 이는 그 이전 세대가 모던한 것과 현실적인 것의 결합을 문학적으로 밀고 나가지 못하고, 포즈로서의 모더니즘과 이념으로서의 리얼리즘의 대립을 도식화한 것에 대한 미학적 지양을 의미했다. 이런 미학적 실천을 가능하게 한 것은, 새로운 세대의 등장을 가능하게 했던 사회 문화적 조건, 그리고 문학의 자율성이 현실에 대한 가장 날카로운 부정의 힘이 될 수 있다는 문학 의식 때문이었다. 물론, 처음부터 '문지 시선'의 문학적 좌표가 분명하게 드러나 있었던 것은 아니었다. 현실적이면서도 모던한 시학의 실현은 시적 운동량의 축적이 이루어낸 문학적 성과에 해당한다.

황동규와 함께 마종기의 『안 보이는 사랑의 나라』(1980), 정현종의 『나는 별아저씨』(1978), 오규원의 『왕자가 아닌 한 아이에게』(1978), 윤후명의 『명궁』(1977), 김형영의 『모기들은 혼자서도 소리를 친다』(1979), 신대철의 『무인도를 위하여』(1977), 김광규의 『우리를 적시는 마지막 꿈』(1979), 최석하의 『바람이 바람을 불러 바람 불게 하고』(1981), 김영태의 『여울목 비오리』(1981), 최하림의 『작은 마을에서』(1982) 등은 '문지 시선'의 세대론적 출발을 보여주는 시집들이다. 조금 아래 연배에 속한 이하석의 『투명한 속』(1980), 김명인의 『동두천』(1979), 장영수의 『메이비』(1977), 문충성의 『제주바다』(1978) 등도 70년대 후반의 문지 시선을 풍요롭게 만들었던 목록이었다.

'문지 시선'의 출발을 이룬 4·19세대 시인들의 미적 자의식을 요약한다는 것은 단순화의 오류를 무릅쓰는 일이다. 그러나 몇 가지 문학적 조건을 말할 수는 있다. 4·19세대로서의 문화적 자유와 주체성에 대한 자각, 그리고 '한글 세대'로서의 자국어적 표현과 사유에 대한 자부심은 이 문학 세대의 모험에 자신감을 부여하게 만들었다. '문지 시선'의 출발점이었던 4·19세대의 시적 자리를 특징짓는 문학적 의식은 무엇이었는지 그 세대 내부의 목소리를 들어보자.

그들은 우선 한국어로 사유하고 한국어로 글을 쓰는 세대였다. 그들은 해방 후 세대의 아픈 상처를 갖고 있지 않았으며, 전쟁 후 세대의 사유/표현의 괴리를 느끼지 않았다. 그들의 한국어는 토속적 한국어와 사변적 한국어를 변증법적으로 극복한 한국어였다. 더구나 그들이 본 세계는 사일구의 푸른 하늘이었다. 그들은 일제하의 반민족적 행위를, 해방 후의 혼란을, 전쟁 후의 폐허 의식을 거리를 두고 바라볼 수 있었으며, 한글을 지키기 위해 애를 써서 얻은 토속성의 세계를, 사실과 유리된 것처럼 보이는 관념의 세계를 뜨거운 애정으로 이해할 수 있었다. 그러나 그들은 그 세계 속에 침잠해 있을 수는 없었다. 그들은 그들 나름대로 한국어의 새 문체를 만들어야 했으며 그래서 새로운 문학의 지평을 열어야 했다. 사유는 현실에 대한 사유이지 현실과 동떨어진 것에 대한 사유가 아니라는 것이 그들의 기본 자세였다.[1]

김현의 진술 속에는 그들, 4·19세대의 문학적 출발의 조건이 요약되어 있다. 한국어로 사유하고 시를 쓴다는 것은, 그 이전 시대가 경험했던 사유와 표현 사이의 괴리감을 넘어선 상황에서 현실을 문학화할 수 있었다는 것을 의미한다. 시적 언어로서의 한국어를 능란하게 구사할 수 있다는 조건은, 현실을 정직하게 구체적으로 드러낼 수 있는 시적 표현을 가능하게 했다. 다른 식으로 표현한다면, "이 세대는 자신들의 힘으로 정권 교체를 이루었다는 자부심과 우리 문학사에서 기표와 기의를 일치를 얻는 최초의 세대라는 자산을 가지고 불안과 절망의 전후 세대 작가들을 헤치며 자신들의 독자성을 발휘하는 문학을 일구어내기 시작한 것이다."[2] '기표와

1) 김현, 「60년대 문학의 배경과 성과」, 『분석과 해석』(문학과지성사, 1988), pp. 251~252.
2) 김병익, 「1960년대와 그 문학」, 『21세기를 받아들이기 위하여』(문학과지성사, 2001), p. 171.

기의의 일치'로 표현되는 '언어와 사유'의 일치는 현대적인 의미에서의 자국어 문학을 전면적으로 실천하는 데 있어 가장 중요한 문학적 조건의 하나였다. 그리고 이런 자국어를 통한 시적 실천은 현실에 대한 문학적 저항의 의미를 새롭게 만들었다.

『문학과지성』의 창간 정신에서 드러나는 것처럼, '문지 시선'의 정신사적 출발은 "우리 사회의 후진성과 분단의 현실에서 빚어진 패배주의와 샤머니즘의 극복이라는 명제, 투철한 현실 인식을 방해하는 억압과 패배주의와 샤머니즘의 극복이라는 명제, 객관적이고 보편적인 인식의 추구라는 명제"와 관련된다. "더 좁게는 문학적 참여론의 억압적 태도와 주체성을 상실한 외래주의의 허무주의적 태도를 동시에 비판하고 있지만, 보다 넓게 그리고 보다 진정하게는, 우리의 공소하고 취약한 정신사적 정황을 극복하면서 현실 정치에서 이미 음울하게 드러나기 시작하고 있는 권력의 폭력에 대한 문화적 저항 양식을 탐구해야 한다는 의지와 사명을 함축하고 있다."[3] "문학을 질식시키는 도그마적인 발언에 대한 분노와 '새것 콤플렉스'라고 명명하는 사대주의적 발상에 대한 혐오"[4]가 초기 '문지 시선'의 문학 정신의 밑자리를 이루었다. '문지 시선'의 70년대 시집들에서 드러나는 현실에 대한 시적 실천은 이러한 4·19세대의 정신사적 테제와 심층적으로 관계 맺고 있다. 그것은 문학 언어를 통한 저항을 의미하면서, 문학성 그 자체가 현실에 대한 저항적 의미를 갖는다는 자각을 동반하고 있다.

문학적 저항이란, 문학을 통한 저항이라는 의미와 함께 문학이라는 문화 형태가 그 자체로서 하나의 저항이라는 인식에 대한 새로운 주의 환기의 뜻

---

3) 김병익, 「김현과 '문지'」, 『열림과 일굼』(문학과지성사, 1991), p. 341.
4) 홍정선, 「70년대 비평 정신과 80년대 비평의 전개 양상」, 『역사적 삶과 비평』(문학과지성사, 1986), p. 13.

을 담고 있다. 왜냐하면, 너무나 오랫동안, 문학은 그 자체로서 하나의 저항임에도 불구하고, 그에 대한 인식이 저하되어 있는 형편이었기 때문이다. (사실상 우리는 60년대 이전의 문학에서 토속성이라는 이름 아래 행해진 숱한 비현실적 문학 작품들을 만나게 되는바, 이들에게서는 기본적인 저항 정신조차 찾아지지 않음을 알 수 있다.) 나로서는 바로 이 같은 저항 정신의 제고, 즉 문학적 저항 의식의 환기를 70년대의 문학적 인식에서 가장 중요한 바탕으로 보고 싶다.[5]

"문학은 그 자체로서 하나의 저항"이라는 테제야말로 문학의 자율성이 문학적 저항의 핵심적인 조건이라는 것을 날카롭게 보여준다. 70년대의 문지 시집들이 4·19세대의 저항 정신을 체현했다고 한다면, 그것은 현대시의 미학적 실천 자체가 저항의 의미를 갖는다는 문학 의식에 가능했다고 볼 수 있다.

가령 황동규에 대해 김현은 "이 시인을 이해하는 데 있어서 중요한 것은 삶에 있어서의 진실/억압의 대립이, 시에 있어서는 묶음/드러냄의 대립과 대립적인 것이 아니라 구조적으로 동일한 것을 이해하는 일이다. 삶에 있어서의 진실은 억압을 통해서, 동경은 결핍을 통해서 드러나듯이, 시에 있어서의 진실의 드러남은 그것의 형태로의 묶음을 통해서 드러나기 때문이다. 그 묶음의 원리가 그의 방법론적 긴장인 것이다"[6]라고 말한다. 오규원에 대해서는 "잠 안 오는 것을 소재로 한두 편의 시에서 우리는 오규원의 환상·이상의 바라봄과 사소한 대상의 구체적인 묘사라는 시법을 읽는다. 시인에게 있어 잠 안 옴은 환상의 나라를 보고, 구체적으로 주위의 대상을 묘사하는 시인의 직무의 한 상징적인 표상이다. (중략) 시인은 그러한 물음에 성실하게 대답하려 한다. 그러나 그 대답은 부정적인 대답이다. 그는

5) 김주연, 「문화 산업 시대의 의미」, 『문학을 넘어서』(문학과지성사, 1987), p. 38.
6) 김현, 「시와 방법론적 긴장」, 『전체에 대한 통찰』(나남, 1990), p. 157.

긍정적으로 자기가 생각하는 것을 개진하는 것이 아니라, 흔히는 부정적으로 이것은 그 환상이나 구체적인 묘사가 아니다라는 식으로 대답한다. 바로 거기에서 그의 시의 풍자성이 얻어진다"라고 분석한다.[7] 또한 정현종에 대해서는 "그는 이 세계가 고통스럽고 절망적인 세계이며, 이 세계에서의 삶은 죽음으로 끝난다는 것을 믿는다는 점에서는 비관적 현실주의자이지만 이 세계 내에서 이 세계의 무의미성과 싸울 수 있다고 믿는다는 점에서는 낙관적 현실주의자이다. 그의 현실주의는 개인의 자유 위에 기초해 있다는 점에서 개인주의적인 것이며, 자기의 세계관을 억압적으로 내세우지 않는다는 점에서 자유주의적이다"[8]라고 말한다. 여기에서 황동규의 '방법론적 긴장'과 오규원의 '풍자성', 정현종의 '자유주의'는 4·19세대의 시적 실천의 구체적인 미학적 내용을 이룬다.

또한 마종기에 대해 김병익이 "겉으로 보이는 것을 뚫고 혹은 넘어, 보다 깊고 높은 것을 바라봄이라는 마종기의 투시법과 그것의 방법론적인 시 작업은, 물론, 세계에 대한 그의 존재론적 성찰에서만이 아니라, 그의 현실의 삶에 대한 응시에서도 두드러지게 나타난다. 그렇게 그가 바라 보이는 것은 바로 그의 실제 생활의 독특한 조건에 그가 매여 있으며, 그 매여 있음에 대한 그의 괴로움, 아니 외로움이 그의 중요한 시적 모티브가 되어 있다는 점을 환기시켜주는 것이기도 하다"[9]라는 분석을 내리고, 김광규에 대해서 김주연이 "범속한 트임을 통해 시인으로서의 정직성과 시점을 획득하면서 기계와 도시와 정치에 의해 왜소해질 대로 왜소해지고, 무력해질 대로 무력해진 현실을 부단히 비판하는 그의 겸허한 자기 확인이 그에

7) 김현, 「깨어 있음의 의미」, 이광호 엮음, 『오규원 깊이 읽기』(문학과지성사, 2001), p. 108.
8) 김현, 「술 취한 거지의 시학」, 이광호 엮음, 『정현종 깊이 읽기』(문학과지성사, 1999), p. 204.
9) 김병익, 「투명한 시의 깊은 말」, 정과리 엮음, 『마종기 깊이 읽기』(문학과지성사, 1999), p. 116.

게 영원히 붙잡히지 않는 삶과 시의 이상적 존재 양태를 환기시켜주고 있는 것이다"[10]라고 분석할 때, 이것들은 시 언어가 어떻게 당대의 현실을 투시하고 비판하는 것으로서의 실존의 언어가 될 수 있는가에 대한 비평적 해명에 속한다.

이런 시적 성취는 계속적으로 이어져서 김명인에 대해서는 "그에게 있어 언어는 현실 인식의 도구이면서 동시에 그의 시에 있어서 상대적인 탐구의 대상인 것이다. 그렇기 때문에 그는 하고 싶은 이야기가 있는 시인이고 그의 시는 '이야기가 있는 시'인 것이다. 이때 시에 이야기가 있다고 하는 것은 이 시인의 시에 대한 태도의 표현이면서 동시에 시인의 시적 태도를 추구하는 양상인 것이다"[11]라는 김치수의 평가가 가능했고, 이하석에 대해서는 "이하석 시의 특이성은 그가 대지의 낳음이나 받아들임보다는 대지가 낳은 것들이 인간들에게서 유용성을 잃고 부패해가며, 풀들과 얽히는 과정에 더 집요한 분석을 가하고 있다는 점에 있다. 그의 땅의 상상력은 생산의 상상력이나 수용의 상상력에 의해 지탱된다기보다는, 버려짐, 부패의 상상력에 의해 지탱되고 있다. (중략) 그의 부패의 상상력은 읽는 사람에게 이 세계가 고통스러움을 확실하게 인식시킨다"[12]와 같은 분석을 하게 했다.

재래적인 한국 문학의 고답성과 한국 사회의 억압성에 대한 싸움은, 시적 방법론 자체가 현실에 대한 저항의 의미를 갖게 됨으로써 실현되었다. 억압적 현실에 대한 시적 언어의 대응 방식 자체가 미학적 성취이면서 저항의 방식이었다는 것이다. '문지 시선'의 세대론적 기원이 된 4·19세대의 시 쓰기는, 억압적 현실을 실존의 문제로 인식하는 동시에 그것을 드러낼

10) 김주연, 「말과 삶이 어울리는 단순성」, 성민엽 엮음, 『김광규 깊이 읽기』(문학과지성사 2001), p. 84.
11) 김치수, 「인식과 탐구의 시학」, 김명인, 『동두천』(문학과지성사, 1979), p. 120.
12) 김현, 「녹슴과 끌어당김」, 『젊은 시인들의 상상세계/말들의 풍경』(문학과지성사, 1992), p. 48.

시적 방법론을 탐구하는 작업이었다. 그것은 문학 언어의 자율성이 가지는 현실과의 긴장 관계와 그로부터 생성되는 문학적 비판력에 대한 인식을 바탕으로 한다. 이런 의미에서 그것은 6, 70년대 산업 사회의 현대성에 대응하는 한국 시의 현대성을 탐구한 문학적 실천에 해당한다. "진정한 시인은 그러한 현대성의 모순을 가장 민감하게 의식하고, 그것의 전망을 가장 정직하고 날카롭게 표현하는 사람일 것이다"[13]라는 명제 앞에서 '문지 시선'의 첫 세대들은 그 현대적 시인의 표상을 구체화한다.

2. 부정과 해체의 시대와 그 전사들——80년대의 '문지 시선'

80년대가 시작되었으나 사회적 억압은 해소되지 않았고, 오히려 더욱 야만적인 정치 권력의 폭력을 경험하게 된다. 짧은 서울의 봄이 극악한 정치적 폭압으로 귀결되었던 비극은, 그러나 역설적으로 새로운 문학에 대한 열망을 솟아오르게 만들었다. 한국 사회의 구조적 폭력성에 대한 확인은 앞 세대의 문학적 이상 가운데 하나였던 '자유'의 관념 자체를 근본적으로 사유하게 만들었다. 신군부가 '창비' '문지' 등의 비판적인 문예지들을 폐간시키면서, 무크지를 중심으로 한 새로운 소집단 운동이 촉발되었고, 그 운동의 중심에는 시가 있었다. 그것은 새로운 세대의 등장과 함께 미학적으로 더욱 급진적인 시 쓰기를 만들어내었다. 시 쓰기가 전투로 인식되고 부정과 해체의 언어가 전면적으로 대두되었다. 그리하여 80년대의 '문지 시선'은 이 야만의 시대에 또 하나의 강력한 세대를 등장시킨다. 4·19세대와는 약 10여 년의 아래 연배에 속한 이들 세대는 4·19세대가 이룩한

---

13) 오생근, 「현대성의 경험과 시적 인식」, 『그리움으로 짓는 문학의 집』(문학과지성사, 2000), p. 61.

시적 현대성의 성취 위에서 시의 장르적 관습과 문법에 대한 보다 근원적인 질문들을 시의 양식으로 만들어갔다. 시적 현대성을 새로운 차원으로 밀어올리는 보다 강렬한 부정의 언어가 폭발적으로 쏟아져나오기 시작한다.

문학의 차원에서, 그것은 기존의 문학적 관습과 규범에 대한 정면 도전을 낳았다. 그것이 이룬 최대의 문학적 혁명은 그때까지의 문학이 기대어 있던 인문주의적 신화를 발가벗겼다는 것이다. 시는 사람의 산물이 아니라, '시를 쓰게 하는 것' 그 자체로 환원되었다. 시를 쓰려면 안목과 기교를 길러야 한다는 전 시대의 묵시록적 동의는 도대체 어떤 안목이며, 무엇을 위한 기교인가라는 회의와 항변에 파묻혀버렸다. 시는 시를 읽을 줄 아는 사람들의 전유물에서 만인의 향유물로 바뀌어졌다. 80년대의 시는 시 자체를 부정함으로써 자신의 시를 세웠다. "나는 파괴를 양식화한다"는 황지우의 그 유명한 발언은 80년대 전반기의 문학적 분위기를 축약하고 있었다. 아니다. 80년대 시의 호전적 낭만주의가 자기 부정을 새 세상의 원리로 삼은 경우는 드물었다. 진리의 전면적 복원이 항상적 강박관념이었던 것과 마찬가지로, 파괴가 양식화되기까지의 시간은 지나치게 지루할 수도 있었다. 그것을 앞당기기 위해서 부정의 대상은 자신에게서 타자로 옮겨지고, 현재는 과거로 내던져질 수도 있었다. 80년대 시의 자기 부정은 거대한 긍정의 세계를 도입하는 계기에 불과할 수도 있었다. 사회과학과 신화가 거리낌 없이 시를 자처하는 일이 실제로 일어났다.[14]

그러나 '문지 시선'은 인문주의적 신화가 발가벗겨진 그 자리에서 '사회과학'과 '신화'를 시로 대체하는 것 대신에, 보다 깊고 끈질기게 현실 야만

---

14) 정과리, 「절정의 곡예사들」, 『무덤 속의 마젤란』(문학과지성사, 1999), pp. 18~19.

성의 뒤에 도사린 억압적 구조를 심층적으로 드러내는 작업을 밀고 나간다. 현실의 폭력성을 강력한 부정의 언어로 드러내면서도 단순한 정치적 선언의 수준을 넘어서, 문학 언어 자체에 대한 치열하고 근원적인 반성을 수행해나간 것이다. 현실에 대한 부정의 열망이 시적 구조 자체에 대한 전면적인 해체와 재구성의 시적 모험으로 드러난 것이 80년대 초반 '문지 시선'을 추동시킨 문학적 에너지였다.

　1980년대 문학이 이룬 또 하나의 성취는 좀 더 심층적인 것이다. 우리는 앞에서 1980년대 문학의 급격한 변화를 이야기하면서 '그 표면의 층위'라는 한정어를 붙여놓았다. 그것은 정치와 동일시되던 80년대의 문학이 그럼에도 불구하고 그 심층에서는 문학만의 고유한 세계를 일구어내려는 활발한 몸짓들을 약동시키고 있었다는 것을 의미한다. 한 시인이 "아버지…… 너는 입이 열이라도 말 못해"(이성복)라고 외쳤을 때 그것은 단순히 전 세대에 대한 일방적 부정을 담고 있는 것이 아니었다. 그 외침 속에는 그가 닮으려고 했던 전 세대의 무기력에 대한 안타까움과 그리움이 강렬하게 떨리고 있었다. 그 떨림이 세상과 문학에 대한 이성적 성찰을 이끌어내었을 때 1980년대 문학은 아주 중요한 창작적 성과를 이끌어낸다.[15]

　이 심층적인 시적 실천이라는 문맥에서 이성복의 『뒹구는 돌은 언제 잠깨는가』(1980)는 하나의 상징적 사건이었다. 뒤이어 최승자의 『이 시대의 사랑』(1981), 김혜순의 『또 다른 별에서』(1981), 고정희의 『이 시대의 아벨』(1983)이 이어지면서, 새로운 시인들은 유신의 시대를 통해 이미 경험한 억압적 현실의 내부를 더욱 강력한 부정의 언어를 통해 드러내 보인다. 급기야 황지우의 『새들도 세상을 뜨는구나』(1984)와 박남철의 『지상의 인

---

15) 정과리, 「고도 성장기의 한국 문학」, 『문학이라는 것의 욕망』(역락, 2005), p. 131.

간』(1984)에 이르러서는 그 해체적 방법론의 하나의 극단을 통과하게 된다. 그리하여 80년대의 '문지 시선'의 시인들은 시의 몸 자체가 현실을 관통하는 칼날이 되게 했다.

그러나 보다 강렬한 고통의 언어, 부정의 언어는 주로 시에서 산출되었다. 80년대 초 이래의 이성복, 황지우, 김광규, 최승자, 박남철, 정인섭, 이하석, 최승호, 80년대 후반 들어서의 권혁진, 이승하, 기형도, 그리고 그밖의 많은 시인들이 그러했다. 예컨대 80년대의 앞자리에서 이성복은 우상 파괴적인 상상력으로 기성 시의 체계를 충격하며 우리의 삶이 병든 세계에서의 고통스러운 삶이라는 것을 깊이 있게 드러냈고, 이성복과 더불어 한국 시의 위선적 교양주의를 파괴하는 데 결정적으로 기여한 황지우는 형태 파괴의 방법으로 거둘 수 있었던 시적 성과의 거의 최대치를 보여주면서 80년대적 정치 의식의 민감성 속에서 고통의 제스처, 낭만주의적 선언, 자학의 포즈, 냉소, 풍자, 비극적 서정 등 다채로운 문체로 고통과 부정의 언어를 꽃피워냈고, 80년대의 끝자리에서 이 세계의 부정성에 대한 예민한 감수성을 지닌 기형도는 그 부정성에 대한 도저한 절망과 공포에 관해 섬뜩하게 읊조렸다.[16]

"보다 강렬한 고통의 언어, 부정의 언어"가 시로 발현된 것은 필연적이었다. 소설의 언어가 현실의 억압적 구조를 드러낼 만한 서사적 성찰의 거리를 확보할 여유를 갖지 못했을 때, 시는 가장 날카롭고 즉각적인 언어로 시적 비명과 단말마를 쏟아낼 수 있었다. 그러나 80년대 초의 '문지 시선'의 시인들이 쏟아낸 것은 비명 이상이었다. 그들의 비명은 현실의 억압에 대한 감각적 반응 그 자체가 아니라, 그 폭압의 심층을 꿰뚫고자 하는 열

16) 성민엽, 「열린 공간을 향한 전환」, 『변하는 것과 변하지 않는 것』(문학과지성사, 2004), pp. 26~27.

망을 새로운 시의 육체로 만들어가는 것을 의미했다. 80년대 초반의 '문지 시선'은 시가 어떻게 현실의 폭력을 꿰뚫고 문학의 전위가 될 수 있는가에 대한 강렬한 문학사적 사례의 하나가 되었다.

　이성복은 문학과 현실의 광범위한 상호 침투를 처절한 통감각적인 반응을 통해 처참하게 폭로하는 한편으로 그것을 넘어설 세상의 이미지를 '인고'의 어머니와 모성적 자연의 모습으로 형상화하면서, 한국 시의 전통적 리듬을 재생한 곡조 위에서 사랑과 이별의 되풀이되는 드라마를 전개시킨다. 황지우는 문학적인 것 일체에 대한 1980년대적 부정을 문학적인 것에 대한 실험으로 바꾸는 한편으로 초토와 다름없는 세상의 모든 것들을 가장 육체적인 언어로 묘사한다. (중략) 최승자는 가장 거친 욕설과 슬프고도 아름다운 소리를 하나로 일치시키고, 최승호는 죽음에 대한 아주 충격적이고 그로테스크한 이미지들로 억압적 사회의 추악함을 부단히 환기시킨다. (중략) 김혜순은 자아 속에 겹겹으로 반사되는 어머니의 기억을 한 장 한 장 쌓으면서 기나긴 한국 여성사를 양파처럼 단단한 시학으로 응축시키고, (중략) 이 모든 노력들을 통해 1980년대의 한국 문학은 광포한 정치 현실에 대한 능동적인 저항과 문학의 존재 이유에 대한 치열한 반성을 동시에 수행한다.[17]

　그리고 80년대의 중반을 넘기면서 이 강력한 부정의 언어들은 새로운 개성적인 화법과 만나는 모색을 이어나갔으며, 정인섭의 『나를 깨우는 우리들 사랑』(1981), 박덕규의 『아름다운 사냥』(1984), 최두석의 『대꽃』(1984), 최승호의 『고슴도치의 마을』(1985), 이영유의 『그림자 없는 시대』(1985), 이승훈의 『당신의 방』(1986), 권혁진의 『프리지아꽃을 들고』

---

17) 정과리, 「고도 성장기의 한국 문학」, 『문학이라는 것의 욕망』(역락, 2005), pp. 132～133.

(1987), 이승하의 『사랑의 탐구』(1987), 황인숙의 『새는 하늘을 자유롭게 풀어놓고』(1988), 윤중호의 『본동에 내리는 비』(1988), 김정란의 『다시 시작하는 나비』(1989)가 그 모색을 이어나갔다.

전통적인 서정시에 미학적 현대성을 부여하는 작업 역시 그 사이에서 조용히 그러나 밀도 높은 방식으로 진행되었는데, 이태수의 『우울한 비상의 꿈』(1982), 송수권의 『꿈꾸는 섬』(1983), 홍신선의 『우리 이웃 사람들』(1984), 박태일의 『그리운 주막』(1984), 이기철의 『전쟁과 평화』(1985), 김정웅의 『천로역정, 혹은』(1988), 송재학의 『얼음시집』(1988), 김준태의 『칼과 흙』(1989), 이창기의 『꿈에도 별은 찬밥처럼』(1989), 김갑수의 『세월의 거지』(1989) 등이 80년대의 '문지 시선'을 채워나갔다.

그리고 '문지 시선'은 젊은 시인 기형도의 유고 시집 『입속의 검은 잎』(1989)으로 80년대를 마감한다. 기형도의 시는 그의 갑작스러운 죽음 그 자체로도 생의 부조리를 충격적으로 환기시켰을 뿐만 아니라, 그 시적 감수성이 80년대에서 90년대로 이어지는 시대정신의 틈을 예민하게 언어화하고 있다는 점에서, 80년대 '문지 시선'의 마지막 점화였다. 이 시집은 80년대 초반 시의 전위성이 어떻게 90년대 시의 환멸의 언어들로 스며들게 되는가를 보여주는 상징적인 사건이기도 했다.

3. 대중문화적 상상력과 새로운 서정성의 조우——90년대의 '문지 시선'

90년대의 '문지 시선'은 새로운 문화적 상황에서 출발한다. 6월 항쟁이 촉발한 이후 한국 사회의 절차적 민주주의가 신장되고, 90년대 들어와서는 소비 사회적인 징후들이 본격화되었다. 선명한 정치적인 악이 사라진 시대, 새로운 정보 사회적 환경과 자본주의적 일상성의 비속함 가운데서,

시는 스스로의 미학적 정체성을 다시 탐문하지 않으면 안 되었다. 개인의 '문화적 삶'에 대한 관심은 새로운 문학적 탐구의 주요 영역으로 자리 잡았다. 90년대의 '문지 시선'은 이런 새로운 대중문화의 시대에 시의 존재론적 위상을 다시 점검해야 했다.

　문화 산업의 팽창에 따라 출판 시장의 구조는 장편소설과 아마추어리즘을 노출하는 시집 중심으로 급격히 변화되었고, 시는 문화적인 주변부로 밀려나는 상황을 초래했다. 그래서 80년대 시의 전위성이 위축되는 대신, '시의 죽음'이라는 풍문이 피어올랐다. 그러나 시장과 저널리즘의 관심에서 주변화됨으로써, 시는 오히려 자기 부정을 통해 장르의 자율성에 대한 자의식을 심화할 수 있는 계기를 맞았다. 우선 그것은 시적 주제의 다양성을 가져왔다. 우선은 '문화적 삶'의 문제와 관련된 새로운 시적 주제들이 떠올랐다. 죽음과 소멸의 미학, 도시적 일상성의 탐구, 대중문화와의 접속, 디지털 환경과 사이버 세계, 몸의 시학, 여성주의와 섹슈얼리티 등의 다채로운 테마들은 전 시대에 볼 수 없었던 세계 인식의 다원화를 가져왔다. 이것은 주제와 소재의 다양성이라는 차원을 넘어 시적 인식과 그 대상과의 관계의 다원화를 의미하는 것이다.[18]

　이 다원화된 공간 안에서 새로운 세대의 시인들이 대거 등장했다. 우선 두드러진 것은 도시적 감수성을 보여주는 세대의 시였다. 대중문화를 자양분으로 성장한 이들은 자본주의적 일상의 이미지들을 표현하기 시작한다. 소비 사회의 갖가지 문화적 영역들이 시의 소재로 등장했다. 이들은 대중문화적 매혹에 적극적으로 반응하면서도 다른 한편으로는 개인적 주체의 정체성의 혼란과 소외를 표현했다. 유하의『바람부는 날이면 압구정동에 가야 한다』(1991)가 하나의 출발점이었다. 여기서 '압구정동'이라는 공간은 자본주의적 스펙터클이 전시되는 장소이다. 그는 거리의 풍경 안

---

18) 이광호, 「90년대 시의 지형」, 『한국 현대문학사』(현대문학, 2004) 참조.

에 들어 있는 욕망의 만화경을 이미지의 연상을 통해 펼쳐 보인다. 시인은 도시의 소비 문화적 이미지들의 매혹을 드러내면서 한편으로 그 안의 타락한 욕망들을 비판적으로 성찰한다. 대중문화와 하위 문화의 공간은 유하에게 소비 사회를 상징하는 이미지인 동시에 실존적인 추억의 장소이기도 하다. 유하의 시적 자아는 소비 사회의 매혹과 환멸을 훔쳐보는 반성적인 산책자라고 할 수 있다.

새로운 대중문화적 현실 속에서 실존의 문제를 탐구한 이들 새로운 시들은 하재봉의『비디오/천국』(1990), 장경린의『사자 도망간다 사자 잡아라』(1993), 연왕모의『개들의 예감』(1997), 성기완의『쇼핑 갔다 오십니까?』(1998), 서정학의『모험의 왕과 코코넛의 귀족들』(1998), 강정의『처형극장』(1996), 주창윤의『옷걸이에 걸린 양』(1998) 등으로 구체화되었다. 이들은 현란한 자본주의적 스펙터클 뒤의 무의미와 공허와 혼돈을 노래했다. 이들의 시적 문법은 전통적인 서정시의 조화와 절제의 미학을 파기하고 자본주의적 욕망의 과잉과 분출을 표현하는 탈서정시적 화법을 선택한다.

다른 한편으로 서정시의 문법을 도시 공간에 대한 새로운 시적 성찰의 언어로 재구성하는 작업도 이어졌다. 김기택의『태아의 잠』(1991)은 도시적 삶을 건조한 투시적 언어로 묘사한다. 그의 시적 문법은 사물에 대한 섬세한 관찰력을 통해 그 안에 내재된 숨은 힘을 포착한다. 시인은 일상의 정적과 권태 안에서 보이지 않는 힘들이 길항하는 공간과 시간을 드러낸다. 이 투시적 상상력은 육체와 도시적 공간에 대한 해부학으로 나아간다. 그것은 도시적 일상적 공간의 실체성에 관한 자명한 의식을 뒤흔드는 반성적인 성찰의 계기가 된다.

이윤학의『먼지의 집』(1992)은 폐허의 이미지로 뒤덮인 버려진 변두리의 공간에서 삶의 쓸쓸함과 비애를 직관하는 시적 묘사를 보여주었다. 그의 시에서 생은 폐허 그 자체이거나 폐허를 건너가는 시간일 뿐이다. 이윤학의 소멸과 폐허의 풍경들은 생의 실존적 조건에 대한 응시의 공간이 된다. 그의 시는 폐허와 상처의 자리를 은폐하지 않고 그 안에서 삶을 수락하는 시적 직관의 순간을 보여주며, 이것 역시 현란한 자본주의적 이미지에 대한 반성적 의미를 가질 수 있다.

현대적인 삶의 부정성을 탐구하는 새로운 시적 개성을 보여주는 언어들은 김휘승의 『햇빛이 있다』(1991), 함성호의 『56억 7천만 년의 고독』(1992), 고진하의 『프란체스코의 새들』(1993), 김중식의 『황금빛 모서리』(1993), 차창룡의 『해가 지지 않는 쟁기질』(1994), 박형준의 『나는 이제 소멸에 대해서 이야기하련다』(1994), 송찬호의 『10년 동안의 빈 의자』(1994), 박청호의 『치명적인 것들』(1995), 엄원태의 『소읍에 대한 보고』(1995), 양진건의 『대담한 정신』(1995), 윤의섭의 『말괄량이 삐삐의 죽음』(1996), 성윤석의 『극장이 너무 많은 우리 동네』(1996), 김연신의 『시를 쓰기 위하여』(1996), 김태동의 『청춘』(1999) 등에서 다채로운 시적 성취를 이루어, 소비자본주의 시대 뒤편에 숨어 있는 우울한 실존적 현실이 개성적인 언어로 표현되었다.

정통적인 서정시의 화법을 계승하면서 미학적 현대성을 부여하는 작업은 장석남 등에 의해 시적 성취를 이루었다. 장석남의 『새떼들에게로의 망명』(1991)은 전통 서정시의 새로운 해석에 있어서 섬세한 감각을 보여준다. 그의 시는 행간에 침묵을 채워놓는 언어적 절제를 통해, 사물과 마음의 미세한 떨림을 포착하려 한다. 대지의 공간으로 귀환하는 상상력을 통해 정밀한 서정성을 선보이는 것이며, 그 이미지들은 대지적 삶에 뿌리내린 원적(原籍)의 세계라고 할 수 있다. 시인은 전통적인 서정시의 정서를 보다 감각적인 언어로 다듬어, 원초적인 자리로 귀환하려는 마음의 움직임을 섬세한 언어적 화음으로 빚어낸다. 이재무의 『온다던 사람 오지 않고』(1990), 박세현의 『정선 아리랑』(1991), 곽재구의 『서울 세노야』(1990), 장석주의 『붕붕거리는 추억의 한때』(1991), 김윤배의 『강 깊은 당신 편지』(1991), 이준관의 『열 손가락에 달을 달고』(1992), 임동확의 『운주사 가는 길』(1992), 송재학의 『푸른빛과 싸우다』(1994), 조정권의 『신성한 숲』(1994), 박용하의 『바다로 가는 서른세 번째 길』(1995), 이정 록의 『풋사과의 주름살』(1996), 강윤후의 『다시 쓸쓸한 날에』(1995), 원 재훈의 『그리운 102』(1996), 최영철의 『일광욕하는 가구』(2000) 등에서 이른바 '신서정'은 그 사유의 깊이와 서정적 밀도를 동시에 추구한다.

이런 서정시의 현대적 변용과는 조금 다른 층위에서, 시적 자아를 탈인 간화 혹은 탈주체화하는 독특한 개성을 지닌 작업을 만날 수 있었다. 꿈의 자리에 현실을 채워 넣으며, 그 안에서의 몸의 포복을 통해 독특한 몸의 시학을 그려낸 채호기의 『지독한 사랑』(1992), 죽음의 상상력을 극단적으 로 밀고 나가면서 세계에 대한 묵시록적 상상력을 건조한 시 언어로 드러 낸 남진우의 『죽은 자를 위한 기도』(1996) 역시 90년대의 '문지 시선'을 수 놓은 문제적인 시적 개성이다.

여성 시인들의 문학적 성장은 90년대 시의 공간을 풍요롭게 만들었다. 새로운 여성적 미학은 서정시의 전통을 여성적 서정성을 통해 풍부하게 하 는 한편, 보다 전복적인 여성적 상상력과 탈중심화된 언술 방식을 드러내 주었다. 여성적 존재의 감각을 보다 세밀하게 드러내주는 여성 시인들의 활동은 90년대 시를 새롭게 만드는 강력한 힘의 하나였다.

허수경은 토착적인 정서와 가락으로 세간의 고통의 감싸안는 감성을 보 여준 시인이다. 『혼자 가는 먼 집』(1992)에서 시인은 숙성한 여성적 감수 성의 경지를 보여주었다. 허수경 시의 가장 빛나는 부분은 세속적 삶의 남 루와 비애를 끌어안는 '통속적인' 가락이다. 그런데 허수경의 통속성은 상 투적인 감상성을 의미하는 것이 아니라, 삶의 질곡과 타자의 상처를 어루 만지는 모성적 감수성으로 표현되는 것이다. 허수경의 시는 넉넉한 모성 적 감수성으로 세간의 불우함을 감싸안는 서정시라는 측면에서 한국 여성 시의 새로운 가능성을 선보였다.

박라연의『서울에 사는 평강공주』(1990), 이진명의『집에 돌아갈 날짜를 세어보다』(1994), 조은의『무덤을 맴도는 이유』(1996), 김소연의『극에 달하다』(1996) 이경임의『부드러운 감옥』(1998), 이선영의『평범에 바치다』(1999) 등이 90년대 여성시의 새로운 개성을 보여주었다. 이원의 『그들이 지구를 지배했을 때』(1996)는 여성적인 상상력과는 조금 다른 차원에서 탈인간주의적 시선으로 사물과 공간의 불가시적인 내밀한 움직임을 가시적으로 묘사한다. 인간의 몸은 그 상투적인 정신성이 거세된 물질적인 존재로 묘사된다. 사물들은 인간 주체의 관점에서 대상화되는 것이 아니라, 자기들의 물질적 공간 안에서 그 존재성을 드러냄으로써 동사화 혹은 주체화된다. 이런 시적 상상력은 탈인간적인 문화적 경험을 만나고 있다는 측면에서 문제적이다. 그리고 이런 탈인간적인 상상력은 새로운 세기의 상상력을 예감하는 것이기도 했다.

5. 기념비를 넘어서──2000년 이후의 열린 공간

2000년 이후의 '문지 시선'은 표면적으로는 90년대 '문지 시선'의 연장선 상에서 그 다양성을 이어가고 있다고 볼 수 있다. 하지만 새로운 시인들의 낯선 상상력에 의해 '문지 시선'이 또다시 갱신되고 있음을 확인할 수 있다. 우선 눈에 띄는 것은 새로운 여성 시인들의 등장이다. 김명리의『불멸의 샘이 여기 있다』(2002), 진은영의『일곱 개의 단어로 된 사전』(2003), 김행숙의『사춘기』(2003), 조용미의『삼베옷을 입은 자화상』(2004), 나희덕의『사라진 손바닥』(2004), 이기성의『불쑥 내민 손』(2004), 이수명의『고양이 비디오를 보는 고양이』(2004), 이성미의『너무 오래 머물렀을 때』(2005) 등은 '문지 시선'을 새롭게 장식한 여성 시인들이다. 나희덕과 김명리, 조용미, 이수명 등이 성숙하고 심화된 여성적 개성을 보여주었다면, 첫 시집을 출간한 여성 시인들은 낯선 여성적 언술의 가능성을 시험하고 있다. 그것은 현대시의 시적 화자와 주체 자체를 새롭게 설정하는 작업과 연루되어 있으며, 2000년대적인 시학의 가능성을 예고하는 시적 동력을 만들어내고 있다.

또한 윤병무의 『5분의 추억』(2000), 김점용의 『오늘 밤 잠들 곳이 마땅찮다』(2001), 유종인의 『아껴 먹는 슬픔』(2001), 조인선의 『황홀한 숲』(2002), 김중의 『거미는 이제 영영 돼지를 떠나지 못한다』(2002), 박주택의 『카프카와 만나는 잠의 노래』(2004), 배용제의 『이 달콤한 감각』(2004), 신용목의 『그 바람을 다 걸어야 한다』(2004), 정병근의 『번개를 치다』(2005) 등은 서정시적 문법을 다양하게 변용하는 시적 개성의 풍요로움을 발산하는 시집의 목록들이다.

지난 30여 년간의 '문지 시선'이 이룬 지속적인 성취는 시대의 변화에 대응하는 젊은 시적 에너지가 끊임없이 재충전됨으로써 가능했다. 70년대와 80년대, 그리고 90년대의 '문지 시선'은 새로운 세대의 젊은 시인들에 의해 그 연대기를 새롭게 쓸 수 있었다. 그러나 그게 전부는 아니다. '문지 시선'의 출발을 이룬 4·19세대 이후, '문지의 시인'들은 부단히 자신의 문법을 진화시켜왔으며, '문지 시선'을 통해 이들 시인들의 변모를 확인하는 것 역시 의미 있는 작업이 될 것이다. 이를테면 초기 '문지 시선'을 수놓은 시인들이 얼마나 치열하게 자기 갱신의 길을 걸어왔는지를 주목할 필요가 있다. 그것은 '문지 시선'의 역사이기에 앞서 한 시인의 역사에 속한다. '문지 시선'은 그 작은 역사들이 관계 맺는 일종의 네트워크이다. 그리고 이 글은 그 네트워크의 세부를 모두 감당하기는 벅차다.

'문지 시선'은 하나의 기념비다. '문지 시선'은 그 풍요한 시적 육체들을 통해 한국 시의 현대성의 성취를 증거해왔다. 그것은 한국 사회의 산업화 과정에 심층적으로 대응해온 한국 현대시의 전개 과정을 핵심적으로 보여주는 사건이기도 했다. 그러나 지금, '문지 시선'은 그 기념비이기를 무너뜨려야 할 것이다. '문지 시선'의 역사가 하나의 완결된 서사가 아니라는 점, 그것이 한국 시의 '현대성'을 성취하고 또한 해체하는 움직임은 진행형이라는 점 때문이다. '문지 시선'은 여전히 움직이는 열린 공간이다. 지난 3백여 권의 '문지 시선'의 목록은 한국 시의 '현대성'을 재구성하는 드라마를 연출했다. 이제 그 기념비를 파괴하고 그것부터 탈영함으로써, '문지 시선'에 불온한 에너지를 불어넣는 시인들을 기다린다. 탈영자들이 만들어내는 '문지 시선'의 '또 다른 시작'을 말이다.

이광호 문학평론가. 1963년 대구 출생. 1988년 중앙일보 신춘문예에 평론 낭선. 평론집 『위반의 시학』 『환멸의 신화』 『소설은 탈주를 꿈꾼다』 『미적 근대성과 한국문학사』 『움직이는 부재』 등이 있음.

성찰적 실험과 새로운 한국 소설사에의 도전

—문지 소설 30년

우찬제

1. 문지 소설 30년의 자리

1970년 9월에 문학 계간지 『문학과지성』의 창간은, 그보다 4년 전인 1966년 1월에 있었던 『창작과비평』의 창간과 더불어 한국문학사의 획기적인 사건이었다. 한국 문단에 본격적인 계간지 시대를 열었음은 물론이거니와, 이른바 문지와 창비라는 문단 양대 산맥이 형성되는 순간이었기 때문이다. 계간지 『문학과지성』을 통해 한국 문학의 새로운 지평을 모색하던 편집 동인들은 1975년 12월 12일, 출판사 문학과지성사를 창사한다. 이듬해인 1976년 1월 15일 홍성원 소설집 『주말여행』을 필두로 하여, 4월에 조해일 장편소설 『겨울여자』를, 5월에 이청준 장편소설 『당신들의 천국』과 김원일 소설집 『오늘 부는 바람』, 8월에 최인훈의 『광장/구운몽』(정향사, 신구문화사, 민음사 판본에 이은 문학과지성사 전집 판본), 9월에 서정인 소설집 『강』을 상자하면서 본격적인 문학과지성사 출판 시대를 열게된다. 그로부터 30년 동안 문학과지성사는 289종 356권의 소설(집)을 출간했다(2005년 10월 31일 기준). 그 30년은 20세기 후반 한국소설사의 흐름과 맥락을 바꾼 시간이었으며, 한국의 문학 문화와 출판 문화에 새로운 지평을 알게 한 나날들이었다고 해도 과언이 아니다.

　문학과지성사의 소설 출판은 리얼리즘 소설 시대의 한복판에서 시작되었다. 두루 알다시피, 군부 독재와 유신으로 상징되는 정치적 상황과 산업화 일로에 따라 계급 문제가 다각적으로 불거지던 경제적 상황에서 1970년대 중반 이 땅의 작가들은 누구나 할 것 없이 고뇌해야 했다. 현실의 객관적인 조건과 거기에 바탕을 둔 시대정신이 많은 작가들에게 억압처럼 다가오던 때였다. 현실은 종종 문학의 자리와 방향을 일정하게 혹은 상당 부분 알려주거나 지시했다. 현실이 문학 상상력의 상당 부분을 이미 선점하거나 제시하던 시절이었기에 작가들은 양면으로 자유로울 수 없었다. 억압적인 현실에서 몸도 자유로울 수 없었을 뿐만 아니라 영혼의 상상력도 자유로울 수 없었던 것이다. 그런 상황에서도 작가들은 현실을 적극적으로 증거하고 시대정신을 반영해야 했다. 그러다 보니 작가들은 때때로 자신들이 다루는 이야기 세계의 진실을 확정적인 어떤 것으로 독자들에게 전달하려는 계몽적 의지를 보이기도 했다. 그것은 작가의 의지이기도 했지만 시대 의지의 소산이기도 했다. 이는 일종의 서사적 거리화의 문제이기도 했다. 현실이나 시대정신, 작가 의식이나 상상력, 독자의 수용 태도 사이의 거리를 영도화(零度化)하거나 현저하게 좁혔다. 현실로부터 작가들이 자유로울 수 없었듯이, 그 현실과 거기서 배태된 작가와 텍스트로부터 독자 또한 자유로울 수 없는 형국이 비일비재했다. 이러한 문학 상황에 대한 반성적 인식으로부터 문학과지성사의 문학 담론은 비롯되었다.

　억압적 현실을 드러내되 억압하지 않고 다만 억압을 반성케 한다는 테제가 바로 그것이다. 이미 잘 알려진 것처럼 비평가 김현의 문학론과 작가 이청준의 소설론에서 보다 직접적으로 언명된 것이거니와, 이런 문학 태도는 문학과지성사 소설 출판의 밑바탕을 이루는 핵심이라 할 수 있다. 이를 위해 문지의 작가들은 반성적 스타일을 다각적으로 모색했다. 현실적 주제들을 설명하기보다는 다양한 스타일로 보여주기 위한 서사 전략을 탐

문함으로써 기존의 소설과는 다른 소설들이 되기를 소망했던 것으로 보인
다. 이를 위해서는 상상력과 감각의 전위성을 추구해야 했다. 그러면서도
다른 한편으로 독자와 진정으로 교감하고 소통할 수 있는 문학을 지향했
다. 그래야 문학적 진실의 자리 혹은 문학적 진정성의 가치를 알 수 있을
것으로 생각한 듯 보인다. 요컨대 문학과지성사의 소설 출판은 억압을 반
성케 하는 이야기, 반성적 스타일 모색, 감각과 상상력의 전위성 옹호, 독
자와 교감하는 문학 추구 등을 통해 문학적 진정성을 확보하려는 소설을
선별하여 독자들에게 선사하기 위한 수고로운 역정이었다고 할 수 있다.

2. 닫힌 시대와 그 소설적 진실

결코 짧지 않은 나날을 군부 독재 치하에서 보냈던 1970년대 중반에 많
은 작가들은 정치적 억압 속에서 문학적 정의를 추구하고자 했다. 닫힌 시
대를 소설적 진실로 열고자 했던 작가들의 노고는 문학과지성사의 소설 출
판에서도 빛을 발했다. 대표적인 4·19세대 작가인 이청준의 『당신들의 천
국』(1976, 출간 28년 만인 2003년 1월에 1백 쇄), 『예언자』(1977), 『잃어버
린 말을 찾아서』(1981) 등의 출간은 1970년대 문학과지성사의 '문학'과
'지성'의 특성을 잘 헤아리게 해준다. 두루 알다시피 천국에로 이르는 길
의 어려움을 고뇌한 『당신들의 천국』은 나환자 병원이 있는 소록도를 무대
로 벌어지는 나환자들과 병원장의 갈등 이야기다. 박정희식 개발 독재에
대한 정치적 알레고리로 읽히는 이 소설에서 작가는 단지 개발 독재에 대
한 부정과 비판의 차원을 넘어서 새로운 인문적 테제를 제출하고자 한다.
즉 타자와 구체적인 교감 없는 주체의 선한 의지가 타자의 발견을 통해 어
떻게 새로운 테제를 형성할 수 있을까 하는 가능성을 조심스럽게 점쳐본
소설이라는 것이다. 거기에는 삶의 현실과 이상적 소망, 주체와 타자 사이

의 진정한 교감 가능성, 개인의 진실과 집단의 꿈의 화해 가능성, 자유와 사랑의 허심탄회한 조화 가능성 등 여러 가지 근본적인 문제 의식들이 담겨 있다. 『예언자』는 억압적 상황에서 개인의 자유 지평을 응시한 「화려한 실종」과 그런 상황에서 소설적 진실을 어떻게 추구할 것인가를 탐문한 「지배와 해방」 등을 담은 소설집으로 이청준의 소설관과 세계관이 집중적으로 드러나 있다. 『잃어버린 말을 찾아서』는 자아와 세계의 갈등이 현저한 억압적 현실을 탐색하기 위한 담론으로 서사화한 '언어사회학 서설' 연작인데, 말과 현실이 어긋나고 안과 밖이 어우러지지 못하는 상태를 매우 지성적으로 점묘했다. 호영송의 『파하의 안개』(1978)는 1970년대 유신 시절의 정치적 억압 상황에서, '말'의 자유와 권력이 일부에 독점되었을 때 불가피하게 발생하는 엄혹한 불안의 풍경을 실감 있게 드러내면서, 진실한 자유에의 지평을 소망한 텍스트인 표제작을 비롯해 억압과 자유의 변증법을 탐문한 실존주의적 소설들로 이루어져 있다.

아울러 극한적 상황에 몰린 개인의 고통을 묘사한 홍성원의 『주말여행』(1976), 닫힌 상황에서 뿌리 뽑힌 개인들의 고통과 분노의 페이소스를 그린 김원일의 『오늘 부는 바람』(1976), 시대의 진통으로 억압받는 개인의 고난을 그린 최정희의 『찬란한 대낮』(1976), 한계 상황에서의 인간 존재론을 그린 박시정의 『날개소리』(1976), 억압적 시대의 허위와 부조리를 파헤친 최창학의 『물을 수 없었던 물음들』(1977), 수배된 젊은이의 도피와 방랑기를 통해 시대의 고통과 개인의 고뇌를 그린 송영의 장편 『달리는 황제』(1978), 억압과 혼란의 상황을 거스르며 진정한 영혼의 성장을 탐색하는 성장 소설인 박기동의 『아버지의 바다에 은빛 고기떼』(1979), 삶과 죽음, 개인과 사회, 역사와 구원 등의 중핵적인 질문을 심원하게 던진 허윤석의 장편 『구관조』(1979) 등은 초기 문학과지성사의 소설 출판의 중요한 한 특성을 알게 해주는 소설들이다.

산업화 시대의 한복판에서 문학과지성사의 출판이 시작되었음은 이미 언급한 바 있거니와, 그런 면에서 윤흥길의 『아홉 켤레의 구두로 남은 사내』(1977), 이문구의 『관촌수필』(1977), 조세희의 『난장이가 쏘아올린 작은 공』(1978) 등의 출판이 우선 주목된다. 윤흥길의 『아홉 켤레의 구두로 남은 사내』는 산업화에 따른 도시로의 인구 집중 현상의 여파로 생겨날 수밖에 없었던 도시 변두리 지역에 사는 도시 빈민들의 삶의 애환을 실감 있게 다루면서 진정한 가치가 훼손된 현상을 의미심장하게 점묘했다. 『관촌수필』은 예의 이촌향도 현상의 와중에 붕괴되는 농촌 현실을 안타까워하면서 산업화로 인해 잃어버리고 있는 고향적인 것을 원근법적 풍속화로 그려낸 연작 소설이다. 『난장이가 쏘아올린 작은 공』은 난쟁이로 상징되는 못 가진 자와 거인으로 상징되는 가진 자 사이의 대립적 세계관을 바탕으로 하면서도, 그 대립 속에서 난쟁이들의 불행과 비극이 비단 경제적인 문제에서 그치는 것이 아니라 사람살이 전면에 걸쳐진 것이라는 진실을 독특한 문학적 스타일로 호소한 이 연작 소설집의 출간은 문학과지성사의 소설 출판 역사에서뿐만 아니라 한국소설사에서도 뚜렷한 장관이었다. 꾸준히 독자들의 사랑을 받아 1백 쇄를 돌파했다는 계량적 측면에서도 사건이었지만, 그에 앞서 문학적 진정성과 문학적 정의의 측면에서 『아홉 켤레의 구두로 남은 사내』 및 『관촌수필』 출간과 더불어 돋보이는 사건이었다고 할 수 있다. 또 이동하의 『장난감 도시』(1982) 역시 1950년대 보릿고개 시절의 처절한 굶주림과 허망한 광기를 묘사함으로써 산업 시대의 전사적 풍경을 잘 그린 연작 장편이다. 물론 이들보다 앞서 출판된 조해일의 『겨울 여자』 또한 이 계보에서 주목에 값하는 장편이었으며, 이후 유순하의 『벙어리 누에』(1990), 김향숙의 『문 없는 나라』(1990)와 『그림자 도시』(1992)로 이어졌다. 아울러 1980년대 중산층의 속물근성을 미시적인 소설 문체로 해부한 김원우의 『장애물 경주』(1986)나 『세 자매 이야기』(1988), 『안팎에서 길들이기』(1995) 역시 이런 맥락에서 소설사적으로 주목받았던 소설집이다.

현실적 고난의 중요한 원인으로 파행적인 한국 근대사의 전개와 분단 상황을 주목하고 이에 대한 소설적 작업을 수행한 작가들의 성취를 독자들에게 연결하는 것 또한 문학과지성사의 중요한 출판 과업이었다. 김원일· 홍성원· 한승원· 윤홍길· 조세희· 전상국· 김주영· 최인호· 이문열· 현길언· 임철우· 복거일 등 많은 작가들이 문학과지성사와 더불어 이 과업을 수행했다. 김원일의 『노을』(1978)은 한국전쟁의 현장과 동시대의 현실 사이의 시간적 이데올로기적 대화를 시도하면서 분단 상흔을 치유할 수 있는 상상적 지혜를 보인 장편이다. 김원일의 한국사 탐색은 한국전쟁에서 그치지 않고 일제 강점기까지 거슬러 올라간다. 일제의 억압 상황에서 민족이 처했던 참담한 정황을 실감 있게 보고하면서 그런 상황을 딛고 일어서려 했던 3·1운동, 민족해방운동, 독립 투쟁 등을 매우 핍진하게 그린 그의 대하 장편이 『늘푸른 소나무』(1993, 전 9권)이다. 이런 폭넓은 조감을 바탕으로 김원일은 다시 한국전쟁을 조망한다. 『불의 제전』(1997, 전 7권)은 한국전쟁이 발발한 1950년을 전후한 시기에 작가의 고향인 경남 진영과 서울, 평양 등으로 무대를 확장하면서 당시의 민족 상황과 민중의 현실을 매우 유장하게 그린 대하소설이다. 홍성원은 왜곡된 방향으로 전개되는 역사를 올곧게 바로잡으려 했던 몇몇 개인들의 신산한 고난의 열정들을 점묘하면서 잃어버린 역사에의 기억을 새롭게 환기한 『먼동』(1993, 전 6권)과, 승자가 아닌 패자의 시선으로 한국전쟁을 재조명한 『남과 북』(문학사상사판의 개정판, 2000, 전 6권)을 펴내 문학과지성사의 대하소설 계보를 중후하게 했다. 김주영 역시 구한말 유이민들의 역사를 유장한 문체로 그려낸 『야정』(1996, 전 5권)을 통해 그 계보를 더욱 홍성하게 했다.

한국 중편소설의 백미인 「장마」가 수록된 윤홍길의 소설집 『황혼의 집』(1976)의 출간 또한 분단문학사의 획기적 사건이라 할 수 있다. 한국전쟁과 분단 상황을 이데올로기의 시선이 아닌 전통적 민족 심상으로 따스하게 위무하면서 넘어서려 한 포괄의 상상력이 돋보이는 「장마」에서 샤머니즘의 현대적 기획은 퍽 의미심장한 것이었다. 이런 상상적 특성은 한승원의 소설 작업과도 연계된다. 소설집『안개바다』(1979)와 장편『불의 딸』(1983), 『우리들의 돌탑』(1988) 등 여러 소설에서 한승원은 분단 현실과 고난의 상황을 샤머니즘의 토속적 가치와 전통적 민족 심상을 통해 초극하려는 상상적 예지를 보였다. 전상국은『하늘 아래 그 자리』(1979)에서 전쟁과 분단으로 말미암은 전통적 공동체의 와해와 혼돈상을 예리하게 그리면서 역사와 현실에 대한 성찰적 시선을 제공했다. 제주도 출신 작가 현길언은『용마의 꿈』(1984)에서 제주도의 특수성을 통해 분단 상황의 보편적 비극을 환기했고, 대하장편『한라산』(1995, 전 3권)에서는 제주 4·3사건을 중심으로 역사적 고난 상황에서 민중들의 고난을 곡진하게 그려냈다. 『난장이가 쏘아올린 작은 공』의 작가 조세희는『시간여행』(1983)에서 우리의 역사와 현실에 있어서 고통스런 억압의 시간 의식을 매우 핍절한 방식으로 환기한다. 오늘날 '난장이'가 그와 같은 고통스런 삶을 살 수밖에 없었던 원인(遠因) 탐문을 위한 고통스런 역사 기행인 셈인데, 그처럼 고통스런 시간대를 곱씹어 체험케 함으로써 분노와 각성을, 나아가 대자적 역사의식을 촉구하고 있는 소설이다. 장편『영혼의 새벽』(2002)에서 최인호는 민족 분단과 이데올로기적 갈등을 초극할 수 있는 주요한 해법으로 사랑과 용서의 정신을 추구한다. 이문열은『변경』(1989, 전 12권)을 통해 한국 현대사의 거대한 암벽화를 재현했다. 1950년대 말에서 1960년대 말까지의 현대사를 한 가족사를 중심으로 재현하면서 역사와 개인, 외적 현실과 내면 풍경 사이의 변증법을 탐문한다.

1980년대 대표적인 작가로 꼽혔던 임철우는『아버지의 땅』(1984)에서 제3세대 작가의 분단 의식을 처절하면서도 아름답게 보여주었고, 『그리운 남쪽』(1985)에서는 서서히 1980년의 광주항쟁을 서사화하기 시작한다. 『달빛 밟기』(1987)를 거쳐 그는 장편『붉은 산, 흰 새』(1990)에서 한국전쟁기의 광기와 광주항쟁에서의 광기가 어떻게 역사적으로 연접될 수 있는

가를 보여주었다. 그와 같은 역사 인식을 바탕으로 하여 임철우는 광주민 중항쟁의 현장을 아주 사실적으로 그러니까 아주 처절하게 그린『봄날』(1997~1998, 전 5권)을 펴낸다. 그러니까 폭력과 억압, 광기와 좌절 등은 임철우 소설의 밑강물이다. 그 암채색 밑강물은 1950년 한국전쟁에서 발원되어 1980년 광주항쟁을 관통한 후, 오늘에 이르는 도저한 흐름의 역사에 다름 아니다. 임철우 소설의 밑강물은 대단히 어둡고 고통스럽다. 그러나 그는 그 고통의 강물에서 아름다운 문학혼과 인간 영혼을 길어올리는 재주를 지닌 작가다. 단적으로 말해 임철우의 소설은 고통스럽지만 아름답다. 그의 소설에서 우리가 폭력과 억압, 광기와 절망, 살육과 고문 등의 극단적인 산문적 상황들을 시리도록 접해야 하는 까닭에 고통스럽다면, 그 같은 상황들을 직조하는 작가의 서정적인 문체와 거기에 실린 인문적 숨결을 느낄 수 있기에 아름답다.『소지』(1987)와『녹천에는 똥이 많다』(1992) 등 이창동의 소설들도 문학과지성사 소설사에서 주목에 값한다. 그는 분단 상황과 현실 상황의 질곡을 분단 2세대들의 고통스런 초상을 통해 서사화한다. 현존을 불안케 하는 고통의 뿌리로 내려가 역사적이면서도 존재론적인 대화를 시도하는 그의 심원한 평형 감각은 독자들에게 진정한 반성의 지평을 유도한다. 거짓된 실존을 파헤치면서 역사적이고 선험적인 조건들에 균열을 내는 작가의 문제의식으로 인해 독자들은 반성적 공범 의식을 가지고 발본적 성찰 의례에 동참하게 된다. 이순원의『얼굴』(1993) 또한 역사적 사회학적 상상력과 실존적 고뇌가 어우러져 시대와 개인을 아우르며 성찰하는 상상의 예지를 보여준 소설집이다.

이렇게 문학과지성사는 구한말 유이민의 역사적 애환에서 일제 강점기, 한국전쟁기, 4·19혁명과 5·16쿠데타 등을 거쳐 1980년 광주항쟁에 이르기까지 근·현대사의 문제적 국면들을 일급 작가들의 상상적 예지와 필치로 유려하게 복원하여 독자에게 제공함으로써, 지금, 여기의 현실을 진정한 역사의식을 바탕으로 열어갈 수 있는 지혜를 보태는 데 역점을 두고 출판했던 것으로 볼 수 있겠다.

그 밖에 닫힌 현실을 열어나가기 위한 심미적 이성의 노력들을 문학과 지성사의 소설 출판은 적극적으로 수용했다. 허윤석의『구관조』에 대해서는 이미 거론했거니와, 도저한 허무와 폐허의 정조로 서정적 소설의 특별한 국면을 보인 윤후명의 소설 출간도 문학과지성사의 소설사에서 특기할 만하다.『둔황의 사랑』(1983),『부활하는 새』(1985),『여우사냥』(1997),『가장 멀리 있는 나』(2001) 등 여러 윤후명의 소설들은 대개 외로움과 그리움의 정조에서 비롯된다. 그 소설의 기축은 낭만적 동경과 환상이다. 생성과 소멸로 점철된 인류 문명의 거대한 순환 과정을 그는 폐허의 안목으로 성찰한다. 그에게 폐허는 삶의 본질을 파악하는 핵심 기제다.『일식에 대하여』(1989),『미궁에 대한 추측』(1994),『사람들은 자기 집에 무엇이 있는지도 모른다』(2001) 등 이승우의 소설은 존재론적 성찰의 지혜를 제공한다. 신화를 떨치고 일어선 타락한 권력악의 사슬로부터 벗어나 인간 본연의 영혼의 자유를 되찾기 위한 성찰적 편력으로 그의 소설은 읽힌다. 권력의 광기와 종교의 신성을 종횡으로 누비며 당대를 증거하고 풍자하면서 나름대로의 시대정신을 유추하고자 했다.『완전한 영혼』(1992),『아늑한 길』(1995),『로뎀나무 아래서』(1999),『베니스에서 죽다』(2003) 등 정찬의 소설들은 권력이나 자본주의, 이데올로기에 대한 관념적 탐구를 통한 진정한 존재의 의미론을 천착하고자 한 작품들이다. 윤대녕의『미란』(2001)은 허무의 정조를 바탕으로 일상의 균열과 존재의 분열을 매우 섬세한 문체로 형상화하여, 자기 동일성의 상실과 회복에 관한 비극적 드라마를 가장 현대적인 방식으로 보여준 장편이다.

3. 한국 소설사에의 긴급 동의 혹은 새로운 소설 스타일 모색

앞에서도 언급했듯이 문학과지성사의 소설 출판은 의미론에서는 반성적 상상력을, 형태론에서는 실험적 전위성을 추구했다. 기존 리얼리즘 서사의 선형성에 균열을 내면서 리얼리즘과 모더니즘을 넘어서고, 포스트모더니즘 안에서 또다시 리얼리즘과 모더니즘 및 포스트모더니즘을 넘어서는 스타일 실험을 보인 소설들을 다수 출간했다. 조세희·서정인·김원우·김원일·박상륭·이인성·최수철·최시한·하일지·성석제 등 새로운 스타일을 모색한 여러 작가들의 소설들이 바로 그것이다.

이미 언급한 조세희의 『난장이가 쏘아올린 작은 공』 연작은 독특한 스타일을 바탕으로 한 내재적인 문학성을 구유한 텍스트이기에 1백 쇄를 넘어 지속적으로 생명력을 지닐 수 있었다. 짧은 문장의 절묘한 결합과 빈번한 시점 이동으로 창조해낸 아주 새로운 이야기 스타일, 리얼리즘과 반리얼리즘의 접합, 문학의 사회성과 미학성의 결합, 산업 시대 현실과 이상의 갈등과 긴장의 형상화 등등의 측면에서 작가는 나름대로 복합적인 소설 수사학을 구축하는 데 성공했던 것이다. 『강』(1976), 『토요일과 금요일 사이』(1980), 『용병대장』(2000)을 문지에서 펴낸 서정인의 소설 스타일 역시 매우 독특하다. 소설 「강」에서 서구적 단편 미학의 한 정점을 보였던 서정인은 이후의 소설들에서 삭막하고 막막한 소시민들의 일상적 풍경들을 조명하기 위해 서사적 혁신을 도모한다. 생기 있는 인물들의 발랄한 대화를 적극적으로 끌어들이면서 활력 넘치는 서사 실험을 펼치는 과정에서 그는 한국의 전통적 연희 문화인 판소리의 세계를 창조적으로 넘어선다. 서정인의 소설은 해학과 연민의 페이소스를 넘나들면서 다양한 인간 군상들의 삶과 익살이 어울리는 교감의 스타일을 보여준다. 그런 가운데 삶의 누추함과 고단함을 비판적으로 조명한다. 살아 있는 입말의 활력과 열린 서사 형식을 통해 생기 있는 현실의 실체를 보여주고자 했다. 김원일의 『슬픈 시간의 기억』(2001) 역시 특기할 만한 스타일을 보였다. 역동적 미시 묘사를 통해 미시적 개인사 기술의 새로운 가능성을 보여주었으며, 그것은 다시 거시적인 측면에서 20세기 민족사 전체나 정신사적 차원까지 꿸 수 있는 탄력적인 서사 전략이라는 점에서 주목에 값한다. 지극히 부분적이고 사적인 이야기를 미시적으로 묘사하는 것 같으면서도 그 안에 전체적이고 공적이며 거시적인 구조를 온축하고 있는 새로운 스타일 창조가 눈에 띈다. 전체와 부분을 대립적인 자질로 파악했던 종래 리얼리즘의 틀을 해체하고 재구성하면서 김원일이 새롭게 구사한 역동적 미시 묘사 전략은 새로운 리얼리티 창출로 이어진다.

『죽음의 한 연구』(1986), 『열명길』(1986), 『칠조어론』(1990~1994, 전 4권) 등 박상륭의 소설을 집중적으로 펴낸 것도 문지 소설 출간의 중요한 공적이다. '마음의 우주'의 풍경을 자유자재로 보여주는 박상륭의 서사 실험은 언어로 표현할 수 있는 우주적 비의의 극단을 보여준다. 동서고금의 신화나 설화, 종교와 철학 등을 자유롭게 넘나들면서 다양한 서사적 모티프들을 재가공하여 독특한 상징적 해석학 혹은 해석학적 상징론을 추구함으로써, 그의 소설은 전적으로 낯선 서사의 새로운 경지를 알게 한다. 때때로 불가해성의 문제에 부딪치기도 하지만 그의 실험적 서사는 아리아드네의 실타래보다 더 복잡한 인식론과 형이상학적 관념에 도전한 결과이며, 그것은 모순 어법과 독특한 조어법, 다성적인 담론과 독창적인 문체 등 여러 면에서 확인된다.

문지가 펴낸 이인성의 소설 또한 20세기 후반 한국 소설사에서 매우 이채로운 풍경이다. 『낯선 시간 속으로』(1983), 『한없이 낮은 숨결』(1989), 『미쳐버리고 싶은, 미쳐지지 않는』(1995), 『강 어귀에 섬 하나』(1999) 등의 소설들은 오로지 이인성만이 쓸 수 있는 실험적인 서사 궤적을 보여준다. 현실에 대한 타자의 형식으로 소설을 택한 작가가 바로 이인성이다.

온갖 타자의 욕망, 타자의 언어, 타자의 목소리들로 들끓는 열린 공간이 그에게 있어서 소설이다. 그는 소설 쓰기 욕망을 텍스트 안에서 강렬하게 드러내고 그 욕망의 글쓰기 과정을 향유하는 작가다. 그는 텍스트 안에서 고통과 쾌락을 가로지르며 향유할 줄 아는 드문 작가에 속한다. 「낯선 시간 속으로」 이후 결코 많지 않은 과작의 글쓰기를 통해 그는, 줄곧 소설 형식과 소설 언어의 전위적인 실험으로 매우 독특한 응시의 눈을 마련하고, 그 눈을 통해 새롭고 다성적인 의미 형성의 가능성을 시도했다. 그의 문학 세계는 '관계의 욕망학' 혹은 '욕망의 관계학'이라 불림직하다. 동일자 '나'를 넘어선 타자 지향형의 관계 맺기 전략을 그는 여러 가지로 실험한다. 닫힌 관계를 풀어낼 수 있는 주체의 자유로운 다중 분열 양상 혹은 타자화 양상과 그 분열된 여러 '나'들/'타자'들 사이의 자유로운 넘나듦을 펼쳐 보임으로써 경계를 넘어서는 새로운 상상적 실존의 지평을 제시한다. 정신 착란적 글쓰기나 리좀 rhizome적 글쓰기도 그 나름의 인식론적 은유 전략이다. 이인성의 욕망과 언어에 의해서 다양한 삶의 질료와 서사적 요소들은 재현된다기보다는 창출된다. 열린 타자 지향을 통한 '관계의 무한한 체험, 복수화' 가능성은 곧 열린 텍스트의 형성 가능성이다.

『공중누각』(1985), 『화두, 기록, 화석』(1987), 『내 정신의 그믐』(1995), 『분신들』(1998), 『매미』(2000) 등 최수철의 문지 소설들도 독자들에게 탈난 몸짓과 일그러진 말짓들이 미묘하게 어우러진 존재의 카오스를 경험하게 했다. 그 경험이란 매우 낯선 충격으로 다가와, 비극적인 의미로 마무리되는 것이어서 매우 이채롭다. 물론 그것은 최수철 나름의 독특한 글쓰기 방식에 의해서 체감되는 것인데, 그의 글쓰기 방식은 매우 전복적이고 그만큼 해체적이다. 최수철은 "사유(思惟)의 자유, 글 자체의 자유, 그로 인한 사람의 자유"(「화두, 기록, 화석」)에 실험적으로 도전했다. 화서화 일로에 있는 자유와 진실의 문제를 탐문하기 위해 그는 부단히 예의 화석을, 화석화되어가는 삶의 허상을 잘게 부수고 해체하고자 했다.

바로 이런 작업을 치밀하게 담론화한 작가가 최수철이다. 그는 고독한 공생의 자리에서 견디며 타자를 관찰하고 타자 속으로 삼투해 들어가고자 했다. 이 관찰 방식과 그것의 담론화 과정에 최수철 소설의 단적인 특징이 들어 있다. 이 과정에서 그의 감각은 빛을 발한다. 실존의 궁극적 의미를 찾아가는 감각의 행로는, 그러나 불우하다. 툭툭 끊어지기 일쑤고, 관계의 미로 속에서 감각 대상의 반란상이 변화무쌍하기 때문이다. 그러나 최수철의 감각의 행로는 실험적 서사 스타일과 더불어 감각과 상상력의 진실을 넉넉하게 환기한다.

『비명을 찾아서』(1987), 『역사 속의 나그네』(1991), 『파란 달 아래』(1992) 등에서 복거일은 현실 그 자체가 아니라 지식과 정보로 새로운 소설 쓰기를 모색했다. 대체 역사 소설이라는 새로운 개념을 제출한 『비명을 찾아서』의 성과에 뒤이어 복거일이 상자한 『역사 속의 나그네』는 과학 소설에 근접한 대체 역사 소설이다. 21세기의 시간 비행사가 시낭을 타고 6천5백만 년 전의 백악기로 시간 여행을 하다가 임진왜란 직전의 조선에 불시착하게 되자 과학적 지식을 동원하여 16세기 조선의 역사를 혁명적으로 바꾸어놓는다는 이야기다. 이 소설의 주인공은 차라리 과학적 지식처럼 보인다. 전문 작가로는 최초로 PC통신 HITEL 문학관에 연재한 작품인 『파란 달 아래』에서도 복거일은 과학적 지식과 거기에 바탕을 둔 상상력으로 의미 있는 미래 기획을 선보인다. 2039년 달나라 기지를 무대로 한 남북의 월면 기지 통합 사건을 통해, 민족 통일의 진정한 가능성과 아울러 민족이나 국가 단위를 넘어선 지구적이고 우주적인 삶의 원리를 적극적으로 모색한다. 이 같은 그의 소설에서 시간의 대화는 곧 역사의 대화이면서 과학적 대화다. 그는 언제나 현재와의 구체적 연관하에 미래를 과학적이고 합리적으로 예측하면서 준비할 수 있기를 소망한다. 그가 기획한 미래상은 현재의 구체적이고도 과학적인 후신(後身)이다.

과작의 작가인 최시한은 『낙타의 겨울』(1992), 『모두 아름다운 아이들』

(1996)을 통해 소설은 전적으로 언어의 그물을 통해 진실을 탐문하는 과정임을 독특한 스타일로 환기한다. 사소하고 비루한 현실 앞에서도 그의 언어 탐구는 진정한 의미를 재구성하는 탄력적인 에너지를 웅숭깊게 보여준다. 「손」을 비롯해 여러 소설의 환상 공간 안에서 일어나는 예술적 화학 반응은 그야말로 상상력의 순수 원형질을 연상케 한다. 여기서 현실은 모방 대상이 아니다. 오히려 환상 공간 안에서의 상상이 아주 낯선 그러나 썩 의미 있고 그럴듯한 현실을 창조한다. 그 순간 새로운 리얼리티가 움터 나온다. 고급한 자유의 정신, 수준 높은 지적 유희가 아닐 수 없다. 하일지 역시『진술』(2000)에서 독특한 문학적 진술의 가능성을 보인다. 한 살인 용의자의 독백체 진술 행위 자체만으로 서사 담론을 구성한『진술』은 그 담론 자체가 우선 실험적이거니와, 묘사와 서사 모두를 입말로 자연스럽게 대체한 수법이 인상적이다. 연애 소설적이면서도 추리 소설적이고 그런가 하면 심리 소설적이기도 한 복합 소설이지만 서술자의 용의주도한 화행으로 인해 썩 그럴듯한 서사 효과를 창출한다.『홀림』(1999)과『인간의 힘』(2003)을 펴낸 성석제의 스타일 역시 파격적이다. 소설 이전의 온갖 잡동사니들에서 괜찮은 에너지들을 모아 소설 이후의 이야기 세계로, 성석제는 경쾌하게 탈주한다. 근대 소설 이전의 야담이나 전류(傳類)의 이야기 스타일을 차용한다든지, 세상의 주변부에 널린 잡다한 소재들에 새로운 생기를 부여하여 발랄하게 이야기 세계를 확대한다.『검은 이야기 사슬』(1998)과『핏기 없는 독백』(2000) 등 정영문의 소설 또한 밀레니엄 시기 문지 소설 출판의 수확이다. 그는 아무것도 아닌 이야기를 하면서 지우는 전략을 구사한다. 이때 정영문의 이야기 대상 혹은 이야기는 팔루스 phallus의 기표인지도 모른다. 끊임없이 미끄러지고 전이되는 기표, 그래서 없는 것으로 있고, 있는 것으로 없는 기표 말이다. 그토록 한없이 미끄러지는 기표들을 적절한 은유와 환유의 체계로 구조화하고 소설화하는 정영문의 작가적 개성은 아주 뚜렷하다.

4. 페미니즘의 시선과 여성 문학의 만개

문학과지성사는 여성 작가들에 의한 진정한 페미니즘 탐구에도 기여했다. 박완서·오정희·양귀자·김향숙·최윤·신경숙·서하진·은희경·차현숙·조경란·한강·배수아·송경아·류가미·정이현·편혜영 등 많은 여성 작가들이 문지와 더불어 한국 여성 소설의 진정한 개화를 모색했다. 천의무봉의 작가 박완서의『저문 날의 삽화』(1991)는 그동안 잘 조명되지 않았던 노년의 삶의 생태와 철학을 반성적으로 점묘한 소설집이다. 구체적이고 친근한 시선과 어조로 소시민적 일상사를 감싸안으면서 현대적 풍속도의 깊이와 원근법을 알게 한다.

한국의 대표적인 페미니스트 작가 오정희의 소설들은 거의 문학과지성사에서 출간되었다.『불의 강』(1977),『유년의 뜰』(1981),『바람의 넋』(1986),『불꽃놀이』(1995),『새』(1996) 등이 그것이다. 그녀의 소설들은 탁월한 메타포, 서정적인 문체, 그리고 구성적 완결성을 바탕으로 아주 독특한 여성 의식을 보여준다. 서정적인 문체를 통해 과거의 기억을 창조적으로 회상해내고, 또 그것을 통해 존재의 심연을 탐색해온 결과가 오정희의 소설이다. 그녀의 소설에 등장하는 여성들은 대부분 지향할 세계 혹은 선험적인 고향을 상실한 상황에서 대면할 수밖에 없는 존재론적 세계의 현상으로부터 일정하게 공포나 불안 의식에 사로잡혀 있다. 공포나 자기 소외 의식은 그녀의 소설에 두루 나타나는 심층 의식이다. 오정희 소설에 등장하는 대부분의 여성 인물들은 이미 탄생에서 죽음의 냄새를 맡아버린 저주받은 영혼들이다. 그러기에 그들의 인지 프리즘에 비친 세상의 모습은 온통 환멸의 풍경일 따름이다. 그 환멸의 풍경을 가로지르는 여성의 몸에 깃든 우주적 비의를 텅 빈 충만처럼 포착하고자 상상적 수고를 아끼지 않았다는 점에 오정희 소설의 특성이 있다. 환(幻)과 '환멸(幻滅)'의 양가 감정은 수용과 거부, 순종과 반역, 질서와 혼돈, 안주와 탈출 등의 의식적 무의식적 대립의 자장을 형성한다. 물론 그것은 환멸의 풍경을 '환멸적'(幻을 滅하기 위한 상상적인 노력)으로 직조하는 환(幻)의 언어의 결정체에 의해서 극한적 표현을 얻는다. '텅 빈 충만'의 세계에서 부르는 오정희식 여성적 넋의 노래는 삶의 본질적 의미를 탐색하는 고독한 순례자의 비창처럼 들리기도 한다.

『원미동 사람들』(1987), 『슬픔도 힘이 된다』(1993) 등 양귀자의 소설은 이념 과잉 시대였던 1980년대의 경직성을 반성적으로 성찰하면서 일상과 풍속의 구체적 속살을 예리한 문체와 탄탄한 구성으로 보여준 것들이다. 일상을 구체적으로 조명하되 사소한 풍속화로 떨어지지 않게 작가는 사회적·역사적 긴장 의식도 놓치지 않고 있으며, 그런 과정에서 왜곡되거나 흔들리는 문학의 진정성에 대한 성찰적 인식을 제공한다. 『저기 소리 없이 한 점 꽃잎이 지고』(1992), 『열세 가지 이름의 꽃향기』(1999), 『첫 만남』(2005) 등 최윤의 소설들 역시 한국 소설사의 이채로운 사건들이다. 그녀는 동시대의 크고 작은 문제들을 결렬된 이성과 욕망의 파동 속에서 근원적으로 새롭게 풀어보려고 했다. 그녀가 지향하는 감각과 지성의 위의는 문체의 미학과 만나 객관적 실체가 된다. 최윤의 소설들은 고통의 언어와 중층적인 담론 구조로 이루어져 있다. 사람살이의 구체적인 과정에서 발생하는 상처를 포착하는 원경과 근경을 아울러 가지고 있기에, 그녀의 언어는 고통의 통과 제의를 거치고 담론은 복합 심리의 사회화 과정을 밟는다. 그 결과 최윤만의 독특한 분위기를 형성한다. 1980년대 말과 1990년대 초에 정치적 무의식의 소설화 전략을 보였던 최윤은, 이후 더욱 촘촘한 방식으로 나날의 삶을 향해 무의식의 깊은 그물을 드리운다. 일상 공간에서 구체적으로 보인다고 여겨졌던 실재를 거부하고 차라리 보이지 않는 부재의 투명성을 응시하는 작가의 소설 담론이 어지간하다. 작가 최윤의 무의식의 그물에 보이는 것은 다 빠져나가고 보이지 않는 것은 걸려든다. 반복적 일상에서 억압받고 상처받은 탈주자들의 환상과 무의식을 통해 작가 최윤이 보여준, 포스트모던 시대의 존재론적 성찰 방식이나 생철학 등은 매우 의미 있는 상징적 표정이 아닐 수 없다.

『풍금이 있던 자리』(1993), 『기차는 7시에 떠나네』(1999), 『딸기밭』(2000) 등 신경숙의 소설은 한국 문학에서 여성 소설의 시대를 여는 데 결정적으로 기여했다. 신경숙은 매우 독특한 스타일리스트이다. 신경숙의 소설은 대개 읽는 이로 하여금 아스라한 그리움과 슬픔의 정조를 환기시킨다. 다가설 수 없는 그리움이거나 이루어지지 못하는 사랑을 그녀는 매우 독특한 문체로 표현한다. 때문에 그녀의 문체는 말할 수 없는 것들을 말하고자, 혹은 다가설 수 없는 것들에 다가서고자 하는 소망으로 예민하게 긴장하고 있는 감각의 음표들이다. 그 음표들은 서정 본연의 정취로 가득한 작가의 내면을 섬세하게 연주하게 하며, 나아가 사물의 가슴 속 깊은 그늘까지 응시하게 해준다. 겨우 존재하는 것들의 힘겨움, 이루어지지 않은 것들의 안타까움, 힘겹게 버팅기는 생명의 숨결, 혹은 뜨거운 열망의 언어 등등이 어우러진 독특한 오케스트라를 연출한다. 신경숙은 문체를 통해 자기 동일성의 상실과 회복에 관한 이야기들을 되풀이 들려주면서, 스스로도 잃어버린 자기 동일성을 되찾아가는 간절한 여행을 계속한다.

『책 읽어주는 남자』(1996), 『사랑하는 방식은 다 다르다』(1998), 『비밀』(2004) 등을 문지에서 펴낸 서하진은 섬세하고 차분한 어조로 여성성의 깊은 밑자리를 이야기하는 작가다. 그녀의 소설에서 아주 오래된 여성 의식의 흐름과 1990년대 이후의 새로운 정치적 무의식들이 매우 의미 있게 교직되고 있음을 발견하기란 그다지 어려운 일이 아니다. 그 같은 교직과 조성을 통해 작가는 자기 나름의 새로운 소설적 리얼리티를 축성하기를 소망한다. 때때로 소시민적 여성의 일상을 소품처럼 제시하는 것처럼 보이기도 하지만, 그런 경우에도 결코 단순한 소품으로 그치는 경우란 드물다. 무의식의 수사학을 대단히 정교하게 구사하고 있는 작가이기 때문이다. 서하진의 수사학은 주로 허망한 인간관계에 대한 여성 시선의 성찰로 직조되어 있다.

『나의 자줏빛 소파』(2000), 『우리는 만난 적이 있다』(2001), 『코끼리를 찾아서』(2002) 등의 문지 소설에서 조경란은 동시대의 진정한 인간관계에 대한 탐문에 서사의 초점을 둔다. 전통적 인간관계가 해체되고 새로운 인간관계의 재구축은 하염없이 유예되고 있는 현실에서 그 탐문의 의지와 감각은 의미심장하다. 대부분의 소설에서 조경란은 존재의 심연으로 내려가 타자와 교감하기를 시도한다. 그렇다고 해서 결정적 교감을 보여주는 것은 아니다. 또 상실한 것을 완벽하게 복원하는 재생 신화를 재현하지도 않는다. 이해보다는 오해가 넘쳐나고, 사랑보다는 싸움이나 경쟁이 우세종인 부박하고 타락한 인간관계의 현장을 떠올린다면, 깊이 있는 교감의 시도 그 자체로 이미 의미 있는 타자의 윤리학을 제기하고 있다고 판단할 수 있겠다.

젊은 날의 고통과 방황, 죽음과 운명과의 대결 등을 통해 삶의 근원적 의미를 탐문한 한강의 『여수의 사랑』(1995)과 『그대의 차가운 손』(2002), 사소한 일상의 기미들과 사람살이의 감촉을 예민한 촉수로 길어내 의미 있는 삶의 희비극을 연출한 은희경의 『상속』(2002) 등도 문지가 펴낸 대표적인 여성 소설들이다.

5. 소설 전집 출간과 한국 소설사 정리

문학과지성사는 한국의 대표적인 작가의 소설 전집을 출간하여 소설 장인들에 대해 경의를 표함과 동시에 한국 소설사 정리에 기여하기도 했다. 대표적인 것으로 『황순원 전집』(1980~1985, 전 13권)과 『최인훈 전집』(1976~1980, 전 12권)을 들 수 있다.

"간결하고 세련된 문체, 군더더기 없는 구성과 훈기 있는 여운 등은 우리의 전통적 산문 문학에선 낯선 요소들"이라고 한 유종호의 지적이나 "이미 한국 산문 문체의 모범으로 정평이 나 있는 그의 문장미는 서정성과 절제로 충만한 만큼 그 대가로 사상이나 이념의 직접적인 표출과 감정 흥분의 치열한 폭발을 억제한다"고 한 김병익의 평가에서도 알 수 있듯이 황순원은 한국 산문 문장의 대표적인 장인이다. 정련된 말무늬로 아름다운 영혼의 숨결을 상상력으로 포착하여 세심한 글틀을 짜내려고 한 소설 장인의 문학적 궤적을 정리한『황순원 전집』은 후배 작가들의 문학적 등대가 될 뿐만 아니라 한국 소설사 연구의 귀중한 자료가 되고 있다.

『최인훈 전집』역시 마찬가지 이유로 살아 있는 고전이다. 최인훈은 남북 간의 이데올로기 문제를 정면으로 다룬 소설『광장』을 비롯한 여러 작품들을 통해 한국 현대문학사의 신개지를 열어온 작가이다. "아직도 전혀 낡지 않은 근대성에 대한 관심이나 이데올로기에 대한 저항, 그리고 새로운 형식에 대한 탐구"를 바탕으로 "신이 죽은 시대, 신화가 사라진 시대에 신비주의와 소재주의에 빠지지 않고 자기의 방법론으로 개발한 내면성 탐구의 문학"(김인호)의 한 절정을 보인 최인훈 문학을 문학과지성사가 정리했다는 것은 그 자체로서 의미 있는 일이다. 아마도 한국 소설사의 많은 작가들이 "나는『황순원 전집』/『최인훈 전집』으로부터 작가가 되었다"고 고백할는지도 모른다.

아울러 2004년부터 문학과지성사는 2004년부터 '한국문학전집'을 출간했다. 우리 현대 문학 백 년의 역사를 새롭게 정리하고 오늘의 독자들에게 우리 문학의 고전을 동시대의 작품처럼 읽을 수 있는 기회를 선사하기 위해 기획된 것이다. 문학사 일반의 평가를 고려하되, 숨어 있던 명작을 새로이 발굴해내고, 기존의 연구 성과를 바탕으로 하되, 새로운 시선으로 작품을 읽을 수 있는 해설을 곁들였다. 김동인 단편선『감자』를 필두로 하여, 최서해 단편선『탈출기』, 염상섭 장편『삼대』, 채만식 단편선『레디메

이드 인생』 등 10여 권을 출간했고, 앞으로 1백 권까지 출간할 예정이다.

6. 새로운 작가의 산실 혹은 새로운 소설사의 전위

문학과지성사는 전위적인 열정을 가진 젊은 작가들의 소설집을 과감하게 출간하여 새로운 작가의 산실이 되고자 했다. 김경욱·김연경·김영하·김운하·류가미·박성원·박청호·박형서·배수아·백민석·서준환·송경아·이기호·정이현·천운영·편혜영 등 여러 젊은 작가들의 소설들은 밀레니엄 시기를 전후한 한국 문학의 새로운 추진 동력이었으며, 21세기 소설사의 활달한 진로를 알게 한다.

『이상(異常), 이상(李箱), 이상(理想)』(1996), 『나를 훔쳐라』(2000), 『우리는 달려간다』(2005)를 낸 박성원은 모더니즘 시대의 이상(李箱)의 실험에 대해 포스트모더니즘 시대의 새로운 발상법으로 '가역 반응'을 보였다. 박성원식 '이상한 가역 반응'은 가치가 전도되고, 모든 것이 뒤죽박죽인 현실에서 진정성 있는 삶의 방식과 의미를 탐사하는 역설과 혼돈의 담론 과정에서 극화된다. 그는 현실과 삶의 의미를 발견하기 위해 죽음을 이야기하고, 정상을 환기하기 위해 이상한 광기와 병리를 임상학적으로 보고하며, 진실을 드러내기 위해 가짜의 담론 방식을 취하기도 한다. 혹은 그 양쪽의 경계를 가로지르며 복합적이고 모호한 이야기로 독자들을 당혹스럽게 만들기도 한다. 그 과정 모두는 타성에 빠져 반성을 모른 채 나날의 삶을 살고 있는 동시대의 삶 일반에 대한 도전과 성찰의 형식일 수 있다. 『단 한 편의 연애소설』(1996), 『갱스터스 파라다이스』(2000), 『질병과 사랑』(2002)에서 박청호는 환각과 현실을 넘나들며 비루한 자들의 비애와 고통을 치명적인 의식으로 점묘한다. 좌충우돌하는 박청호 문학의 몸은 스스로 저주받은 존재임을 거듭 확인하는데, 그 과정을 거치면서 곧 잘 아주 치명적인 사태를 상상하곤 했다. 이때 치명적인 것은 존재 자체의 파문을 지시하기도 하고 또 때때로 문학의 위기를 감각하게도 했던 것이다. 말하자면 글쓰기의 최저 낙원에서 잠복하고 있는 형국이었다. 『헤이, 우리 소풍 간다』(1995)와 『16믿거나 말거나 박물지』(1997)의 백민석은 한국 소설사에 대한 전방위적 가역 반응을 보인 작가로 1990년대 후반 한국 문학의 최대 이단아 중의 한 명이었다. 만화적 상상력과 그로테스크 리얼리즘, 현실과 존재를 가열차게 조롱하는 패러디 수법 등을 자유롭게 구사하면서 구차한 현실에 대한 웃음 섞인 성찰을 보여주었다.

『엘리베이터에 낀 그 남자는 어떻게 되었나』(1999), 『아랑은 왜』(2001)를 문지에서 펴낸 김영하의 소설은 여러모로 거세당한 현실에서 자유로운 놀이 충동으로 그 거세 공포와 불안을 넘어서려 한다. 그것은 또한 기존의 서술 프로그램을 가로질러 새로 쓰는 텍스트를 향한 탈주의 충동과 겹쳐진다. 실재를 넘어서 환각을 응시하는 직관으로 기존의 경계를 허물고 차이를 지우며 새로운 인식 지평을 찾아 나선다. 의미의 무관심과 욕망의 탈주 전략 또한 마찬가지다. 독특한 도상학적 상상력과 대상의 주체성, 행동의 사물화 담론으로 새로운 서술 프로그램을 구성한다. 격렬한 놀이 충동에 텃밭을 둔 이런 담론은 일종의 잉여 전략인 셈인데, 이를 통해 삶 전체를 새롭게 바라보고자 하는 의도가 김영하의 경우, 비교적 뚜렷하다. 김영하의 인물들은 대개 어떤 근원적인 심리적 공허의 경험을 가지고 있으며, 그 경험을 바탕으로 환각을 체험한다. 주체의 위기, 존재의 위기 감각을 뚜렷이 드러내는 그들은 소비 사회와 세기말 정황이 구성한 새로운 심리적 복합체들이다. 김경욱의 『누가 커트 코베인을 죽였는가』(2003), 『장국영이 죽었다고?』(2005)는 접속에의 희열과 차단에의 불안이 형성하는 긴장감을 이채롭게 형상화한 소설집이다. 이 긴장감이야말로 김경욱의 소설적 상상력의 원천이다. 인터넷을 기축으로 한 가상 세계나 영화, 텔레비전 등 대중적 허구 문화 세계에 접속하여 새로운 존재의 감각을 체험하고 그 감각적 실존을 통해 새로운 실존 그러니까 탈존(脫存)을 꿈꾸는 것이야말로 김경욱 소설의 핵심이다. 버추얼 리얼리티의 가상성과 잠재성으로 리얼리티를 반성케 하고 새로운 리얼리티를 구축하는 것, 실재를 모방한 허구보다는 허구를 모방하는 또 다른 실재의 허구 세계로 과감하게 탈주하는 것, 그것을 통해 독자들로 하여금 세계 인식의 새로운 관점을 안내하는 것, 이런 국면들을 김경욱의 소설은 함축한다. 『언더그라운더』(1998), 『137개의 미로카드』(2001) 등 김운하의 소설도 감각의 전위를 알게 한다. 현실을 넘어 동경이나 환각으로 새로운 가능 세계를 탐문하면서 다양한 서술 프로그램을 펼쳐 보인다. 때때로 김운하는 현실에 대한 부정적 인식으로서 환각의 세계를 보여준다. 그는 현실을 삶의 세계가 아닌 죽음의 세계로 파악하고, 그 죽음의 세계를 다시 죽이는 환각의 상상력을 묘출한다. 그것은 삶과 존재에 대한 타자적 탐문의 형식이다.

『바람인형』(1996), 『일요일 스키야키 식당』(2003)을 출간한 배수아는 한국 소설사의 다른 경로를 비선형적인 방식으로 보여준다. 이전의 어떤 경로에도 빚지지 않은 것 같은 새롭고도 전위적인 감각이 두드러진다. 다소 몽환적인 듯하면서도 불길한 삶의 징후들을 예리하게 포착해내는 그녀의 발상법과 소설 담론은 카오스적인 에너지로 넘쳐난다. 김연경 역시 한국 소설사의 행로가 다채롭게 열려 있음을 진지하게 확인해준다. 『고양이의, 고양이에 의한, 고양이를 위한 소설』(1997), 『미성년』(2000), 『그러니 내가 어찌 나를 용서할 수 있겠는가』(2003), 『내 아내의 모든 것』(2005) 등에서 김연경은 도전적인 문학혼과 스타일 실험으로 부단히 새로운 문학을 향해 탈주했다. 그녀의 미학적 자의식은 가히 장인적이라 할 수 있으며, 소수 문학의 고단함을 스스로 감당하려는 문학적 진정성에의 의지 역시 어지간하다.

최대환의 『클럽 정크』(1999)에서 실제와 가상은 서로 교묘하게 겹치면서 그 경계를 지운다. 작가는 그 경계를 교묘하게 넘나들면서 새로운 가능

세계를 넘보고, 새로운 가상현실을 축성한다. 디지털 공간에서의 자유와 해방의 기분을 작가는 민감하게 포착한다. 박형서의『토끼를 기르기 전에 알아두어야 할 것들』(2003)은 지독한 악몽에서 탈주하려는 상상적 모색을 보여준다. 박형서의 인물들은 대체로 지독한 악몽을 체험하면서 현실에 대한 복수 욕망을 추동하거나 타나토스 충동을 보인다. 혼돈을 즐기면서 혼돈스런 현실을 더욱 혼돈스럽게 교란하고자 하는 수사 전략을 지닌 작가가 바로 박형서다. 그가 보여주는 묵시록적 상상력이나 타나토스에의 충동은 지금, 여기의 현주소를 나름대로 진단하는 임상학적 성격도 지닌다.『최순덕 성령충만기』(2004)를 펴낸 이기호도 21세기 소설사의 전위를 담당할 작가다. 이기호는 장식으로서의 문학을 거부하고, 활달한 이야기꾼이기를 소망한다. 그러면서도 다른 이야기꾼을 꿈꾼다. 그러나 그의 이야기는 저잣거리를 떠도는 자질구레한 것들이다. 혹은 잡동사니들이다. 이렇게 잡다한 레퍼토리를 가지고 그는 닦고 조이고 기름을 쳐서 제법 윤택한 이야기를 만들어낸다. 폼 잡으며 거론하는 서사의 종언 담론 따위를 슬며시 조소한다.

배수아와 더불어 송경아도 20세기 후반의 이단아였다. 선배 세대로부터 빚진 게 없다고 과감히 선언한 그녀는 오로지 자기 식으로 새로운 스타일을 개척하면서 기존의 낡은 서술 프로그램을 추문화하고자 했다.『테러리스트』(1999)는 디지털 문명 속에 내재한 현대인의 폭력성을 비판하는 과감한 상상력이 돋보이는 작품이다. 정이현의『낭만적 사랑과 사회』(2003)는 경쾌한 소설집이다. 대중 소비 문화와 고급문화 사이에서, 대중 소설이나 홈드라마와 문제적 소설 문법 사이에서 위태로운 경계선의 줄타기를 하면서 기존의 연애, 이성애, 결혼, 양성 불평등, 일상성, 몸의 문제 등 여러 제도적 현상적 문제들에 탈을 내고 구멍을 내어 새로운 감각의 진실을 찾아 나선 것도 중요하지만, 그 심층에서 욕동하는 정치적 무의식을 재현하고자 한 수고가 눈에 띈다. 자기 위안의 포즈에 젖어들 수밖에 없는 소비 사회, 접속 시대의 인간 군상 일반이 지니고 있는 불안의 무의식이 그것이다. 불안과 접속의 악순환 속에서 속절없이 허구적 존재로 전락하기 쉬운 현실을 성찰하면서, 정이현은 경쾌한 이야기의 탈주를 통해 아주 근원적이고 존재론적인 질문을 던지고 있다. 천운영의 『명랑』(2004)은 접속 시대의 문화적 세태와는 달리 자기 스타일로 새로운 리얼리티를 찾아 나서는 작가의 서사 감각과 야생적 여성 미학이 돋보이는 소설집이다. 그녀는 몽유록이 아닌 고통의 생생한 파노라마가 바로 삶이라는 인식을 지니고 있으며, 그것을 새로운 스타일로 재현하려고 한다. 고통스런 삶의 현장을 외면하지 않되, 남들도 대부분 짐작할 수 있는 고통의 현장, 그러니까 유형적이거나 전형적인 고통의 현장을 체험하거나 재현하지 않는다. 가능하면 다른 사람들이 눈길이 성긴 외진 곳에서, 변두리에서 벌어지는 고통스런 사건들에 새로운 성찰의 빛을 투사한다. 고통의 현장을 탐사하는 성찰의 빛이 강렬할수록 비극적 세계관은 깊어진다. 편혜영의 『아오이가든』(2005)은 세계 파국과 존재 박탈의 공포와 불안감을 독특한 그로테스크 담론으로 형상화한 독특한 소설집이다. 현실과 문명이 질병보다 더 가혹하게 병들었다고 느끼는 작가 의식의 소산으로, 한국 소설의 새로운 에너지와 탈주로를 예감케 한다. 또 다른 새로운 전위적인 작가들에 의해 문학과 지성사의 소설적 탈주는 계속되고 있다. 한국 소설사는 그렇게, 혹은 다르게 전개된다.

우찬제 문학평론가. 1962년 충북 충주 출생. 1987년 중앙일보 신춘문예에 평론 당선. 평론집 『욕망의 시학』『상처와 상징』『타자의 목소리: 세기말 시간 의식과 타자성의 문학』『고독한 공생』『텍스트의 수사학』 등이 있음.

자율성과 개방성
—문학과지성사의 인문사회과학 분야 출판의 흐름

김태환

1. 서론

문학과지성사의 출판에서 시와 소설 등의 문학 작품이 하나의 기둥이라면, 문학 이론, 역사, 철학, 사회학 등의 분야의 도서는 제2의 기둥을 이루고 있다. 그것은 이미 '문학과지성'이라는 잡지 제호와 출판사 이름에서도 드러난다. 이 글은 '문학'과 '지성'이라는 양대 기둥 가운데서 후자, 즉 지난 30년간 출판된 문학 이론 및 인문사회과학 도서들을 통해 문학과지성사가 이끌어온 지적 흐름을 살펴보고자 한다.

2. 문학비평

문학비평은 '문학'과 '지성' 사이의 어느 지점에 놓여 있다. 문학과지성사는 문학 출판사로서 시와 소설 외에 문학비평가들의 비평집을 꾸준히 발간해왔다. 문학과지성사 최초의 평론집으로 꼽을 수 있는 것은 1978년에 출간된 정명환·송욱·박이문·김종철·오생근의 비평집이다. 저자들이 외국 문학, 그 가운데도 불문학(3), 영문학(2)을 배경으로 하고 있다는 점이 눈에 띈다. 물론 그 가운데 박이문은 불문학자 외에 철학자로서의 이력을 덧붙이고 있지만, 어쨌든 이러한 수적 통계는 초기 문학과지성사의 저자군 가운데 불문학자의 비중을 새삼 확인하게 해주는 대목이다. 또한 오늘날 비평집이 대부분 국문학을 배경으로 하는 비평가들에 의해 씌어지는 것을 생각하면, 당시의 상황은 이와 많이 달랐다는 점을 알 수 있다. 그후 비평집은 꾸준히 발간되어 2005년 현재 총 90여 권의 목록을 지니게 되었다. 참고로 연도별 통계를 제시해본다.

연도	권수
1978~1984	13(1)
1985~1989	23
1990~1994	19
1995~1999	11(2)
2000~2004	20
2005~현재	4

* 괄호 안의 숫자는 실질적으로 비평집에 해당되지만, 다른 총서 속에 발간된 책의 수를 나타냄.

1978년에서 1984년까지의 시기에 김병익·김주연·김치수·오생근 등 『문학과지성』 동인들과 그 전후 세대의 비평집이 출간되었다. 역시 『문학과지성』 동인이었던 김현의 비평집은 이 시기에 출간된 비평집 목록에는 들어 있지 않으나, '젊은 시인들의 상상 세계'라는 제목으로 1984년에 인문·예술 총서 속에 출간되었다. 1980년대 후반은 권오룡·성민엽·임우기·정과리·홍정선·김태현 등 『우리 세대의 문학』과 『문학과사회』의 동인과 동세대 비평가들의 왕성한 활동이 비평집으로 결실을 맺은 시기다. 따라서 상당히 많은 비평집이 이 시기에 출간되었다. 1990년대 비평은 무크지 『비평의 시대』와 함께 시작되었다고 할 수 있으며, 이들 동인과 동세대 비평가들이 첫 평론집을 출간하기 시작했다. 권성우·박철화·박혜경·우찬제·이광호·한기 등이 이 시기에 문학과지성사에서 첫 비평집을 냈다. 동세대로 분류될 수 있는 남진우는 조금 일찍(1989) 비평집을 냈다. 이 시기에 등장한 저자들의 면면을 보면 예외가 없지 않으나 80년대 초반 학번의 국문학 전공자들이 이 세대 비평의 주축을 이루고 있음을 확인할 수 있다. 1990년대 후반은 양적으로 볼 때 상당한 침체기라고 할 수 있다. 아마도 침체의 결정적인 이유를 들자면 1997년의 외환 위기였을 것이다. 경제 위기 직후인 1998년에는 단 한 권의 비평집만 간행되었을 뿐이다. 또 다른 이유는 『비평의 시대』 뒤를 잇는 후속 비평가 세대가 아직 등장하지 않았던 데서도 찾을 수 있다. 2000년대에 들어서면서 비평집의 출간은 다시 정상 궤도로 돌아온다. 문학과지성사가 『비평의 시대』에 이어 시도한 문화 무크지 『이다』에 참여한 평론가들——그리고 이들과 동세대의 평론가들 김동식·김춘식·오형엽·최성실·최현식 등——도 이 시기에 첫 비평집을 냈다.

여기서 드러나듯이 문학과지성사의 비평집은 문학과지성사가 계간지와 무크지를 통해 추구해온 새로운 문학적 시도와 밀접한 관련을 맺고 있다. 그것은 새로운 세대의 목소리에 길을 내주면서 문학의 혁신을 만들어내는 중요한 장으로서의 역할을 맡아왔다. 우리는 문학과지성사 비평집 속에서 80년대 민중문학론과의 치열한 대결, 민주화 이후 60년대생 작가들의 등장과 함께 형성된 90년대 문학과의 진지한 비평적 대결을 만날 수 있다.

물론 새로운 비평 세대의 등장은 구세대의 퇴각을 의미하지 않는다. 특히 1990년대 후반 이후 비평집의 목록은 기성 비평가들의 왕성한 활동에 비해 새로운 세대의 성장이 오히려 뒤처지고 있는 것은 아닌가 하는 우려를 자아낼 정도다. 작고한 김현을 제외한 『문학과지성』 동인 비평가들——김병익·김주연·김치수·오생근——은 지금까지 꾸준히 비평집을 출간하며 한국 문학에 대해 비중 있는 목소리를 내고 있다. 1978년에 비평집을 출간한 정명환은 2003년에 '문학을 생각하다'라는 의미심장한 제목의 비평집을 상재했다. 문학을 생각하는 것, 그것은 문학과지성사 비평집 전체를 아우를 수 있는 말일 것이다.

3. 이론서—인문사회과학

문학과지성사는 지난 30년 동안 문학, 언어, 철학, 역사 등의 인문과학 도서와 정치학, 사회학, 사회비평 등의 사회과학 도서들을 꾸준히 출간해왔다. '현대의 문학 이론' '작가론 총서' '우리 시대의 고전' '현대의 지성' '인문·예술 총서' '인문사회과학 이론서' 그리고 지금은 더 이상 이어지지 못하고 있는 '문제와 시각' 등의 총서가 여기에 포함된다. 하지만 총서별 현황이 문학과지성사의 단행본 기획의 흐름을 파악하는 데 큰 도움을 주지는 못한다. 일부 총서는 성격상 중첩되는 면이 있기 때문에, 실제로 문학과지성사에서 어떤 책들이 출판되었는가를 알아보기 위해서는 단행본들을 하나하나 검토해보고 이들을 분야와 성격에 따라 다시 분류하는 작업이 요구된다.

이 글에서는 우선 일단 분야를 문학 이론(문학 연구), 철학, 역사, 예술·문화, 사회과학(정치학, 사회학, 사회비평)으로 나누고, 양적 통계를 통해 문학과지성사가 각 시기마다 어떤 분야에 비중을 두어왔는지 살펴보고자 한다. 여기서 조사 대상이 된 것은, 문학과지성사 도서 목록(2005) 및 홈페이지에서 교양 도서, 문지 스펙트럼, 현대의 문학 이론, 문학 이론 연구, 우리 시대의 고전, 현대의 지성, 인문사회과학 이론서, 인문·예술 총서, 예술·문화 이론서 및 비평서, 사회사 연구 총서, 문학과지성 산문선으로 분류된 단행본들이다. 이들 총서에 포함된 단행본들이라 해도 인문사회과학 서적으로 보기 어려운 것은 제외되었다(예컨대 문지 스펙트럼을 통해 출간된 문학 작품들). 어느 항목에 포함시켜야 할지 애매한 것도 상당수 있었는데, 이것은 필자의 주관적이고 자의적인 판단에 따랐다. 따라서 여기 제시되는 데이터는 정확한 수치가 아니며, 대체적인 문학과지성사의 기획 흐름을 파악하기 위한 자료로서의 의미를 지닐 뿐이다.

기간	문학 이론	철학	역사	문화·예술	기타 인문과학 (언어학)	사회과학
1976~1979	6(2)	2(1)	3(0)			1(0)
1980~1984	17(6)	10(7)	1(1)	3(3)		1(0)
1985~1989	25(13)	13(4)	3(2)	4(1)	1(0)	2(0)
1990~1994	35(13)	6(1)	7(4)	7(0)	3(0)	33(14)
1995~1999	27(12)	16(8)	8(5)	16(2)	1(0)	28(7)
2000~2004	23(14)	17(7)	7(7)	12(4)		4(0)
2005~현재	4(2)	1(0)				

* 괄호 안의 수치는 번역서.

이상의 데이터는 문학과지성사의 인문사회과학 도서 가운데 문학 관련 이론서가 가장 큰 비중을 차지하고 있음을 보여준다. 그것은 문학과지성사가 문학 출판사이며 이 출판사를 설립한 주요 멤버들이 문학비평가였다는 점을 고려하면 충분히 이해할 만한 일이다.

다소 뜻밖으로 보이는 것은 1990년대에 이루어진 사회과학 도서의 활발한 출판이다. 사회과학의 시대였던 1980년대에 주로 문학, 예술, 철학 부문에 집중했던 문학과지성사에서 1990년대에 사회과학 도서를 문학 이론 도서와 거의 같은 수로 출간했다는 것은 역설적이다.

또 한 가지 주목할 만한 사실은 국내 저자의 저서와 번역서 사이의 비율이다. 문학과지성사는 외국(특히 프랑스)의 문학과 이론에 경도되어 있는 것으로 널리 알려져 있다. 이 때문에, 적어도 이론에 관한 한 번역서의 비중이 높을 것이라는 추측이 가능하다. 하지만 실제 데이터는 이러한 예상을 배반한다. 문학 이론의 부문에서도——국문학 관련 저서의 비중이 상대적으로 작음에도 불구하고——국내 저자의 저서가 번역서를 압도하고, 역사를 제외한 모든 분야에서 국내 저자가 더 큰 비중을 차지하고 있는 것이다. 2000년 이후 이러한 관계가 미세하게 역전되는 현상이 관찰되지만, 여전히 국내서와 번역서는 반반 정도의 비율을 유지하고 있다. 이것은 수입된 외국 이론과 번역서가 한국의 인문사회과학계를 지배하는 상황에서도 문학과지성사가 오히려 국내 연구자들의 연구 성과물을 출간하는 데 많은 노력을 기울여왔음을 말해준다. 국문학·불문학·독문학 연구서, 그에 이어 중문학 연구서들이 많이 출간되었고, 영문학은 상대적으로 미약하다. 이것은 문학과지성사의 기획자들의 인적 구성을 상당한 정도로 반영하고 있다.

번역서 문제와 관련하여 특히 눈에 띄는 점은 1990년대 전반기에 철학 관련 번역서가 별로 출간되지 않았다는 사실이다. 1980년대에 헤겔과 마르크스의 바람이 지나간 뒤 프랑스 현대 철학 사상의 본격적인 수용이 이 시기에 이루어졌다는 점을 생각한다면, 문학과지성사는 이때——적어도 단행본 출판이라는 측면에서——그다지 발 빠른 움직임을 보이지는 못한 셈이다. 1990년대에 이르러 문화·예술 분야의 출판물이 늘어난 것도 어느 정도는 이른바 문화의 시대라고도 불렸던 당시의 상황 변화에 따른 것이라고 볼 수 있을 것이다. 하지만 이 분야에서도 번역서 출간으로 당대의 유행에 편승하려 한 흔적은 보이지 않는다.

출간된 단행본들의 면면을 살펴보면, 문학과지성사가 취해온 이념적 지향을 어느 정도 가늠해볼 수 있다. 이를 한마디로 정의해본다면 '개방성'이라고 할 수 있을 것이다. 문학과지성사는 정치적으로는 합리적 마르크스주의에서 개인주의적 자유주의까지를 포괄하며, 문학의 자율성과 내재적 원리를 중시하면서도, 그것의 역사적·사회적 위치와 의미에 대한 관심도 놓지 않으려 했다. 문학과지성사는 스스로 다양한 이념적·철학적 스펙트럼에 대해 개방적인 태도를 취해온 만큼, 개방성을 상실한 채 교조화된 원리가 되어버린 이론에 대해서는 분명한 거부 입장을 유지해왔다. 이런 이유로 문학과지성사의 이론서들은 오랜 생명력을 가질 수 있었다.

문학의 사회성이 일방적으로 강조되던 1980년대에 문학과지성사에서 활발하게 문학 이론 관련 저서들을 출판한 것은 소중한 균형추 역할을 했다. 러시아 형식주의, 프랑스 구조주의 문학 이론과 제네바 학파, 벤야민과 아도르노 등의 프랑크푸르트 학파의 미학, 문학사회학, 수용미학 등이 문학과지성사의 이론서들을 통해 알려지고 수용되었다. 이들 이론은 당시로서는 매우 선구적인 것이었고, 폭압의 시대에 나타나기 쉬운 문학과 정치의 관계에 대한 교조적 입장으로부터 반성적 거리를 둘 수 있는 중요한 이론적 받침대를 제공해주었던 것이다. 벤야민의 『현대 사회와 예술』, 로브그리예의 『누보로망을 위하여』, 얼리치의 『러시아 형식주의』, 야우스의 『도전으로서의 문학사』, 뒤비뇨의 『예술사회학』, 질베르 뒤랑의 『상징적 상상력』, 아도르노의 『미학 이론』, 지마의 『문학 텍스트의 사회학을 위하여』, 김현의 『제네바 학파 연구』, 페터 뷔르거의 『미학 이론과 문예학 방법론』, 김현이 편한 『미셸 푸코의 문학비평』 등등의 책이 80년대에 출간되어 문학에 대한 섬세한 논리를 추구하는 사람들에게 훌륭한 자양분을 공급해주었다.

위의 통계에서도 드러나듯이 문학과지성사는 역사 분야에서 두각을 나타내는 출판사는 아니었다. 그러나 1988년 중세 문화사의 고전인 호이징가의 『중세의 가을』을 출간한 이래, 1990년대 이후 문화사·일상사·미시사 등의 영역에서 중요한 저서들을 조금씩, 그러나 꾸준히 펴내고 있다. 이에 따라 자크 르 고프, 조르주 뒤비, 카를로 진즈부르그 등의 이름이 문학과지성사 단행본 저자의 목록에 올랐다.

철학 분야에서는 박이문의 정력적인 작업들이 계속 출판되어왔다. 그의 고전적인 저서『노장 사상』(1980)이 최근 개정판으로 다시 출간되고, 그에 비견될 만한『'논어'의 논리』가 역시 최근에 빛을 보았다.『소외론』을 필두로 한 마르크스에 대한 정문길의 정열적인 연구 역시 문학과지성사를 통해 계속 발표되어왔다. 김진석의『탈형이상학과 탈변증법』(1992)은 90년대의 철학적 전환과 함께 찾아온 해체주의와 포스트모더니즘의 열풍에 대한 주체적 대응이라는 점에서 중요한 저서였다. 문학과지성사는 2000년대에 들어와 그동안 다소 부진했던 해외 주요 철학 저서 출간에 박차를 가하고 있다. 메를로 퐁티의『지각의 현상학』, 데리다의『법의 힘』, 들뢰즈의『주름』등이 그 몇몇 예이다.

문학과지성사의 사회과학 출판에서 중요한 저서로 꼽을 수 있는 첫 번째 책은 아마도 김학준의『러시아 혁명사』(1979)일 것이다. 이 책은 전인미답의 경지를 개척한 선구적 업적으로서, 출간 이후 문학과지성사의 스테디셀러로 자리 잡았고, 1999년에는 초판을 대폭 개정한 수정증보판이 나왔다. 또 다른 주요 저자들로는 신용하, 한상진 등의 이름을 떠올릴 수 있다. 신용하와 한상진은 각각 근대사 및 민족운동사 연구와 관료적 권위주의 및 민중 개념에 관한 연구로 80년대 사회과학계에 큰 영향을 주었다. 1990년대에는 소장 정치학자인 강정인의 민주주의론에 대한 연구서가 문학과지성사를 통해 활발하게 출간되었다. 또한 문학과지성사의 주요 저자인 복거일은 1990년의『현실과 지향』을 시작으로 지금까지 경제학적 사유를 바탕으로 자유주의적인 입장에서 논쟁적이면서도 중요한 사회적 이슈를 제기하는 사회비평서들을 출간해왔다.

마지막으로 예술 및 문화 분야에서는 서우석과 안치운이 지속적으로 음악과 연극에 관한 저서들을 출간해왔다.

4. 기타 총서

다음에서는 위에 언급되지 못한 총서, 또는 그 성격상 설명이 더 필요한
총서에 대해 도표로 설명하도록 한다.

총서명	성격	출간 시기	분야	종수
오늘의 시론집	주요 시인들의 육성으로 들어 보는 시에 대한 성찰	1976~ 1984	문학 이론(김춘수·오규 원·정현종·최하림·황동 규 등의 시론)	10
작가론 총서	한국 문학과 세계 문학의 주요 작가에 관한 논문 모음집	1977~	문학 이론	19
문제와 시각	인문사회과학의 핵심 개념들에 대한 이해를 돕고 논점을 분명 히 하기 위해 관련 논문들을 엮 은 책	1984~ 1988	인문사회과학 (민중, 혁명론, 운율, 수 학, 민족 이론, 한국의 임금 등)	18
문지 스펙트럼	문학과 문화, 학문의 흐름을 작은 책자를 통해 쉽게 접할 수 있도록 기획된 문고 시리즈	1996~	한국 문학선/외국 문학선 /세계의 산문/문화 마당/ 우리 시대의 지성·지식의 초점/세계의 고전 사상	93
서남동양학술 총서	서남재단과 함께 발간하는 동 양학 연구 총서	1995~	동양학(인문사회과학)	31
한국사회사연 구회 논문집, 『사회와 역사』	한국사회사연구회에서 펴내는 논문집(1997년부터 『사회와 역사』	1986~	사회과학	67
기호학 연구 총서	한국기호학회에서 연간으로 발행	1995~	인문사회과학	12
우리 문학 깊 이 읽기	생존하는 한국 문학의 대가들 의 삶과 문학에 대한 비평, 논 문, 에세이 모음집	1997~	문학 이론	13

5. 결론

우리는 지금까지 문학과지성사의 인문사회과학 분야 단행본 출판의 흐름을 소략하게나마 살펴보았다. 문학과지성사는 지난 30년 동안 지적 개방성을 미덕으로 다양한 목소리들을 담아냈고, 한국 지성계에서 때로는 선도적 역할을, 때로는 이성적 균형추의 역할을 해왔다. 중요한 국내 저자들을 발굴하고 그들에게 활동 무대를 제공했다는 점에서도 문학과지성사는 중요한 역할을 수행했다고 할 수 있다. 90년대 이후 인문사회과학 분야의 출판 환경은 크게 바뀌었다. 전체 출판에서 이 분야가 차지하는 비중은 상당히 축소되었고, 출판 시장의 경쟁은 더욱 치열해졌다. 어려워진 상황에서도 의미 있고 내실 있는 인문사회과학 출판을 지속할 수 있는 방법은 무엇인지 심각한 고민이 요구되는 때이다. 앞으로의 과제는 지속적으로 국내의 탁월한 연구자들을 발굴하고, 단순히 그들의 성과를 출판하는 데 그칠 것이 아니라 적절한 기획을 통해 그들과 함께 성과물을 만들어내는 것, 그리하여 오늘의 독자들에게 참신하고도 중대한 인문사회과학의 이슈를 제기하는 것이라고 여겨진다.

김태환 문학평론가. 1967년 서울 출생. 1991년 소선일보 신춘문예에 평론 당선. 평론집 『푸른 장미를 찾아서—혼돈의 미학』과 역서 『이데올로기와 이론』(공역) 『비판적 문학이론과 미학』 등이 있음.

제3장
문지 30년 회고와 전망

문지 30년 회고와 전망

일　시: 2005년 8월 18일 목요일 오후 3~6시
장　소: 문학과지성사 회의실
참석자: 김치수 정문길 복거일 오정희 최원식
사　회: 오생근

오생근 먼저 문학과지성사 창사 30주년을 계기로, 문지의 역사뿐 아니라
문지와 한국 문학 혹은 한국 문화의 관계를 돌아보고 현재와 미래
를 진단해보자는 취지로 마련된 이 좌담에 참석해주신 여러 선생
님들께 감사의 인사를 드립니다. 간단히 문학과지성의 역사를 돌
아보면, 1970년 김병익·김치수·김현·김주연 등 네 사람의 문학
평론가가 편집 동인을 구성하여 계간지『문학과지성』을 1970년
(같은 해) 가을호부터 만들기 시작했고, 이것이 토대가 되어 1975
년 12월에 문지 동인들의 합자로 문학과지성사를 창사하게 되었
습니다. 1994년 문학과지성사가 주식회사로 개편하게 되면서, 출
판사 창사 때부터 발행인이었던 김병익 선생이 대표이사를 맡게
되다가, 2000년에 대표이사직을 물러나게 되었고, 계간지『문학
과지성』의 후속 계간지『문학과사회』의 젊은 편집위원들이 출판의
편집과 발행에 책임을 맡으면서 실질적인 세대 교체가 이뤄지게
되었습니다. 오늘의 좌담은 '문지 30년 회고와 전망'이라는 주제로
마련되었습니다. 그래서 회고에 해당되는 논의와 전망에 해당되
는 논의를 염두에 두고 제가 몇 가지 주제를 준비해보았습니다.

우선 참석하신 선생님들이 문지와 처음 관계를 맺게 된 것은 언제
이고, 또 어떻게 이루어졌는지를 말씀해주시는 것부터 시작하도
록 하겠습니다. 먼저 김치수 선생님이 문지를 만들게 된 동기부터
말씀해주시지요.

나와 문지의 관계, 혹은 문학과지성사와 언제 어떻게 관계를 맺었는가?

김치수 1970년 여름에 문지를 만들자는 이야기가 처음 나오기는 했지만,
『문학과지성』 이전에도 동인지 운동을 한 경험이 있었습니다.
1962년 김현씨가 주동하여 『산문시대』라는 동인지를 만들었는데,
이것은 다섯 호를 내고 끝나게 되었습니다. 그러고는 동인지를 내
지 못하고 있었습니다. 김현씨는 우리 세대가 우리 세대의 표현
기관을 가져야 된다는 주장을 늘 했고 또 그것을 꿈꿔왔습니다.
우리 세대가 특별히 다른 점이 있는데 그 다른 점이란, 첫째는
4·19이고 둘째는 한글 세대라는 점이라고 강조했죠. 그리고 우리
는 역사적으로 처음으로 한글로 공부를 하고, 한글로 사유하고,
한글로 표현하는 세대이기 때문에 이전 세대와 달리 생각을 해야
한다는 것이었어요. 『산문시대』를 창간했다가 이것이 중단된 이
후로 1968년에 『68문학』을 냈습니다. 『68문학』은 이름과 다르게
1969년부터 나왔습니다. 교정 보고 인쇄하다 늦게 되어서, 실제
로 나온 것은 1969년 1월에 나왔던 것이죠. 그때 한명문화사에서
돈도 대고, 인쇄비도 원고료도 다 대주었지요. 『68문학』의 면면들
을 보면 상당히 다양한 인물들이 있었습니다. 박태순·염무웅·이
청준·김승옥·정현종·김화영 등 필진이 아주 광범위했습니다. 그
런데 『68문학』은 첫 호에서 끝났습니다. 우리가 두 번째 호를 준

비하고 있는데, 갑자기 한명문화사가
더 이상 우리 잡지를 내지 못하겠다고
하더군요. 그런데 그 이유를 몰랐어요.
한 호 내놓고 적자가 너무 많이 나서 그
랬던 것인지, 아니면 어디에서 무슨 압
력을 받았는지 알 수가 없었지요. 다들
실망했지만, 김현씨가 유독 크게 실망
을 했지요. 정말 잘해보려고 했는데 이

김치수

렇게 되었구나 하고 말이죠. 그리고 그 뒤에도 김현씨는 어떻게
하면 문학 동인지를 내볼까 이리저리 궁리를 했습니다. 그런데
1970년 여름 어느 날 김현씨가 김병익씨를 만나러 무교동에 있는
연다방에 가자고 해서 만났습니다. 김병익씨도 김현씨의 이야기
를 듣더니 동인지를 내는 것은 참 좋은 일 같다고 동의를 했습니
다. 그리고 이 동인지를 내는 것에 대해 이야기를 해볼 만한 친구
가 있다고 했어요. 그 친구 분이 바로 황인철 변호사였지요. 황인
철 변호사는 우리들이 제안한 동인지 계획에 대해 듣고, 원고료가
한 호에 얼마나 드느냐 묻더군요. 한 호에 얼마 정도가 든다고 이
야기했더니, 그 원고료 부담을 해주겠다며 한번 해보라고 하는 겁
니다. 계간지를 내는 데 드는 물질적인 문제가 이렇게 해결이 된
것이죠. 그리고 나니 이제 우리는 출판사를 잡아야 하는 문제가
남았죠. 그 당시 우리는 일조각에서 내는 것이 좋다고 생각했습니
다. 일조각의 한만년씨는 훌륭한 출판인이었거든요. 그래서 우리
는 일조각에 동인지 이야기를 해보자고 결정을 했습니다. 그런데
가서 이야기를 해보겠다던 김병익씨가 시간을 좀 끌더군요. 나중
에 김병익씨 회고록을 보니, 자신이 신문 기자로서 그런 청탁을
하는 것이 여러 가지로 어려웠다더군요. 김병익씨는 결국 한만년

씨를 만나서 이야기를 했습니다. 그랬더니, 한만년씨가 한마디로 수락을 하면서 자세한 것은 최재유 주간과 상의하라는 거예요. 그래서 우리는 원고를 기획해서 청탁하고 받아서 넘겨주는 것까지 하고, 일조각에서는 그 원고를 받아 인쇄를 하고 판매를 하는 것까지 하기로 결정을 했습니다. 그때 우리들은 참 열심히 뛰었습니다, 아주 신이 났었지요. 사실 그 당시『창작과비평』이 사회에서 아주 좋은 역할을 하고 있었습니다. 우리들은『창작과비평』의 역할에 대해 굉장한 외경심을 가졌지요. 그렇지만 우리는 이러한 창비의 역할을 중요하게 생각하면서도, 또 다른 한편으로 아쉽게 생각하는 점도 있었습니다. 창비는 군사 정부와의 격렬한 싸움 때문에 문학 작품을 정치와 사회에 종속시킬 수도 있다는 우려를 떨칠 수 없었기 때문입니다. 문학 작품이 거의 그런 잣대로 평가되는 경향이 너무나 많았고 또 많은 사람들이 그것이 문학의 전부라고 생각하는 경향이 있었기 때문에, 우리는 거기서부터 문학을 어떻게 지킬 수 있겠는가 고민했습니다. 즉 정치와 사회 제도가 바뀌어도 존속할 수 있는 문학, 우리가 살기 좋은 사회가 되어도 읽을 수 있는 문학, 이러한 것이 있어야 한다고 생각했습니다. 그러므로 이러한 문학을 지켜나가는 것이 바로『문학과지성』이 해야 할 일이라고 생각했습니다. 물론 한편으로『문학과지성』은 인문학적인 이론들을 소개하고 저항과 비판 정신을 어떻게 고취시키는가에 대해서도 고민했습니다만, 또 다른 한편으로 문학 작품이 문학 고유의 가치를 지닐 수 있고, 또 그렇게 평가되는 풍토를 만들어야 한다고 생각했습니다. 그래서 우리는『문학과지성』을『창작과비평』과 차별화되는 계간지로 내자고 했지요. 그런데 우리가 잡지를 내는 과정에서 첫 번째로 내세우고, 또 잡지『문학과지성』에서 가장 중요시 여긴 부분이 바로 재수록 제도였습니다. 3개월 동안 여러 군데에서 발표된 작품들 중 좋은 작품들을 선별해서 『문학과지성』에 재수록하고, 그에 대해 리뷰하는 것이었습니다. 우리는 리뷰를 통해, 왜 이 작품을 재수록했는지 설명하고 또 평가를 내리면서, 이런 것이 문학이라고 보여준다거나, 이 글이 왜 좋은 글인가를 보여주고자 했습니다. 초기에는 거의 문학 작품 중심으로 재수록했습니다. 즉 소설, 시 등을 재수록하고 리뷰를 한 것이죠. 물론 이런 재수록 제도는 첫 호부터 시작했습니다. 이렇게 하다 보니, 그 당시 발표 기관은 많은 수가 있었습니다만, 『문학과지성』이 적어도 3개월 동안 나온 작품들 가운데에서 중요하다고 생각하는 것을 골라서 재수록했기 때문에, 상당히 많은 사람들이 아이제는 이것만 읽으면 되겠구나 하고 생각하게 되었습니다. 그렇게 되니까 작가들과 시인들이 『문학과지성』을 갑자기 주목하게 되었습니다. 그 이전에는 그렇게 재수록하고 리뷰를 해주는 제도가 없었거든요. 그렇게 계간 '문지'는 한편으로 재수록을 하고, 또 다른 한편으로는 인문사회과학의 중요한 필자들에게 청탁한 신고를 받아냈습니다. 초기에는 세 명의 편집 동인, 즉 김현·김병익, 그리고 제가 이러한 작업을 했습니다. 김주연씨는 유학을 가서 없었기 때문에 나중에 돌아와서 동인에 합류했지요. 또 원래 동인으로 하기로 했었던 김승옥씨는 우리가 동인에서 제외했습니다. 작가나 시인은 이런 것들로부터 자유로워져야 하기 때문이었습니다. 저는 그렇게 처음부터 계간 『문학과지성』의 창간에 관계를 했습니다. 이렇게 『문학과지성』의 편집 동인들은 우리나라 전체 지성 사회를 역사, 문화, 철학, 정치, 사상 분야별로 나누어 전담을 하기로 했습니다. 왜냐하면 각 분야의 필자들의 수가 어느 정도 한정되어 있었기 때문에, 우리 편집 동인 네 명이서 분담을 하면 대략 필자들을 다 알 수 있었거든요. 그래서 자신이 전담하게 된 필자

들을 상대로 원고를 청탁해서 받고, 또 그 필자들로부터 우리가
모르던 필자들을 소개받고, 그렇게 새로운 필자들을 개발하고 그
영역을 넓혀나가게 되었습니다. 물론 나중에 유명해진 필자들이
많지만, 그 당시에 『문학과지성』에서 처음으로 글을 발표했던 필
자들의 수가 많았습니다. 이러한 것이 모두 그때 네 사람의 동인
이 역할 분담을 해서 가능했습니다. 또 동인들은 원고를 받으면
각자 읽어보고 소감을 나누었습니다. 원고를 게재하는 문제에 있
어서도 서로 상대편을 신뢰하고 있었기 때문에, 쉽게 동의가 되었
지요. 그렇게 편집 기획안을 만들고, 원고들도 구성했습니다. 받
은 원고가 좀 적절치 못한 경우에는 받은 사람이 먼저 이야기를 했
어요. 이 원고는 이런 문제가 있으니 다시 읽어보자고 제안을 하
면, 모두들 그 원고를 다시 읽어보고, 토론 후 결정했습니다.
1974년 무렵 『문학과지성』은 어려움을 겪게 되었는데, 저와 김현
씨가 유학을 가게 되어, 1년 동안 김병익씨, 김주연씨, 이 두 사
람이 그 일을 책임졌기 때문이었습니다. 게다가 그해에 동아 사태
가 벌어졌습니다. 결국 1975년 초에 김병익씨가 결국 동아일보에
서 해직당했지요. 그 어려운 가운데에서도 다행히 결번은 나오지
않았습니다. 결국 김현씨가 1년 만에 돌아오고 제가 3년 만에 돌
아오고 해서 계간 『문학과지성』은 다시 정상적인 궤도에 오르긴
했지만, 김병익씨는 해직을 당했기 때문에 상당히 막막한 상황에
놓여 있었어요. 그때에 출판사를 하자고 아이디어를 낸 것도 김현
씨였어요. 그 아이디어란 것은 지금까지는 『문학과지성』을 일조
각에서 내고 있었지만, 나중에는 어차피 자체 출판사에서 내야 한
다. 그러니까 지금 우리가 출판사를 만들고 문지를 가져올 수밖에
없다. 또 두 번째로는 앞으로 김병익씨처럼 또 누군가 곤란한 처
지가 될 수도 있다. 그렇게 되면 밥은 먹고 살아야 하지 않겠느냐

는 것이었죠. 그래서 출판사를 만들게 되었죠. 김병익씨는 처음에 이러한 김현씨의 주장에 망설였는데, 왜냐하면 김병익씨는 동아일보 기자라는 생각 외에는 다른 생각을 해본 적이 없었거든요. 그러나 결국 김병익씨도 동의를 하여 출판사 문학과지성을 만들게 되었습니다. 그런데 출판사를 만들자마자 상업적으로 굉장한 성공을 거두었어요. 이런 성공을 거두게 된 데 큰 기여를 한 것이 첫 번째가 조해일 씨의 『겨울여자』였고, 두 번째가 조세희씨의 『난장이가 쏘아올린 작은 공』이었습니다. 조세희씨의 『난장이가 쏘아올린 작은 공』 같은 경우는 『문학과지성』을 설명하기 아주 좋은 작품입니다. 조세희씨가 작품을 발표했을 때 아무 데서도 주목을 하지 않았거든요, 그런데 『문학과지성』에서 「행복동」 이야기를 가지고 재수록하고 리뷰를 했거든요. 그래서 그 다음부터 조세희씨는 우리에게 그 다음 작품을 다 주었거든요. 이게 바로 재수록을 하면서 생긴 여러 가지 이점들이지요. 나중에 『난장이가 쏘아올린 작은 공』이라는 작품집으로, 그러니까 연작집 단행본으로 냈는데, 그것이 또 문학과지성을 살리는 데 굉장히 많은 도움을 주게 되었지요. 또 그렇게 함으로써 계간 『문학과지성』도 원래 일조각에서 넘어올 수 있게 된 것이지요. 또 원고료 지원을 이제 받지 않아도 되었구요. 이런 여러 과정을 거쳐 『문학과지성』이 나왔는데, 초기에 있었던 한 가지 에피소드를 말씀드리자면 처음에 『문학과지성』이 나오자 제일 먼저 누가 돈을 지원하는가 하는 의혹이 있었던 것이지요. 『창작과비평』은 백낙청 선생이 한다는 걸 다들 알고 있었는데 우리는 누가 돈을 대는 것인지 모르는 거예요. 결국 황인철 변호사가 우리를 도와주었다는 것이 알려지면서 의혹을 벗게 되었지요. 그리고 우리는 발행인을 한만년씨로 하고 편집인을 황인철 변호사를 두었죠. 황인철씨는 우리보고 다 알아서 하라고 했지만, 그 당시 상황이라는 것이 『사상계』에 김지하씨의 「오적」이 발표되어 김지하씨가 바로 구속이 되었던 때였거든요. 『사상계』가 그 당시에 폐간이 되느냐 안 되느냐 하는 상황이었기 때문에, 우리도 만일에 그런 일을 당했을 때 법률적으로 대응할 수 있는 사람이 편집인이 되는 것이 좋겠다는 생각에서 황인철 변호사를 편집인으로 내세웠지요. 황인철 변호사가 아니었으면 우리가 이 잡지를 내지도 못했을 것 같고, 김현씨의 아이디어가 없었어도, 김병익씨가 없었어도 나오지 못했을 것입니다. 이런 여러 가지 요인이 한꺼번에 작용을 해서, 문지가 우리 세대를 대변할 수 있는 어떤 기구로서 성장을 하게 되어 오늘날까지 이어져오게 된 것이 아닌가 생각하고 있습니다.

오생근   지금까지 계간 『문학과지성』의 창간 과정에서부터 문학과지성 출판사의 창사를 거쳐서, 출판사가 상업적인 성공을 거두기까지를 김치수 선생님이 자세히 말씀해주셨습니다. 그 과정에서 '문지'의 새로운 점이 재수록이라는 난을 마련하고, 그 재수록된 작품을 조명하고 비평하는 것이었으며, 조세희씨의 작품 같은 것이 문지에서 출판하게 된 계기도 그런 재수록의 과정을 거쳐서 이루어졌다는 이야기를 재미있게 들었습니다. 오정희 선생님의 경우도 그와 비슷할 것 같은데, 『불의 강』이라는 첫 번째 작품집이 1970년에 간행되었습니다. 그런데 그전에 재수록으로 「적요(寂寥)」라는 작품이 문지에 재수록되었던 것으로 알고 있는데, 그러니까 문지와의 관계는 그 재수록 작품부터 시작된 것이겠지요?

오정희   네, 직접적인 관계는 그랬지요. 『문학과지성』이 1970년도에 창간을 했는데, 그 창간호를 저희 학교에 강의 나오시던 김현 선생님이 주셔서, 아주 외경스러운 마음으로, 두 손으로 공손히 받았지요. 그런데 그 표지가 상당히 특이하게 느껴졌어요. 보통 꽃이라든가 인물화를 넣든가 이런 표지로 잡지
들이 만들어지더랬는데, '문지'는 불타
는 태양이 그려져 있는, 갈색 톤의 표지
였어요. 저는 그 처음 나온 따끈따끈한
책을 받은 고마움과 기쁨의 마음으로
"참 표지가 정열적이군요"라고 유치한
표현을 하면서 받았지요. (웃음) 『문

오정희

지』가 창간되고 김현 선생님이 저에게
책을 주셔서 읽긴 했지만, 그 당시 소설을 쓰면서 『문지』에 제 작
품이 실리리라고는 생각할 수 없었어요. 그렇게 저한테는 문지가
높게 보였어요. 아마 많은 젊은 작가들도 그랬을 것이라고 생각을
합니다. 문지 편집진이 한결같이 문학적 열정이 대단하고 그 활동
에 대한 평가도 높았지요. 그러니까 『문지』에 작품이 실리거나 재
수록이 된다는 것은 문단에서 공식적으로 높은 평가를 받는다는
그런 인식으로 받아들여지기 때문에 제 작품이 재수록된다는 소식
을 들었을 때 기쁘지 않았다면 거짓말이지요. 그쪽에서 재수록이
되게 되니까 출판사 한번 나와보지 않겠느냐는 연락을 하여 저는
그때 직장 근무 중에 일을 다 팽개치고 사무실로 김병익 선생님 뵈
러 간 기억도 있어요. 또 1977년도에 첫 창작집을 내게 된 저로서
는 문단에 들어온 지가 상당히 되었으면서도 여전히 문청적인 입
장에서 지내다가 새삼스럽게 인정을 받는구나 하는 느낌을 갖게
되었고 문학에 대한 열정을 더욱더 갖게 되는 계기가 되었던 것 같
습니다.

오생근 정문길 선생님은 『소외론 연구』가 1978년에 문학과지성에서 나왔
습니다. 그 이후로 『마르크스 사상 형성과 초기 서삭』이라든가 여
러 가지 중요한 책들을 많이 내셨는데, 그러면서 또한 문학과지성

의 사회과학 분야 편집에도 관여하시면서, 좋은 책 소개도 많이 하신 것으로 알고 있습니다. 『소외론 연구』가 문학과지성 출판사의 중요한 초기 저작물로 기록되어 있는데, 그전에 어떤 과정을 거쳐서 문지와 인연이 맺어지게 되었는지 말씀해주시지요.

정문길 김치수 선생의 이야기는 안의 이야기니까 제가 밖의 이야기를 해보자면, 그 당시의 잡지계 상황이라는 것이 다양하지 못했고 표현기관도 몇 개 되지 않았지요. 가령 『자유문학』『현대문학』『사상계』 정도가 그 당시 읽을 수 있는 잡지의 전부였지요. 그 무렵에 『창작과비평』이 처음 나왔어요. 처음에 『창작과비평』이 나올 때 저는 물론 창간호부터 보기는 했지만, 물론 그 당시에 박정희를 좋아할 사람은 없었는데 너무 정치적 비판을 문학 쪽에서 앞에 내세우니까 저한테는 거부감이 조금 들었어요. 그런 무렵에 『문학과지성』이 나왔구요. 저도 『문학과지성』을 보고 제일 처음 놀란 부분이 재수록이었습니다. 외국 잡지 같은 데서 재수록이 있는 것을 보긴 했지만, 그래도 드문 경우였거든요. 별로 시간을 많이 소비하지 않고도 좋은 작품을 볼 수 있어서 좋았지요. 그 당시에는 사회과학 논문이 가끔 발표되기는 해도, 사회과학 쪽에서 글을 발표하는 것이 가능한 형태라고는 평론글이 아니라면 학회 논문집이었기 때문에 글을 써도 발표할 데가 없었지요. 그런데 각 학교에서 내는 학교 논문집이라는 것은 시도 때도 없이 내니까, 거기에 맞추기가 어려워 언제 글을 쓰더라도 묵히기 마련이었어요. 그 무렵에 저도 『문지』에다가 한번 글을 썼으면 싶은데, 제가 1백 매 내외로 글 쓰는 버릇이 들지 않아 긴 논문을 하나 쓰긴 했지요. 그래서 1974년 여름에 김병익 선생을 연다방에서 처음 만나 이야기했어요. 제가 쓴 글이 있는데, 발표할 데가 없다고 이야기했죠. 그런데 원고량이 한 350매 정도 되니까 그것을 잡지에 한 번에 실을 수도 없고, 두 번에 나눠서 내야 할지 잘 모르겠다고 하니까 김선생 대답이 분명치가 않았어요. 어쨌든 저는 원고를 전하고 그리고 한참 지났지요. 그런데 김선생을 만나기 전에 책을 시중에서 먼저 보게 되었어요. 그 논문이 한 호에 다 실린 겁니다. 정말 의외였지요. 게다가 어느 저녁에 만나자고 하더니 원고료까지 주네요. 그 논문 제목은 '오르테가의 사회 이론과 대중인의 개념'이었습니다. 그 당시에는 오르테가가 소개가 잘 되어 있지 않았고 유일하게 『창조』라는 잡지에 간단히 소개된 정도였습니다. 그 다음해에는 문지가 출판사로 바뀐다고 하면서 청진동에 사무실을 차린다고 놀러 나오라는 연락을 하더군요. 그 이후로 문지 사람들과 어울려서 한 30년을 같이 지냈습니다. 저로서는 시골에서 대학 나와 별로 연고도 없었는데, 문지가 제 등용문 역할을 해준 셈이지요. 저로서는 아주 좋은 출판 기관을 만난 셈인데, 편집인들의 분위기도 그렇고 문지가 너무 문학 쪽으로 강조가 되니까 사회과학 쪽으로는 아직 힘을 펼 수가 없다는 생각이 들었습니다. 게다가 그 당시에는 본격적인 논문도 드물고 하니까 대부분의 경우에는 사회과학 쪽 논문이라면 1년에 한 번도 안 나오고 몇 년 모아서 한 번씩 나오는 학교 논문집이 고작이었지요. 그렇기는 해도 사회과학 쪽으로 도움이 되는 계기가 있었으면 좋겠다고 생각을 하고 있었습니다. 1977년에 제가 학위 논문을 썼는데, 그것을 문지의 모든 편집인들이 논문 인쇄까지도 맡아주었습니다. 그래서 저는 문지에 무엇인가 보탬이 되어야 할 텐데 하고 생각했지만, 그 당시에는 도울 일이 별로 없었어요. 그러다가 몇 년 후에 1980년도에 와서, 문지에서 '현대의 지성'이라는 시리즈가 생기면서 가능한 도움을 약간 주면서 함께 지내게 되었지요.

오생근 복거일 선생님은 『비명을 찾아서』라는 첫 번째 창작집이 1987년에 나왔습니다. 그 이후로 많은 소설뿐 아니라 시사 평론집과 환상 소설 등등 범위를 넓히면서 왕성한 작품 활동을 하셨는데, 처음에 『비명을 찾아서』가 나오게 된 과정이라고나 할까, 김현 선생과의 관련을 말씀해주십시오.

복거일 원래 제가 시를 써 가지고, 시집 원고를 만들어 가지고 시집을 내 달라고 한 10년 동안 김현 선생님 아파트를 찾아 들락거렸습니다. 김현 선생님은 시가 마음에 들지 않는다고 하시고, 저는 선생님 안목이 좀 그렇다고 하고.(웃음) 그리고 저는 프로니까, 물론 무명이고 등단하지 않았어도 프로니까, 인세를 좀 받아야겠다고 했지요. 결국 둘이서 타협을 본 것이 그럼 추천을 받자고 결정을 했습니다. 저는 앙앙불락해서 원고 낸 것은 마음대로 하십시오 하고 내려왔지요. 그런 후 저는 4년 동안 소설을 써 가지고 전화를 드렸지요. 김현 선생님은 제가 죽은 줄 알았다고 하시더군요. 제가 선생님 이 소설을 책으로 내주십시오 했더니, 첫마디가 그거 추리 소설은 아니지라고 물으시더군요. 그래서 저는 추리 소설은 아니라고 했지요. 그래서 그럼 가지고 올라와보라고 하셔서 제가 원고를 놓고 갔습니다. 그리고 나중에 김병익 선생님이 소설을 문지에서 내는 것이 어떠냐는 편지가 왔지요. 그리고 그 다음에는 잘 풀렸습니다. 처음에 시 추천을 받게 되었을 때는『현대문학』으로 등단했지요. 김현 선생님은 김춘수 선생님을 설득해서 추천을 받게 해주셨어요. 시인으로 등단하는 것도 한 단계이지만, 그 단계를 넘어서서 문단이라는 데는 선배의 지우를 얻는 것도 중요하다고 말씀하셨어요. 그래서 김춘수 선생님의 추천을 받아서『현대문학』에서 시인으로 등단했지요. 문지에서는 소설로 오생근 선생님을 포함해서 다섯 분의 추천을 받아 단행본을 내서 등단을 했습니다. 그런데 그 당시에 단행본을 내면서 등단하는 경우도 아주 새

롭다고 많은 관심을 받게 되었습니다. 그러니까 제가 비교적 화려하게 데뷔를 했습니다.(웃음)

오생근 최원식 선생님은 오랫동안 『창작과비평』 주간을 맡아 하고 계십니다만, 그전에 『문학과지성』과의 인연도 있는 것으로 아는데요.

최원식 먼저 문지 창사 30주년을 기념하는 좌담회에 초청해주신 것에 대해 대단히 감사합니다. 우선 저는 오늘 창비 주간 자격이라기보다는 문지의 독자로서, 문지의 여러 책으로부터 많은 자양을 흡수했고, 지금도 흡수하고 있으며, 앞으로도 그러기를 원하는 한 사람의 독자로서 문지사 창사 30주년을 진심으로 축하합니다. 저는 『문지』 1977년 봄호에 서평을 쓰는 것으로 문지와 인연을 맺었습니다. 그 당시에 오생근, 김종철 선배들이 새로운 편집 동인으로 영입되면서 저를 필자로 추천한 모양입니다. 저는 이런 것이 문지의 강점이라고 생각합니다. 젊은이에게 자리를 빨리 마련해주어서 그 젊은 목소리들을 끌어들이는 것이요. 그래서 그런지 그 봄호부터 새 필자들이 굉장히 많았습니다. 이런 것이 바로 문지의 특징적인 분위기라고 말할 수 있겠습니다.

오생근 그러면 두 번째 주제로 가서, 한국 문학 혹은 한국의 인문과학에서 『문지』의 역할은 무엇이었다고 생각하는지요. 김치수 선생님부터 말씀해주십시오.

한국 문학 혹은 한국의 인문과학에서 문지의 역할이란 무엇인가?

김치수 『문지』를 처음 만들 때부터 문지가 기약한 것이 인문주의예요. 특히 인문학 쪽에 중점을 두자고 했지요. 이런 입장에 대해서는 사르트르의 예를 들면 좋겠습니다. 1968년 '문학으로 무엇을 할 수 있는가라는 심포지엄에서 사르트르가 말을 한번 잘못했다가 후배들에게 호되게 당한 적이 있었습니다. 사르트르는 배고파서 우는 아이 앞에서 내『구토』는 한 덩어리의 빵 무게도 못 나간다고 하면서 개탄을 했는데, 그것은 아프리카의 비참한 현실을 보고 나서 그렇게 이야기를 한 것이었고, 또 그것은 맞는 말이었죠. 그런데 그 당시 젊은 장 리카르두라는 누보로망 작가가 사르트르를 비판하면서, 어떻게 빵과『구토』를 같은 저울에 놓고 달 수 있느냐 하면서 공격을 했지요. 문학은 우리가 살고 있는 이 세상에 빵이 없어서 굶어 죽는 아이들, 배가 고파서 우는 아이들이 있다는 사실을 추문으로 만드는 것이 문학이지, 그 사람들에게 직접 빵을 주는 것이 아니라는 주장이었지요. 이 세상에 그런 비참한 존재가 있다는 것 자체가 추문이 된다는 것, 그것을 일깨우고 그렇게 만드는 것이 결국 인문학이 하는 일이라고 말할 수 있겠지요. 그리고 어떻게 하면 우리가 함께 살면서 그 추문이 없는 사회를 지향해가는가,『문학과지성』은 처음부터 그런 문제의식으로 시작한 것 같아요. 이론적인 지성으로서 넓은 의미에서 현실의 의미에 대해 해석하고, 분석하면서 그야말로 현실이 무엇인가 정말로 알게 하는 것이지요. 우리가 다들 알고 있는 것 같지만, 실제로 못 보고 있고, 또 모르고 있는 것들을 알게 하고, 또 알게 하는 데 단순히 이론만 가지고 알게 하는 것이 아니라, 문학적 이야기로 오히려 감동을 주면서 알게 하는 것, 이런 것이 인본주의가 아닌가 생각을 했습니다.『문학과지성』은 끊임없이 그것을 생각했고 나중에 출판사로 전환하여 현대의 지성 시리즈를 할 때에도 그것을 특히 염두에 두었습니다. 이렇게『문학과지성』이 지향하는 것은 인본주의였고, 우리 동인들은 그 누구도 이 인본주의에서 벗어나지 말자고 만날 때마다 다짐을 했습니다. 우리 동인들은 쓸데없는 욕심을 부리거나 무리수를 두지 않았지요. 결국은 사람 사는 문제에 대해 가장 중요한 가치를 두고, 문학이 할 수 있는 것이 무엇인가 끊임없이 찾아왔기 때문에 그렇다고 생각해요. 또 그것이 잡지로서의 『문학과지성』이 10년 동안 독자들의 사랑을 받고 그 어려운 환경 속에서도 많은 호응을 받을 수 있지 않았을까, 바로 그렇기 때문에 신군부가 들어왔을 때 이런 우리의 모습이 보기가 싫었지 않았을까, 자기와는 좀 다른 생각을 가지고 있었기 때문에 그렇지 않았을까 그런 생각을 합니다. 그것이 지금도 『문학과지성』의 책을 내는 데 아주 근본적인 정신이라고 생각해봅니다. 『문학과지성』은 언제든지 이런 정신으로 책을 내야 되고, 그것이 없거나 무시된 책에 대해서는 단호히 거부해야 되지 않나 생각합니다.

오정희 김치수 선생님의 말씀을 듣고 보니까, 계간지 『문학과지성』이 처음 나올 때부터 계속 교과서처럼 읽어왔고, 문지사에서 나온 책들을 어느 책보다도 많이 읽었던 저로서는, 제가 갖고 있는 문학관이라든가 문학에 대한 생각들도 그것에 영향받은 바가 크다는 것을 지금 새삼스레 느끼게 됩니다. 한국 문학의 훌륭한 작가들을 많이 배출하면서, 상업성을 고려하지 않고 그 사람의 작품성이나 가능성을 보고 과감하게 저 같은 사람에게도 처음부터 계속 창작집을 내주고, 일단 그런 작가들에 대해서는 지금은 제가 잘 모르겠지만 그 시절의 문지는 아낌없는 지원과 관심을 지속적으로 보여주면서 자신감을 갖게 해주었어요. 『문학과지성』이 현재까지 갖고 있는 이미지에는 문학에 대한 그런 순수한 열정이 바탕이 되었겠지요. 정말로 다른 계산 없이, 다른 잇속 챙기는 것 없이 문학에 대한 열정만으로 한 세대, 여러 선생님들이 정말 헌신을 하셨다고 생각합니다.

정문길 문학 이야기야 제가 할 계제가 아니고, 사회과학 쪽은 문학 쪽에 비해서 대체로 잘 팔리지 않는 편입니다. 문지 초창기에 나왔던 제『소외론 연구』가 20 몇 판까지 나가서 엄청나다고 생각했는데, 실제로 팔린 부수는 2만 부도 안 됐지요. 사회과학 책이라는 것은 그것이 한계인 것 같아요. 판매 부수 가지고 유지를 할 수 없는 거죠. 나중에 시리즈 '현대의 지성'에 여러 권을 추천하고, 또 억지로 번역도 하게 했지요. 그런데 팔리게 된다는 생각은 안 하면서도 나와야 한다고 생각이 든 책은 무조건 출판을 강권하다시피 했거든요. 그렇게 되어 그 시리즈가 1백 권이 훨씬 넘게 되었죠, 출판사 쪽에서는 상당히 무리를 한 것이죠. 문지의 얼굴이라는 것이 문학 쪽도 있지만, 그에 못지않을 정도로 사회과학 쪽에서도 1970년대 말부터 2000년대 초까지 한 20여 년간 참 괜찮은 책들을 냈습니다. 물론 시리즈로서의 일관성은 없지만, 참 열심히 내었구나 하는 생각이 듭니다. 그렇게 문지가 쌓아온 것이 작은 탑은 아닐 것입니다. 지금도 마찬가지이지만 90년대까지 책 내기가 참 어려운 때가 아니었습니까, 많은 원고들 중에서 원하는 원고를 고를 수 있었고, 또 거꾸로 나중에 '현대의 지성'에 들기 위해서 좋은 원고를 가지고 오는 분도 있었어요. 이런 것들이 문지가 문학 중심으로 책을 내고, 사회과학 쪽에 큰 비중을 두지 않았어도, 문화라는 큰 범위에서 보자면 상당한 업적을 쌓아 우리 문화에 공헌한 것이 아닐까 생각을 합니다.

복거일 『문학과지성』은 잡지, 출판사, 그리고 잡지와 출판사를 근거로 삼아 활동하는 작가들, 이 세 요소로 구성되어 있지 않습니까? 그런데 이들 사이의 공통된 특징은 바로 뛰어남에 대한 추구인 것 같아요. 대중의 시대에, 대중이 자기들의 판단이 절대적이다라고 주장하는 시대에, 그것을 의식적으로 외면하고 그래도 '뛰어남'이라는 특징이 가치가 있다고 고집해온 것, 이것이 가장 두드러진 공통점이 아닌가 하는 생각입니다. 김현 선생이 처음 『문학과지성』 잡지를 했을 때, 문학의 인테그리티를 가지고 문학을 수단으로 삼으려는 외부로부터 지키려고 했다고 말씀하셨는데, 그것은 잡지에만 해당되고 출판이나 작가에 적용되는 것은 아니기 때문에, 그것은 꼽을 수 없는 것 같고. 제가 볼 때 문지에서 두드러진 특징은 바로 뛰어남의 추구라고 말할 수 있죠. 왜냐하면 문지의 작가들은 편차가 심해요. 예를 들어서 정문길 선생님은 근본적인 마르크스주의 세계관을 가지신 분이고, 저는 래디컬한 자유주의자인데, 두 사람이 동시에 같은 시리즈 속에 있다는 점이지요. 저는 이 점이 중요하다고 생각해요. 문지가 이렇게 살아남은 것도 뛰어남의 추구이고, 문학과지성이라는 브랜드가 형성된 것도 바로 이러한 것이 바탕이 되었기 때문이 아닌가 그런 생각이 듭니다.

최원식 정확하게 사실인지 아닌지 확인은 할 수 없지만, 생전에 동리 선생은 문지나 창비나 둘을 구분을 못하셨대요. 잘 아는 사람이 문지와 창비는 같은 듯하지만 상당히 다르다고 설명을 했는데, 그럼에도 불구하고 다 같다는 생각을 하셨답니다. 그런데 바로 여기에 일면의 진실이 있다고 생각합니다. 문지와 창비를 대립적으로 놓고 보기를 좋아하는 사람들이 있고, 또 그렇게 보고 싶어하는 사람들이 있는데, 사실은 문지나 창비 둘 다 말하자면 4월 혁명을 상상력의 근원으로 삼고, 4월 혁명의 문화적 폭발로서 나타난 것으로 볼 수 있지요. 거대한 정치 운동이 분출하고 나면 꼭 문화적 폭발이 있었습니다. 대표적인 것이 3·1운동입니다. 20년대 문학이라는 것이 바로 3·1운동 세대의 문화적 폭발이에요. 4월 혁명이라는 획기적인 한 격변을 겪고 나서 정말 많은 작가들이 나왔지 않습니까, 평론가도 그렇구요. 그런 점에서 창비와 문지는 4월 혁명이라는 공통의 근원에서 나왔다고 생각합니다. 그러므로 순수

최원식

문학을 일종의 이데올로기로 삼았던 문협하고는 차별이 된다고 생각합니다. 상상력의 근원을 같이했던 창비와 문지 그룹 사이의 분화는, 말하자면 문학의 자율성이라고 할까 그런 점에서 나타났지요. 독재 정권에 반대하고, 우리 사회 민주주의에 대한 가치를 공유하는 것은 물론이지만 그럼에도 불구하고 문학이라는 영역의 자율성에 대해서 창비와 문지 사이에 차이가 있었고, 그것이 바로 문지라는 새로운 그룹을 태동하게 했다고 봅니다. 70년대 문학사를 이렇게 보면 전통적인 문협의 순수 문학 진영이 있었고(사실은 말로만 순수했습니다만), 또 거기에 저항했던 그룹인 창비가 있었고, 그 사이에 문지 그룹이 일종의 중도적인 영역으로 있었다고 생각합니다. 그런데 이러한 차이가 꼭 비생산적이라고 생각하지 않아요. 이런 차이가 있는 것이 당연하고, 이러한 차이에서 오는 생산적 긴장이 70년대 문학을 더 풍요롭게 하지 않았나 생각합니다. 창비 하나만 있었거나 문지만 있었다면 우리 문학은 가난하고 빈약하게 될 수 있었으리라고 생각합니다. 전통적인 문협, 소위 순수 문학 진영과 그와 대립했던 70년대의 민족 문학이라는 진영 가운데 문학과 지성이라는 중도적 영역이 있어서, (독자적으로 우리의 문학적 분화가 이뤄지는 가운데) 생산적 긴장을 가능케 함으로써 70년대가 유례없이, 암울하면서도 활기찬 시대를 만들어냈다고 생각합니다. 문지와 창비 사이의 이와 같은 생산적 긴장이 이 시기의 전통적인 문협을 대신해서 우리 문학의 새로운 창조성을 확장해나가고 심화할 수 있었다는 점에서 문지의 역할은 높이 평가받아 마땅하다고 생각합니다.

오정희 문지와 창비를 비슷하게 보거나, 문지의 중도적 입장을 말씀하셨는데, 그 당시에 문지와 창비를 이끌었던 사람들은 문학관에 있어서 상당히 다른 차이점을 가지고 있다고 생각하지 않았을까요? 다시 말해서 문학에 대한 생각이나, 문학으로 무엇을 할 수 있는가에 대한 생각의 차이들 같은 것이 저로서는 크게 보이는데요.

최원식 그런 점에서 먼저 말씀드릴 것은 문지와 창비가 공유했던 지식인들, 작가들이 참 많았다는 것입니다. 모두들 문지와 창비가 대립했다는 생각을 갖고 그런 생각이 널리 퍼져 있었지만, 현상적으로 보면 그게 사실은 그렇지 않았어요. 게다가 창비에 대한 일반의 오해가 있어요, 창비는 오로지 정치적인 잣대로 문학을 평가한다는 오해이지요. 누가 그렇게 무식한 소리를 하는지. 제가 그렇게 무식해 보입니까? 그렇게 무지막지한 사람들이 아니거든요. 문지와 창비는 물론 분명히 다른 점이 있지요, 서로 대립했던 적도 있고 또 상호 비판도 주고받고 한 적도 있지만 문지와 창비가 끝까지 공유했던 부분, 철회하지 않았던 부분들이 있지 않습니까. 독재 정권에 대해 문지가 철회하지 않았던 그런 주장들도 그렇구요.

오생근 최원식 선생님이 밖에서 보는 『문학과지성』을 창비의 입장과 관련지어 말씀해주셨습니다. 물론 거리를 두고 돌아보면 문지와 창비 간에 공통점도 있고 차이점도 있고 그런 것이 크게 보여지는 점도 있을 것 같습니다. 최근에 오면서 그 차이점은 많이 희석되어가는 느낌을 갖게 되는데, 그것은 시대의 변화와 사회의 흐름 탓이라고 생각합니다. 최근에 대중 사회의 시대적 분위기에서 대중문화의 영향이 워낙 강해지고 또 디지털 정보화 사회다, 영상 시대다, 이런 상황에서 이 시대의 출판 문화가 여러 가지 어려움을 겪다 보니까, 아무래도 그런 시대적 흐름 속에서 출판사 나름대로 어떤 생존 전략이라고나 할까, 그런 것을 모색하다 보니까 과거의 이념과 원칙이 그대로 지켜지지 않고 많이 바뀌게 된 점도 생각해볼 수

오생근

있겠습니다. 그런 점에서 문지가 추구해온 가치
와 이념은 현재의 디지털 사회에서 여전히 유효
하다고 보는가 하는 세 번째 주제를 가지고 계속
토론을 하기로 하겠습니다.

**문지가 추구해온 가치와 이념은 현재의 디지털
사회에서 여전히 유효하다고 보는가?**

김치수 인문주의나 인본주의 같은 것이 디지털 시대에도 과연 유효한가에
대한 질문으로 이어지는 것으로 생각해보겠습니다. 이미 포스트
모더니즘이 등장하고 나서부터는 이전의 인문, 인본주의 같은 것
은 위기를 맞이할 수밖에 없겠지요. 왜 그런가 하면 그 이전의 것
들은 함께 사는 삶, 집단적인 가치를 추구하고 있었기 때문에 사
람들 사이에 공유하는 부분들이 많았는데 포스트모더니즘이 등장
하면서부터는, 공유하지 않음으로써 남과 공유하는, 즉 서로 다름
으로써 같아지거나 같은 점이 없음으로써 같아지는, 이런 요소들
이 등장하기 시작했거든요. 문학과지성이 60년대, 70년대 추구했
던 것들은 우리가 사는 삶에 있어서 집단적 가치가 무엇일까 이것
에 대해서 서로 공유하고 있는 것들을 추구하고, 그것이 무엇인가
를 찾아가려 했던 것인데, 최근에 이르러 산업화가 더욱 심화되고
그러면서 이른바 영상 미디어가 발달하게 되면서부터, 한편으로
는 사람들이 너무 같은 것을 추구하게 된 것 같아요. 그러나 다른
한편으로 보면 그 사람들이 그렇게 같은 가치를 추구하는 것 같지
만, 자기 편리할 대로 살면서 각자는 다르다고 주장하는 것이에
요. 그것이 포스트모더니즘의 핵심이라고 봅니다. 다르다고 하면

서 그 다르다는 것을 뒷받침할 수 있는 것이 인터넷이겠지요. 이 인터넷에서 마음대로 이야기할 수 있는 기회를 주거든요. 이렇게 마음대로 이야기할 기회를 얻다 보니까 누구나 자기 이야기를 쓸 수 있는 것이에요. 옛날에는 글이 아무나 쓸 수 있는 것이 아니었죠, 적어도 그 사회에서 인정받아야 하고 또 출판사나 잡지사에서 가치를 인정해줘야 쓸 수 있었어요. 그런데 지금은 아무나 글을 쓰고 쉽게 발표를 해요. 우리가 볼 때에 정말 쓰레기 같은 것들이 많아요. 그래도 그것이 쓰레기 같다고 해서 다 버릴 수는 없겠지요. 그 속에 어떤 진실이 들어 있기도 합니다. 결국 문학과지성이 이제 새로운 작업으로서 해야 할 것은, 전통적인 가치관으로 보면 쓰레기 같은 것들 속에 어떤 진실이 숨어 있는지, 또 건져야 할 것은 무엇인지 생각을 해봐야 한다는 것입니다. 물론 이것은 감각적으로 나이 든 세대에서는 못할 일인 것 같습니다. 문학과지성의 새로운 세대가 이런 작업을 해야 할 것입니다. 옛날식으로 가령 인본주의나 인문학이 이런 것이다 하고 독자를 따라오게 하면 아무도 따라오지 않고 아무도 읽지 않습니다. 아까 최원식 선생이 창비와 문지는 공유하는 작가들이 많다고 그러셨는데요, 제가 보기에는 그건 요즘 와서 많아진 것이라고 생각합니다. 초기에는 작가들의 성향이 분명하게 구분이 되더라고요. 그런데 최근에 와서 작가들을 포용하는 창비의 범위가 매우 넓어졌어요. 그런 변화가 창비 나름으로 디지털 시대에 적응하는 과정의 하나가 아닌가 생각을 해봅니다. 여하간 요즘 나오는 소설들을 읽으면서 어떤 때에는 한심한 생각이 들어요. 왜 이것을 썼을까 제가 온갖 이론을 동원해서 이해해보려고 해도 이해가 되지 않는 소설들이 많아요. 그런데 신문에서는 크게 그걸 다루어주니까 그 사람들은 그 소설에서 내가 보지 못하는 무엇인가를 보고 느끼고 있다는 생각을 하게 되고 그렇다면 내가 이해를 포기할 수밖에 없지 않는가, 이런 역할 역시 새로운 세대에 맡겨야 하지 않는가 하는 생각이 듭니다.

오생근 문지의 가치나 이념이 오늘날 21세기 한국 사회에서는 그대로 존속하기는 어려우니까 그런 문제를 문지의 새로운 세대가 재검토하고 계속 추구해보는 것이 좋겠다는 생각이신 것 같습니다. 오정희 선생님은 이 문제를 어떻게 생각하십니까.

오정희 제가 문학에 대해서 갖는 생각은 그냥 어쩔 수 없이 고전적인 것 같아요. 그렇지만 굳이 그러한 생각을 바꾸거나 거부해야 할 필요도 느끼지 않습니다. 그것은 제 세대가 갖는 그대로의 가치가 있는 것이고 또 다음 세대의 입장에서는 다른 것이 될 테니까요. 맨 처음에 제가 청진동 문지 시절에 사무실을 가보면 가난해 보이면서도 문학적 열기가 가득하던 그런 것이, 정말로 초대 교회에서 볼 수 있는 순수함이 느껴졌습니다. 지금의 모든 기독교인들이 꿈꾸는 것도 역시 그 초대 교회 같은 것이지만 이제는 절대 그렇게 될 수 없다는 것을 누구나 알거든요. 계속 규모가 커지고 비대해지고 생존해야 하기 때문에 그럴 수밖에 없겠지만, 그럴수록 잊지 말아야 할 것이 본래의 문학에 대한 꿈이라고 생각합니다. 문학이란 것은 당장은 먹고 마시고 섭취하는 그런 어떤 효용성, 필요성을 갖는 것이 아니라 어떤 꿈, 지향점 같은 것이지요. 『문지』창간사를 보면 정신적 샤머니즘과 심리적 패배주의를 극복해야 한다는 지향점이 분명히 나타나 있는데, 그것을 보면 그 당시의 정신적·문화적 풍토가 어떠했는가가 짐작이 되지요. 그런데 우리 주변을 돌아보면 용어는 달라졌어도 여전히 정신적 샤머니즘과 심리적 패배주의라고 말할 수 있는 것들이 있거든요. 이를테면 거대 자본의 문제라거나, 개인의 소외 문제, 인간답게 살 수 없게 만드는 모든 것들, 비인간화 이런 문제들이야말로 정신적 샤머니즘이나 심리적 패배주의와 바꾸어 말할 수 있는 것이 아닐까 생각합니다. 그래서 문지의 창간 이념은 지금도 여전히 유효하고 우리가 그 방식은 달라질 수 있어도 그 이념은 계속 추구해나갈 수 있는 것이 아닌가 하는 생각이 듭니다.

정문길 시대의 변화는 인정을 해야지요. 특히 최근에 보니까 책장사 하지 않고, 인터넷에서 개인적으로 계약을 해서 워드로 찍어 보낸 글을 책을 만들어 파는 출판사도 크게 증가하는 추세라고 해요. 또 인터넷으로 독자의 반응도 올리고, 그러다 보면 예전 같은 출판사의 모양이 사라질 가능성도 있습니다. 문지가 이런 변화에 얼마만큼 적응을 할 수 있는가의 문제도 있을 수 있겠지요. 저는 그야말로 철학적으로 보면 철학 언저리에서 빌빌하고, 문학의 경우 역시 그 문학 언저리에서 빌빌하면서 지내온 셈인데 과거 70년대부터 지금까지 문지를 돌아보았을 때, 작품에 대한 가치 기준이 어떤 때에는 굉장히 엄격하다가 또 어떤 때에는 굉장히 느슨해지고, 어떤 때는 이것저것 다 받아들이는 데까지 흘러가는 경우도 있다고 봅니다. 그렇다면 지금은 시기적으로 어느 것이 최선이냐 하는 것이 논의의 여지가 있겠지만 출판사 나름대로 형성되어온 그런 기준이 어떻게 바뀔 수 있겠느냐 하는 문제는 간단한 것 같지 않습니다. 또 하나는 출판사로서 할 수 있는 일이 무엇이냐 하는 것인데, 어쨌든 간에 아까 복선생님 표현에 의하면 소위 깨어난 자들의 부분이랄까 역사 속에서 문지가 살아남았다 하는데, 그런 것을 가능케 해주는 자본이 이제 그야말로 문지가 다양화되면서 자꾸 느슨해지는 것 같아요. 문지가 최선이 무엇인가 하는 것을 파악하여 지킬 것은 지켜야 하고, 디지털 시대일수록 더욱 확고해야 되지 않겠느냐 생각합니다. 또 책장사로서도 처음에는 번역 소설을 하지 않는다, 어린이 문학은 하지 않는다, 이런 몇 가지 원칙을 가지고 있

정문길

었던 것 같은데 지금은 이것을 다 수용하고 있습니다. 그래서 수요가 늘어났다면 할 말이 없습니다. 그러나 그러면서도 무엇인가 하나 기본적인 것 하나는 지키고 살려야 되지 않겠는가 생각을 해봅니다. 문지가 견지해오던 여러 가지 원칙을 바꾸어나가면서도, 처음에 시작했던 것을 새롭게 일으킬 수 있는, 혹은 더 지킬 수 있는 그런 자극이 새롭게 검토되어야 하지 않는가 생각해봅니다. 그러므로 지금까지 문지가 가장 중요하게 생각한 것은 무엇인가 알아보고 그 중요한 것을 지키고 살리는 방향에서, 문지가 적어도 어떤 한 분야 정도는 모험을 걸어야 하지 않을까 하는 생각이 듭니다.

복거일 저는 아까 문지의 공통된 특징이 뛰어남의 추구라고 했는데요. 이러한 뛰어남의 추구는 생존 전략으로서 굉장히 좋다고 생각합니다. 첫째로 뛰어남이란 것은 아주 간명해요. 뛰어남이 무엇인가는 대개 밝혀져 있거든요. 대중들의 취향이 무엇인가는 시장을 살펴봐야 알지만서도 뛰어남이 무엇인가는 누구나 대체로 알고 있거든요. 생존하는 데에는 전략이 간명해야 하기 때문에 상당히 유리하다고 생각합니다. 그리고 뛰어남의 추구를 전략으로 삼으면 생태적 틈새가 저절로 생깁니다. 어느 시장이나 어느 생태계나 최고의 개체들이 생존할 수 있는 틈새는 있거든요. 문지가 알게 모르게 추구해온 전략이 좋다고 생각합니다. 더욱 좋은 것은 인터넷과 같은 대중들의 전제 tyranny of masses가 고급 독자들은 필요 없다, 평론가들은 필요 없다, 우리들이 바로 중요한 평론가들이라고 하는 것이지요. 이런 것은 단적으로 영화를 예로 들면 됩니다. 박스 오피스의 수치가 성공의 유일한 기준이라는 것이죠. 관객이 천만 돌파하면 그 영화는 바로 명작이에요. 문학에서도 그렇죠, 베스트 셀러로 1백만 부가 넘으면 그 작품은 명작이 되죠. 과정보다 결과가 중요하다는 것입니다. 거기에 의식적으로 저항해온 것은 굉장히 좋은 전략이에요. 왜냐하면 사람들이 그래도 마음 한구석에서는 '뛰어남'을 찾거든요, 또 대중들 자신도 인터넷은 바다인데 들어가보니까 헤매게 되는 것입니다. 그래서 그 반작용으로 거기서 헤맸던 사람들이 '뛰어남'을 추구하기 위해서 그것을 브랜드로 내세운 출판사를 찾을 수 있습니다. 그래서 저는 오히려 문지사의 생태적인 환경이 오늘날 참 좋아졌다고 봅니다. 그러나 문제는 그 브랜드를 지키려는 문지의 노력이 부족했다고 생각합니다. 아까 어린이 소설이라든가 외국 소설의 번역을 하지 않는다는 것이 처음의 원칙이었다는데, 그런 것의 전략을 바꾼 것에 대해서는 잘 모르겠습니다만, 개체 수가 흔해지면 브랜드 가치가 감소하기 마련이지요. 그런 점에서 앞으로 문지는 오히려 고급화 전략을 수용하는 쪽이 하나의 방안이 아니겠는가 생각합니다.

최원식 신문에서 봤는지, 인터넷에서 봤는지 기억이 잘 나지 않는데, 초등학교 학생들에게 인터넷 소설을 쓰는 것이 대유행이라고 하던데요. 지금 이런 현상이 말하자면 말릴 수 없는 대세가 되어가는 것 같아요. 그동안 글이라는 것은 일종의 전문가 집단에 의해서 점유된 것이고, 독자들은 수용하기만 했던 얌전한 소비자였는데, 이제는 소비자들이 반란을 일으키는 시대가 되었어요. 이 시대야말로 탈식민주의자들이 이야기하는 바로, 하위자들의 시대 같아요. 탈식민주의자들은 그러잖아요, 지금까지의 역사라는 것은 권력의 교체 서사에 불구하다. 그러니까 지배층이 있고, 그 지배층에 저항하는 민중이 있었지만, 결국 그 민중이 집권하고 나면 또 지배층이 되고. 그런데 누가 집권해도 소외되어 있던 사람들, 여성들,

불가촉천민들에게 혀를 달아주는 것이 바로 탈식민주의 전략인데, 지금 우리 사회가 어느덧 그렇게 되어가는 것 같아요. 창비나 문지나 다 이와 같은 대중의 반란이라고나 할까 이런 흐름에 직면해 있는 셈이지요. 그런데 전에는 계간지라는 것이 대단히 중요한 기관이었지요. 그때는 표현 기관이 많지 않기도 했지만, 계간지를 통해서 모든 문제가 이슈로 제기되어왔기 때문이죠. 러시아도 그랬다고 하더군요. 러시아도 차르 전제가 강했기 때문에 정치적인 문제도 문학을 통해 제기되곤 해서 아주 문학에 대한 비중이 컸다고 합니다. 그러나 지금의 변화된 상황에서 보자면 아까 김선생님이 말했듯이 문학의 가치나 중요성이 아주 많이 상대화되는 추세인데, 그렇다고 이러한 현실을 그대로 추종해나갈 수도 없겠지요. 저는 문지가 디지털 시대와 정보화 시대의 도래를, 창비보다, 훨씬 더 빨리 받아들인 것 같아요. 그렇게 먼저 포스트모던의 도래에 대해서 예감했던 문지가, 지금은 오히려 창비보다 더 보수적인 태도를 취하는 게 아닌가 하는 생각이 듭니다. 그런데 『창비』와 『문지』가 창간되었던 때를 다시 생각해보면요, 『창비』가 창간되면서 계간지 시대를 열었다고 하지만, 사실 『문지』가 창간되면서 진짜 계간지 시대가 도래했습니다. 그런데 이런 계간지 시대라는 것이 사실 전통적인 문단 등단 체제에 대한 반항이었거든요. 등단 제도를 만든 것은 『문장』이에요. 이 『문장』에서부터 내려오는 여러 월간지들이 누가 『문장』의 후계자가 되느냐 경쟁을 해왔고, 그래서 최종적인 계승자가 된 것이 『현대문학』이지요. 그런데 계간지 시대라는 것은 이와 같은 전문가에 의해서 독점되어 있던 등단 제도를 파괴함으로써 그동안 표출되지 못했던 새로운 창조성이 드러난 것이었습니다. 그래서 우리가 직면한 새로운 시대를 돌파하기 위해서도 기억을 다시 돌아보면서, 좀 더 여러 가지를 따져보아야 된다는 생각이 들어요. 또 그 점에서 문지에 안타까운 부분도 있구요.

김치수 우리로선 새로운 시대에 대비하는 능력이 없으니까, 결국은 새로운 감각이 있는 사람들이 나서야 된다는 그런 이야기를 할 수밖에 없었지요.

오생근 최선생이 문지가 디지털 시대의 도래를 빨리 받아들였다고 말씀하셨는데, 아마 그런 점은 문지가 세대 교체를 하면서 그 세대 교체를 통해 이룬 효과를 긍정적으로 볼 수 있는 부분이라고 생각합니다. 그러면 이제부터는 문지 30년 동안 변화한 것과 변화하지 않은 것이 무엇인지 말씀해주시지요.

문지 30년 동안 변화해온 것과 변화하지 않은 것은 무엇이라고 생각하는가?

최원식 아까도 말씀드렸지만, 문지의 강점은 바로 세대 교체를 빠르게 그때그때마다 적절히 해온 것이라고 봅니다. 그런 점은 아주 높이 평가해야 될 것 같아요. 사실 세대 교체라는 것이 말이 쉽지 굉장히 어려운 일이거든요. 문지의 선배들께서는 새로운 세대에게, 새 시대는 새 세대에게 맡기는 것을 실천해오셨고, 그래서 새 목소리들이 문지에서는 더 잘 소통이 되는 구조를 만들어온 것에 대해서는 참 어려운 일을 하셨다고 생각을 해요. 그러나 변하지 않은 것은 문지의 동인적인 면입니다. 지금 『문사』도 편집 동인이라고 부르지요? 아까 김치수 선생님이 창간 초기를 말씀하시면서 이 동인적 성격이라는 것이 어떤지, 그것이 얼마나 『문지』를 창조적으로 만들었는지를 잘 설명해주셨다고 생각해요. 그래서 문지는 이런 동인적 분위기 때문에 사람들 사이가 친밀하다는 느낌이 들어요.

오생근 그런데 밖에서 볼 때는 그런 면이 폐쇄적으로 보일 수도 있겠지요.

최원식 사실 문지가 그렇게 세대 교체를 잘했음에도 불구하고 동인적 폐쇄성이라는 것이 굉장히 강하다는 느낌을 주기 때문에, 바깥쪽 사람들은 안으로 끼어들기가 어렵지요. 문지는 내부적으로 굉장히 친밀한 소통적 공간인 것 같은데 그런 만큼 폐쇄적인 공간이고, 그것은 그대로 유지되는 것 같아요. 세대 교체를 계속했음에도 불구하고, 그렇다면 이것은 디지털 시대에 대해서 문지가 보수적인 면을 취하는 면과 연관이 된다는 느낌입니다. 그리고 이러한 점들이 문지가 갖고 있는 강점이자 약점인 듯합니다.

복거일 세상이 바뀌니까 모두가 바뀐 세상에 적응하고 변화하는데, 실제로 바뀐 부분을 보면 출판 쪽이 제일 잘 바뀌고 잘 적응한 것 같습니다. 바뀌지 않은 부분은 사람들이야, 작가들이야 그 사람들이 그 사람들이라 그렇게 바뀔 것이 없는데, 뭐 잡지 쪽이야 나름대로 변화를 시도한 것 같고, 또 출판 쪽도 잘 변신한 것 같습니다. 자기 나름의 틈새를 지키면서 살아남았다는 것, 그 부분은 높이 평가해야 할 부분이 아닌가 생각합니다.

정문길 저는 잡지도 그렇고 출판도 그렇고 변모가 상당히 많다고 생각합니다. 그런데 욕심이라면 아까도 이야기했지만, 지켜야 될 그런, 적어도 한 부분은 끝까지 물고 늘어지는 특징이 있어야 한다고 생각합니다. 요즘은 큰 출판사가 많지만, 뭐가 특징일까 하는 게 아무것도 없는 출판사들이 대부분이에요. 우리가 문학 전집을 내는 경우도, 요즘 특히 저작권 문제도 해당이 없는 문학 전집을 낼 때, 이것은 그야말로 클래식이다, 그러니까 한국의 플레이아드다 하고 내놓을 만한 것들을 왜 문지가 낼 수 없겠는가 하는 것이죠, 물론 문학뿐만이 아니겠지요. 우리가 아직까지 김현 선생의 전집 다음으로는 제대로 된 전집을 내본 적이 없지 않습니까. 사실 우리 나라에 나온 사상가나 문인이나 제대로 된 전집이라는 것이 전무한 상태입니다. 있다 하더라도 전부 자선 전집이지요. 문지도 출판사로서 플레이아드처럼 냈다 하면 정본이 되는 그런 전통을 세우는 계기를 만들었으면 하는 생각입니다. 또 하나는 제가 최근 논문을 하나 썼는데, 이것이 2백 매 안 되는 원고였습니다. 그런데 요즘은 다들 1백 매에서 120매까지밖에 받지 않기 때문에 이것을 실을 데가 없어요. 이런 점에서 우리는 발표 지면이 실제로 많지 않고, 자유롭게 글 쓸 수 있는 공간도 드물다는 것이에요. 그러므로 이러한 글을 실을 수 있는 새로운 출판물을 만드는 계기가, 물론 형편이 좋지 않지만, 그래도 있었으면 좋겠다는 것이지요. 이런 것을 문지가 창간 30년의 기념사업으로 했으면 좋겠다는 생각이에요. 논문 1백 매가 정품인 풍토를 무너뜨리고, 문화적인 돌파구를 찾자는 것이 제 개인적인 바람입니다.

김치수 문학과지성이 창사 당시 몇 가지 원칙들을 정해놓은 것이 있었어요. 한국 문학은 창작만을 출판한다. 한국 문학이나 기타 저작물의 복간은 하지 않는다. 외국의 문학 이론서를 번역 출판한다. 외국의 소설은 번역 출판하지 않는다. 외국 시집은 고전적인 것만 통째로 번역 출판한다. 어린이 도서는 출판하지 않는다. 현대의 지성들의 저작물은 국내외를 막론하고 출판한다. 현역 작가로는 최인훈으로부터 그 이후의 작가들을, 현역 시인으로는 황동규로부터 그 이후의 시인들을 우리와 동세대의 문학으로 간주한다. 만화와 같은 기타 분야는 출판하지 않는다. 이것이 처음 만들 때의 원칙들이에요. 그런네 이 원칙들이 지금 문학과지성을 보면 얼마나 많이 달라졌는가를 금방 알 수 있을 것이에요. 그것은 한편으로 보면 경제적인 현실이 그만큼 달라졌다는 이야기입니다. 문학과지성이 그동안에 출판사를 1975년에 만들어서, 정말 운 좋게 베스트셀러를 내었고, 출판사가 어려워질 만하면 또 베스트셀러가 나오고 그렇게 잘되었거든요. 그래서 사실 내고 싶은 책을 낼 수가 있었어요. 사실 김병익 사장이 1998년에 은퇴를 하려고 했어요. 그런데 그때 IMF가 와서 외환 위기로 갑자기 한 해 적자가 거의 1억에 달했어요. 그런데 그 몇 년 전에 회사는 주식회사 체제로 바꿨거든요. 그렇게 바꿨는데 적자가 나니까 김병익 사장이 엄청나게 공격을 당한 거예요. 왜 안 나가는 책을 냈느냐, 왜 적자를 냈느냐 그래서 김병익 사장이 그만둘 수가 없는 거예요. 또 그래서 누구한테 넘겨줄 수도 없었죠. 비로소 김병익 사장이 자본주의가 얼마나 무서운가를 알았지요. 그러다가 2000년에 흑자를 내고 김사장이 아주 가벼운 마음으로 넘겼지요. 그러니까 이런 원칙들이 나중에 무너질 수밖에 없는 것은 지금 문학과지성이 처한 형편이 그래요. 금년에 장사가 얼마나 되었는지 모르지만, 지금 한 것을 보면 금년에는 어쩌면 적자는 면하지 않을까 하는 생각은 듭니다만. 문지사가 전환을 잘했다는 이야기는, 이 전환을 하면서 조금 매상이 오르는 분야들이 좀 생겼고, 생존할 수 있었다는 이야기이지요. 정문길 선생이 플레이아드를 이야기하긴 했지만 제가 출판사를 할 때에 처음 아이디어가, 우리가 적어도 고전에 대해서는 결정본을 내야 한다는 것이었는데, 그러려면 재정이 튼튼해야 하거든요. 플레이아드 하나 만드는 데 필요한 돈이 엄청납니다. 옆에 붙어서 주석 붙이는 작업하고, 그 책에 관한 논문을 쓰면서, 그것으로 생활하는 사람이 있어야 하는 겁니다. 그걸 우리가 감당할 만큼 돈이 있어야 하는 거죠. 자본주의 사회이므로 출판사가 일단 돈을 벌지 않으면 아무것도 안 되는 것이에요. 그래서 우리가 어떤 이념만 고집하고 변화를 무시할 수는 없어요. 그러니까 어떤 식으로 자본이 축적이 되는가에 따라서 그 다음에 이념도 지키고 실천도 할 수 있는 것이죠. 그런데 무엇보다 출판계가 퇴조입니다. 사람들이 활자 문화 자체를 읽는, 그러니까 책이나 인쇄물 자체에 접촉하는 시간이 줄고 있어요. 전부 인터넷으로 가고 있기 때문이지요. 요즘 대학에서 학생들에게 조사를 했더니 신문 구독하는 학생이 한 명도 없는 것이에요. 인터넷으로 필요한 것만 찾아보고는 신문을 안 봅니다. 이런 식이니까 앞으로 얼마나 큰 변화와 위기가 온다는 것을 알아야 합니다.

오생근 그러면 자연스럽게 마지막 주제로 가겠습니다. 마지막 주제는 문지의 미래에 대한 전망과 바람직한 전략은 무엇이라고 보는가인데, 아까 복거일 선생님이 뛰어남의 살아남기 전략을 말씀하셨습니다. 그러한 이야기를 중심으로 해서 복거일 선생님이 먼저 말씀해주시지요.

문지의 미래에 대한 전망과 바람직한 전략은 무엇이라고 보는가?

복거일 언제인가 신문을 보니까 문인들이 책을 가장 내고 싶은 출판사로 문지사를 꼽았다는 기사가 실렸더군요. 저자가 그 출판사에서 책을 내고 싶다 하는 것은 출판사가 브랜드를 가졌다는 것이겠지요. 이제 자기 이름도 브랜드가 되는 시대이니까, 특히 문지는 브랜드 하나로 지켜온 회사이니까 그것을 반드시 지켜야 합니다. 그것이 힘든 일인데, 제가 볼 때 당장 문제가 되는 것이 편집부예요. 책은 일단 제품이니까 잘 만들어야 되거든요. 책 잘 만드는 것은 끝이 없어요, 저자들에게 편집부 직원들이 일종의 에디터 역할까지

복거일

해주어야 되거든요. 예전에는 그것을 해주었어요. 그런데 언제인가부터 문지에서도 그것을 못 해주게 되었습니다. 그것은 왜 그러느냐 하면, 이직이 많아서 그런 것으로 보입니다. 예전에는 문지에서 시작해서 문지에서 은퇴하는 편집부 직원들이 정상이었어요. 그래서 어지간한 작가들이 원고를 가져오면 다 거기서 문장 같은 거 다 봐주고, 논리적인 오류 등도 잡아주고 다 그랬던 것이지요. 그러면 작가들이 기진맥진해서 원고를 가져왔다가 다시 한번 몸을 추스르는 것이에요. 그래서 마지막 스퍼트를 잘할 수 있다는 것이죠. 그랬는데 언제인가부터 문지 직원들이 문지에서 출발한 것이 아니라 다른 데서 시작했다가 와서 일하다가 기회를 보면 떠나는 겁니다. 그런데 그것은 문지의 경영상의 문제가 아니고 출판계 자체가 바뀌고, 문지가 열렸기 때문에 그런 것이라고 봅니다. 요새는 문지에서 출발해서 문지에서 은퇴하는 것을 아무도 바라지 않는다는 것이지요. 일 배워 가지고, 기획 하나 잘해 가지고, 베스트셀러를 팔아 가지고, 어엿한 사장 하나 하겠다는 벤처 기업인이 들어온다는 말이에요. 이것은 경영진이 노력한다고 실행되는 것은 아니지만, 적어도 문지가 생존하려면, 생태적인 틈새에서 브랜드를 지키려면 여기에 대한 투자를 해야 한다는 것이죠. 에디터를 구할 수 있으려면, 월급도 많이 주고 장래도 보장해주고, 보상도 많이 해주어야 한다는 것이죠. 거기에 대한 투자가 있어야 한다는 것입니다.

정문길 옛날에는 참 대단한 에디터들이 있었지요. 좋은 책을 만들려면 에디터가 필수인데, 우리에게는 전문 에디터의 문화가 전혀 없어서 문제입니다. 잡지는 잡지대로 굴러가지만, 출판사로서는 문지가 이래야 된다고 요구하는 독자들의 기대치가 있어서, 그것을 맞추어가는 것이 참 골치 아픈 일일 것이라고 생각합니다. 그런데 이런 것은 무엇보다 경비하고 직접 관련된 문제이니까, 바깥에서는 아무 말도 할 수 없고 그저 장사만 잘되기를 바랄 뿐이지요.

최원식 저는 문지사가 창사 30주년을 계기로 해서 다시 한번, 물론 다 준비하고 계시겠지만 훌륭한 출판사로 거듭나기를 바랍니다. 사실 문지가 없는 한국 문학, 문지가 없는 한국 지식인 사회를 생각하면 참 아찔하거든요. 그런 점에서도 문학과지성사는 우리 출판계의 중요한 재보인데, 중요한 재보가 우리가 맞이하고 있는 새로운 출판 환경을 잘 헤쳐나가기를 바라는 마음만 간절합니다. 아까 김치수 선생님께서 출판사를 만들 때 그런 원칙이 있다는 것을 듣고 깜짝 놀랐어요. 『문지』라는 계간지, 또 문학과지성이라는 출판사가 저런 원칙과 열의를 가지고, 복선생님이 말씀하셨지만 그 브랜드라는 것이 이렇게 만들어졌구나 하는 생각이 들었어요. 사실 대단한 창업 프로젝트 아니에요? 이게 보통 일이 아니거든요. 저는 지금 이 30년에서 새로 하려면, 창간 초기처럼, 창사 초기처럼 문지사가, 새로운 의제를 설정하고, 그것을 토론해서, 21세기 프로젝트로 들어올려야 하고, 그래야 성공할 수 있을 것이라는 생각이 들거든요. 창비도 그것이 고민인데, 문지도 그 정체성이 잘 잡히지 않는 것 같아요. 이런 것은 우리 출판계가 다 맞이하고 있는 문제인데, 문지도 창간, 창사 초기로 돌아가는 것이 아니라 그 초기의 정신으로 돌아가서, 이 시대에 대응할 수 있는, 그러니까 아까 보수적이라고 이야기했는데 새 시대에 못마땅하다는 것만 말하지 말고, 어떻게든 문지가 이 시대를 다시 움켜잡고 다시 해나가야겠다는 그런 의지를 보여주었으면 합니다. 그런 만큼 문지가 다시 거듭나는 것이 중요하다고 생각합니다. 우리 출판계, 우리 지식인들 사이에 이만한 영향력을 가지고 있는 것이 어디 있겠어요. 이런 좌담도 다 그런 다짐의 일환이시겠지만, 문지가 새로운 30년을 열어나가서 우리 출판계, 문학계, 지식인 들의 중요한 보루가 됐으면 좋겠습니다. 문지는 70년대에 독자적인 영역을 설정했잖아요, 그것이 우리 문학계를 또 우리 지식인 사회를 풍요롭게 했거든요. 저는 그렇게 되기를 바라고 또 그렇게 되리라고 믿습니다.

오정희 저도 거의 같은 이야기인데요, 많다 보면 옥석이 섞이기 마련이고 어쩔 수 없는 일이기는 하지만, 문지사가 창사되고 책들이 출판이 되면서, 빨간 띠를 두른 문학과지성의 책은 일차적으로 검증이 되었다는 것으로 보았고, 문지의 책들에는 일단 그러한 신뢰가 있어요. 그러니까 독자들의 신뢰를 회복할 수 있게끔 계속 노력해야 할 것입니다. 다 감싸안으면서 비록 엘리트주의라는 일각의 비난도 받기는 하지만, 어떤 빼어남의 가치를 추구하는 것도 상당히 좋은 전략이라고 생각합니다. 이렇게 감싸안으면서도 빼어날 수 있는 그런 전략이 필요하겠지요. 또 이런 것들이 그들만의 이야기가 되지 않게끔 노력해야 할 것이고, 어떤 차별성을 가지고 자기의 빛깔을 지녀야 하는가, 또 그러려면 지금까지 문지가 일궈온 브랜드에 그냥 편승하거나 의존하지 않고 정말 현역에서 뛰는 분들이 그런 문제에 좀 더 고민을 해야 할 것이고, 문지에 몸을 담고 있다는 사회적 의미가 무엇인지 알아주었으면 좋겠다고 생각합니다. 이런 일에서 평범하면 안 되잖아요, 어느 출판사나 자기 빛깔을 지켜나가는 것은 중요한 문제로 보입니다.

복거일 빨간 띠가 문지를 상징하는데, 그것을 고안한 사람이 권영빈 중앙일보 편집인이라는 것은 문지사 30년사에 꼭 넣어야 할 사항 같습니다.

김치수 선생님들이 너무나 좋은 말씀을 해주셨기 때문에 제가 거기에다가 특별히 덧붙일 말은 별로 없습니다. 실제로 브랜드 가치를 지킨다거나, 문지 특색을 살린다거나, 좀 더 엄격하고 좀 더 정제된 문지 정신이 살아 있는 출판사를 한다거나 이런 주문에 대해서 감사한 마음뿐이지요. 그런데 실제로 그것이 오늘날 문지가 부닥치고 있는 문제 중에서 제일 어려운 문제입니다. 왜냐하면 가령 현재 문지사가 내고 있는 '현대의 지성' '시인 전집' 같은 시리즈물들을 잘 보세요, 그것은 다른 출판사들도 다 그런 식으로 시도를 합니다. 그래서 문지에서 실제로 할 수 있는 것이 무엇인가 하면 결국은 빼어난 작품, 탁월한 작품 외에는 내지 않는다는 식의 엘리트주의나 폐쇄주의로 갈 수밖에 없는 거예요. 이렇게 하자면 출판사를 경제적으로 축소시켜야 합니다. 축소를 시켜서 뛰어난 것만 고르고, 최소 경비로 회사를 운영해야 하는데 이렇게 되면 인력이 붙어 있지를 않아요. 『문학과지성』을 처음 만들었을 때만 해도 편집부 직원들이 굉장한 자부심을 가지고 근무했습니다. 내가 다른데 가면 돈은 많이 받지만, 여기서처럼 사람대접은 받지 못한다 하는 자부심을 가졌습니다. 그런데 지금은 직원들에게 인간적인 대우가 중요한 것이 아니에요. 인간적인 대우보다는 내가 돈을 벌어서 어디 가서 출판사를 차리고 더 많은 돈을 벌어야지라는 생각을 가지고 있거든요. 그래서 돈을 적게 들이고 최소 경비로 책을 낸다는 것은 굉장히 어려운 문제가 되었습니다. 지금 경영을 맡고 있는 사람으로서도 이런 문제를 타개해가는 것이 고민이겠지요. 우리는 사실 경영은 모릅니다. 그러면서 우리는 책 편집 잘해라, 디자인 잘해라, 좋은 책 내거라 이런 것만 요구하고 있거든요. 이렇게 잘하려면 그만큼 인력이 필요하다는 말이 나옵니다. 이러한 어려움들을 어떻게 극복하느냐의 문제가 바로 경영의 노하우겠지요. 결국 경영을 맡은 사람이 그런 노하우를 가졌는가 아닌가에 따라서 문지의 운명이 결정된다고 생각합니다. 전 편집 출신이기 때문에 편집만 이야기했는데, 편집만 가지고는 안 되고, 경영을 함께 고민하는 일이 앞으로 해결해나가야 하는 일이 아닌가 생각합니다.

정문길 한글 사용 인구가 적은 것도 문제입니다. 7천만 가지고 어떻게 하겠어요. 최소한 1억이나 1억 5천 명은 되어주어야 기본 사이즈인데, 이런 점에서 출판업 자체가 어려운 나라라고 생각합니다.

오생근 좌담을 시작한 지 어느덧 세 시간이 가까워졌습니다. 더 나누고 싶은 이야기도 많겠지만 이 정도에서 오늘의 좌담을 마치기로 하겠습니다. 오랜 시간 동안 문지에 대해 애정을 갖고, 진지하면서도 열정적으로 이 좌담회에 참여해주신 여러 선생님들께 다시 한번 감사의 말씀을 드립니다.

김치수 문학평론가. 1940년 전북 고창 출생. 평론집『한국 소설의 공간』『문학사회학을 위하여』『박경리와 이청준』『문학과 비평의 구조』『공감의 비평을 위하여』『삶과 허상과 소설의 진실』 등과 역서『누보로망을 위하여』『새로운 소설을 찾아서』『기원의 소설, 소설의 기원』(공역)『낭만적 거짓과 소설적 진실』(공역) 등이 있음.

정문길 고려대 교수. 1941년 대구 출생. 저서『소외론 연구』『에피고넨의 시대』『마르크스의 사상 형성과 초기 저작』『한국 마르크스학의 지평』, 산문집『정문길 교수의 보쿰 통신』과 역서『포이에르바하』 등이 있음.

복거일 소설가. 1946년 충남 아산 출생. 장편소설『비명(碑銘)을 찾아서』(상·하)『높은 땅 낮은 이야기』『역사 속의 나그네』(1~3)『파란 달 아래』『캠프 세네카의 기지촌』『마법성의 수호자, 나의 끼끗한 들깨』『목성 잠언집』 등과 시집『오장원(五丈原)의 가을』『나이 들어가는 아내를 위한 자장가』가 있음.

오정희 소설가. 1947년 서울 출생. 1968년 중앙일보 신춘문예에 소설 당선. 소설집 『불의 강』『유년의 뜰』『바람의 넋』『불꽃놀이』 등과 장편소설『새』가 있음.

최원식 문학평론가. 1949년 인천 출생. 1972년 동아일보 신춘문예에 평론 당선. 저서 『민족 문학의 논리』『한국 근대 소설사론』『韓國の民族文學論』(東京: 御茶の水書房) 『생산적 대화를 위하여』『동아시아, 문제와 시각』(공편)『동아시아인의 '동양' 인식: 19 ～20세기』(공편) 등이 있음.

오생근 문학평론가. 1946년 서울 출생. 1970년 동아일보 신춘문예에 평론 당선. 평론 집『삶을 위한 비평』『현실의 논리와 비평』『그리움으로 짓는 문학의 집』『문학의 숲에 서 느리게 걷기』 등과 역서『감시와 처벌』 등이 있음.

제4장

문지와 나

행복한 편승자의 변

　나도 이제는 나이의 무게에 어깨가 짓눌린다. 내가 줄곧 관심을 가져온 사르트르는 미래를 향해서 과거를 초극해나가는 것이 인간의 길이라고 말했지만, 나처럼 80 고개를 눈앞에 두고 있는 사람에게는 그런 말은 옳은 동시에 또한 비현실적으로 들린다. 좋건 싫건 간에 내게는 아직 얼마큼의 미래의 시간이 남아 있긴 하겠지만 그 시간은 과거를 넘어서기 위해서가 아니라 과거를 정리하기 위해서 있는 것이라고 느껴지기 때문이다.

　이렇게 생각하면서 하루하루를 이어가고 있는 중에 문지로부터 회고담을 써달라는 청탁을 받았다. 그러자 내가 문지와 맺어온 관계가 분명히 나의 과거에서 한 자리를 차지하고 있고 그 뜻을 새겨볼 만하다는 생각이 들었다. 하기야 나는 문지의 동인도 아니고 그와 깊은 연대를 맺어온 것도 아니다. 그러나 나는 항상 그 회사와 잡지가 걸어온 어려운 길(그것은 공정과 자존의 길로 요약될 수 있을 것이다)을 한국의 지성의 모범적 표상으로 생각해왔을 뿐 아니라, 개인적으로 자주 그 신세를 져온 것이 매우 고맙고 자랑스럽기까지 하다.

　나는 문지의 동인들이 출판사를 차리기 전부터, 아니, 『문학과지성』을 창간하기 전부터 그들과 알고 지냈다는 행운을 누렸다. 이른바 순수 문학과 참여 문학이 허황되게 대립하고, 소박한 쇼비니즘 때문에 넓고도 깊은 성찰이 신장하지 못하고, 또한 독재 정권에 의한 언어의 왜곡과 탄압이 지성을 질식시키려는 한편으로는 속악한 대중문화가 급속히 발호하는 혹독한 역경 속에서, 그들의 예외적인 지성과 역량과 영향이 '문지'라는 획기적 활동을 통해서 구체화되어가는 것을 볼 수 있었던 것은 참으로 기쁜 일이었다. 그리고 나는 말하자면 격랑을 헤쳐가는 그들의 배에 편승한 셈이었다. 그 편승은 세 가지 형태로 이루어졌다.

첫째로 나는 그간 『문학과지성』과 『문학과사회』에 몇 편의 글을 실을 기회를 가졌다. 그러나 그 대부분은 편집 동인들이 내게 원고를 청탁해서가 아니라 나 자신이 게재해달라고 떼를 써서 실린 것이다. 나의 떼는 번번이 받아들여졌다. 그뿐만이 아니다. 나는 다른 사람들의 글을 실어달라고 부탁하는 염치없는 짓도 했는데, 편집진은 그런 부탁 역시 모두 받아주었다. 나와 같은 변변치 못한 선배에 대한 이 각별한 호의는 오직 내가 그들을 오래전부터 알고 지냈다는 단 하나의 이유 때문일 것이다. 그래서 내 글이나 내가 천거한 글이 나올 때마다 꼼꼼히 읽어보면서, 그들이 내게 베푼 이런 과분한 인정 때문에 잡지의 품격이 떨어지는 결과가 초래되지나 않았나 하고 혼자 걱정한 것이 그나마 나의 보은이라면 보은이었다.

둘째로, 나의 신세지기는 두 권의 책의 발간과도 연관되어 있다. 천성이 게으른 나는 1977년이 되어서야 간신히 최초의 저서를 낼 생각을 했는데, 내 바람으로는 한국의 근대 문학을 다룬 그 책을 문지가 내어주었으면 하는 것이었다. 왜냐하면 책의 내용이 순수 문학/참여 문학의 이분법을 넘어서는 것이었고, 또 다른 한편으로는 서양 문학과의 대비하에서 한국 작품을 분석하는 데 중점을 두고 있는 것이었기 때문이다. 나는 그런 취지의 책은, 『문학과지성』의 창간사에 표명된 바와 같이 "한국 현실의 투철한 인식이 없는 공허한 논리로 점철된 어떠한 움직임에도 동요하지 않을 것"을 선언한 문지의 강령과 크게 어긋나지 않는다고 생각한 것이다. 그래서 작고한 김광남(김현) 교수에게 의논했다. 그는 당장에 출간을 주선해주었다. 정말로 괜찮은 글들이라고 판단했는지, 혹은 속으로는 못마땅했지만 소위 인간관계로 보아 청을 거절할 수 없어서였는지는 모른다. 아무튼 그 덕분에 '한국 작가와 지성'이라는 제목으로 평론집이 나왔고 김현 교수를 비롯한 동인들은 기회 있을 때마다 그 책에 대해서 긍정적으로 언급해주었다.

내가 최근에 문지의 호의로 낸 또 하나의 비평집의 경우도 역시 사정은 비슷하다. 지난 40년간에 걸쳐 쓴 것 중에서 골라 엮은 그 글들이 과연 가치 있는 것인지는 별로 따지지도 않고 그 출간을 선뜻 맡아주고, 더구나 '문학을 생각하다'라는 매력 없는 책 제목을 달겠다는 내 고집을 받아들인 제2기의 새로운 편집진의 '이유 없는 호의'가 고마울 따름이다. 그리고 그보다 몇 년 전에 사르트르 연구자들의 논문집 『사르트르와 20세기』를 내 달라고 부탁했을 때도, 그 책이 잘 팔리지 않을 것이 뻔한데도 마다 않은 그들의 아량도 새삼스럽게 가슴에 와 닿는다.

또 한 가지 언급하고 싶은 것은 이산문학상에 관한 것이다. 1988년에 나는 오랫동안 친교가 있었던 소설가 김진옥 여사의 부탁을 받았다. 여사의 아버님이신 이산 김광섭 선생을 기리기 위한 문학상을 제정하고 싶으니 그것을 운영할 마땅한 기관을 알아보아달라는 것이었다. 내게는 다른 선택이 있을 수 없었다. 나는 당장에 김현, 김병익, 김치수 선생을 만나서 문지가 주관해달라고 그야말로 떼를 썼다. 세 선생은 이번에는 내 글이나 책에 관한 부탁의 경우와는 달리 그 자리에서 수락하지는 않고 얼마간 검토할 시간을 달라고 했다. 상금의 액수, 상의 품위와 가치, 여러 다른 상과의 관계, 기금의 운영 등, 권위 있는 문학상으로 출발하고 정착시키기 위해서는 신중하게 고려해야 할 사항이 한두 가지가 아니었을 것이다. 그런 뒤 며칠 후에 승낙의 결정이 내게 통지되고 나는 그것을 김진옥 여사에게 알렸다. 실무적 절차를 거치고 나는 별수 없이 이산문학상 운영위원장이 되었다. 그리고는 15년. 작년까지 그 감투를 쓰고 있다가 김병익 선생에게 억지로 떠안겼는데, 그동안 모두 마땅한 수상자를 내고, 적은 상금에도 불구하고 한국에서 유수한 문학상의 하나로 자리 잡는 데 공헌한 모든 분들에게 이 자리를 빌려 깊은 감사의 뜻을 전한다. 나는 이 일에서도 문지의 큰 혜택을 누린 것이다.

끝으로 한마디 축원을 적어놓고 싶다. 문학만이 아니라 사유와 진정한 문화의 가치가 이른바 문화 산업의 생산자와 매개자와 소비자에 의해서 나날이 더욱 잠식되어가는 오늘날, 문지가 대표하는 지성의 존재는 더욱 귀중하고 절실하다. 그러나 내가 편승해온 그 배의 항로가 순탄하리라고는 생각하지 않는다. 다만 나는 부단히 시류에 역행하면서도 창조적이며 올곧은 항적을 깊이 새겨나갈 문지호의 앞날을 나의 일처럼 지켜보려고 한다. 그리고 노망되고 염치없는 말이겠지만 혹시 또다시 편승을 부탁할 때는 부디 거절하지 않기를 바란다.

정명환 불문학자. 1929년 서울 출생. 평론집 『한국 작가와 지성』 『졸라와 자연주의』 『문학을 찾아서』 『문학을 생각하다』, 역서 알베레스의 『20세기의 지적 모험』, 사르트르의 『문학이란 무엇인가?』 등이 있음.

'문지(文知) 핵심'의 측근

나는 문지가 출범한 날부터 지금까지 문지 사람이라는 생각을 거의 하지 않고 살아왔다. 그렇게 살게 하는 것이 문지의 가장 좋은 특질일 것이다. 문지는 일반적으로 알려진 것처럼 어떤 첨예한 문학 이론에 동조하는 글쟁이들이 모인 그룹이 아니다. 그랬으면 벌써 그룹으로서의 할 일을 마쳤을 것이고, 문지-문사의 세대 교체 같은 것도 없었을 것이다. 문지는 사람의 삶에 문학이 없어서는 안 되는 중요한 몫을 한다는 믿음으로 모인 실체이다. 물론 우정의 산물이기도 했을 것이다. 후에 다른 사람들과도 친분을 나누었지만, 처음에 김병익 김현과의 사귐이 모르는 사이에 나를 '문지맨'으로 만들었을 것이다.

이십칠팔 년 전 몇 해 동안 신문과 문학지에서 시 월평을 담당한 적이 있었다. 그 당시 시에 생각이나 느낌은 말할 것도 없고 표현 양식까지 거의 비슷한 두 뚜렷한 흐름이 보여서 그 하나를 '미당학교'라 부르고 다른 하나를 '창비학교'라고 불렀다. 저널리즘에는 약간의 충격이 필요하다고 느껴져서 그런 조금 낯선 이름을 일부러 붙였을 것이다. 그러자 곧 반박이 들어왔다. 지금 생각해보면 미당학교는 무사히 넘어갔는데 창비학교에서 걸린 것 같다. 내용인즉, 그렇다면 너는 문지학교 교무 주임, 교장이 아니냐고? 솔직히 말해 나는 그런 반응을 예견하지 못했다. 『문지』에 작품을 싣고 또 문지 사무실 주변에서 자주 만나는 시인들에게는 좋은 의미에서건 나쁜 의미에서건 '미당학교'나 '창비학교' 같은 동질성이 없었던 것이다. 게다가 나는 위의 두 '학교'를 나쁜 뜻으로 쓰지 않고 독자의 이해를 위해 썼을 뿐이었다. 학파의 뜻으로도 쓰이는 영어 'school'을 학교로 재미나게 번역해 썼을 뿐인 것이다. 아마 처음부터 내가 문지의 핵심 멤버가 아니었기 때문에 '문지' 의식이 희박해서 생긴 일인지도 모른다.

그러나 핵심 멤버든 아니든 나의 30대 후반부터 60대 후반까지 문학적으로 가장 중요한 기간을 문지 부근에서 보냈으니, 문지 창간 30년을 기리는 자리에서 감회가 없을 수 없다. 그동안 두어 번 외국 대학에 가 있을 때도 지금 문지 아이들이 무얼 하고 있을까 생각하곤 했으니 가히 통시적인 관계이다. 그렇다고 비평가들로 주축을 이룬 핵심 멤버들 가운데 그 누구의 문학관과 내 문학관이 같았던 것은 아니다. 예를 들어 '문학적으로' 나와 가장 가까웠다고 말하는 사람들이 많은 김현이 보는 시와 내가 보는 시는 근본이 달랐다. 그가 타계하기 직전 잠시 몰두했던 『유마경』이전 그의 경전은 '바슐라르경(經)'이었고, 그 당시 나의 경전은 『육조단경』과 두보 그리고 예이츠의 잡탕이었다. 그 잡탕은 여하튼 바슐라르처럼 시를 삶 자체에서 떼어내 구성 요소를 밝혀서는 안 된다는 명제를 갖고 있었다. 자연히 주제 중심의 그의 시론과 삶의 현장과 시 쓰는 현장 중심의 내 시론이 따로따로 존재할 수밖에 없었다. 그러나 김현과 나는 상당 기간 함께 반포에서 살며 같이 술을 마시며 문학 얘기를 나눴고 그 대부분은 '반포치킨'에서 행해졌다. 그리고 그와 나는 4인조 여행단을 만들어 아직 관광 산업이 들어서기 전 우리나라 곳곳을 헤매기도 했다. 이십칠팔 년 전의 부석사나 선운사 또는 진도가 그립다. 유행 가요를 승용차 카세트로 크게 틀어놓고 다 같이 따라 부르며 포장 안 된 눈 내리는 밤 고갯길을 음주 운전하던 그 시절은 나에게는 말할 것도 없고 후배들에게도 좀처럼 되돌아오지 않을 것이다.

깜빡하는 동안에 김현의 이야기가 너무 길어졌다. 서둘러야겠다. 김현과의 관계는 그가 타계한 문지 역사 전반 15년에 끝나고, 지난 30년 동안 티격태격도 하며 가장 가까이 지내온 핵심 멤버는 김병익이다. 진지한 내용의 글을 그 누구보다도 편안하게 쓰는 그는 과거에도 문지의 수장(首長)이었고 지금도 수장의 아우라이다. 그의 수장다운 자세와 행동이 내가 그에게서 싫어하는 점이고 또 좋아하는 점이다. 김치수에게는 그 무엇보다도 사람과 글에 격이 높은 '형님'의 풍모가 있다. 김주연이 어떻게 해서 '율법주의' 기독교를 짊어지게 되었느냐는 지금도 미스터리지만 그는 그 누구보다도 넓은 안목을 지니고 있다. 오생근은 문학의 '견자(見者)'여서 후배지만 배우는 것이 많다. 이들이 과거 문지의 핵심들이고 지금 문지의 원로원 원로들이다. 그 어디에 내놓아도 부족하지 않을 것이다.

그리고 조금만 더 조신한다면 지병들을 해소하고 거기서 얻은 건강이 심도 있는 글을 우리에게 더 많이 주리라 믿는 소설가 김원일, 전공인 소외론보다는 화쟁(和諍)의 정치학자 정문길, 전광석화의 머리를 가진 음악학자 서우석 들을 문지를 통해 알게 된 것에 대해 운명에 감사하고 있다. 문지 원로원 의원들과 더불어 그들은 다 나의 선생이었고 친구였다. 소설가 홍성원, 시인 정현종, 김광규, 김형영 들도 마찬가지다. 그리고 김현이 타계한 후 얼마 안 돼 그의 뒤를 따른 '정의'의 율사 황인철도 친구요 선생이었다. 위의 10여 명과 같이 부대끼며 같이 즐기며 살았으니 내가 어찌 마음대로 늙을 수나 있었겠는가!

조금 전에 '세대 교체'라는 말을 썼지만, 채호기를 비롯한 교체 멤버들도 출판 일을 활발히 잘하고 있다. 좀 더 대담하게 했으면 하는 생각도 들지만, 어느 한군데에 치우치지 않은 문지 전통만은 살리라고 말하고 싶다.

그동안 책을 여럿 냈지만, 첫 번째 산문집 『사랑의 뿌리』가 문지에서 나온 것은 물론 문지가 출범한 후 나의 여덟 권 시집 모두 문지에서 나왔고 두 권으로 된 시 전집도 문지에서 나왔다. 그래서 앞으로 시집 출판을 한번쯤 다른 출판사에 맡길 생각도 해본다. 그러나 나의 마지막 책은 어쩔 수 없이 문지에서 출판되리라는 예감도 든다. 혹시 죽어서도 혼백이 남아 있다면, 기억이라도 남아 있다면, 문지 백주년 기념 자리에 이번처럼 핵심의 측근으로 참석하게 되지는 않을까.

황동규 시인. 1938년 서울 출생. 1958년 『현대문학』으로 등단. 시집 『어떤 개인 날』 『비가』 『나는 바퀴를 보면 굴리고 싶어진다』 『풍장』 『악어를 조심하라고?』 『몰운대행』 『미시령 큰바람』 『외계인』 『버클리풍의 사랑 노래』 『우연에 기댈 때도 있었다』 등이 있음.

'문학과지성사'와 한국사회사학회 활동

신용하

『문학과지성』과 나의 인연은 계간지 창간 무렵으로 거슬러 올라간다. 당시 사회 상황은 군사 정변으로 정권을 장악한 정치 군인들의 군사 독재와 폭력과 '반(反)지성주의'가 공포 분위기를 일상화하던 시기였다.

나는 김병익형이 『문학과지성』이라는 계간지를 창간했다는 소식을 대학 안에서 듣고 무엇보다도 '지성'이라는 단어와 개념을 계간지 제목 안에 넣은 것이 반가웠다. 당시 김병익형은 동아일보 문화부에 있으면서 기자협회 회장을 맡아 민주화 운동에 참여했다가 퇴사하여 문학·문화·사상계의 고급 잡지로 『문학과지성』을 일조각 시설의 도움을 받으며 창간했었다. 그리고 얼마 후에 독립하여 '문학과지성사'를 설립하였다.

나는 『문학과지성』이 한국 지성계를 대변하여 군사폭력주의와 반지성주의의 어둠에 저항해서 지성과 양심의 횃불을 높이 들 것이라고 기대하고 기뻐하였다. 또한 학과는 다르지만 김병익형은 대학 동기이고 그 부인 정지영 여사 역시 대학 동기이자 1학년 교양과정부 때의 급우였기 때문에 개인적 친밀감도 더했을 것이다.

『문학과지성』에는 문학 작품과 평론 이외에도 주로 역사 평론들이 다수 게재되어 널리 읽히었다. 이기백, 천관우 선생님을 비롯해서 다수의 역사학자들이 주옥같은 역사 평론들을 기고했었다. 나는 김형의 요청에 응해 「우리나라 최초의 근대 학교」 등 몇 편의 평론을 기고하였다.

나는 평론 외에도 『한국 근대사와 사회 변동』(1986), 『한국 현대사와 민족 문제』(1990), 『일제 식민지 근대화론 비판』(1998), 『한국 근대의 민족 운동과 사회 운동』(2001) 등의 저서를 내었고, 편서로서 『혁명론』(1984), 『민족 이론』(1985), 『공동체 이론』을 내었으며, 공역서로 『역사 사회학』(1986)을 내었고, 나의 회갑 기념 논문집 『한국 현대사와 사회 변동』(1997)도 문학과지성사에서 내어주었다.

1980년 4월에 최문환·이상백 교수님 등 스승들의 선구적 작업을 계승하여 나는 제자들과 함께 '한국사회사연구회'(뒤에·'한국사회사학회'로 개칭)를 창립하였다. 약 6년간의 공동 독서회와 토론회를 거친 후에, 1986년부터 기관지로서 '학술지'를 간행하기로 했는데, 가난한 학회에서 학술지 간행 비용이 큰 문제가 되었다.

회원들의 구수 회의 결과, 당시 단행본들은 일반 출판이 가능하지만 원고료를 지불하는 잡지는 불가능했으므로, 1년분의 연구 논문들을 모두 모아 주제별로 분류해서 '단행본' 겸 '학술지'의 겸용 형태를 개발하기로 합의했다. 이 아이디어를 갖고 출판사들을 한 바퀴 돌기로 했는데, 나로서는 자연스럽게 맨 먼저 문학과지성사의 김병익형을 찾아갔다. 설명을 듣더니 김형은 출판을 맡아주기로 즉시 쾌락하였다. 당시 출판계의 재정 상황이 어려웠는데도 이것은 큰 호의였다.

이렇게 해서 1986년부터 한 책에 평균 6편의 동일 주제 논문들로 편집된 단행본 겸 사회사연구회 논문집을 『19세기 한국의 근대 국가 형성과 민족 문제』를 제1집으로 하여 간행하기 시작해서, 1996년에 『한국의 사회 제도와 사회 변동』을 단행본 겸 한국사회사학회 논문집 제50집으로 모두 50집을 간행하게 되었다.

당시 한국 학계에서 사회사학(社會史學)은 창립기에 있었다. 무엇보다도 연구 논문들의 축적 위에 새 학문 분야가 성립되는 것이므로 문학과지성사가 출판을 맡아준 '한국사회사학회논문집' 총 50집 책의 약 3백 편 연구 논문의 간행은 한국사회사학의 창립에 매우 큰 도움과 지원을 준 것이었다.

한국사회사학회 회원들과 당시 책임을 맡았던 나는 이 점에서 문학과지성사에 참으로 깊이깊이 감사하고 있다.

연구 논문들을 주제별로 분류하여 50책을 내고 나니 이제는 책 제목마저 비슷비슷하게 되어 다른 편집 방침을 새 세대들이 요청하게 되었다. 회의 결과, 체제를 전면 혁신하여 51집부터는 '사회와 역사'라는 잡지 제목으로 반년간 학술지의 형식을 채택하기로 합의되었다.

이에 1997년부터는 매년 2호씩 『사회와 역사』 반년간지를 내게 되어 2004년 12월까지 통권 66집을 내어 현재 계속되고 있다.

또한 문학과지성사에서는 '사회사 연구 총서' 간행도 맡아주어 전문 연구서인 총서도 모두 7책이 간행되었다.

이 과정에서 나는 문학과지성사를 자주 방문했다. 어느 날 50대 후반의 김형은 문학과지성사를 다음 세대에게 인계하고 2선으로 물러날 계획을 말하였다. 대학에서는 65세가 정년이므로 놀라서 질문했더니 『문학과지성』의 제호를 '문학과사회'로 바꾸고 새 세대의 새 출발 혁신을 도모하는 것이니 사회과학 쪽에서도 협조해달라고 하였다. 나는 기뻐서 「조선총독부 건물 철거의 역사적 의의」에 대해 평론을 써 보내었다.

그러나 새 세대 편집인의 『문학과사회』의 '사회'는 사회사학이나 사회과학의 '사회'가 아니라 '문학의 사회'였다. 편집 방침은 더 문학과 문학 비평으로 기울어지고, 「조선총독부 건물 철거의 역사적 의의」는 『문학과사회』의 편집 방침에 맞지 않아 반환한다는 정중한 거절 통지가 왔다.

이때 내가 받은 충격은 매우 컸다. 당시 나는 총독부 건물 철거 운동을 시작한 때이므로 일간지와 월간지로 그 원고를 나누어 발표했고, 그 후 결국은 뜻있는 국민들과 정부의 지원을 얻어 총독부 건물은 철거되었다.

『일제 식민지 근대화론 비판』을 문고판으로 냈는데, 주 논문이 「식민지 근대화론 정립 시도에 대한 비판」이었다. 이 논문에 일제 식민지 정책의 한국 민족 말살·소멸 정책의 일환으로 나는 한국어(언어) 말살 정책과 한국 문자(한글) 말살 정책을 엄격히 구분하여 다른 계간지에 발표했던 것을 보냈는데, 어느 편집자인지 교정 중에 '한국어·한국 문자 말살 정책'을 통합하여 '한글 말살 정책'으로 임의로 고쳐서 책을 내어버렸다. 언어와 문자는 다른 것이고 반드시 구별해 다루어야 하므로 이것은 크게 잘못된 것이다. 나는 교정판을 내고 싶었으나, 김형에게 미안해서 아직까지 말도 꺼내지 못하였다. 언젠가는 교정판을 꼭 내고 싶었는데 문지사에서 사회사 연구 총서 제8권으로 고맙게도 필자의 『일제 식민 정책과 식민지근대화론 비판』을 내주겠다고 승낙해주어서 그 안의 제3편에서 이를 교정하기로 하였다. 매우 감사하게 생각한다.

나는 내 개인 연구의 발표는 물론이요, 내 학문 전공인 '한국사회사학'의 학회 활동에서 문학과지성사와 김병익형의 매우 큰 도움을 받았다. 또 현재 후학들이 꾸려나가는 한국사회사학회의 활동도 『사회와 역사』의 학술지와 한국 사회사 연구 총서를 통하여 문학과지성사의 큰 지원을 받고 있다. 창사 30주년을 충심으로 축하드리며, 내 마음 깊숙한 곳에서 솟아나오는 깊고 깊은 감사와 존경의 뜻을 표하고 바치는 바이다.

신용하 한양대 석좌교수, 서울대 명예교수. 저서 『독립 협회 연구』 『한국 근대사와 사회 변동』 『한국 현대사와 민족 문제』 『일제 식민지 근대화론 비판』 『신채호의 사회 사상 연구』 『한국 근대 민족 운동사 연구』 『동학과 갑오농민전쟁 연구』 등이 있음.

내가 찍힌 사진 한 장

김윤식

문학과지성사에서 이런 취지의 원고 청탁이 왔소. 기획란 '문지와 나'를 마련했는바, 그동안 문학과지성사에서 활동했던 주역들이 지난 30년간의 문지에 얽힌 에피소드를 풀어내는 글이어야 한다는 것. 아마도 실무자들이 뭔가 오해한 모양이거니 하고 무시해버릴 수밖에요. 그러자 사석에서 만난 기획위원으로 보이는 H형이 협박에 가까운 말을 하지 않겠는가. 안 쓰면 재미없다, 라고. 주역까지는 못 되더라도 조역 정도는 되지 않았던 가, 라고 들렸소. 제가 그 조역들 틈에도 들지 못함은 제 자신이 잘 알고 있소. 이도 저도 아니면 대체 너는 뭐냐, 라고 빈정댈 분이 있을지 모르겠소. 이렇게 대답하면 어떠할까. 독자의 한 사람이다, 라고. 급히 또 덧붙이자면 독자이되 제법 충실한 독자였다, 라고. 여기에는 두 가지 뜻이 들어 있소. 많은 것을 그 지면을 통해 배웠음이 그 하나. 다른 하나는, 이 점이 중요한데, 문학과지성사가 잘되기를 속으로 바랐다는 것. 이러한 사실은 제 혼자 속으로 지니면 그뿐이 아니겠소. 굳이 증거해 보이라고 하니, 딱하오. 붓을 들긴 했으나 잘될지 모르겠소. 잘되면, 어쩌면 문학과지성사의 몫일 터, 못 되면 온전히 제 몫일 터이오.

첫째, 『문학과지성』 창간호(1970년 가을호)에 제가 글 한 편을 실었다는 점을 들고 싶소. 「비평·의식의 문제와 천부·수련」이 그것. 이 글은 문학평론으로 분류되지 않고 '서평'란에 분류되어 있소. 그도 그럴 것이 김주연씨의 평론집 『상황과 인간』(박우사, 1969)에 대한 글인 까닭. 제법 긴글이었던 것으로 회고되오. 창간호를 일별해보신 이라면 평론에 김병익씨의 「정치와 소설」, 김치수씨의 「풍속의 변천」, 김현씨의 「한국 소설의 가능성」 등인바, 이 모두는 소설에 기울어졌음이 한눈에 들 것이오. 김현승씨의 「60년대 시의 방향과 한계」가 가까스로 시 쪽을 메웠던 형국이었소. 시 쪽을 맡은 김주연씨가 미국 유학 중이었던 까닭이 아니었을까. 제가 쓴 '서평'이란, 실상 김주연씨의 동인적 위치를 드러내기 위한 방편이었던 것으로 회고되오. 이 서평에서도 지적했거니와, 김주연씨의 평론 「새 시대 문학의 성립」은 '인식의 출발로서의 60년대'를 선명히 드러낸 기념비적인 글이었소.

둘째, 어디선가 본 듯한 사진 한 점을 들고 싶소. '김병익·김윤식·김주연·김현과 함께, 1971년'이라는 해설이 적힌 이 사진은 대체 어디서 찍은 것일까. 때는 초가을로 회고되오. 빨래가 걸려 있는 변호사 황인철씨 양옥집 옥상이 아니었을까. 창간 1주년 자축 모임이었을까, 혹은 무슨 다른 자리였을까. 술잔이 여러 번 돌았을 때, 시인 황동규씨를 향해 김현씨가 제법 큰 소리를 쳤던 것으로 기억되오. "나로 말하면 자네 부친과 대작하는 터인데 네가 어찌 감히……"라고. 이들 주역 틈에 낀 것을 보면 그땐 저도 제법 사교적이었던 모양이오.

셋째, 평론집 『현대 한국 문학의 이론』(민음사, 1972)을 들고 싶소. 김병익·김주연·김치수·김현의 공동 집필인 이 책은 적어도 저에겐 계간지 『문학과지성』과 분리시키기 어려웠소. 두 가지 점에서 충격적이었소. 하나는 60년대의 '문학적 충동'의 집단화라는 것. 훗날 김현씨는 이를 '4·19세대 의식'이라 명분화시켰음은 모두가 아는 일이오. 다른 하나는, 이 점이 제겐 매우 신선하게 느껴졌는바, "대학에서 독문학·불문학·정치학 등

국문학이 아닌 학과에서 수업한 우리들"이라 규정한 대목이 그것이오. 국
문학과에서 공부한 제 처지에서 보면, 실로 난감했소. 60년대 이후 이 나
라 '문학적 충동'과 그 발현 방식 및 이론적 방향성의 지표가 '국문학이 아
닌 학과'에서 가능하다면 대체 국문학과란 무엇인가. 이러한 의문이랄까
불안감이 어느 정도 줄어든 것은 제가 김현씨와 함께「한국문학사」(『문학
과지성』7~14호 연재)를 쓴 이후라고나 할까요. 여기에는 설명이 조금 없
을 수 없소. 4·19의식을 억압으로부터의 저항이고 자유의 의미라면, 그 1
년 만에 도적맞은 4·19의식이란 어떤 굴곡을 보였던가. 이 물음은 아주
중요한데, 60년대 사회·인문학의 핵심 문제에 걸렸기 때문. 이른바 식민
지사관 극복이 그것. 한 사회의 구조적 모순을 자체 내의 힘으로 극복할
수 없는 사회란, 식민지로 될 수밖에 없다는 것. 4·19를 도적맞은 진짜 이
유도 이것. 일제의 식민지로 전락한 이유도 이것. 그렇다면 우리 사회는
정말 자기의 모순을 극복할 힘이 없는가. 곧 근대(자본제 생산 양식)를 수
행할 힘이 없는가. 자본주의의 맹아 찾기에 남북한 사회·인문학의 사활이
이에 걸렸던 것으로 회고되오.

당연히도, 4·19세대답게『문학과지성』은 이 사회·인문학의 사활 문제
에 집착했소. 식민지사관 극복이란 5·16 군부 세력에 대한 저항·극복의
사상사적 과제였으니까. 이기백·이광린·김용섭·김철준 등 한국사의 주
체성에 관한 연구 논문을 집중적으로 다루기 시작했지요. 사회·인문학의
중심이 사회경제사에 있음은 모두가 아는 일. 북한에서는 광산 조직에서,
남한에서는 토지 제도에서 자본제적 경영 방식의 맹아가 학문적으로 증명
되었던 사실만큼 고무적인 것이 있었던가. 지푸라기라도 잡고 싶은 심정
이었으니까. 우리는 얼마나 임화의 '이식문학론'을 미워했던가. '경영형 부
농'(김용섭)에 얼마나 우리는 흥분했던가.

김현씨와 머리를 맞대고 또 밤을 새워 토론을 일삼았고, 마침내 앞뒤 돌
보지 않고「한국문학사」를 썼소. 실상은, 우리가 쓴 것이 아니라 사회경제

사의 업적이 쓴 것이오. 개항보다 무려 150년이나 앞서 한국 근대문학사를 끌어올린 것. 지금 생각하면 실로 식은땀이 나오. 작품의 분석이나 정리도 없이 무턱대고 근대 문학의 상한선을 18세기 후반까지 이끌어 올렸으니까. 인문·사회학 공부란 그 자체가 독립운동의 일종이 아니었던가. 지금은 백옥루(白玉樓)의 주민이 된 옛 벗을 그리며 제 혼자 멋대로 뇌어보오. 어쩌면 그 열정이 GDP 1만 달러를 가져온 원동력이 아니었을까라고.

김윤식 문학평론가. 1936년 경남 진영 출생. 1962년『현대문학』으로 등단. 평론집『한국 근대 문예 비평사 연구』『한국 근대 문학 사상사』『이광수와 그의 시대』『염상섭 연구』『한국 현대 현실주의 소설 연구』등이 있음.

잃어버린 친구들

홍성원

　나이 들면서 새로 익힌 재주 중의 하나가 사물의 단순화다. 세상은 바삐 돌아가는데 기억력과 시력·청력 등은 감퇴해서, 뒤처진 시대를 따라잡기 위해 곁가지를 치고 검불을 걷어내며 줄거리와 건더기만 챙기다 보니, 복잡한 사물을 간명하고 단순하게 처리하는 엉뚱한 버릇이 생겼다. 기억력도 마찬가지여서 순서와 정확성은 무시한 채, 큰 줄거리만을 대충대충 내 편할 대로 골라 기억한다. 좋게 말해 기억력 감퇴고 나쁘게 말하면 치매의 초기 단계다.

　계간지 『문학과지성』이 만들어지기 직전이라고 기억한다. 일 만들기 좋아하는 김현이 어느 날 내게 소설 하나를 써달라고 청해왔다. 어디에 실릴 거냐고 물었더니, 우리끼리 잡지를 하나 만들려고 하는데, 너도 우리(?)니까 원고료 생각 말고 단편 하나 만들어달라는 것이다. 이때 써준 소설이 「무전여행」이라는 단편이고, 그때 김현이 만든 물건이 급하게 이름을 꾸어다 붙인 『68문학』이라는 잡지도 작품집도 아닌 어정쩡한 앤솔러지다. 결국 본격 계간지 『문학과지성』이 나오기 전에 『68문학』은 일종의 몸 푸는 동작으로 가볍게 만들어본 '문지'의 예행연습용 견본이었던 셈이다.

　놓친 고기는 크고 먼저 간 친구는 예뻐 보이게 마련이다. 지금은 출판사

홍성원　301

까지 합세해서 이래저래 덩치가 너무 커져버렸지만, 창간 당시의 계간지 『문학과지성』은 한두 사람이 우물럭주물럭 쉽게 만들 수 있는 작고 아담한 동인지 수준의 잡지였다. 그러나 청교도적인 사명감에 일 욕심이 드글드글하던 김현은, 이 작은 계간지를 만들면서 꽤나 큰 포부와 꿈을 지녔던 모양이다. 뒤에서 누가 쫓아오기라도 하듯 그즈음의 김현은 무척이나 열심히 그리고 정성을 다해 이 잡지 만들기에 매달렸던 기억이 있다. 하긴 돈도 없고, 사람도 없고, 모여서 떠들 방 한 칸도 없던 가난했던 시절이라, 누군가가 앞장서서 반미치광이가 되지 않고는 일을 만들기도 추진하기도 쉽지 않던 척박한 세상이었다. 결국 김현의 설레발로 치수·주연·병익 등 세 김가가 합세했고, 잇달아 변호사 황인철을 물주로 끌어들여 지금의 '문학과지성'이 어렵사리 탄생하게 된다.

바로 곁에서 구경꾼으로 네 김가를 지켜본 당시의 소감은, 한마디로 평론하는 친구들은 패거리를 만들지 않고는 견디지 못하는 인간들이구나 하는 것이었다. 졸지에 친구 네 명을 『문학과지성』에 빼앗겨버린 나는, 그 뒤 어쩔 수 없이 낙동강 오리알 신세가 되고 말았다. 전에는 걸핏하면 전화로 불러내어 따로 혹은 무더기로 편한 곳에서 쉽게 만나곤 했었는데, 네 김가가 『문지』를 창간하고부터는 그중 하나를 만나기 위해서도 반드시 '문지'로 찾아가 그들의 아지트를 기웃거리지 않으면 안 되게 된 것이다. 찾아가면 또 쉽게 만나지는 것도 아니다. 편집 회의랍시고 네 명이 방문을 걸어 잠그고는 짧게는 한 시간 길게는 두세 시간씩 저희들끼리 쑥덕거리면서 손님을 밖에서 무작정 기다리게 하는 만행을 저지르곤 했다. 사무실에 바둑판이 생긴 것도 아마 그 무렵일 것이다. 기다리기 지루할 테니 바둑이나 두며 시간을 죽이라는 고마운 배려다.

잡지나 책을 만들기 위해서는 여러 사람의 의견과 지혜와 공동 노력이 필요하다. 그러나 소설은 정신적 벤처 작업이라 필기도구 한 벌에 독방만 필요할 뿐 다른 사람의 의견이나 협조가 필요하지 않다. 그런데 문제는 평론가가 주동이 되어 이렇게 '문지'라는 패거리가 만들어지자, 패거리가 필요 없는 작가나 시인들까지도 그들과 자주 어울리다 보니 그들과 한패거리로 오인되어 엉뚱한 피해를 보게 된 것이다. 가장 큰 피해는 '문지'와 생각을 달리하거나 이런저런 이유로 문지 패거리와 잘 어울리지 못하는 기왕의 다른 문학 하는 친구들을 한꺼번에 잃은 것이다. 내 쪽에서는 옛적 친구들을 한결같이 친구로 여기고 있는데, 그쪽에서는 나를 '문지' 패거리의 한 사람으로 싸잡아서 나를 대하는 태도나 언행이 예전과는 사뭇 달라지게 된 것이다.

작품의 경우는 더욱 심하다. 작가나 시인은 원래 친구나 패거리에 영향을 받아 소설이나 시를 쓰지는 않는다. 주제도 소재도 관심사도 각기 다른데다 문장도 생각도 오감도 각기 달라서 제 취향에 맞는 글쓰기도 바쁜 터라, 주변 친구나 패거리 따위를 생각할 여유가 없다. 그러나 우리 문단 풍속은 작가를 독립된 개체의 생산품인 작품을 통해 평가하지 않는다. 그가 누구와 자주 어울리며 누구와 바둑을 두고 누구와 자주 술을 마시는가 따위로, 그 작가가 생산한 작품을 평가하는 참으로 기이한 풍속을 우리 문단은 지니고 있다. 결국 이런 문단 풍속은, 지난 40여 년간 계속된 내 문학 경력은 물론이고 앞으로 남은 길지 않을 내 문단 생활에도 여전히 막강하게 원시적 영향력을 행사할 것이다. 자주 어울려 저녁 먹고 술 마시고 바둑을 둔다는 이유만으로, 내 문학은 문학 본래의 평가 이전에 '문지'파라는 레테르가 붙어 '문지'파 아류의 그저 그런 문학으로 선고가 내려진 셈이다. 이 선고의 유효 기간이 언제까지 계속될지 나는 모른다. 작가라는 이름 앞에 나는 그 어떤 수식어도 필요하지 않다. 사귀는 친구에 따라 문학의 평가가 달라지는 이런 풍속 속에서, 언제까지 문학을 붙들고 버텨야 될지 스스로 생각해도 한심하다.

오늘도 나는 그러나 '문지'파 친구들과 만나야 한다. 이제는 일선에서 후퇴하여 뒷전으로 물러난 '문지'파 올드 보이들이 매주 목요일 회사 주변

밥집에서 함께 저녁을 먹기로 된 날이기 때문이다. 그런데 그 밥집에서 예전의 그 올드 보이들은 예전 버릇을 되살리기라도 하듯 또 다른 종류의 단체 행사를 계획하고 있다. 부부 쌍쌍이 무리지어 1박 2일의 여행을 떠나기로 한 것이다. 평론가들이 꾸미는 일이라니 단체 행동 아니고는 되는 일이 없다.

이즈음 갑자기 죽은 김현이 생각난다. 청교도적인 그의 결벽증이 요즘은 오히려 더 그리워지는 세상이다.

홍성원 소설가. 1937년 수원 출생. 1961년 동아일보 신춘문예에 단편소설이, 1964년 동아일보 장편 공모에 『디데이의 병촌』이 당선. 장편소설 『먼동』『남과 북』『달과 칼』『마지막 우상』『디데이의 병촌』『그러나』『기찻길』 등과 소설집 『흔들리는 땅』『폭군』『무사와 악사』『주말여행』 등이 있음.

우정을 찾아서

정현종

　계간지 『문학과지성』의 창간이나 출판사 문학과지성사의 시작은, 마치 나무에 뿌리가 있고 사람에게 집이 있어야 살듯이, 그걸 시작한 사람들이 스스로의 존재의 근거이자 생활의 터전으로 마련한 것이었을 것이다. 문학을 하는 사람들한테는 활자 매체나 출판사는 바로 삶의 근거에 다름 아니기 때문이다.

　김병익의 자전적 기록인 『글 뒤에 숨은 글』을 보니 잡지를 창간할 때는 김병익, 김치수, 김현 세 사람이 같이했고 1년쯤 뒤에 김주연이 합류한 것으로 되어 있는데, 어떻든 우리는 그 네 사람을 4K라고 불렀다.

　나는 무얼 꼼꼼히 기록해놓는 성질도 아니고 일기 같은 걸 쓰는 습관도 없어서 지난 일을 더듬어보려면 기억에 의존하는 수밖에 없는데, 기억이라는 게 늘 또렷한 게 아니어서 시간의 앞뒤라든지 장소의 여기저기가 헷갈릴 수 있다는 애기를 먼저 해두어야겠다. 더군다나 문지 동인 및 그 주위의 사람들과 열심히 한 일이 술 마시는 일이었던 듯하니 알코올이 기억을 담당하는 뇌세포들을 흠뻑 절여서 그 기능을 떨어뜨린 것이 시간의 거리 못지않게 기억을 희미하게 하는 데 기여했을 터이고, 게다가, 누가 시인 아니랄까 봐, 나 같은 사람은, 사실이나 사건이라고 부르는, 겪은 일들

이, 즉각적으로든 뜸을 들이든, 상상·몽상·꿈이라고 부름직한 정신 작용
에 물들어 이른바 '이미지의 분위기'에 싸이고는 했던 것일 터이니 그것 또
한 기억의 무대에 연무(煙霧)를 피워올렸음직하다.

그러나 그 '꿈꾸는 기억'이 마냥 희미한 것만은 아니어서, 술과 관련된
회상의 하나로, 4K 중에서 내가 제일 먼저 사귄 김현이 세상을 떠난 뒤 추
모시로 쓴 작품들 중에 「황금 취기(醉氣) 1」을 적어볼까 한다. (이백[李
白]과 오마르 하이얌의 시를 에피그래프로 쓰고 있다.)

그 수줍은 肉德과 酒德은 대충
和唱하는 것이었지만,
마시면 그저 좋을 뿐이니
좋은 일을 어찌 마다했으랴.
인생살이 안팎이 실은
단근질이니
불에는 불로! 라는 듯
물불 타올랐거니—

맥주 거품은 늘 왕관모양!
구름모양! 부풀어올랐고
그야 우리는 왕관부터 구름부터 마셨으며
취기는 거기 달린 장식
구슬 영락처럼 찰랑댔다.

사람 사귀기 문학 얘기 그리하여
편하고 훈훈하게 피어오르고
그 술 연금술 또 말과 사람을 황금으로 만들어

우리는 바야흐로 금에 홀린 黃金狂,
가끔은 서로 황금 불알도 만졌느니.

지는 것이 이기는 거라
술이 우리를 이기고
작부가 우리를 이기며
시간이 우리를 이기는 동안
우리는 실로 내장을 다해 웃었느니,
집도 절도 없는 그 웃음들은
이제 무슨 집 무슨 절로 서 있는지―

어떤 특정한 시대나 시기뿐만이 아니라 항상 우리의 모둠살이가 단근질의 연속이겠지만, 정치적으로 특히 그 무렵 우리의 사는 꼴이 단근질이었다는 건 물론 과장이 아닌데, 그런 게 술자리의 배경인지라 (맥주) 거품=왕관이니, 왕관부터 마셨다느니 하는 얘기가 자연스럽게 나온 듯하고, 사사로운 정다움이 배어 있음은 말할 것도 없다.

일에 관련된 여러 가지 사실적인 회고는 문지 동인들이 얘기를 할 터이니 나는 '우정'이라는 것에 초점을 맞춰서 얘기를 해볼까 하는 것이지만, 출판사 문지의 출발이 1974년 김병익의 동아일보 무기 정직과 때를 같이하는 걸 보면 출판사를 시작한 게 우정에서 나온 것이라고 볼 수 있다. 동인 중의 한 사람이 밥줄이 떨어졌으니 더불어 먹고살 길을 찾아야겠다는 생각이 들었을 터인데, 김병익이 같은 책에서 동인들이 합자를 해서 만든 것을 감안 "우리 출판사는 돈을 벌면 안 된다. 그것은 출판사 설립의 의도에 반할 뿐 아니라 동인들 사이를 더럽힌다"는 점을 모두 공감하고 있었다는 얘기를 전해주고 있는 것으로 보아도 그 점은 짐작하기 어렵지 않다.

우리는 청소년 시절에 거의 맹목적인 우정지상주의를 거치게 마련이지만, 젊거나 늙거나 우정이라는 것에는, 남녀의 애정과는 좀 성질이 다르게, 인간관계에서 무슨 항심(恒心)이라고 할 만한 것이 다소간에 살아 있는 게 아닌가 싶은데, 필리아 philia라는 말을 제일 처음 발설했다고 하는 현인 피타고라스에 따르면 그것보다 더욱 완벽한 것은 없다. 그에 따르면 우정은 사람들 사이에서 존경과 배려를 이끌어낼 뿐만 아니라, 행성을 행성과 조화시키고 하늘과 땅을 일치시키면서 우주의 법칙이 이행되는 모습을 보여주는 것이다. 그리하여 "이보다 더욱 완벽한 어떤 것은, 사람의 말에서건 삶의 방식에서건 그 어디에서건, 그 누구도 결코 찾지 못할 것"이라고 한다.

그러한 우정을 살면 얼마나 좋으랴. 그러나 그러한 우정을 살지는 못하지만 위와 같은 생각과 느낌과 말이 이 세상에 있어서 우리가 그걸 듣는다는 건 얼마나 좋은가! 요즘에 평화를 많이 말하지만, 위의 얘기는 우정이라는 것이 작은 동아리는 물론 인류를 넘어서 우주적 조화의 열쇠라고까지 얘기하고 있다.

우리는 물론 우리들 하나하나가 한 작은 우주라는 걸 잘 알고 있으니 우주라고 해서 꼭 하늘만 쳐다볼 것도 없지만, 어떻든 우리가 우정에 대해서 항상 충분히 진지하게 생각하지 못한 나머지 서로 섭섭한 경우도 없지 않았을 것으로 짐작하면서도, 어떤 감동적인 순간이 그러한 결핍을 일거에 메운다는 것도 알고 있다. 예를 들어 김현 1주기 때 목포에서 흉상 제막식이 있었는데, 거기서 문지 대표로서 한 말씀 하면서 김병익이 1년이 지났는데도 자꾸 울고 있었던 일이나 내가 정년퇴임이라는 걸 하면서 동네에 조그만 아파트를 사무실로 얻었을 때 무슨 당호(堂號)를 지어야 하지 않느냐고 하기에 그런 건 친구들이 지어줘야 하는 것 아니냐고 했더니 그 다음 주에 미혜당(未蹊堂)이라고 지어 가지고 나왔던 일과 관련된 것. 그 당호에 대해서 내가 당(堂)자가 별로 좋지 않다면서 시큰둥해했고 그래서 그걸로 그냥 잊어버린 줄 알았는데 그 다음 주에 다른 이름을 또 지어 가지고 나왔던 것이다. 이름하여 '문향재(聞香齋)'. 그래서 나는 그걸 문 옆에 써 붙여놓고 있거니와, 하여간 그 직심(直心)은 감동적인 게 아닌가!

그리고 나는 문지 동아리를 통해 나중에 동인이 된 오생근이나 이인성, 정과리, 권오룡 등 이른바 문지 2세들을 만난 것을 나의 행복으로 생각한다.

정현종 시인. 1939년 서울 출생. 1965년 『현대문학』으로 등단. 시집 『사물의 꿈』『고통의 축제』『나는 별아저씨』『떨어져도 튀는 공처럼』『사랑할 시간이 많지 않다』『세상의 나무들』『갈증이며 샘물인』 등이 있음.

내 문학이 있게 한 집

김원일

　나이 들수록 운명론자가 되어간다는 말이 실감난다. 생은 인연의 끈으로 세상과 관계를 맺는다. 인연이란 것도 따지고 보면 한 사람 생은 운명적으로 결정되어 있고 정해진 순서에 따라 관계가 맺어지는 게 아닐까 하는 생각이 든다. 이 세상 어디에 살고 있었는지 알 수 없던 한 여자를 만나 결혼하여 자식을 낳고 날마다 얼굴 보고 산다는 것도 그 인연은 태어날 때 운명적으로 그렇게 맺어지리라는 예정된 순서가 아니었을까.

　내가 문학과지성사(문지)를 통해 여러 문우를 만난 것은 그런 인연의 결과이리라. 그들 중 계간지 『문학과지성』을 창간한 후 출판사 '문학과지성사'를 창립한 다섯 사람을(고 황인철형을 포함하여) 만나 사귄 저간의 세월을 돌아보자면, 그 사람들이 내 문학의 동반자가 되었음은 우연이 아닌, 그 어떤 인연이 작용했을 것이다. 그중 두 사람이 먼저 세상을 떠났지만, 나는 그들과 함께 문학과 우정의 끈을 잡고 낙오되지 않은 채 여기까지 왔기에 어쭙잖은 오늘의 내 문학이 있음 또한 사실이다.

　문지 창간 멤버들은 서울의 같은 대학을 나왔기에 일찍부터 교류가 있었겠지만 나는 지방 대학 출신이라 그들을 알게 되기는 사회에 나온 뒤였다. 그들을 처음 알게 된 게 내 소설이 『문학과지성』에 재수록된 1973년이다. 저녁 시간 술자리에서 만나기는 1976년 문지에서 낸 소설집『오늘 부는 바람』이 계기가 되었으니, 문지가 '열화당'과 함께 청진동에 사무실을 막 열고 출판을 활발히 시작할 때였다. 첫 책『어둠의 혼』을 자비로 출판했기에 두 번째 소설집에서는 인세를 준다는 말에 나는 소설집 후기에, "출판을 맡아준 문학과지성사의 고마움은 살아가며 천천히 갚기로 하겠다"고 썼다. 문지가 어언 30주년이라니, 첫 약속대로 고마움을 갚았는지 모르겠으나 내가 오히려 고마움을 받았음은 분명하다.

열등의식과 부끄러움은 어릴 적부터 형성된 내 성격인지라 나는 책을 내준 고마움에도 문지를 찾지 않았다. 젊을 때는 술을 마셔야 말문이 열렸지 나는 어느 자리나 주눅 들어 말을 잘 하지 못해, 문지 출입이 왠지 어색하고 불편했다. 야근 없는 날 직장에서 퇴근하면, 오래 안 가봤으니 한번 들러볼까 하고 조심스럽게 청진동을 찾곤 했다. 말을 트던 김현이 "왔어" 하며 조금 불친절하게 맞아줄 뿐 다른 친구들은 그저 덤덤한 눈길만 주어, 멤버가 아닌 데다 소설도 제대로 못 쓰는 촌놈이 괜히 온 게 아닐까 싶어 후회한 적이 많았다(말로나마 버선발로 맞아주지 않는 그런 태도가 내 성격과 맞아 나중엔 오히려 편안해졌지만. 그럴 때 느낀 심정으로, 문학판은 좋은 글을 써야 사람대접을 받는다는 생각은 지금도 마음 한 자락에 깔려 있다). 퇴근 시간이면 그들 뒤를 따라 단골 맥주집에 들러, 그들이 나누는 문학 이야기를 경청하곤 했다. 바쁜 직장 생활을 핑계로 알량한 재주에 의지해 소설이랍시고 끼적거리던 내게 그들 말에 오르내리는 문학 이론이 생경하여 지방대 출신이란 열등의식을 곱씹었다. 지면에 발표된 좋은 소설에 대한 의견만은 나 역시 공감이 가서 귀가 뚫렸던 기억이 남아 있다.

그들이 읽어 괜찮다는 소설을 써야지. 한동안 나는 그런 생각을 했다. 나로서는 내내 불편한 그들 자리에 말없이 끼여 앉아 있은 이유는, 작품 의견은 물론 사람과 세상을 보는 그들의 견해가 내 생각과 비슷했기 때문이었다. 그들과 헤어진 귀갓길이면 혼자 동네 어귀에서 2차를 하며, 직장

일이 힘들더라도 좋은 소설을 써보겠다고 상경하지 않았냐란 초심을 되새겼다.

1978년, 장편 『노을』을 문지에서 출간했다. 야근 후 술을 절제해가며, 일요일을 몽땅 바쳐 한 해 동안 공을 들이기도 했지만, "그 작품 잘 봤어" 하는 그들의 말을 듣고 싶어 분발했음도 사실이다. 누가 헐뜯든 그냥 넘기든, 그들이 내 소설을 읽어준다는 신뢰감에 나는 고무되었다. 그 무렵 이후부터 조금은 덜 불편한 마음으로 문지를 출입하게 되었다. 그들이 매주 수요일에(모임이 목요일로 바뀐 지 오래되었지만) 문지에서 만난다는 것을 알고 가능한 그 자리에 합석해, 한마디 말에라도 배우고 깨치려 들랑거렸다.

나는 『바람과 강』 『마당깊은 집』 『늘푸른 소나무』 『불의 제전』 『슬픈 시간의 기억』 등, 여태 내가 써온 대부분의 소설을 문지에서 출간했다. 모친으로부터 물려받은 근면성과 나를 지탱해준 건강이 그동안 많은 글을 쓰게 했겠으나 그들이 묵묵히 나를 지켜보고 있었기에 한 작품을 완성할 수 있었고 다음 작품을 착수하는 데 힘을 낼 수 있었다. 남 칭찬에는 인색하다는 말을 듣는 우리 형제지만 이 말은 솔직한 심정이다.

단체든 모임이든 직장이든, 사람이 모여 운영하게 되니 사람 이야기를 해왔고 할 수밖에 없는데, 문지 사람들 성향이 그렇다. 세상 돌아가는 형편은 물론, 사람을 보는 데도 편향적이지 않다. 허물은 남이 말하지 않으면 제 허물로 남으니 좋은 점을 기리면 된다는 태도다. 어떤 문제가 도마에 오르든 이를 성토하는 데 열을 내지 않는다. 때가 되면 이르고 결국은 드러날 걸 두고 뭘 따지겠냐는 듯 느긋한 태도를 취한다. 자리나 칭찬에 연연하지 않고, 누가 시비를 걸어도 맞서지 않는다. 그런 점이 문지의 장점이자 단점이고, 내 성향에 맞다. 집주인이 가풍을 만들듯 문지 좌장 성격이 그러니 출입하는 객들도 자연 닮아가 어느덧 '문지적 분위기'가 만들어졌다.

계간지 『문학과지성』이 '문학과사회'로 제호를 바꿔 편집진이 3세대째이고, 문학과지성사가 2세대 체제로 들어선 지도 몇 해가 흘렀다. 1세대는 자연의 순리에 따라 뒷전으로 물러나 목요일이면 만나 바둑 두고 저녁 먹고 건강 이야기나 나눈다. 성할 때가 있으면 쇠할 때가 온다는 것은 생의 이치이나, 문지의 전통과 정신은 계속 이어질 것이다. 출판이 바른길로 가느냐를 두고 심사숙고하느라 변화와 시속에 대응력이 민첩하지 못해 한때 어려움을 겪기도 했으나 시련을 이긴 나무가 장성하여 많은 열매를 맺듯, 문지가 더욱더 창성하기를 기대한다.

내 문학의 집, 문학과지성사 30주년을 축하하며 몇 자 썼다.

김원일 소설가. 1942년 경남 김해 출생. 1966년부터 소설을 발표하였으며, 장편소설 『노을』『바람과 강』『겨울 골짜기』『마당깊은 집』『늘푸른소나무』『아우라지로 가는 길』『사랑아, 길을 묻지 않는다』외『김원일 중·단편 전집』(전 6권) 등이 있음.

표지 장정과 나

오규원

　문학과지성사가 문을 연 후, 얼마 동안, 나는 책의 장정을 가끔 해주곤
했다. 내가 먼저 자청을 한 경우도 있고 가까운 문우나 문지 측의 요청으
로 한 경우도 있다. 내가 한 장정 가운데 잘 알려진 것으로는 이청준의
『당신들의 천국』, 조세희의 『난장이가 쏘아올린 작은 공』, 문학과지성 시
인선 시리즈 표지 디자인 등인데, 내가 한 책의 표지 장정의 수를 합한다
면 그 수가 제법 될 듯하다. 그러니까 그만큼 많은 책의 표지를 망쳐놓았
을 것이라는 뜻도 된다. 그 책들을 하나씩 앞에 놓고 생각해본다면 이야깃
거리도 얼마간 있을 듯도 하다. 그러나 나에게는 그 자료가 하나도 남아
있지 않다. 내가 가지고 있던 책을 학교 도서관에 기증해버렸기 때문이다.
문지에 가면 보관본이 비치되어 있겠지만 건강이 좋지 못해 그러기도 힘
들다. 무슨 묘책이 없을까 하고 생각하다 보니 지난날 『당신들의 천국』 표
지를 장정할 때의 일을 한번 짧게 쓴 바 있다는 기억이 났다. 그 글을 문
지의 김선혜 차장이 어렵게 찾아내었기에 여기에 붙여둔다.

『당신들의 천국』과 표지화

'문학과지성'사에서 이청준의 『당신들의 천국』을 출판한다고 했을 때, 나는 그 책의 표지 장정을 자청했다. 이게 내 서툰 사랑법이다. 김병익은 짐하나 줄었다고 가볍게 응낙했고, 나는 이 소설에 어울릴 만한 표지용 그림을 찾기 위해 며칠 화집을 뒤적거렸다.

그 무렵 나는 태평양화학 홍보실에 근무하고 있었다. PR지를 인쇄하는 곳이 평화당인쇄(주)였고, 또한 그 PR지가 대부분 원색 분해를 요구하는 컬러판이었으므로, 마음만 먹으면 표지화의 효과를 교정쇄로 시험해보는 일에는 별반 어려움이 없었다. 그래서 원색 교정을 내놓고 이청준더러 관심 있으면 한번쯤 들르라고 했다.

그때 내가 골라낸 그림은 알베르토 부리 Alberto Burri의 「구성 Composition」이라는, 전체가 조마포(粗麻布)를 누덕누덕 기워, 그렇게 누덕누덕 기워져 있으므로, 기워져 드러날 수밖에 없는 한 인간 형상을 가진, 그 위에 거무칙칙한 황색이 화면 전체를 지배하는 것이었다. 뿐만 아니라 심장의 위치에 시커멓게 네모꼴로 기워져 있는 헝겊이며, 턱으로부터 가슴에 이르는 자리에 찢어지거나 구멍 난 조마포 사이로 점점이 드러나 있는 적색 반점이 그림을 보는 사람의 피를 요구하고 있었다. 이 그림의 작가인 알베르토 부리는 1915년 이탈리아 출신으로 의학을 전공했으나 대전 중 전쟁 포로가 되어 미국 텍사스의 한 감옥에서 지냈다. 그때부터 그림을 그리기 시작한, 이른바 전후의 망가진 인간을 형태화하는 데 성공한 사람이다.

이 그림의 원색 교정쇄를 평화당인쇄의 한 응접실에서 그에게 보여주었는데, 그는 적지 않게 당황하는 듯했다. 색주를 어떻게 한다는 내 설명을 듣고도 그의 그 당황스러움은 가시지 않았다. 그는 결국 끝까지 '서러운 물 냄새가 많이 풍기는' 그 묘한 웃음(말하기 곤란한 일에 부닥쳤을 때마다 그의 얼굴을 덮치는 그 묘한!) 흘리다가 갔다. 내가 어떻게 색판을 바꾼다고 했지만, 그 후에 그가 고백한바 그대로, 그 그림의 분위기가 자극할지도 모르는 어떤 얄궂은 현실적 난처함과 두려움을 한마디도 않고 그냥 갔다. 즉 그가 작품에서 의도하지도 않은 한 인간 군상(소록도 사람들)을 직접적으로 자극할 위험성과 동시에 표지화가 작품에 끼칠 영향을 두려워했던 것이다. 그만큼 그 그림은 소록도 사람을 연상시키는 구석이 강했고 또 처참하고 자극적인 영상을 가지고 있었다.

그러나 그는 아무 말도 하지 않고 갔다. 그 묘한 웃음만 응접실의 한 의자에 담아놓고. 이게 이청준이다! 표지를 만드는 것은 작가 이청준이 아니라 다른 사람이며, 종국의 책임은 만든 그 사람에게 있다는, 작가 스스로에게는 잘못이 없다는, 그러므로 현실적으로 또는 자신에게 어떤 불편함이 있다고 하더라도 그것을 그만한 자유를 행사한 그에게 책임까지 돌려주어야 한다는, 장인으로서의 그의 오만함과 겸손——그 오만함에는 그만한 위험 부담까지 스스로 짊어져야 한다는 사실을 어떻든 믿고자 하는, 이게 그의 사랑이다!

책이 나왔을 때, 그때 그는 비로소 당시의 심정을 이야기했다. 내가 원화의 청판과 황판을 바꾸어서, 원화의 화면 전체를 지배하고 있던 황색조를 청색조로 바꾸어놓은 효과의 사실성이, 그가 지니고 있던 두 가지의 두려움을 해결하고 있었던 것이다. 내가 그 황색조를 그냥 두었다면, 아마 그는 끝까지 이야기하지 않고 그것을 끝까지 자기의 몫으로(그러니까 결국 나의 몫으로) 남겨두고 있었을 터이다. 이게 이청준이다.(『현대의 한국문학』, 범한출판사, 1984)

오규원 시인. 1941년 경남 삼랑진 출생. 1968년 『현대문학』으로 등단. 시집 『분명한 사건』 『순례』 『사랑의 기교』 『왕자가 아닌 한 아이에게』 『이 땅에 씌어지는 서정시』 『가끔은 주목받는 생이고 싶다』 『사랑의 감옥』 『길, 골목, 호텔 그리고 강물소리』 『토마토는 붉다 아니 달콤하다』 등이 있음.

마르크스를 갖고 문지에 첫선을 보이다

김학준

문학과지성사로부터 이 출판사와 필자 사이의 인연에 대한 글을 써달라는 전화를 받았을 때 곧바로 떠오른 얼굴은 이 출판사의 얼굴이나 다름없는 김병익 선배였다. 이러저러한 인연으로, 김선배 내외를 필자 내외는 오랫동안 매우 가깝게 느껴왔기 때문이다.

그러나, 그것보다도, 김선배가 필자에게 이 권위 있는 계간지에 기고해줄 것을 요청함에 따라 필자가 거기에 글을 싣게 된 영광을 누렸다는 사실이 검은 테 안경 속에 번뜩이는 예지를 지닌 그의 얼굴을 떠올리게 만든 결정적 요인이었다. 필자는 그때로부터 30년이 지난 오늘날까지도 그 사실을 뜻 깊게 기억하고 있다.

돌이켜 생각하니, 김선배와 필자 사이에 대화가 오간 때는 1975년 말과 1976년 초 사이의 어느 시점이었다. 그는 특유의 부드러우면서도 분명한 목소리로 필자에게 좋은 글을 써달라고 부탁했다. 조건은 하나였다. "어느 저명한 정치학자에게 기고를 요청했더니 북한의 대남전략에 대해 써왔기에 고료만 드리고 게재하지 않았습니다"고 말한 뒤, "남조선 혁명전략의 주력군과 예비군 같은 용어들은 우리에겐 맞지 않습니다"며 역시 특유의 미소를 보였다.

필자는 김선배의 미소에 담긴 함의를 충분히 읽을 수 있었다. 뭔가 깊이 있는, 또는 철학적인 글을 기대한다는 뜻으로 읽었다. 필자로서도 다른 잡지도 아니고 『문학과지성』에 선을 보이게 된 마당에 통속적인 글이 아니라 철학적인 글을 쓰고 싶은 의욕에 사로잡히게 되었다. 그래서 고심에 고심을 거듭하다가 카를 마르크스의 『경제 철학 수고(手稿)』를 둘러싼 국제적 논쟁을 다루기로 결심했다. 여기서 생소하게 느껴지는 수고라는 단어는 영어의 'manuscript'를 번역한 말인데, 원고라고 번역해도 좋을 것이다.

이제는 널리 알려져 있듯, 마르크스는 20대의 청년 시절에 파리와 브뤼셀에서 망명 생활을 하면서 경제적 및 철학적 문제들에 대해 글을 썼으나 그 글들은 출판에 이르지 못했다. 따라서 이 글들은 글자 그대로 원고 상태에 머물렀으며 세상에 알려지지 않았다. 자연히 마르크스를 전공하는 학자들 사이에서도 전혀 거론되지 않았다.

그러나 마르크스의 저작들과 사상의 영향이 점차 세계적으로 확산되면서 마르크스의 사상을 총체적으로 올바르게 이해하기 위해서는 마르크스의 알려지지 않은 저작들을, 특히 초기의 저작들을 모두 발굴하고 읽어야 한다는 믿음을 가진 사람들이 늘어났다. 그들 가운데 대표적인 사람들이 독일의 사회주의 운동가들이었다. 그들의 노력은 열매를 맺었다. 독일의 메링 Franz Mehring을 비롯한 세계적 사회주의자들의 손에서 마침내 그 수고들이 발굴되어 세상에 알려지게 되었다. 이때부터 그것들은 '경제 철학 수고' 또는 '파리 브뤼셀 수고'라고 명명됐다.

이 원고들은 그동안 마르크스의 사상을 '청년 마르크스' 시대와 '노년 마르크스' 시대로 구분해 살피던 마르크스학계에 커다란 논쟁을 불러일으켰다. 대다수의 서방 학자들은 이 원고들에서 '청년 마르크스'의 사상의 진수가 휴머니즘이라는 사실이 확인되며, 그것이 흔히 폭력적 계급 혁명의 사상을 완성한 것으로 이해되던 '노년 마르크스'에게로 일관되게 이어졌다고 주장했다. 그들은 '청년 마르크스' 시대의 휴머니즘 사상이 '노년 마르크스' 시대의 사상을 형성하는 기본이 됐으며, 그리하여 두 시대로 나뉜 것처럼 보이던 마르크스의 사상은 휴머니즘 하나로 일관된다고 결론지었다. 이렇게 볼 때, 이제 마르크스의 사상을 '청년 마르크스' 시대의 사상과 '노년 마르크스' 시대의 사상으로 나누는 것은 무의미하게 되었다. 마르크스의 사상은 계급과 증오심에 기초한 폭력혁명을 옹호하는 파괴적 사상이 아니라 인간을 자본주의 사회의 족쇄와 그 족쇄가 빚어낸 소외로부터 해방시키려는 데 초점을 맞춘 인간중심적 사상이라는 이 결론은 마르크스학 Marxology의 역사에서, 그리고 마르크스학연구자 Marxologist 사이에서의 논쟁에서 하나의 중요한 전환을 이룩했다.

소련공산당의 교조적 해석에 충실해야 하는 소련의 관영(官營) 철학계는 당황할 수밖에 없었다. 마르크시즘을 휴머니즘으로 파악하는 경우 그들이 유지하던 마르크시즘에 대한 종전의 해석들은, 그것들 가운데서도 유물론적 해석은 심각한 도전에 직면하기 때문이다. 특히 마르크스의 사상을 휴머니즘으로 파악하는 마르크솔로지스트들이 소련의 스탈린주의적 억압체제를 마르크스에 대한 배반의 산물이라고 공격하자 소련의 관영 철학자들은 위기마저 느끼기에 이르렀다. 여기서 소련의 관영 철학계는 양분됐다. 한쪽은 서방 학자들의 해석을 계급투쟁의 혁명적 의미를 배제시킨 부르주아적 해석으로 비난하면서 종전의 교조주의적 해석을 고수하고자 했다. 다른 쪽은 서방 학계의 해석에 수동적으로 대응하거나 침묵했고, 심지어 동조했다. 그들은 물론 1930년대에 소련을 지배했던 스탈린의 공포정치 아래서 거의 모두 숙청됐다.

대체로 이러한 내용을 약 130매의 원고지에 담으면서 필자는 서방 학자들의 해석을 지지한다는 취지로 글을 끝냈다. 그러나 이 글은 거기서 끝나지 않았다. 이 글은 『문학과지성』 1976년 봄호에 게재됐는데, 그때는 베트남의 공산화 통일로부터 1년이 채 지나지 않은 시점이었다. 따라서 유신체제는 반공주의를 더욱 거세게 내세우고 있었다. 그런데 마르크시즘을 휴머니즘으로 해석하다니 사상이 불온하다면서 공안당국이 문제를 제기한 것이다. 특히 필자가 국가보안법 위반과 반공법 위반의 혐의를 받아 구속 됐던 과거를 들추면서, 미국에 유학 가서 겨우 이런 것이나 배워왔냐고 힐난하는 것이었다. 다행히 당시 여당의 국회의원으로 적잖은 발언권을 지니셨던 필자의 은사가 감싸주셔서, 또 이 글이 소련이 철학적 논쟁을 탄압하는 독재국가임을 노출시켰다는 점도 호의적으로 고려되어, 그럭저럭 지나갔다.

이러한 일을 모르는 채 김병익 선배는 필자의 그 글을 뒷날에도 좋게 평가해주었다. 그뿐 아니라, 필자의 『러시아 혁명사』, 그리고 필자의 아내의 『여성의 권리』가 모두 문학과지성사에서 출판되도록 적극 도와주었다. 『러시아 혁명사』의 경우, 초판 출판 만 20주년이 된 1999년 12월에 완전히 새롭게 쓴 수정증보판도 출판해주었다. 이 수정증보판이 어느덧 3쇄에 이르렀으니, 문학과지성사와 필자의 인연이 꽤 긴 것 같다. 이 자리를 빌려 김선배와 문학과지성사에 새삼 사의를 표하고자 한다.

『러시아 혁명사』와 관련해 덧붙일 말이 하나 있다. 김선배가 안 표지— 흔히 날개라고 불린다—에 쓸 필자의 사진을 찍도록 문학과지성사의 사진 기자에게 의뢰해 필자는 그저 거기에 응했던 것인데, 막상 초판을 받아보니 필자의 전신(全身) 사진이 너무 크게 게재되어 있었다. 필자는 당황했다. 김선배에게 재쇄부터는 그 사진을 빼주거나 줄여달라고 요청했으나 "사진이 너무 좋아서"라고 응답할 뿐이었다. 그래도 끈질기게 요청했더니 초판의 어느 쇄에서부터 빼주었다. 그러한 사연이 있기는 했지만, 덕분에 젊은 날의 전신 사진을 하나 남겨두게 되었다. 이 점에 대해서도 김선배와 문학과지성사에 감사드린다.

김학준 동아일보사 사장. 1943년 중국 선양 출생. 저서 『한국 정치론』 『러시아 혁명사』 『러시아사』 등이 있음.

어떤 인연

김인환

고려대학교에서 만난 사람들과 문지에서 만난 사람들이 내가 아는 사람의 전부다. 고등학교 시절에 문예반 근처에도 가보지 못했다. 이과반에 있었는데 아무리 공부해도 수학 성적은 한결같이 나빴고 공부를 안 해도 국어 성적은 늘 좋았다. 입학시험 직전에 이과에서 문과로 바꾸어 국문과를 택했다. 다행히 그 시절의 대학은 강의가 거의 없었기 때문에 문학에 대한 소질이나 재능을 따지는 교수도 없었다. 그러나 돈도 없고 애인도 없는 처지에 시간만 넘치도록 남아 있었으니 시간을 보내기 위해서 무슨 일이건 해야 했는데 할 수 있는 일이 전혀 없었다. 그 막막한 허무주의를 버티게 해준 것이 김춘동 선생님의 한문 강의였다. 지금 돌아보아도 한 3년 지나서 혼자 힘으로 한문을 대충 뜯어 읽게 된 것이 내가 대학에서 배운 가장 큰 성취라고 할 수 있을 것 같다. 수업하는 날보다 시위하는 날이 더 많았던 60년대에 어쩌다가 당시 학생 운동의 주역이었던 윤무한형과 함께 『고대문화』라는 학교 잡지를 편집하게 되었다. 그 책에 실은 「생산 문화, 생산 문화인」이라는 글이 내가 처음으로 써본 논문이었다. 불문과의 황현산이 『고대신문』에 실은 「목포에서」라는 수필을 보고 너무나 감동을 받은 나머지 그를 만나자마자 먼저 인사를 트고 알은체를 했다. 그를 따라 난생처음으로 문학의 세계에 발을 들여놓았다. 「가상 연애」「우국 연애」「악남선녀」 등의 소설을 타이프로 쳐서 이 사람 저 사람에게 나눠주었다. 지금 생각하면 황현산의 취향에 맞추느라 나의 체질을 너무 무시했던 것이 나중에 소설을 쓰지 않게 된 이유가 된 듯하다. 그를 통해 불문과의 강성욱 선생님을 만났다. 보들레르에 대한, 마르크스에 대한 그분의 도저한 탐구의 자세에 나는 철저하게 압도당했다.

인연이란 무엇인지. 김현 선생을 알게 된 것은 지금 생각해도 이상하다. 『문학과지성』 3호에 실린 「사르트르의 인간관」을 읽고 독자 투고의 형식으로 보낸 간단한 독후감이 『문학과지성』 4호에 실렸다. 어느 날 김현 선생이 내가 있던 대광고등학교로 전화를 걸어 만나자고 하였다. 상상도 할 수 없는 주량과 독서량, 섬세한 감수성과 인간에 대한 애정! 김현 선생은 지금도 나에게 하나의 암호이다. 나는 그가 말하는 모든 것을 통째로 삼켰다. 프랑스 쪽의 사정과 한국 쪽의 사정을 동시에 고려하면서 변화의 방향에 대하여 끊임없이 주의를 기울이는 그에게서 나는 보편성을 추구하는 비평가의 전형을 보았다. 서양 이론을 비판하려면 우리는 너희와 다르다는 지방주의가 아니라 동양에도 통하고 서양에도 통하는 더 높은 보편주의를 추구해야 한다는 것을 나는 김현 선생에게 배웠다. 나는 애초부터 불교 신자였다. 인연이란 아름다운 만남이라기보다 나에게는 인간이 뜻대로 벗어날 수 없는 필연의 연줄이었다. 초월성과 목적인(目的因)을 철저하게 배제하는 스피노자의 극단적 내재주의가 나에게는 너무나 자연스럽게 여겨졌다. 역사는 필연의 체계와 필연의 변이(變移)로 구성되어 있고 인간은 역사의 주체가 아니라 '역사 속의 비주체'라는 알튀세르의 반인간주의도 나는 아무런 저항 없이 수용하였다. 김현 선생을 만날 때마다 나는 그에게서 자신의 무력함을 순간순간 절실하게 확인하는 냉혹한 자기 응시를 엿보았다. 그의 차가운 자기 인식은 남에게 조그만 부담도 주지 않으려는 따뜻한 타자 배려와 같이 있다. 그는 만날 때마다 글 쓸 거리를 한 아름 넘겨주었다. 내가 그에게 인사도 전하지 못하고 진주로 내려간 후에 어머니께서 김현이란 사람이 집에 왔다 갔다고 전화를 하셨다. 혼자 와서 안부를 묻고 갔다는 것이었다. 서울에 와서 다시 김현 선생을 만났다. 그는 초월이란 말을 부정확하게 사용하는 비평 문장을 비판하였고 나는 불교의 무(無)와 알튀세르의 비주체가 동의어가 아닐까라는 의문을 제기하였다. 우리는 아마 저 도덕적인 인간들, 의지적인 인간들에 대한 우리의 두려움을 그런 식으로 말하고 있었는지도 모른다. 그를 만난 직후에 나는 그에게 잘 보이고 싶어 다소 무리를 해서 마르쿠제의 『에로스와 문명』을 번역하였다. 그것이 내가 정신 분석에 대하여 관심을 갖게 된 계기였다. 그때나 지금이나 나에게 정신 분석은 불교의 현대적 해석 방법의 하나일 뿐이다. 나는 불교의 무명과 정신 분석의 무의식을 같은 말로 이해하였다. 나는 불교에서 무명의 얼굴을 보고도 살아남을 수 있는 길을 배우려고 하였다. 무의식이 갑자기 얼굴을 드러낼 때 어떤 친구는 미쳤고 어떤 친구는 약을 먹고 죽었다. 나는 무의식을 만나도 무너지지 않는 사람이 되고 싶어서 불경을 읽었고 프로이트와 라캉을 읽었다. 김현 선생은 내가 불경과 라캉 중에 어느 하나를 선택했으면 하는 희망을 넌지시 전하였다. 나는 라캉 자신이 참선에 흥미를 가지고 있었다는 말로써 대답을 대신하였다. 그는 죽음을 담담하게 받아들였다. 나는 언제 무의식의 얼굴을 본 적이나 있는 것일까? 그저 어렸을 적에 친구들이 잘못되는 것을 보고 무서워서 평생토록 무의식으로부터 도망 다니다 만 것은 아닌가?

　김현 선생이 그 무렵 막 제대하고 돌아온 불문과 조교를 하던 오생근을 만나게 하였다. 그와의 30년 가까운 인연은 또 무엇인가? 나는 그의 권유로 『외국문학』『사회비평』『현대비평과 이론』같은 잡지의 편집에 참여하였다. 오생근은 앙드레 브르통을 전공하였다. 나는 어떠한 문학 이론도 브르통의 초현실주의보다 더 멀리 갈 수는 없다고 생각한다. 사고의 고공 비행이 조금도 없다는 것이 오생근의 특징이다. 자칫하면 들뜨기 쉬운 초현실주의의 실험과 모험을 오생근은 땅바닥으로 끌어내려 나날의 삶의 일부로 변형해놓는다. 오생근에게는 현실주의와 초현실주의가 하나이며 동일하다. 그에게는 극한을 짐작하고 있는 자의 여유가 있다. 나는 그에게서 문학을 배우고 현실을 배운다. 그는 모든 면에서 나보다 너그럽고 또 모든 면에서 나보다 단호하다. 이제까지는 잡지 때문에 가끔 만났는데 이후로는 무슨 일로 만날 수 있을지. 그가 그리울 때면 그와 같이 또 무슨 남모를 비밀을 만들고 싶다.

김인환 문학평론가. 1946년 서울 출생. 1972년 『현대문학』에 「박두진론」이, 『월간문학』에 「김수영론」이 추천됨. 저서 『문학과 문학 사상』 『문학교육론』 『비평의 원리』 『상상력과 원근법』 『기억의 계단』 『언어학과 문학』 『동학의 이해』 『다른 미래를 위하여』 등이 있음.

첫 시집 『동두천』을 펴내던 무렵

김명인

  첫 시집 『동두천(東豆川)』을 묶었을 때, 내 나이 서른셋이었다. 시를 지어보려고 작심했던 스무 살에서는 십수 년이, 일간지 신춘문예에 당선한 해로부터도 여섯 해가 지나 있었다. 문학과지성사에서 『동두천』을 간행할 수 있었던 것은 내겐 분에 넘치는 행운이었다. 그 당시 문지(文知)는 신대철, 윤상규 등 신예들을 앞세워 '젊은 시인선' 시리즈를 막 출간하고 있었다. 그러고 보면 내 시집 『동두천』도 애초에는 이 시리즈의 한 권으로 기획되었던 게 아니었을까 짐작한다. "젊은 시인 속에 이미 대가가 들어 있는 것이며, 대가들 속에 아직 젊은 시인들이 들어 있는 것이 문학의 현실"이라는 발간사가 뒤표지를 장식했던 '젊은 시인선'은 문지가 기획했다는 사실만으로도 신인들에겐 선망의 대상이었다. 그러나 『동두천』은 문충성의 『제주바다』 등과 함께 '문학과지성 시인선'의 낱권으로 출간되었다. 출판사가 기획을 바꾸어버린 탓이었다.

  시집이 나왔을 때, 내가 속했던 '반시(反詩)' 동인들과 『문학과지성』 편집 동인들이 통의동의 작은 음식점에 모여 조촐하게 가졌던 뒤풀이는 지금도 기억에 새롭다. 1979년 10월 25일자로 초판 날짜가 명기되어 있는 『동두천』은 출간 이듬해인 1980년 신군부의 등장으로 출판 검열이라는 억지가 심해지자 2쇄를 찍어내기가 껄끄러워졌다. 궁여지책으로 초판인 채 두어 번 더 펴내겠다는 전갈을 받았었고, 이 무렵 출판사가 통의동에서 아현동으로 이사하면서 지형(紙型)을 잃어버려 새로 판을 짜겠다며 양해를 구해왔었다. 다시 조판한 시집에는 몇 군데 결정적인 오자(誤字)들이 살펴졌지만 바로잡는다 하면서 여태 실천하지 못했다.

당시의 시집 제목으로는 전혀 어울리지 않는 지명을 표제로 삼았던 것은 연작시 「동두천」에 대한 나의 집착 때문이었다. 나는 이 시집을 내가 살았던 개인사의 질곡으로 간주하고 싶었다. 사실 내 첫 시집은 창작과비평사에서 펴내기로 약속되어 있었다. 젊은 시인들의 동인지 『반시(反詩)』에 실린 「동두천」 연작에 주목해서 신작시를 청탁하고 시집 출간까지 제안했던 것은 창작과비평사가 먼저였다. 당시 창비(創批) 편집실에는 '반시' 동인이었던 동아일보 해직 기자 이종욱 시인이 교정 일을 보고 있었다. 이형은 나를 볼 때마다 "김형 알지, 김창완형 다음이 김형 시집이야" 하고 다짐을 받곤 했었다. 군이 문지에서 시집을 내려 했던 까닭은 '반시' 동인들의 작품집이 한결같이 창작과비평사에서 기획되었던 탓이었다. 나는 '반시'의 다양성을 살리려면 다른 곳에서 시집을 내는 동인도 있어야 한다고 믿었었다. 아니다. 문지의 편집 동인이었던 김현 선생이 그 무렵 『반시』에 실렸던 「동두천」을 읽으시고, 『문학과지성』에 정호승, 장영수의 시편들과 함께 「고아 의식과 시적 변용」이라는 평문을 게재한 뒤, 내 첫 시집을 문지에서 내고 싶다는 전갈을 보내왔었기 때문이다.

그러고 보니 『반시』에 대해서도 몇 줄 언급해야 할 필요성을 느낀다. 신춘문예를 통해 데뷔하고서도 나는 한동안 발표 지면을 얻지 못했었다. 그 시절, 동병상련의 처지였던 김창완, 이동순, 정호승, 김승희 등과 함께, 데뷔 연도인 '1973'을 표제 삼아 동인지를 발간했었다. 두 해에 걸쳐 세 번인가 펴냈는데, 나는 관념적 진술에 그친 내 시가 내내 불만스러웠다. 관념이 스스로의 삶조차 강박한다고 자성되었던 것이다. 나는 삶의 진정성

속으로 내 시를 끌어넣고 싶었다. 반대를 무릅쓰고 동인은 해체되었고, 생각이 비슷한 몇몇이 따로 모여 결성한 것이 '반시'였다. "우리가 옹호하는 시는 언제나 삶의 문제에 귀일하는 것이고, 시의 바탕은 삶과 동일성으로 이해될 수 있으므로……" 운운했던 창간호의 선언문을 초안하면서, 나는 시와 삶의 동질성 회복이라는 주제로 '반시'의 성격을 부조하려 했었다. 「동두천」과 「영동행각」 연작시를 쓰던 무렵이었다.

『동두천』은 우여곡절 끝에 문학과지성사에서 출간되었지만 '문학과지성 시인선' 중에서는 그다지 주목받은 시집이 아니었다. 출간 이듬해 광주민주화운동이 있었고, 나는 대학원 박사 과정을 이수하던 중이었다. 첫 시집을 낸 뒤로 몇 년간 나는 시를 쓰지 못했다. 『동두천』의 인식이기도 했던 '펼치는 사랑과 접히는 마음 사이의 갈등'이 너무 커서 차라리 시쓰기를 포기하려고 했던 시기였다. 초년의 교수로 대학에 자리 잡았던 1980년대, 나는 제대로 가르치고 연구하는 학자로나 세상을 살아보려 했었다. 1986년인가 학과의 문학 강연에 황동규 선생님을 연사로 모셨는데, 돌아가시면서 불쑥 "김선생, 지금 시를 안 쓰면 결국 놓아버리게 될 거요"라고 한마디 툭 던지셨는데, 그 말씀이 너무 아프게 가슴에 와서 박혔다. 그러고 보니 10년 가까이 나는 창작과는 담을 쌓고 있었던 것이다. 영영 시를 쓸 수 없을지도 모른다는 강박만으로 처음 습작을 할 때보다 몇 곱절 어려움을 겪으면서 회복기를 가져보려고 나는 무진 애를 썼고, 마침내 두 번째 시집 『머나먼 곳 스와니』를 문학과지성사에서 펴낼 수 있었다. 시집이 간행되자마자 나는 강의 객원 교수로 1년간의 미국 생활을 체험했다.

서부 사막 지역에서의 칩거는 내가 시를 쓰려는 까닭이 무엇인지, 그것을 자각하려 발버둥쳤던 또 다른 시간들을 겹쳐놓게 했다. 낯선 땅에서 내가 발견한 풍경은 수많은 갈등이나 상처를 퇴적시키며 내 속에 펼쳐진 어떤 그리움이었다. 세 번째 시집인 『물 건너는 사람』은 그런 마음과 등고(等高)를 이루는 내 수락과 체념을 배경으로 씌어졌다. 그러나 이 시집은 문지에서 발간되지 못했다. 당시 세계사 주간이었던 최승호 시인과의 약속으로 그쪽에서 펴낼 수밖에 없었다. 이 일로 오랫동안 문지에 미안한 심사를 떨치지 못했었다. 반년을 러시아에서 살고 돌아와서 펴낸 네 번째 시집 『푸른 강아지와 놀다』에서부터 여덟 번째 시집인 『파문』에 이르기까지, 2, 3년에 한 권씩 나는 문학과지성사의 도움으로 시집들을 묶었다. 문지가 베푸는 과분한 배려다. 팔리지도 않는 시집을 내달라고 조르는 것도 출판사에는 몰염치한 짓이리라.

돌이켜보니 일곱 권의 시집들을 한 출판사에서 출간하면서 사무실을 방문한 횟수가 손에 꼽을 정도다. 워낙에 낯가림이 심한 내성적인 성격 탓이다. 나는 사람들 앞에 나서는 일이 왠지 어색하고 멋쩍다. 지금도 그렇지만 익숙지 않은 자리에 서게 되면 얼굴부터 달아오르고 말도 심하게 우물거렸다. 그러다 보니 자연히 낯선 사람들과 교분을 나누어야 하는 처지를 스스로 회피하게 된다. 이런 모습까지 고려한다면 나는 문지로부터는 진심 어린 대접을 받아온 셈이다. 그쪽 지면에 지속적으로 작품을 발표해왔고, 한 번도 거절당하지 않고 시집들을 엮을 수 있었다. 문지에 대한 고마움이야 단순히 시집을 엮어낸 출판사라는 입장보다는 그쪽에서 출간된 양서들을 읽으면서 가졌던 충족감이 더 크다. 청년에서 장년으로, 긴 세월 문지의 좋은 책을 골라 읽으면서 나는 내 시안(詩眼)을 넓힐 수 있었다. 서른 해를 동반해오면서 알게 모르게 힘입었고 길러졌을 내 속의 역량이야 어찌 고맙다는 한두 마디 말로 다 표현할 수 있겠는가.

아무쪼록 문학과지성사가 천년이고 만년이고 길이 번성해서 그 덕분에 『동두천』도 함께 유장하길 바랄 뿐이다.

김명인 시인. 1946년 경북 울진 출생. 1973년 중앙일보 신춘문예에 시 당선. 시집 『동두천』 『머나먼 곳 스와니』 『물 건너는 사람』 『푸른 강아지와 놀다』 『바닷가의 장례』 『길의 침묵』 『바다의 아코디언』 『파문』 등이 있음.

내가 자라온 친정의 이름

이성복

　몇 해 전 '문학과지성사'의 설립 15주년을 기념하는 글에서 나는 우리의 자랑스런 출판사를 시집간 딸네들의 친정집에 비유한 적이 있다. 다시 30주년을 맞는 지금의 시점에서도 그 비유는 아직 나에게 유효하다는 생각이 든다. 다만 그때에 비해 '문학과지성'은 그 규모와 생산의 면에서 대단한 성장을 이루어왔고, 문학에 대해 원한 같은 것을 품고 어디쯤 향상 일로(向上一路)로 통하는 틈새 같은 것이 없나 속 태우던 젊은 시인은 새치로 덮인 상상력을 부득불 염색해야 하는 중늙은이로 변했을 따름이다. 알다시피 시집은 여러 번 다시 갈 수 있으나, 누구도 친정을 바꿀 수는 없다. '옥산'으로 '하회'로 시집간 돌아가신 나의 고모님들처럼 산 설고 물 선 문학의 변방을 떠도는 나에게 '문학과지성'이라는 이름은 언제나 솔깃한 안부의 주소일 것이고, 죽도록 바뀌지 않는 성씨처럼 내 문학적 존재의 뼈대로 남아 있을 것이다. 그러나 아직 흰 뼈가 되기 전에도 돌아보면 참 많은 세월이 흘렀던 것 같다.

　가령 우리 고모들이 쉰도 중반에 들어서, 어느 날 문득 흰 빨래를 개키며 마른 땅에 떨어진 어린 동생들의 속옷을 주워올리던 기억이 되살아나

잠깐 아득해질 때도 그러지 않았을까. 자상하지만 종일 말이 없던 아버지는 돌아가시고 몇몇 삼촌들의 기력도 예전 같지 않으시고, 외지에 나가 성공한 한 피붙이 조카들이 모여도 왠지 서먹하기만 한 친정, 하지만 봄이면 벌레들이 들끓던 못생긴 살구나무가 지키는 두어 평 좁은 마당과 그 위에 놀던 자글자글한 햇빛이 아직도 눈에 밟히는 친정…… 이를테면 내가 첫 시집을 내고 불모(不耗)의 땡볕을 견디며 두어 해를 더 먹은 그 나이에 이른 '문학과지성'이, 지금 나에게는 돌아가신 고모들이 문득문득 친정을 그릴 때마다 떠오르던 마당, 살구나무 그림자가 얇게 드리워진 좁은 마당 같은 것이리라. 지금도 그 시절의 하얀 그림자가 눈앞에 깔리는 것은 사람은 늙고 개들은 죽어가도, 기억 속의 비틀린 살구나무는 여전히, 그리고 철없이 꽃피기 때문이리라.

내가 '문학과지성'의 걸출한 시인 작가들 곁에 어쭙잖게 귀를 붙이게 된 것도 돌아가신 김현 선생 덕분이었다. "성복이 언제 시 좀 가져와보라 해라." 1977년도인가, '자하연' 연못 앞에 걸린 내 시화(詩畵)를 보시고 선생님은 내 친구에게 이르셨고, 며칠 후 나는 괴발개발 되도 않은 시들을 캘린더 수첩에 정서해서 연구실로 찾아갔다. 그전에는 못하는 불어로 잔뜩 주눅이 들어 선생님과 눈도 마주치기 어려웠다. 나는 정말 내가 시인으로 데뷔할 줄은 꿈에도 몰랐다. 언젠가 한 번 대학문학상에, 또 한 번은 신춘문예에 냈다가 떨어진 적도 있었지만, 내가 써놓고 보아도 무슨 소리를 하는지 종잡을 수 없는 글들이, 당시 태양의 불꽃 무늬를 음각한 강렬한 표지와 함께 젊은 문학인들의 가슴을 두근거리게 했던 그 선망의 잡지에 실리리라고 누가 생각이라도 했을까. 그리고 한 달 뒤 책이 나왔을 때 잡지사에 가보자고 하셔서, 나는 선생님을 따라 청진동에 있던 문학과지성사에 첫발을 내딛게 되었다.

그날 나는 매캐한 담배 연기 속에서, 신문에서 사진으로만 보아왔던 시인 작가들을 두 눈으로 보았다. 따뜻하고 단정하신 김병익 선생님은 뭔가 들리지 않는 소리로 손을 잡고 격려해주신 것 같고(어쩌면 이것은 지금 내가 지어낸 기억인가?), 전에도 인사를 드린 적이 있는 황동규 선생님이나 김치수 선생님도 그 자리에 계셨던 것 같고, 마치 위인들의 생가나 박물관 같은 데서 볼 수 있는 모형 인물들의 몸짓처럼 여러 문인들의 정지된 동작이 지금도 집단적으로 눈앞에 떠오른다. (최근에 나는 『작가세계』의 김승옥 특집에서 내 기억 속의 장면과 흡사한 사진 한 장을 보았는데, 혹시 그날 찍힌 것이 아닐까 생각해본다.) 어떻든 이후 나의 문학적 성장이 조금이라도 있었다면, 그때 그 선생님들의 배려 덕분이었을 것이다. (사실 나는 이따금 "너는 좋은 선생님들 밑에서 좋은 출판사 이름을 달고 나왔으니, 온실 재배된 것 아니냐"는 말을 들은 적이 있고, 그때마다 고개를 끄덕였던 것 같다.)

　그 후 내 기억 속의 문학과지성사는 내자동 길모퉁이 작은 빌딩의 2층에 있었는데, 삐걱거리는 목조 계단을 살풋 밟고 올라가, 아직도 뛰는 가슴을 쓸어안고 내려올 만큼 나는 조심스러웠고, 그 다음 마포구 신수동 사무실이나 지금의 서교동 사무실에 이르기까지 '문학과지성'의 문턱을 넘을 때마다 내 떨림은 진정된 적이 없었는데, 돌이켜보면 그 떨림은 처음 정서된 캘린더 수첩을 옆에 끼고 선생님의 연구실 문을 두드리던 그 젊은이의 것임에 틀림없다. 놀랍게도, 아니 어쩌면 지극히 당연하게도 그 떨림은 나만의 것은 아니었다. 한없이 열고 들어가도 들어간 흔적이 없는 선생님의 넓은 오지랖에서 같이 공부했던 나의 친구들, 소설가 이인성과 평론가 정과리를 나는 '문학과지성'의 품안에서 다시 만났고, 그들 곁에서 그들의 뜨거운 피를 수혈받기 위해 『우리 세대의 문학』의 동인으로 이름을 올려놓기도 했었다. 이를테면 우리는 한 어미 벌의 몸에서 나온 마냥 부산한 일벌들이었다.

지금까지 나는 '문학과지성'의 이름으로 다섯 권의 시집을 냈고 앞으로도 한두 권의 시집을 더 내겠지만, 내가 자라온 친정의 이름이 이로 인해 시들지 않기를 바랄 뿐이다. 이따금 학생 녀석들이 찾아와 "선생님 이름에 부끄럽지 않은……" 어쩌구 하면, 계면쩍고 열이 받쳐 "쓸데없는 소리 하지 말고, 네 할 일이나 해!" 하고 쫓아 보내지만, '문학과지성'의 숨길 수 없는 사랑의 이름 앞에서 나 또한 유치하고 철없는 생각을 하게 되는 것도 사실이다. 아니 그냥, 다짜고짜 잘하겠다고, 몸은 잘 따라주지 않지만 그래도 잘하겠다고 말하자. 숨 붙어 있는 날까지 친정에 누가 되지 않도록 잘 살겠다고, 잘 살아보겠다고 그렇게만 다짐하자. 시집간 우리 고모들이 눈에 흙 들어가는 순간까지 친정집 마당의 늙은 살구나무를 지울 수 없듯이, 그날 갓 정서한 캘린더 수첩을 옆에 끼고 어두운 복도를 따라 들어가, 선생님 연구실 문 앞에서 노크하던 그 젊은이의 바르르 떨리는 손가락을 기억하겠다고…….

이성복 시인. 1952년 경북 상주 출생. 1977년 『문학과지성』으로 등단. 시집 『뒹구는 돌은 언제 잠깨는가』 『남해 금산』 『그 여름의 끝』 『호랑가시나무의 기억』 『아, 입이 없는 것들』 등이 있음.

첫 시

김혜순

그 시절, 유신의 말기 암에 모두 아팠던 시절, 우리가 부엌의 도마처럼 날마다 처참함을 껴안고 잠들었던 시절, 그녀에겐 선배도 후배도 스승도 없었다. 누구도 그녀가 시를 쓴다는 걸 알지 못했다. 그녀는 누구에게도 시를 보여줄 생각을 하지 못했다. 다만 입·퇴원을 번갈아 하던 휴학 기간, 부모 모두 출근하고 없는 시골집 추녀 아래 앉아서 땡볕을 받으며 그녀의 말이 그녀의 몸 속에서 몸 밖으로 솟아오르는 걸 들었다. 땡볕 아래 일렬로 기어가는 개미처럼 땀 한 방울 흘리지 않으면서도 일렬로 몰려가는 말들. 부지런히 사라져가는 말들. 저희끼리만 바쁜 말들. 그녀는 마당이 보이는 좁은 대청에 요를 깔고 누워 햇볕 속에다 말의 발을 드리웠다가 걷었다가 했다. 말은 몸속의 뜨거운 종주먹들과 싸우느라 지친 그녀가 몸을 움직이지 않아도 그 무늬를 짰다가 풀 수 있는 유일한 움직임의 재료가 되어주었다. 그러나 다시 일어나 방으로 들어갈라치면 화강암 한 덩어리를 깨부수고 난 듯 땀이 비 오듯 했다. 후에 누군가 그녀의 시에 대해 일갈한 대로 '귀신 씻나락 까먹는 소리'들이 시작되었다.

안동에서 올라온 경리 아가씨가 그녀가 늘 책상 서랍 속에 모셔놓는 공책 전체를 타이핑해주었다. 스물네 살이었고 모처럼 건강했다. 그녀는 타이핑된 시를 보자 그것을 인쇄해야 할 것만 같은 생각이 들었다. 그것을 문학과지성사에 보냈다. 며칠 후, 이른 아침 그녀가 근무하는 출판사 사무실로 전화가 왔다. 편집부엔 그녀 말고 아직 출근한 사람은 없었다. 그녀는 "편집붑니다" 하고 전화를 받았다. 그러자 전화를 건 사람이 "출판삽니까?" 하고 물었다. 김병익 선생님이셨다. 그녀의 시를 싣기로 했다고 했다. 그때 그녀는 시인이 된다는 것이 어떤 일인지 짐작조차 할 수 없었다. 늘 그런 식이었다. 일단 저질러놓고 보는 식, 말이다. 아이를 낳아놓고 나서, 그제야 엄마가 된다는 일의 무섬을 생각해보는 식 말이다. 그때 그녀의 주위엔 아무도 시를 쓰는 사람이 없었다. 그녀는 그 전화를 잊기로 했다. 없었던 일로 하기로 했다. 왠지 시인이 되는 것은 어떤 비밀을 간직하는 일이라고 생각되었다. 아무에게도 말하지 않고 교정을 보고, 신문에 보낼 신간 서적 광고를 위해 사식집과 인쇄소를 다녀왔다.

그 얼마 후 통의동에 있는 문학과지성사엘 갔다. 가끔 심부름 가던 곳이었다. 시인으로서가 아니라 계간 『문학과지성』에 게재할 출판사의 광고 동판을 전하기 위해서였다. 동판을 전하고, 그전 호에 실었던 동판을 찾아오면 그만이었다. 그날도 그렇게 돌아서 나오는데 어디선가 "축하합니다" 하는 철사 다발을 흔드는 듯한 차랑차랑한 목소리가 들렸다. 그분의 본명처럼 큰 몸이 서 계셨다. 김현 선생님이셨다. 그러곤 여러 선생님들이 축하한다고, 출판사에 다닌다고 들었는데, 사실인가 보다고들 질문 공세를 날렸다. 비밀로 하기에는 너무 큰 일을 저지른 것만 같은 생각이 들었다. 그녀는 그 1년 전에 동아일보 신춘문예에 평론으로 입선한 적이 있었다. 지금 생각하면 그때 왜 평론이란 것을 써봤는지, 그것을 아무도 모르게 응모할 생각까지 했는지 참으로 불가사의하기만 한 일이지만 말이다. 아마도 그녀 주위의 누군가에 대고 그녀가 글을 쓰고 있다고, 그리고 보여주고 싶다고 말을 하고픈데 그럴 사람이 없어서 그랬을 것 같기도 했다. 그러나 그때, 신춘문예 심사위원이신 한 평론가가 그녀를 자신의 집으로 불렀다. 그리고 겨우 20대 초반의 대학생인 그녀가 직접 그 비평을 썼는지 확인하기 위해 심문을 시작했다. '포비슴이 먼저냐, 큐비즘이 먼저냐' 등등. 그녀는 원래 신춘문예라는 걸 통과하려면 그런 시험을 거쳐야 하는 줄 알고 성실히 답변했다. 후에 들으니 당선자가 너무 어려서 믿을 수 없어서 그리했다고 했다. 지금 생각하면 땅속으로 숨고 싶은, 못난 글이지만 문학 담당 기자의 말을 들었을 때 그녀는 무척 억울했다. 살인 누명을 쓰고 억울하게 죽어간 원혼들의 대열에 합류하고픈 심정이 되었었다. 더구나 활자화되었을 땐 불란서 사람 이름이 영어식 발음으로 다 바뀌어 실려 있었다. 이를테면 브르통이 브레튼 같은 식으로 말이다. 그녀는 그 원고가 실린 지면을 모두 수거해 다 태워버리고 싶었다. 그러나 문학과지성 사무실에서 처음 마주친 김현 선생님은 "재주를 죽이려면 사랑을 해야 합니다"고 하셨다. 그래서 그녀는 잡지로 등단하는 것과 신문으로 등단하는 것은 다른 모양이라고 생각했다. 얼마 후 『문학과지성』 1979년 겨울호가 나왔지만 누구에게도 보여주지 않았다. 신춘문예의 상금이 나왔을 땐 그 상금 모두를 털어서 엄마에게 명품 핸드백을 사드렸었는데 말이다. 그리고 먼 훗날 그녀가 신춘문예 응모 작품을 심사하러 신문사에 갔을 때, 그녀의 신춘문예 입선 발표 전의 이상한 통과식이 아주 선명하게 다시 떠올라왔다. 엄마가 즐겁게 들고 다니던, 왠지 모르게 곤혹스럽던 그 명품 핸드백의 모양과 연두색깔도. 20대 초반의 그녀는 그날 이후 문단엔 두 종류의 사람들이 있다고 생각하게 되었다. 문학이 수성(守城)인 사람과 문학이 문 열음인 사람.

『문학과지성』이 폐간되었다. 그녀는 다니던 출판사를 옮겼다. 우선 월급이 너무 적었고, 사회과학 서적 때문에 운동권 번역자와 편집자를 찾아 들락거리는 경찰 나부랭이들에 시달리는 것이 너무 싫고 무서웠다. 두 번

김혜순 335

째로 근무하게 된 출판사 사무실은 청진동에 있었다. 그녀는 그때 일주일에 한 번씩 동아방송에 책을 소개하는 코너를 맡고 있었다. 여자 문학평론가가 귀해서 여기저기 불려다니면서 책 소개나 하고 있던 참이었다. 그날은 잡지의 폐간에 대해 얘기하리라 맘먹고 출판사를 나서고 있는데, 김병익 선생님이 사무실로 들어서는 모습이 보였다. 그 곁에 문학과지성사 편집장 J의 손에 맥주가 세 병 들려 있었다. 술을 못하시는 김병익 선생님이 편집장의 손에 맥주를 들려서, 그것도 대낮에 사무실로 들어오시는 모습은 기이하다 못해 비장했다. 그녀가 방송하러 간다니까 매우 서운해하셨다. 그날 그녀가 방송에 나가 했던 말은 모두 잘렸다. 모두 녹음 방송으로 미리 사전에 검열을 받았던 때문이었다. 그 후 그 방송국도 폐방을 맞았다. 『문학과지성』 폐간호에는 그녀의 두 번째로 발표되는 시, 「납작납작」 등이 실렸다. 그러나 그 잡지는 세상에 나가지 못하고, 필자와 편집위원들이 나누어 가졌다.

문지에 등단작이 실리거나 시집을 내거나 하면 선생님들이 조촐한 파티를 열어주었다. 김현 선생님은 첫 시집 출간 파티에서 평론쓰기가 시쓰기에 방해가 될 터이니 평론쓰기를 그만두는 것이 낫겠다고 하셨다. 그래서 그녀는 신문에 소설평 쓰던 것을 때려치웠다. 지금도 비평 비슷한 글을 쓸라치면 왠지 죄의식이 생기는 것은 아마도 그때 마음에 새긴 정(釘)의 깊이 때문인 것만 같다. 세 번째 시집은 다른 출판사에서 내었다. 선생님은 편찮은 중에 『문예중앙』에 젊은 시인들의 시론을 연재 중이셨는데, 그중에 그녀의 시집에 대해서 쓰신 글이 있었다. 모성의 구축을 다룬 것이었다. 선생님은 그녀의 임신과 출산에 대해 굉장히 관심을 가져주셨다. 늘 그녀의 몸의 변화에 대해 물으시고, 호탕하게 웃으셨다. 임신한 지 두세 달이 지나 아무도 알아채지 못할 때인데도, 그것을 어떻게 알아채시고는 "몸에 변화가 있어요?" 하고 물으셨다. 아기를 낳고 만나뵈었을 때, 길을 걷고 있어도 아이 울음소리가 들려서 빨리 집에 가야 한다고 하니까 그녀보다 더 허둥거리시면서 배려해주셨다. 『문예중앙』을 받아들고 참으로 슬펐던 생각이 난다. 글은 미리 써두셨는데, 김치수 선생님이 병원에서 말씀도 겨우 하시는 선생님의 지시로 책상 세 번째 서랍에서 원고를 찾아내었다는 말씀을 후에 들었다. 언제 선생님과 여성과 남성의 발성법이 어떻게 다른지, 세상과 사랑에 대해 어떻게 다르게 말하는지 말씀드리고 싶었는데, 외람될까 봐 혹은 병구완에 방해가 될까 봐 멀리서 기도만 드렸다. 돌이켜보니 그 모든 시간, 시간들이 안타깝다.

김혜순 시인. 1955년 경북 울진 출생. 1979년 『문학과지성』으로 등단. 시집 『또 나른 별에서』 『아버지가 세운 허수아비』 『어느 별의 지옥』 『우리들의 음화』 『불쌍한 사랑기계』 『달력 공장 공장장님 보세요』 『한 잔의 붉은 거울』 등이 있음.

문지와의 만남

최두석

이제 '문학과지성'은 '문지'로 불러도 되리라. 마치 하나의 인격체처럼 많은 이들에게 친숙한 이름이 되었고 친숙한 이름은 길게 부르지 않으므로.

내가 문지를 처음 만난 것은 풋내기 문청으로서이다. 그때 문지는 『문학과지성』이라는 계간지였고 나는 시를 습작하는 청년이었다. 대학에 다니던 1970년대 후반 문청들이 주목하던 잡지는 단연 『창작과비평』과 『문학과지성』이었고 나는 두 잡지를 함께 읽으며 공부하였다. 두 잡지 사이의 노선 차이를 강하게 의식해 스스로 창비파 혹은 문지파를 자임하는 친구들도 있었지만 나는 그들만큼 선각자가 되지 못하였다. 그냥 수록된 시·소설·평론·논문 등을 읽고 소화하기에 바빴다고나 할까.

문청 시절이 유신 시절과 겹친다는 것은 암담한 시절에 문학 공부를 했다는 말이 된다. 당시의 질식할 것 같은 사회 분위기 속에서 어떠한 시를 쓸까 모색하며 동시에 어떻게 하면 뜻 깊게 세상을 살까 모색했던 것이다. 그러한 암중모색기에 창비와 문지는 각각 내게 등불이 되어주었다. 그 등불들이 깜박거리며 어떻게 현실 의식과 상상력을 혹은 지성과 실천을 통일시킬까의 문제를 제기하고 답변을 요구했던 것이니 나의 초기 시들은 그에 대한 나름의 답변이라고 볼 수도 있다.

그러다가 광주의 잔혹한 학살과 처절한 항쟁이 있었고 같은 총칼 아래 창비와 문지는 폐간당하게 되었다. 1980년대의 문학 운동은 그러한 조건 속에서 태동하였고 나는 오월시 동인에 합류해서 활동하게 되었다. 광주 항쟁의 뜻을 살리고 기리는 일과 결부시켜 시를 쓰고자 했던 것이다. 광주 항쟁의 주역을 민중이라 보고 시에서 민중성을 살리는 것을 중요하게 생각한 동인들의 일반적 정서는 문지보다 창비에 경사되어 있었다. 그 점은 동인들의 시집이 창비 시선에 많이 포함된 것만 보아도 쉽게 가늠할 수 있다.

내가 문지를 본격적으로 만나기 시작한 것은 1980년대 초반이다. 그때의 문지는 우선 좋은 책을 내는 출판사였고, 나는 동인지에 시를 발표하며 활동을 개시한 신인이었다. 시집을 간행하자는 제안이 왔고 나는 고마운 마음으로 응하여 첫 시집 『대꽃』을 간행하였다. 내가 혜택을 입어서이기도 하겠으되 그때 잡지를 폐간당한 문지 1세대 선생님들이 동인지 활동을 하던 신인의 시를 읽고 과감하게 시집 간행을 제안한 사실이 돌이켜볼 때 새삼 '감동적'이다.

첫 시집 간행이 인연이 되어 자주 문지에 출입하게 되면서 문지 2세대 친구들을 사귀게 되었다. 당시에 그들은 문지에 둥지를 틀고 '우리 세대의 문학'이라는 이름으로 동인지를 내고 있었는데 나중에 나오는 『문학과사회』의 주역이 된다. 토종 촌놈인 나와는 성장 배경이 다르고 공부도 많이 한 실력파들이었는데 이인성·성민엽·정과리·홍정선·권오룡·진형준 등이 그들이다. 그들과 자주 만나면서도 공부는 안 하고 술만 잔뜩 얻어마셨으니 한편으로는 미안하고 한편으로는 부끄럽다.

사람 사귀는 데 쭈뼛거리기 일쑤인 내가 문지에 자주 놀러 간 까닭은 1세대 선생님들의 아량과 2세대 친구들의 배려 때문이지만 바둑도 한몫하였다. 몰취미한 나의 유일한 오락이 바둑이었고 실력도 엇비슷하였다. 매년 정초에는 바둑 대회가 벌어지곤 하였는데 스무 해 전에 우승 상품으로 받은 판과 통은 물론 알까지 소중히 보관하고 있다. 셋방살이로 자주 이사하던 시절 이삿짐을 옮기던 인부가 비좁은 집에 책만 많아 어이없어하며 유일하게 탐나는 물건으로 바둑판을 지목하던 일이 떠오른다.

나의 문지 출입이 뜸해진 것은 계간지『실천문학』의 편집위원으로 일하게 되면서부터이다. 계간지 편집 일로 매주 회의가 있었고 회의는 술자리로 이어지게 마련이어서 시간적 제약이 많았다. 그리고 강릉대에 직장을 구하면서부터 지리적 제약 또한 많았다. 그러는 동안『문학과사회』편집위원들도 점차 세대 교체가 이루어졌다. 이제『실천문학』편집위원 직도 사임한 지 오래이고 직장도 한신대로 옮겼지만 문지로 발길이 잘 가지 않는다. 문지 3세대가 주역이 된 지금 놀러 가도 모르는 얼굴이 많고 얼굴을 안다 해도 친숙한 이가 적어 이래저래 적조해진 것이다.

나는 문인으로서 주로 시 창작과 시 비평 두 가지 일을 해왔다. 어디까지나 무게 중심은 시 창작에 있었지만 명색이 시론집을 두 권이나 낸 탓에 비평가로 오인하는 이도 없지 않다. 그리고 시기적으로『실천문학』편집 일을 할 때 시 비평을 많이 했다. 워낙 잡지 편집 일이라는 게 비평가적 역할을 요구하는 것이기도 하다. 그런데 문지가 고마운 것은 나를 오로지 시인으로 대해주었다는 것이다. 나의 시론을 인정하지 않는다 하더라도 스스로의 정체성을 시쓰기에서 찾는 입장에서 그것은 고마운 일이다.

시인으로서 이제까지 시집을 다섯 권 내었는데 서사시집『임진강』을 빼고 나머지는 모두 문지에서 간행하였다. 별로 주목받지도 못하고 독자도 적은 시집을 네 권이나 내었으니 문지의 신세를 많이 진 셈이다. 하지만 나로서는 심혈을 기울여 생의 의미를 투영한 시집이므로 문지도 기꺼워하리라 믿는다. 한 걸음 더 나아가 문지가 고마운 것은 잘 나가지 않는 시집이라 하더라도 서점의 서가에 오래 꽂혀 있게 한다는 것이다. 세대를 달리하는 독자가 도서관이 아니라 서점에서 책을 쉽게 구해볼 수 있다는 것은 얼마나 고마운 일인가.

이렇듯이 여러 가지 고마움에도 불구하고 내 시가 문지의 주류와는 거리가 멀다는 것을 잘 알고 있다. 분방한 상상력이나 다채로운 언어 구사가 문지적 경향이라면 나는 그와는 달리 질박한 진실을 추구해왔다. 시가 취향과 깊이 관련된다는 점은 두루 알려진 사실이다. 비유적으로 말해 문지의 주류는 다채롭게 양념한 자극성이 강한 음식을 좋아하고 나는 슴슴하고 담백한 음식을 좋아한다. 촌놈이라서 할 수 없다 하더라도 나는 내 나름의 시의 길을 걸어왔고 앞으로도 그럴 것이다.

시에 관한 문지 주류의 취향과 나의 취향이 다르다는 것이 시인으로서 내 길을 가는 데 행인지 불행인지 잘 모르겠다. 아니 행인지 불행인지는 거의 전적으로 내가 하기에 달린 일일 것이다. 좋은 인연이니 좋은 결실을 맺도록 앞으로 더욱 정진해야 할 것이다.

최두석 시인. 1955년 전남 담양 출생. 1980년『심상』으로 등단. 시집『대꽃』『임진강』『성에꽃』『사람들 사이에 꽃이 필 때』『꽃에게 길을 묻는다』등이 있음.

소중한 인연

임철우

나와 문지와의 첫 인연을 더듬어보자면, 아무래도 계간지『문학과지성』때까지 거슬러 올라가야 할 것 같다. 대학 3학년 겨울이던가. 소설가를 꿈꾸는 같은 대학의 네 사람이 우연히 의기투합, 소설 동인을 막 만들었을 무렵이었다. 약속 장소인 충장로 어느 지하 다방으로 동인 중 한 명인 여학생이 들고 온 책이 바로『문학과지성』이었다. 그녀는 거기 실린 서정인의「강」을 꼭 읽어보라며 내게 건네주었다. 표지 장정이 소박하기 그지없는 그 책을 손에 쥐기 전까지, 나는 그런 문예지가 세상에 있는지조차 몰랐다. 최소한 문학을 전공하는 대학생이라면『문학과지성』『창작과비평』은 누구나 알고 있을 무렵이었으나, 한심하게도 나는 그 두 잡지의 존재조차 모르고 있었던 것이다. 그 무지함과 무식함은 필시 친구도 별로 없이 오래도록 혼자 고립되어 살아오는 데 익숙한 나의 생활 방식 탓이었던 듯싶다. 그날 집에 돌아와「강」을 읽고 눈이 번쩍 뜨이는 듯한 충격을 받았는데, 그것이 계기가 되어『문학과지성』을 이전에 나왔던 분량까지 도서관에서 찾아 열심히 읽었던 기억이 난다.

사실 그런 무지함이랄까 폐쇄성은 내 습작 과정에서도 마찬가지였다. 신춘문예에 당선되기 전까지 나는 딱 부러지게 작가가 되겠다는 야심 따위도 없었다. 그냥 저 혼자 좋아서 작품들을 닥치는 대로 읽었고, 특별한 이유 같은 것도 없이 혼자 써보기도 했을 뿐이다. 무슨 창작 수업 같은 걸 한 번도 받아본 적도 없고, 완성된 내 소설을 한번 읽어달라 부탁할 만한 사람 하나 없어서 그냥 틈틈이 써본 것을 서랍 속에 모아두고 했던 게 내 습작기의 전부였다. 앞서 말한 소설 동인이 있긴 했지만, 군대 제대 후 퍽 늦게야, 그것도 1980년 5월 때문에 1년도 채 지나지 않아서 깨어져버렸다.

그러다가 뜻밖에 꼭 한 번 내본 소설이 신춘문예에 덜컥 당선이 되었는데, 주변에 아는 작가도 없고 문단이 무엇인지조차 모르는 생판 촌놈인지라 이내 예전처럼 다시 혼자 고향집 골방에만 처박혀 지내야 했다. 그런데 당선 후 3년간 고작 단편 둘을 잡지에 발표했을 뿐 이름조차 없는 내게 어느 날 뜬금없는 전화가 걸려왔다. 바로 이인성형이었다. 그와는 전에 무크지 『우리 세대의 문학』에 짤막한 글 하나를 청탁받아 실었던 인연으로, 서울의 한 커피숍에서 딱 한 번 만난 적이 있을 뿐이었다. "혹시 문지에서 창작집을 낼 생각 없으십니까." 말인즉슨 김현 선생께서 내 이름을 들먹이시며 그에게 직접 전화해보라고 했다는 것이다. 틀림없이 이 친구한테는 써놓은 원고가 꽤 있을 거라고 하면서. 당연히 김현 선생과는 그때까지 전혀 생면부지였다. 나는 놀랍고 감격에 겨웠다. 사실 내 서랍엔 그때 얼추 한 권 분량의 작품이 있긴 했다. 그렇지만 신춘문예 이후 고작 두 편밖에 발표한 적이 없는 나 같은 무명 신출내기의 작품을 당대의 김현 선생이 언제 일일이 찾아내어 읽고 또 기억해주셨는지 나로서는 그저 놀라울 따름이었다.

그로부터 몇 달 후 원고를 손봐서 출판사에 우편으로 보냈고, 마침내 책이 나왔다는 소식에 촌놈은 모처럼 기차를 타고 서울로 올라가 처음으로 문지 출판사를 찾아갔다. 전화로 묻고 물어서 찾아간 곳이 마포경찰서 부근, 아주 작고 허름한 사무실이었다. 이름난 출판사라기엔 다소 볼품없는 규모에 내심 의아해하면서 사무실로 들어섰는데, 모두들 열심히 일하고 있는 터여서 얼른 말 붙일 엄두를 못 내고 엉거주춤 서 있다가, 마침 출입문 곁에 작은 의자 하나가 있어서 거기 주저앉았다. 꿰다 놓은 보릿자루처럼 혼자 한참을 우두커니 앉아 있으려니, 여직원 한 사람이 고개를 갸웃하며 일어서더니 내게 누구냐고 물었다. 책이 나왔다기에 찾아왔다고 했더니, 약간 놀란 얼굴로 바로 옆 칸막이 저편으로 들어갔다가 곧 돌아와서는 사장님이 기다리고 계신다고 말했다. 일어나 그리로 가려던 나는 되돌아서 그 여직원을 불렀다. 최소한 사장의 이름 정도는 알고 들어가야 한다는 생각이 들어서였다.

"저어, 그런데, 사장님 성함이 어떻게 되시지요?"

"예? 김병익 선생님이신데요……."

"아, 평론가 김병익 선생님요? 그분이 사장님이세요?"

그 순간 여직원의 아연한 표정이 지금도 잊혀지지 않는다. 시늉만으로 가려놓은 얇은 칸막이 저편에서 물론 그 한심한 촌놈의 목소리를 김병익 선생은 빤히 들으셨을 터이다. 아무려면 첫 창작집을 내준 출판사를, 그것도 당대의 김병익을 찾아오면서 사장인 줄도 몰라 누구냐고 묻다니, 더더구나 바로 코앞에서 말이다. 세상에 저런 고약한 놈이 있나. 대체 어떤 녀석이 감히…… 내 소릴 들으셨다면, 선생님은 틀림없이 속으로 그러셨을 터이다. 그래서였나. 안으로 들어서자마자 넙죽 인사를 드렸는데, 나를 건너다보시는 선생의 얼굴이 어째 시큰둥한 듯싶기도 했다.

그렇게 문지와 인연을 맺었고, 그 후로 연이어 창작집과 소설들을 문지에서 펴내게 되었다. 무엇보다 그 인연 덕분에 귀한 분들을 많이 만나게된 것이 내겐 참으로 행운이었다. 늘 고립되고 좁게만 살아온 내게 그 귀한 분들의 말씀과 애정은 은연중 든든한 힘이 되고 울타리가 되고 이정표가 되어주었다. 그 귀한 인연들과 추억들이 내겐 더없는 축복이라는 사실을 잊지 않고 있다. 지난 시절도 그랬고, 지금도 나는 여전히 서른 살 문지를 사랑한다.

임철우 소설가. 1954년 전남 완도 출생. 1981년 서울신문 신춘문예에 소설 당선. 소설
집 『아버지의 땅』 『그리운 남쪽』 『달빛 밟기』, 장편소설 『붉은 산, 흰 새』 『그 섬에 가
고 싶다』 『등대』 『봄날』 『백년여관』 등이 있음.

정관

제1장 총칙

제1조 (명칭) 이 회사는 주식회사 문학과지성사라고 부른다. 경우에 따라 주
식회사를 그 이름에서 생략할 수 있다.

제2조 (목적) 이 회사는 다음 사업의 경영을 목적으로 한다.

    1. 도서 출판

    2. 정기 간행물 발행

    3. 그 밖의 이와 관련된 사업

제3조 (소재지) 이 회사는 본점을 서울특별시 내에 둔다.

제4조 (공고 방법) 이 회사의 공고는 서울특별시 내에서 발행되는 일간 한겨
레신문에 게재한다.

제2장 주식

제5조 (회사가 발행할 주식의 총수) 이 회사가 발행할 주식의 총수는 50,000주
로 한다.

제6조 (일주의 금액) 이 회사가 발행하는 주식 일주의 금액은 10,000원으로
한다.

제7조 (설립시의 주식 발행 총수) 이 회사는 설립시의 주식 발행 총수를
29,000주로 한다.

제8조 (주식 및 주권의 종류) 이 회사의 주식은 보통 주식으로서 모두 기명
식으로 하고 주권은 10주권, 100주권, 1,000주권의 3종으로 한다.

제9조 (주권 불소지) 이 회사는 주권 불소지 제도를 채택하지 아니한다.

제10조 (주금 납입의 지체) 주금 납입을 지체한 주주는 납입 기일 다음날부터
납입이 끝날 때까지 지체 주금 100원에 대하여 일변 10전의 비율로
과태금을 회사에 지불하고 또 이로 인하여 손해가 생겼을 경우 그 손
해를 배상하여야 한다.

제11조 (주식 이전) 1) 이 회사의 주식을 이전할 경우 이전할 사람은 이전 받
을 사람과 그 이전 방법에 대해 이 회사의 이사회에 동의를 받아야 한
다. 2) 주식의 이전이 이사회의 동의를 얻지 못할 경우 그 주주는 그
주식의 처리에 대한 이사회의 결의에 대항하지 못한다.

제12조 (주식 명의 개서) 이 회사의 주식 명의 개서를 청구할 경우 이 회사에서
정한 청구서에 기명 날인하고 이에 주권을 첨부하여 제출하여야 한다.

제13조 (질권의 등록 및 신탁 재산의 표시) 이 회사의 주식에 관한 질권의 등
록 또는 신탁은 인정하지 아니한다.

제14조 (주권의 재발행) 주권의 분할, 병합, 오손 등의 사유로 주권의 재발행
을 청구할 경우 이 회사가 정하는 청구서에 기명 날인하고 이에 주권
을 첨부하여 제출하여야 한다. 주권의 망실로 재발부받을 경우에는
이에 제권판결의 정본 또는 부본을 첨가 제출해야 한다.

제15조 (수수료) 제12조와 제14조에서 정하는 청구를 하는 자는 이 회사가
정하는 수수료를 납부해야 한다.

제16조 (주주 명부의 폐쇄) 이 회사는 매년 1월 1일부터 정기 주주 총회의 종
결일까지 주주 명부의 기재 변경을 정지한다.

제17조 (주주의 신고) 이 회사의 주주는 이 회사가 정하는 서식에 의하여 그

의 성명과 주소, 인감 등을 이 회사에 신고하여야 한다. 신고 사항에
변경이 있는 때에도 또한 같다.

제3장 주주 총회

제18조 (소집) 1) 이 회사의 정기 주주 총회는 영업 연도 말일의 다음날부터
3개월 이내에 소집하고 임시 주주 총회는 이사회의 결의 또는 주주
1/3 이상이 요구할 때 소집한다. 2) 대표이사는 총회일 1주 전에 주주
에게 소집 통고를 보내야 한다.

제19조 (의장) 주주 총회 의장은 대표이사가 맡는다. 대표이사의 유고시에는
이사회에서 선임한 다른 이사가 의장이 된다.

제20조 (결의) 주주 총회의 결의는 발행 주식 총수의 과반수에 해당하는 주식
을 가진 주주의 출석으로, 그 출석 주주의 의결권의 과반수로 이루어
진다. 주주의 의결권은 1주당 1개로 한다.

제21조 (의결권의 대리 행사) 주주는 대리인으로 하여금 의결권을 행사케 할
수 있다.

제22조 (총회의 의사록) 주주 총회의 의사록은 의사의 경과 요령과 그 결과를
기재하고 의장과 출석 이사가 기명 날인하여야 한다.

제4장 임원과 이사회

제23조 (이사와 감사의 원수) 이 회사의 이사는 3인 이상, 감사는 1인 이상으
로 한다.

제24조 (이사의 선임) 이 회사의 이사는 주주 총회에서 출석 주주 의결권의

과반수로 선임한다.

제25조 (감사의 선임) 이 회사의 감사는 제24조의 규정에 의한 방법으로 선임한다. 다만, 이 경우에는 발행 주식 총수의 3/100을 초과하는 주식을 가진 주주는 그 초과 주식에 의한 의결권을 행사하지 못한다.

제26조 (이사의 임기) 이사의 임기는 취임 후 3년으로 한다. 다만, 이사의 임기가 결산 주주 총회의 종결 전에 끝나면 그 임기를 그 주주 총회의 종결까지 연장한다.

제27조 (감사의 임기) 감사의 임기는 취임 후 2년으로 한다. 다만, 감사의 임기가 결산 주주 총회의 종결 전에 끝나면 그 임기를 그 주주 총회의 종결까지 연장한다.

제28조 (연임) 이사와 감사는 연임 또는 중임할 수 있다.

제29조 (이사회) 1) 정기 이사회는 매년 주주 총회 2주 전에 열리며 임시 회의는 대표이사가 통고할 때 또는 이사의 과반수가 요구할 때 소집된다. 2) 이사회는 회사의 임원을 선출하고 업무를 보고받으며 필요한 사항을 결의한다.

제30조 (대표이사) 대표이사는 이사회에서 호선으로 선출되며 이사회 의장이 된다.

제31조 (이사회의 결의) 이사회의 결의는 과반수 이사의 출석과 출석 과반수의 결의로 이루어진다.

제32조 (이사회의 의사록) 이사회의 의사록은 의사의 경과 요령과 그 결과를 기재하고 출석 이사 및 감사가 기명 날인한다.

제33조 (임원) 이 회사는 사장 1인과 전무이사, 또는 상무이사 약간 명을 둘 수 있다.

제34조 (임원 선임) 사장, 전무이사, 상무이사 등의 임원은 이사회의 결의에 의해 이사 중에서 선임한다.

제35조 (업무) 1) 사장은 이 회사를 대표하며 이 회사의 업무를 통할한다. 2) 전무

이사와 상무이사는 사장을 보좌하며 업무를 분장하고 사장이 유고시에 전무와 상무의 순서에 따라 사장의 직무를 대행한다.

제36조 (감사) 감사는 이 회사의 업무 및 회계를 감사한다.

제37조 (보수와 퇴직금) 임원의 보수 및 퇴직금은 주주 총회의 결의에 의한다.

제5장 계산

제38조 (영업 연도) 이 회사의 영업 연도는 매년 1월 1일부터 그해 12월 31일로 한다.

제39조 (재무제표, 영업 보고서의 작성 비치) 1) 이 회사의 사장은 정기 총회 3주간 전에 다음 서류 및 그 부속 명세서와 영업 보고서를 작성하여 이사회의 승인과 감사의 감사를 받아 정기 총회에 제출하여야 한다: ㄱ) 대차대조표; ㄴ) 손익계산서; ㄷ) 이익금 또는 결손금 처리 계산서. 2) 제1항의 서류는 감사 보고서와 함께 정기 주주 총회 1주간 전부터 이 회사에 비치하여야 하고 총회의 승인을 얻었을 때는 그중 대차대조표를 지체 없이 공고하여야 한다.

제40조 (이익금의 처분) 매기 총수입금에서 총지출금을 공제한 잔액을 이익금으로 하여 이를 다음과 같이 처분한다: ㄱ) 이익 준비금 금전에 의한 이익 배당의 1/10 이상; ㄴ) 별도 적립금 약간; ㄷ) 주주 배당금 약간; ㄹ) 임원 상여금 약간; ㅁ) 후기 이월금 약간.

제41조 (이익 배당) 이익 배당금은 이사회의 결의에 따라 매 결산기에 금전 또는 주식으로 지급한다.

제6장 부칙

제42조 (최초의 영업 연도) 이 회사의 최초의 영업 연도는 회사 설립일로부터
1994년 12월 31일까지로 한다.

제43조 (내규) 이 회사는 이사회의 결의에 따라 업무상 필요한 규정과 규칙을
제정할 수 있다.

제44조 (개정) 이 정관의 개정은 주주 총회에서 제20조의 규정에 따른다. 다
만 제11조는 개정의 대상이 되지 아니한다.

제45조 (발기인) 이 회사 설립 발기인의 주소, 성명은 이 정관 말미의 기재와
같다.

시행일: 이 정관은 1993년 12월 8일부터 시행한다.

위 발기인

김병익, 김주연, 김치수, 오생근, 이인성, 정명교, 홍정선

■ 부록 2 주식회사 문학과지성사 창립(1993년) 주주 명단

김병익, 김주연, 김치수, 오생근, 이연희, 최영희, 권오룡, 이인성, 성민엽,
정과리, 홍정선, 권영빈, 김광규, 김원일, 김주영, 김향숙, 김형영, 김혜순,
복거일, 서우석, 오규원, 오정희, 이성복, 이청준, 정문길, 정현종, 채호기,
최장석, 홍성원, 황동규, 마종기, 임철우, 권성우, 김승옥, 박혜경, 우찬제,
이광호, 조세희, 조해일, 최인훈